Knaur.

Knaur.

Im Knaur Taschenbuch Verlag
sind bereits folgende Bücher der Autorin erschienen:
Glückskekse
Wunderkerzen
Sternschnuppen
Trostpflaster

Über die Autorin:
Anne Hertz ist das Pseudonym der Hamburger Autorinnen Frauke
Scheunemann und Wiebke Lorenz, die nicht nur gemeinsam schreiben, sondern als Schwestern auch einen Großteil ihres Lebens miteinander verbringen. Bevor Anne Hertz 2006 in Hamburg zur Welt kam,
wurde sie 1969 und 1972 in Düsseldorf geboren. 50 Prozent von ihr
studierten Jura, während die andere Hälfte sich der Anglistik widmete.
Anschließend arbeiteten 100 Prozent als Journalistin. Anne Hertz hat
im Schnitt 2,0 Kinder und mindestens 0,5 Männer. Sie lebt in einem
großen Haus mit allen Menschen, die ihr wichtig sind.
Mehr Informationen unter: www.anne-hertz.de

Wenn Ihnen dieser Roman gefallen hat, empfehlen wir Ihnen gerne
ausgewählte Titel aus unserem Programm – schreiben Sie einfach
eine E-Mail mit dem Stichwort »Goldstück« an:
guteunterhaltung@droemer-knaur.de

Anne Hertz

Goldstück

Roman

Knaur Taschenbuch Verlag

Bei dem vorliegenden Buch handelt es sich um einen Roman.
Ähnlichkeiten mit lebenden oder verstorbenen Personen sind rein zufällig.

Wenn Ihnen dieser Roman gefallen hat, empfehlen wir Ihnen gerne
ausgewählte Titel aus unserem Programm – schreiben Sie einfach
eine E-Mail mit dem Stichwort »Goldstück« an:
guteunterhaltung@droemer-knaur.de

Besuchen Sie uns im Internet:
www.knaur.de

Originalausgabe März 2010
Copyright © 2009 by Knaur Taschenbuch.
Ein Unternehmen der Droemerschen Verlagsanstalt
Th. Knaur Nachf. GmbH & Co. KG, München
Alle Rechte vorbehalten. Das Werk darf – auch teilweise –
nur mit Genehmigung des Verlags wiedergegeben werden.
Redaktion: Angela Troni
Umschlaggestaltung: Hilden-Design, München –
www.hildendesign.de
Umschlagabbildung: Hilden-Design unter Verwendung
eines Motivs von © mirajewel / iStockphoto
Satz: Adobe InDesign im Verlag
Druck und Bindung: CPI – Clausen & Bosse, Leck
Printed in Germany
ISBN 978-3-426-63870-5

2 4 5 3

Für alle,
die im Leben noch Wünsche haben!

Was der Geist ersinnen kann,
das kann er auch erreichen.

W. CLEMENT STONE (1902–2002)

Prolog

Genau einen Monat ist es jetzt her, dass mich mein Freund Gunnar von heute auf morgen verlassen hat. Mit den Worten »Bitte melde dich nicht mehr bei mir« marschierte er aus meiner Wohnung und ließ mich zurück in meiner Bettwäsche, die noch nach ihm roch, mit einer von ihm halb ausgetrunkenen Tasse Kaffee auf dem Küchentisch und einem E-Mail-Fach, vollgestopft mit herzerwärmenden Liebesbekundungen, die er mir im Verlauf unserer zweijährigen Beziehung geschrieben hatte.

Das alles traf mich in einem ohnehin schon sehr krisengebeutelten Zustand. Denn drei Wochen zuvor war ich zum zweiten Mal mit Pauken und Trompeten durch mein Erstes Juristisches Staatsexamen gefallen und musste nun der deprimierenden Tatsache ins Auge blicken, dass die vergangenen zehn Jahre Studium für nichts und wieder nichts waren und ich vermutlich den Rest meines Lebens in dem Sonnenstudio, in dem ich seit Urzeiten jobbte, versauern würde. Gunnar störte es nicht, dass es mir gerade so schlechtging. Er verließ mich trotzdem. Denn das eine hatte mit dem anderen ja nicht das Geringste zu tun. So sah er das.

Nach Gunnars plötzlichem Entschwinden setzte ich mich auf mein Bett und dachte nach. Darüber, warum er mich verlassen hatte. Als auch das nichts brachte, ging ich zu einer Psychiaterin und ließ mir ein paar Tranquilizer verschreiben. Zwar musste ich dann immer noch nachdenken, allerdings nicht mehr ganz so schnell wie vorher.

So saß ich also rum, in meinem Hamburger WG-Zimmer, und versuchte, für mich die Frage zu klären, wie aus »Ich liebe dich, und du bist meine Traumfrau« innerhalb weniger Tage ein »Bitte melde dich nicht mehr bei mir« hatte werden können. Sicher, wir hatten uns hin und wieder gestritten. Nichts Dramatisches. Jedenfalls nichts so Dramatisches, dass man dafür eine Beziehung hätte beenden müssen. Der übliche Quatsch eben, mal war er verspätet, mal fühlte er sich eingeengt oder bevormundet, mal bekam ich schlicht und ergreifend meine Tage. Und klar, seit meiner fulminanten Pleite im Staatsexamen war ich natürlich hin und wieder auch etwas empfindlicher und ungerechter als sonst – aber jeder, der über die Sensibilität eines Teebeutels verfügt, müsste für so etwas doch Verständnis haben. Oder? Oder nicht?

Wie dem auch sei, eine Antwort auf die Frage, warum er gegangen war, fand ich jedenfalls nicht, und so zog ich kurzfristig in Erwägung, mir mit weiteren bewusstseinserweiternden Drogen auf die Sprünge zu helfen. Von dieser Idee nahm ich nach reiflicher Überlegung aber wieder Abstand und beschloss stattdessen, den einzigen Menschen um eine Antwort zu bitten, der sie mir hätte geben können. Und so schrieb ich als erwachsene, fast dreißigjährige Frau eine SMS an Gunnar. Ein an sich vollkommen unwürdiger Akt, aber die Tranquilizer sorgten dafür, dass mir auch das nichts mehr ausmachte:

Liebster, ich kann Dich nicht vergessen und verstehe nicht, warum wir keine Chance mehr haben. Ich liebe und vermisse Dich und hoffe, dass Du zu mir zurückkommst. Maike.

Seine Antwort erhielt ich innerhalb von dreißig Sekunden:

Maike, es geht nicht mehr, und es ist vorbei. Es tut mir leid.

Damit war ich dann in etwa so schlau wie zuvor, so dass ich noch einmal über die bewusstseinserweiternden Drogen nachdachte. Da ich mich aber in der Hamburger Szene bezüglich illegaler Rauschmittel furchtbar schlecht auskenne, hielt ich es dann doch für keine so gute Sache, irgendwo im Schanzenpark einem

Schwarzafrikaner aufzulauern, um am Ende vielleicht das unbescholtene Mitglied einer selbstreferentiellen Trommelgruppe anzufallen.

Was mir noch blieb, war der Rat meiner Cousine und Mitbewohnerin Kiki. Kiki arbeitet als Coach. Kiki weiß alles, Kiki kann alles – und vor allem verfügt Kiki über ein Lenormand-Kartenset, in das sie hineingucken kann, falls sie doch mal nicht alles weiß.

»Also«, teilte sie mir mit, als wir abends zusammen am Küchentisch saßen. Ich hatte die Karten gemischt, und Kiki hatte sie nach einem für mich unverständlichen System vor sich ausgebreitet. »Es sieht mir ganz danach aus, als sei alles möglich.«

»Was soll das bedeuten?«, wollte ich wissen. »Wird Gunnar zu mir zurückkehren oder nicht?«

Kiki zuckte mit den Achseln. Dann schnappte sie sich ein Blatt Papier und einen Stift und schrieb in großen Lettern darauf:

Wenn es sein soll, dann wird es auch wieder sein. Und wenn es nicht sein soll – dann bleibt halt alles so scheiße, wie es ist.

Dieser Spruch hängt nun seit über einem Monat über meinem Bett. Das heißt: Er hing dort. Denn heute früh habe ich ihn runtergerissen und weggeworfen. Stattdessen pinnt nun etwas anderes an der Wand:

Es kommt ja wohl überhaupt nicht in Frage, dass alles so scheiße bleibt, wie es ist!

11

1. Kapitel

Okay. Fassen wir zusammen: Ich werde nächste Woche dreißig Jahre alt, bin 1,72 Meter groß und sechzig Kilo schwer, habe halblange dunkelblonde Haare und blaue Augen. So weit, so gut. Leider geht es nicht so schön weiter. Darüber hinaus bin ich nämlich ein Loser, der sein Studium vergeigt hat. Ich wohne zusammen mit meiner achtundzwanzigjährigen Cousine in einer Wohngemeinschaft in Hamburg-Eimsbüttel, während andere Frauen in meinem Alter bereits Familie und ein abbezahltes Eigenheim vorweisen können. Ach ja, Stichwort Familie: Single bin ich dank Gunnar ja nun auch wieder. In einer Großstadt.

Wir alle kennen die Theorie, wie wahrscheinlich es für Frauen ab dreißig ist, noch den Mann fürs Leben zu finden – oder eher einem Terroranschlag zum Opfer zu fallen. Ohne übertrieben pathetisch klingen zu wollen, möchte ich feststellen, dass die Tatsache, dass ich quasi zeitgleich meinen Freund verloren und mein Examen vermasselt habe, in gewisser Art und Weise einem Terroranschlag nahekommt. Das Worst-Case-Szenario ist also bereits eingetreten – was soll ich mir da noch Sorgen machen?

Beschwingt von dem Wissen, dass es schlimmer ohnehin nicht mehr kommen kann, fahre ich an einem Donnerstagabend meinen Computer hoch, starte das E-Mail-Programm und schreibe eine Nachricht an Gunnar. Wenn schon, denn schon. Und denn schon richtig.

Lieber Gunnar,
nachdem Du Dich nun über einen Monat nicht mehr bei mir gemeldet hast und ich Zeit hatte nachzudenken, bin ich zu einer Erkenntnis gekommen (manche Dinge brauchen bekannt-

lich eine Weile, bis sie wirklich bei einem einrasten): Mit einem
Mann, der mich mitten in meiner größten Krise Knall auf Fall
und eiskalt abserviert, möchte ich genau genommen nicht mal
meine Treppe feucht wischen. Von anderen Aktivitäten ganz zu
schweigen. Ich wünsche Dir nun also noch ein schönes Leben.
Hoffentlich fallen Dir alle Sackhaare einzeln aus.
  Liebe Grüße,
  Maike

So. Damit wäre diese Tür jetzt endgültig und mit einem nicht
zu überhörenden Knall zugeschlagen. Kein Zurück mehr zu
Gunnar. Keine verzweifelten Abende mehr, keine sinnlosen
Diskussionen mit Kiki, ob er denn nicht doch, vielleicht und
unter Umständen … Nein, das ist vorbei. Ab sofort wird Maike
Schäfer diesem Penner keine einzige Träne mehr nachweinen.
Ich werde mein Leben selbst in die Hand nehmen und mutig
voranschreiten. Denn niemand sonst ist für mein Schicksal
verantwortlich. Und ich werde dem Schicksal schon zeigen, was
'ne Harke ist!

»Warum habe ich bloß diese idiotische E-Mail geschrieben?«
  Na gut, die Sache mit dem »Leben selbst in die Hand nehmen« und »dem Penner keine Träne mehr nachweinen« klappt
auf Anhieb noch nicht ganz so perfekt. Zwei Stunden später
sitze ich in Kikis und meinem Wohnzimmer auf dem Sofa und
ergehe mich in mitleidiger Selbstkasteiung.
  »Weil er ein Arschloch ist und es nicht anders verdient hat«,
stellt Kiki lapidar fest und zündet sich eine Zigarette an.
  »Aber damit habe ich meine letzte Chance bei ihm verspielt«,
erwidere ich in weinerlichem Tonfall. »Jetzt ist es mit Sicherheit endgültig vorbei!«
  »Gut so«, kommt es von Kiki zurück, sie lächelt mich sogar
an.

»Gut so?«, frage ich sie aufgebracht. »Warum sollte das gut sein?«

»Weil er ein Arschloch ist und es nicht anders verdient hat«, wiederholt Kiki, als würde sie ein tibetisches Mantra vor sich hin beten.

»Aber ich liebe ihn doch!«

»Warum?«

»Weil ich ihn eben liebe!«, gebe ich trotzig zurück.

Kiki seufzt und nimmt einen weiteren Zug von ihrer Zigarette. »Maike«, stellt sie dann in nahezu mütterlichem Tonfall fest, obwohl sie jünger ist als ich, »es tut mir leid, dir das so sagen zu müssen, aber es spielt in diesem Fall überhaupt keine Rolle, ob du ihn noch liebst. Er liebt dich nicht mehr. Darauf kommt es an, also finde dich damit ab.«

»Woher willst du wissen, dass er mich nicht mehr liebt?«

»Was hat er auf deine letzte Mail noch mal geantwortet?«, stellt Kiki die Gegenfrage.

Achselzuckend greife ich nach dem schon etwas zerknitterten Computerausdruck, der vor uns auf dem Couchtisch liegt.

Maike,
vielen Dank für Deine lieben Wünsche bezüglich meiner Sackhaare. Mir war schon klar, dass Du meine Entscheidung, mich von Dir zu trennen, nicht verstehen würdest – darum ist sie auch genau richtig. Wir passen nicht zusammen und verstehen uns nicht, es hat keinen Sinn mehr, und deshalb ist es aus. Wenn Du ehrlich bist, bist Du doch auch schon eine ganze Zeit lang unzufrieden gewesen. Die Sache mit Deinem Studium tut mir natürlich leid. Aber das hat überhaupt nichts mit uns beiden zu tun. Irgendwann wirst Du das vielleicht auch verstehen. Mach's gut und lass mich jetzt bitte endlich in Ruhe.
Gunnar

Verzweifelt starre ich auf Gunnars Zeilen, sie verschwimmen im Tränenschleier vor meinen Augen.

»Und?«, will Kiki wissen. »Lässt das noch irgendwelchen Freiraum für Interpretationen?«

»Nein«, muss ich ihr recht geben, »das tut es wohl nicht.«

»Eben«, meint meine Cousine resolut, »darum ist es jetzt auch höchste Zeit, dass du den Typen abhakst und dich den wirklich wichtigen Dingen des Lebens zuwendest.«

»Was ist denn wichtiger als die Liebe?«, gebe ich in einem Anfall von Theatralik zurück.

»Dass du jobmäßig endlich mal auf die Beine kommst, zum Beispiel?«, schlägt sie vor. »Deine Freunde? Deine Familie? Deine Gesundheit?« Mit diesen Worten deutet sie auf das Glas Rotwein in meiner Hand. »Du trinkst in letzter Zeit viel zu viel, und Alkohol ist jetzt wirklich überhaupt keine Lösung. Im Gegenteil, der hindert dich nur daran, dein Leben in Angriff zu nehmen.«

»Dafür rauchst du wie ein Schlot«, gebe ich zurück, schnappe ihr die Zigarette aus der Hand und drücke sie mit einer energischen Bewegung im Aschenbecher aus.

Einen kurzen Moment lang sieht Kiki mich überrascht an – dann muss sie lachen. »Eins zu null für dich«, meint sie, »die Qualmerei ist wirklich ein furchtbares Laster.«

»Ja, das ist sie, du verpestest damit unsere ganze Wohnung«, sage ich und stelle mein Weinglas weg. »Und für jemanden wie dich, der meint, die Weisheit mit Löffeln gefressen zu haben, ist sie auch noch absolut dumm!«

»He!«, beschwert Kiki sich. »Ich habe nie behauptet, die Weisheit mit Löffeln gefressen zu haben!«

»Dafür spielst du dich mir gegenüber aber immer ziemlich allwissend auf.«

Kiki zieht die Augenbrauen hoch, was ziemlich lustig aussieht, weil sie als typische Rothaarige mit sehr vielen Sommersprossen gesegnet ist, die sich dabei automatisch auch ein Stockwerk nach oben bewegen.

»Entschuldige, aber wer sitzt denn hier andauernd auf dem Sofa rum und fragt: ›Kiki, was soll ich denn tun? Kiki, mein Leben ist so sinnlos! Kiki, ich weiß gar nicht, wie es weitergehen soll‹?«

»Okay«, gebe ich zu, »ich hatte in letzter Zeit eben ziemlich viel Pech. Aber mit altklugen Belehrungen ist mir dabei nicht geholfen.«

»Mit neuklugen ja leider auch nicht«, meint Kiki und streicht sich in gespielter Verzweiflung durch ihre kurzen Haare.

»Könnten wir«, will ich mit Kleinmädchenstimme wissen, »nicht vielleicht noch einmal in die Karten gucken?«

Kiki schüttelt den Kopf. »Nein, das können wir nicht.«

»Bitte!«

»Nein.«

»Biiiieeeette!«

»Ach, mein Goldstück«, seufzt Kiki. Oha, wenn sie mich so nennt, hat sie mich entweder gerade besonders lieb – oder ist besonders genervt von mir. In diesem Augenblick tippe ich eher auf genervt. »Wir haben in den letzten Wochen so gut wie jeden Tag in die Karten geguckt«, fährt sie in einem Tonfall fort, der meine Vermutung bestätigt. »Das bringt überhaupt nichts. Sieh es endlich mal als das, was es ist: Entertainment. Zeitvertreib. Ein lustiges Gedankenspielchen, das hier und da ein paar Hinweise liefern kann.«

»Ja, aber nach genau den Hinweisen können wir doch noch einmal suchen!«, insistiere ich.

»Nein«, wiederholt Kiki, »weil es egal ist, was die Karten sagen. Es wird sich an deiner jetzigen Situation nichts ändern, wenn *du* dich nicht änderst. Es geht um dich, du allein hast es in der Hand.«

»Na prima«, stelle ich etwas beleidigt fest. »Ich bin schließlich nicht absichtlich durch die Prüfung gefallen und habe auch nicht meinen Freund abserviert!«

»Nein, das hast du nicht«, gibt sie mir recht. »Aber darüber kannst du jetzt entweder noch monatelang jammern oder endlich deinen Hintern hochkriegen. So wie es jeder normale Mensch auch tut!«

»Du hast gut reden! Du bist ja zufrieden in deinem Job, bei dir läuft alles wie am Schnürchen, und Stefan trägt dich auf Händen!«

»Also, erstens bin ich als Coach selbständig und muss jeden Tag meinen Hintern hochkriegen«, stellt Kiki in strengem Tonfall fest. »Im Gegensatz dazu hast du die letzten fünf Jahre permanent darüber gemault, wie sehr dich dein Job im Sonnenstudio anödet, dass er beschissen bezahlt wird und du endlich mit der Uni fertig werden willst.« Sie wirft mir einen missbilligenden Blick zu.

»Na ja«, mache ich einen sarkastischen Scherz, »mit der Uni bin ich ja jetzt in jedem Fall fertig. Zwangsexmatrikulation dank Komplettversagen.«

Kiki holt tief Luft. »Ich sage das nicht gern, Maike«, sie unterbricht sich, als würde sie noch nach den richtigen Worten suchen. Dann spricht sie weiter: »Aber du musst ehrlicherweise zugeben, dass du für die Prüfung auch nicht sonderlich viel gelernt hast.«

»Hab ich wohl!«, gebe ich bockig zurück. Das fehlte mir jetzt noch, dass mir meine kleine, besserwisserische Cousine mangelnden Einsatz vorwirft. Allerdings spüre ich gleichzeitig einen Anflug von schlechtem Gewissen in mir aufsteigen. Denn wenn ich ehrlich bin: Ich war nicht gerade das, was man sich unter einer Musterstudentin vorstellt. Nein, nicht wirklich, ich habe es da immer eher mit dem Motto »Ein gutes Pferd springt nie zu hoch« gehalten. Aber ist das auch ein Wunder? Jeder, der sich schon mal mit Jura beschäftigt hat, wird wissen, dass

17

der Spaßfaktor sich dabei in extrem überschaubaren Grenzen hält. »Ich habe mich ziemlich gewissenhaft darauf vorbereitet«, stelle ich trotzdem noch fest. So gewissenhaft jedenfalls, wie ich es konnte, denke ich gleichzeitig.

»Na? Machst du dir da nicht gerade etwas vor?«, hakt Kiki nach, als hätte sie meine Gedanken gelesen. »Das soll kein Vorwurf sein«, fügt sie sofort in einem etwas versöhnlicheren Tonfall hinzu, »aber du solltest zu dir selbst schon ehrlich sein.«

»Pffff«, entfährt es mir, »du hast gut reden! Dir ist ja immer alles in den Schoß gefallen, du hast dein Abi und das Studium doch mit links durchgezogen.« Das ist jetzt wahrlich nicht übertrieben, denn gegen Kiki anzustinken war schon immer alles andere als einfach. »Nimm dir mal ein Beispiel an deiner Cousine!« – wie oft hatte ich diesen Satz seit frühester Jugend von meinen Eltern gehört, wenn ich mal wieder mit einem katastrophalen Zeugnis nach Hause gekommen war? Von den zwei Ehrenrunden, die ich bis zum Abitur drehen durfte, mal ganz zu schweigen. Als Kiki und ich nach meinem zweiten Sitzenbleiben die letzten drei Jahre dann auch noch in die gleiche Stufe gingen, war der Vergleich natürlich noch krasser. »Neben dir kann man ja nur blass aussehen«, bringe ich trotzig hervor.

»Maike«, jetzt klingt Kiki wieder ganz liebevoll, »hör endlich auf, dich immer mit mir zu vergleichen!«

»Wenn das so einfach wäre«, schmolle ich weiter. »Du hast alles, was ich gern hätte. Einen netten Freund, eine schöne Wohnung …«

»Wir wohnen doch beide hier!«

»Ja!« Ich gebe ein ironisches Lachen von mir. »Nur zahlst du den Löwenanteil der Miete, ohne dich könnte ich mir höchstens eine Zwanzig-Quadratmeter-Butze am Arsch der Heide leisten! Mit Klo auf dem Flur!«

»Ich nutze ja auch viel mehr Platz als du«, gibt Kiki zu bedenken.

Das stimmt natürlich, denn im vorderen Teil unserer Erdgeschosswohnung hat Kiki zwei Büroräume, in denen sie ihre Coachings veranstaltet. Bevor wir vor drei Jahren hier einzogen, war in den Räumen eine Kinderboutique, deren Inhaber pleitegingen. Pech für die Besitzer, Glück für uns, denn es war genau das, wonach wir gesucht hatten: Vorne, in den zwei Zimmern des Ladengeschäfts, konnte Kiki ihre Firma »Coaching Schäfer« einrichten, im hinteren Teil gibt es fünf weitere Räume, jeweils ein Schlafzimmer für Kiki und mich, ein gemütliches Wohnzimmer, eine Küche, in die immerhin ein Tisch für sechs Personen passt, und sogar ein Bad mit Badewanne. Und dass Kiki mir monatlich nur zweihundertfünfzig Euro warm abknöpft … na ja, natürlich kann ich mir eh nicht viel mehr leisten. Trotzdem fühle ich mich häufig schlecht dabei, komme mir vor wie ein Parasit, der von Kiki durchgeschleppt wird. Bei dem Gedanken habe ich sofort wieder Gunnar vor Augen. Vor einem halben Jahr sprach er noch davon, dass wir bald zusammenziehen sollten. Nach meinem Uni-Abschluss hätte ich mit meinem Referendariat angefangen, und mit Gunnars Verdienst als Ingenieur bei Airbus hätten wir uns sicher etwas Nettes leisten können.

Venedig, fällt es mir prompt ein. Da hatten wir zusammen hinfliegen wollen, ebenfalls nach meinem Abschluss.

»Wenn du das alles hinter dir hast, machen wir eine Liebesreise nach Venedig«, hatte Gunnar Anfang des Jahres zu mir gesagt. Er hatte mir Flugtickets geschenkt und sogar schon ein Hotelzimmer organisiert, das sollte meine Belohnung fürs Staatsexamen sein, ganze fünf Tage in der romantischsten Stadt der Welt.

Ich hatte mich tierisch darauf gefreut, schließlich wollte ich schon immer mal in die Stadt am Canal Grande. »Gehst du dann auch auf dem Markusplatz vor mir auf die Knie und hältst um meine Hand an?«, hatte ich einen Witz gemacht. Na gut, es war ein Scherz, in dem vielleicht ein kleines bisschen Ernst steckte, welches Mädchen würde nicht von so einem Moment träumen?

Tja, und auf Gunnars »Schatz, du weißt doch, dass ich immer solche Rückenprobleme habe« haben wir uns dann prompt wieder gestritten. Rückblickend kann ich gar nicht mehr sagen, woran es in diesem Moment gelegen hat, aber irgendwie war ich sauer, wie Gunnar reagiert hatte, und fühlte mich … zurückgewiesen, das trifft es wohl am ehesten. Ja, ein bisschen empfindlich vielleicht, jedenfalls endete es damit, dass ich ihm vorwarf, dass er mich ja sowieso wahrscheinlich nie heiraten würde.

Woraufhin er meinte: »Wenn du dich so aufführst wie jetzt und es schaffst, mir sogar aus meiner lieb gemeinten Venedig-Überraschung einen Strick zu drehen – nein, dann sicher nicht.«

Was soll ich sagen? Sieht so aus, als hätte Gunnar recht behalten, von Heiraten kann momentan nun wirklich keine Rede sein. Es wird also nichts mit Venedig, die Flugtickets hatte ich ihm bei unserem letzten großen Streit vor der Trennung mit einem »Da kannst du von mir aus allein hinfliegen!« vor die Füße gedonnert. Und es wird auch nichts mit einer gemeinsamen Wohnung, genauso wenig wie mit dem Abschluss. Das Einzige, was mir noch bleibt, ist mein mistiger Aushilfsjob im Sonnenstudio. Hätte ich damals doch bloß meine Klappe gehalten!!! Ich seufze tief.

»Woran denkst du gerade?«, will Kiki wissen.

»Woran schon? Daran, dass in meinem Leben einfach alles schiefläuft. Und an Gunnar. Er fehlt mir so!«

»Vermisst du tatsächlich Gunnar, oder ist es etwas anderes?«

Ich blicke sie verständnislos an. »Wie meinst du denn das jetzt schon wieder?«

»Na ja«, sie zuckt mit den Schultern, »ich frage mich, ob es dir wirklich um Gunnar geht oder um die Tatsache, dass du jetzt allein bist.«

»Natürlich geht es mir um ihn!«, stelle ich entrüstet fest. »Ich liebe ihn doch und würde alles tun, um ihn zurückzubekommen.«

»Tatsächlich?« Kiki blickt skeptisch drein. »Ehrlich gesagt hast du dich im letzten halben Jahr nur noch über ihn beschwert.«

»Hab ich nicht.«

»Hast du doch.« Sie beginnt mich nachzuäffen. »Er ist nicht zärtlich genug. Er interessiert sich überhaupt nicht für meine Probleme und ist mir gar keine Unterstützung. Er will nie reden und am liebsten immer nur Fernsehen gucken. Er …«

»Vorhin hast du doch noch selbst gesagt, er sei ein Arschloch«, unterbreche ich sie. »Und jetzt bin ich es auf einmal, die immer nur rumgenörgelt hat?«

»Nein, ich will dir bloß aufzeigen, dass Gunnar nicht ganz der Traumprinz für dich war, zu dem du ihn gerade verklären willst. Dafür hast du mir gegenüber jedenfalls viel zu oft über ihn gelästert.«

»Das waren aber doch immer nur Kleinigkeiten!«, verteidige ich mich.

»Das Ganze ist die Summe seiner Teile.«

»Toller Spruch! Erzählst du das auch deinen Kunden auf dem Selbstfindungstrip?« Ich starre sie böse an.

»Es ist nicht verkehrt, zu sich selbst zu finden«, erklärt Kiki mir mit erstaunlich ruhiger Stimme, ich an ihrer Stelle wäre vermutlich ausgeflippt. »Das könnte dir meiner Meinung nach auch nicht schaden.«

Okay, jetzt flippe ICH wirklich aus. »Super, Cousinchen«, blöke ich sie an. »Ich stehe hier vor den Trümmern meines Lebens, und du erklärst mir, ich soll doch einfach mal ein bisschen

Selbstfindung betreiben. Was soll ich dabei bitte schön finden? Dass ich eine blöde Kuh bin, die zu dämlich für ein Examen ist und die ihren Typen vergrault hat? Wirklich, sehr tröstlich von dir, vielen Dank!«

»Okay, du willst mich offensichtlich falsch verstehen. Bitte, nur zu!«

»Das hat nichts mit Falsch-Verstehen zu tun!«, gifte ich sie an. »Was ich im Moment brauche, ist ein bisschen Trost und niemanden, der mir auch noch Vorhaltungen macht.« Erregt greife ich nach der Weinflasche und will mir nachschenken, aber Kiki schnappt sie mir mit einer schnellen Bewegung aus der Hand und knallt sie donnernd auf den Tisch.

»Jetzt reicht es mir!« Ihre Stimme klingt mit einem Mal ziemlich sauer. »Ich will dir keine Vorhaltungen machen und finde es mehr als ungerecht, wenn du mir das unterstellst. Und ich bin es auch leid, dass du mir permanent das Gefühl gibst, dass es mir im Vergleich zu meinem armen, armen Cousinchen doch so viel bessergeht. Dieser unausgesprochene Vorwurf von dir geht mir echt auf die Nerven. Als wäre ich schuld daran, dass du nichts auf die Reihe kriegst, als müsste ich mich dafür schämen, dass ich erfolgreich und glücklich bin!«

Ich spüre, wie mir das Blut in die Wangen schießt, noch nie im Leben hat Kiki so mit mir geredet.

»Alles, was ich sagen will«, fährt sie fort, »ist, dass es vielleicht mal an der Zeit wäre, deine weinerliche Opferrolle zu verlassen und nicht immer Gott und der Welt die Schuld für dein Elend in die Schuhe zu schieben. Das ist zwar bequem, hat aber leider einen entscheidenden Haken: Wenn du nicht bereit bist, für dich selbst Verantwortung zu übernehmen, wird sich auch kein anderer finden, der dir das abnimmt. Mich eingeschlossen.«

»Das habe ich auch nie von dir erwartet.« Ich springe auf und starre sie böse an.

»Doch«, widerspricht sie mir. »Unterschwellig tust du das die ganze Zeit. Und weißt du, was? Ich denke, das ist auch der Grund, warum Gunnar dich verlassen hat. Weil er dein Gejammer nämlich auch nicht mehr ertragen konnte, weil jeder normale Mensch irgendwann überfordert ist, wenn man ihm seinen gesamten Scheiß auf die Schultern packt und in jeder Suppe erst mal nach dem Haar sucht! Da kann ich Gunnar wirklich mehr als verstehen, ich an seiner Stelle hätte schon längst die Biege gemacht.« Im selben Augenblick, in dem die Worte Kikis Mund verlassen haben, tritt ein entsetzter Ausdruck auf ihr Gesicht. »Maike, es tut mir leid!«, schiebt sie eilig hinterher. »Das wollte ich wirklich nicht sagen, es ist mir einfach so herausgerutscht.«

Mir ist, als hätte mir jemand mit Anlauf in die Magengrube getreten. Kiki steht auf und versucht, mich in den Arm zu nehmen, aber ich schiebe sie weg.

»Wirklich, das habe ich nicht so gemeint, ich wollte dich bestimmt nicht verletzen.«

»Doch«, antworte ich schließlich und bin selbst erstaunt darüber, wie eisig meine Stimme klingt. »Du hast es genau so gemeint.« Mit diesen Worten verlasse ich das Wohnzimmer und donnere die Tür hinter mir ins Schloss. Ich höre, wie Kiki ein weiteres Mal meinen Namen ruft, aber ich habe nicht vor, noch einmal zu ihr zurückzugehen.

Erst als ich in meinem Zimmer bin, fällt diese seltsame Starre, die mich ergriffen hat, von mir ab. Ich werfe mich auf mein Bett – und muss plötzlich unkontrolliert losheulen.

2. Kapitel

Zwei Stunden später kann ich immer noch nicht einschlafen und wälze mich stattdessen unruhig im Bett hin und her. Kiki hat, kurz nachdem ich in meinem Zimmer verschwunden bin, noch einmal zaghaft an meine Tür geklopft, aber ich hab ihr nur ein »Hau ab!« zugebrüllt.

Mittlerweile tut es mir leid, vielleicht hätte ich noch einmal mit ihr reden und mich mit ihr versöhnen sollen? Aber so aufgebracht, wie ich selbst jetzt noch bin, würden wir uns am Ende möglicherweise nur noch mehr in die Haare kriegen. Und dass ich nun auch noch meine beste Freundin verliere, kann ich im Moment echt gar nicht gebrauchen. Sonst bleiben mir am Ende wirklich nur noch die Drogen – oder ich werde einfach gleich Mitglied in besagter Trommelgruppe.

Natürlich weiß ich, dass Kiki es nicht so gemeint hat. Trotzdem haben mich ihre Worte unglaublich getroffen, und ich bekomme sie einfach nicht mehr aus dem Kopf. Gunnar hat mich verlassen, weil ich für ihn unerträglich war? Ist das wirklich so? Okay, Kiki hat schon irgendwie recht. Ich habe wirklich oft über Gunnar geschimpft. Auch wenn mir das jetzt natürlich leidtut. Aber ich war halt in einer Krise. Das heißt, ich bin es noch. Ich meine, klar, wenn man so viel Pech hat wie ich, dann ist es doch nur normal, dass man sich darüber ausweint. Ein Partner, der einen liebt, sollte doch genau in solchen Momenten hinter einem stehen, oder? Pathetisch gesprochen: in guten wie in schlechten Zeiten. Ich kann mich nicht erinnern, dass irgendwo was über die Länge steht, die eine schlechte Zeit andauern darf.

Meine Lebensumstände sind schon länger eher suboptimal. Wie gesagt, kein Mann, kein Haus, kein Kind. Als Auto fuhr ich bis vor kurzem einen zerbeulten Twingo, den leider ein akutes Herzversagen dahinraffte, seitdem bin ich zu Fuß oder mit einem klapprigen Hollandrad unterwegs. Mein Freundeskreis ist relativ überschaubar und besteht eigentlich nur aus Kiki und meiner Kollegin Nadine aus dem Sonnenstudio. Das Verhältnis zu meinen Eltern ist von jeher gespannt, und überhaupt stehe ich nicht gerade auf der Sonnenseite des Lebens. Und, ja, mein Nebenjob, der ehrlicherweise schon längst in einen Hauptjob übergegangen ist, geht mir schon lange auf die Nerven und ist noch dazu schlecht bezahlt.

Aber was soll ich denn anderes machen, ich hab ja nicht einmal einen vernünftigen Abschluss oder eine Ausbildung? Seufzend drehe ich mich auf den Rücken, starre an die Decke und zermartere mir weiter den Kopf.

Gut, wenn ich ehrlich bin, hätte ich selbst mit bestandenem Examen nicht wirklich gewusst, wie es danach hätte weitergehen sollen. Gunnar gegenüber hab ich zwar immer behauptet, ich würde mich nach dem Referendariat am liebsten bei einem großen Unternehmen in der Wirtschaft bewerben, aber so richtig gut konnte ich mir das eigentlich nicht vorstellen. Zahlen waren noch nie meins. Das immerhin hat mich doch mit Jura verbunden. Wie heißt es so schön: *iudex non calculat*, der Richter rechnet nicht. Tja, aber über meine Karriere als Juristin muss ich mir ohnehin keine Gedanken mehr machen. Darüber, wie es in Zukunft mit mir weitergehen soll, allerdings schon. Und genau da liegt das Problem: Ich habe nicht die geringste Ahnung, was ich machen könnte. Außer dass ich nicht vorhabe, für sieben Euro fünfzig pro Stunde im Sonnenstudio alt zu werden.

Aber was dann? Als ich noch zur Schule ging, hatte ich immer große Freude daran, meine Klassenkameradinnen zu schminken oder ihnen die Haare zu flechten, das konnte ich ziemlich gut. Als ich jedoch mit vierzehn zu meinen Eltern sagte, dass ich gern Visagistin werden würde, lachten sie nur. »Du willst doch wohl nicht als Frisöse enden?«, war der einzige Kommentar meines

Vaters. Für ihn als Arzt war so etwas unvorstellbar. »Selbstverständlich machst du Abitur und gehst danach zur Uni«, fügte meine Mutter hinzu, die nach meiner Geburt ebenfalls gleich als Ärztin weitergearbeitet hatte, »das haben in unserer Familie alle so gemacht.«

Damit war das Thema dann vom Tisch, und heute helfe ich nur noch hin und wieder Kiki, wenn ein besonderer Anlass ansteht. Nadine habe ich sogar für ihre Hochzeit mit ihrem Freund Ralf aufgerüscht, und sie sah richtig klasse aus.

Jetzt drehe ich mich auf den Bauch und vergrabe den Kopf im Kissen. Das sind ja wirklich solide Fähigkeiten, die ich habe, demnächst wird mich wahrscheinlich ein Headhunter anrufen, um mich in irgendeine Vorstandsetage zu beordern. Leute, die in meinem Alter noch nichts auf die Kette gekriegt haben, werden ja bekanntermaßen händeringend gesucht!

In meinem Alter. Wieder ist dieser Gedanke da, und plötzlich zieht sich das Selbstmitleid wie ein erdrückender Stahlhelm über meinen Kopf. Mit fast dreißig wieder völlig allein. Gehen Sie nicht über »Los«, ziehen Sie nicht viertausend Euro ein. Es ist nicht nur der Job, der mir Sorgen macht. Was ist mit Partnerschaft? Mit Kindern, mit Familie? Wird mir das alles verwehrt bleiben, hocke ich irgendwann als Sozialfall mit dreiundzwanzig Katzen in einem Drecksloch? Ich spüre, wie mir wieder die Tränen in die Augen schießen. Was ist der Sinn von allem? Was ist der Sinn von diesem ganzen verdammten Scheißleben?

Ich stehe auf, tapse leise durch den dunklen Flur in die Küche – Kiki scheint auch schon im Bett zu sein – und hole mir noch ein Glas Rotwein. Ja, ich trinke zu viel. So what?

Als ich am nächsten Morgen um kurz nach elf wieder in die Küche komme, hoffe ich mit halbem Herzen, dass Kiki am Frühstückstisch sitzt und auf mich wartet. Das tut sie natürlich nicht, sie ist schon längst vorne in ihrem Büro und arbeitet fleißig. Aber immerhin finde ich noch heißen Kaffee in der Maschine vor, den kann ich gut gebrauchen, denn in meinem Kopf jault ein amtlicher Kater. Wahrscheinlich hat Kiki doch recht, auf Dauer ist Alkohol wohl keine Lösung. Und da ich bereits um zwölf im Sonnenstudio sein muss, werde ich da heute wohl ein wenig zerknittert auftauchen. Aber egal, ich werde schließlich nicht für mein gutes Aussehen bezahlt, wobei ich mir mit meinem Äußeren meistens schon Mühe gebe. Oder, wie hatte Gunnar etwas hilflos versucht, mich nach der vergeigten Prüfung zu trösten? »Okay, du bist durchgefallen. Aber dabei hast du bestimmt besser ausgesehen als alle anderen.« Haha, sehr witzig! Vor allem, wenn man bedenkt, dass er mich kurze Zeit später abserviert hat.

Seufzend schenke ich mir eine große Tasse Kaffee ein und setze mich an unseren Küchentisch. Mein Blick fällt auf ein Blatt Papier, das dort liegt. Ein Brief an mich. Von Kiki.

Liebe Maike,
es tut mir wirklich leid, was gestern Abend passiert ist, bitte glaub mir das! Wenn Du magst, komm doch heute nach der Arbeit in meinem Büro vorbei. Ich muss heute länger machen und habe eine kleine Überraschung für Dich.
Kiki

Lächelnd falte ich den Brief zusammen und stecke ihn in die Tasche meines Bademantels. Freut mich, dass Kiki mir geschrieben hat. Ich bin mir nicht sicher, ob ich es geschafft hätte, den ersten Schritt zu tun, meistens harre ich ziemlich lange in meinem Schmollwinkel aus. Umso netter, dass Kiki von sich aus auf mich zukommt. So schreibe ich auf einen neuen Zettel »Alles klar, bis heute Abend!« und lege ihn im Flur vor die Durchgangstür zu Kikis Arbeitsbereich. Wenn sie sich mittags etwas zu essen macht, wird sie die Nachricht finden.

Pfeifend suche ich mir ein paar Klamotten für heute aus dem Kleiderschrank und flitze damit Richtung Badezimmer. In einer halben Stunde muss ich im Studio sein, höchste Zeit für Duschen und Zähneputzen. Mit Elan stürme ich durch die Tür – und bleibe wie angewurzelt stehen.

»Oh!«

»Oh!«

Mit dem Rücken zu mir, dafür aber gut sichtbar vor dem großen Spiegel überm Waschbecken aufgebaut, steht Stefan, so wie Gott ihn schuf. Seine dunkelblonden Haare sind nass und zurückgekämmt, zwischen seinen Schulterblättern glitzern ein paar Wassertropfen, die über seinen Rücken bis hinunter zu seinem knackigen Po perlen, seine Haut ist leicht gebräunt, überall zeichnen sich guttrainierte Muskeln ab. Stefans Gesichtsausdruck allerdings mindert diesen Anblick von Perfektion ein wenig: Er starrt mich entsetzt an, zwischen seinen Lippen steckt eine Zahnbürste, und er hat hellblauen Schaum vorm Mund.

»Hmaige«, nuschelt er, greift nach dem erstbesten Stofffetzen, den er zu fassen kriegt (einen Waschlappen), hält ihn sich ungelenk vor seine Körpermitte und spuckt die Zahnpasta ins Waschbecken. »Ich wusste nicht, dass du noch in der Wohnung bist«, sagt er dann und versucht noch immer, sich den viel zu kleinen Waschlappen um die Hüfte zu schlingen.

»Da sind wir schon zwei, die nichts von unserer Anwesenheit wussten«, gebe ich amüsiert zurück.

»Ja, ähm.«

Jetzt dreht er sich ungelenk zur Seite und versucht, nach seiner frischen Unterwäsche zu hangeln, die auf dem Toilettendeckel liegt. Bei dem Versuch wäre er fast hingefallen – und ich kann nicht anders, als in brüllendes Gelächter auszubrechen.

»Stefan«, bringe ich lachend hervor, »denkst du, ich habe noch nie einen nackten Mann gesehen?« Jetzt hat er seine Boxershorts erwischt.

»Hast du?«, bringt er mit gequältem Lächeln hervor und will damit offenbar einen Witz machen, während er unter umständlichen Verrenkungen in seine Hose schlüpft, ohne dabei den Waschlappen loszulassen.

»Ja, klar«, erwidere ich kichernd. »Manche legen es regelrecht darauf an. Was meinst du, wie oft mich ein Kerl in seine Kabine ruft? ›Hallo, ich kriege den Solariumdeckel nicht mehr hoch!‹, ›'tschuldigung, könnten Sie mir noch ein zweites Handtuch bringen?‹ Und dann stehen die Typen vor mir, splitterfasernackt. Frage mich, ob die meisten denken, ich würde allein bei ihrem Anblick die Beherrschung verlieren und mich in der Kabine auf sie stürzen.« Ich mache eine Pause und grinse Stefan an. »Wobei«, ich lasse meinen Blick anerkennend über seine Bauchmuskeln wandern, die ein beeindruckendes Sixpack bilden, »die wenigsten machen dabei so eine gute Figur wie du, das muss ich schon sagen.«

»Vielen Dank, gnä' Frau!«, antwortet Stefan und grinst nun auch breit. Halbwegs bekleidet, findet er schnell zu seinem üblichen Selbstbewusstsein zurück. »Alles hart erarbeitet«, sagt er und schlägt sich mit der flachen Hand auf den Bauch.

Da hat Stefan recht. Als Personal Trainer stehen für ihn jeden Tag etliche Stunden Sport auf dem Programm – und das ist ihm eben anzusehen. »Stefan kümmert sich bei seinen Kunden um den Körper, ich um den Kopf«, erklärt Kiki gern, warum sie beide so gut zusammenpassen. Das tun sie auch, und jeder, der sie miteinander erlebt, merkt auf Anhieb, dass sich hier Topf und Deckel gefunden haben. Wirklich beneidenswert.

Bei Gunnar und mir war es nicht ganz so, wir waren eher Topf und Bratpfanne. Wobei Gunnar mit seinen gut und gern fünfzehn Kilo zu viel auf den Rippen ganz eindeutig der Topf war. Egal, ich hab ihn trotzdem geliebt. Schnell schiebe ich den Gedanken an meinen Ex zur Seite, ich habe keine Lust, mir jetzt schon wieder selbst die Laune zu vermiesen.

»Ich wusste gar nicht, dass du hier übernachtet hast.«

»Hatte ich eigentlich auch nicht vor«, erklärt Stefan. »Normalerweise hätte ich heute früh um acht einen Klienten gehabt, der kurz vorm Hamburg-Marathon noch ein paar Trainingseinheiten absolvieren wollte. Aber er hat mir gestern spät abgesagt, und als Kiki anrief und mich bat, vorbeizukommen, bin ich natürlich sofort zu meiner Liebsten geeilt.« Sein Gesichtsausdruck verändert sich, zwar fast unmerklich, aber es entgeht mir trotzdem nicht. Ich runzele die Stirn.

»Sie hat dir erzählt, dass wir Zoff hatten.« Mehr eine Feststellung als eine Frage.

Stefan nickt zögerlich. »Ja, hat sie«, gibt er dann zu. »Sie macht sich halt«, spricht er schnell weiter, »Sorgen um dich.«

»Da ist sie ebenfalls nicht die Einzige«, stelle ich in sarkastischem Tonfall fest.

Stefan guckt mich überrascht an. »Wieso? Hat etwa Gunnar …«

»Träum weiter«, ich mache eine wegwerfende Handbewegung, »von dem brauche ich wohl nichts mehr zu erwarten.«

»Hast du mittlerweile mit deinen Eltern gesprochen?«, fragt er als Nächstes.

Mein Magen zieht sich zusammen. Meine Eltern. Ja, mit denen muss ich wohl auch noch reden und ihnen gestehen, dass ich das Studium versiebt habe und sie sich leider mit der Tatsache anfreunden müssen, keine Akademikerin zur Tochter zu haben. Was dann aus ihrer monatlichen Unterstützung von vierhundert Euro wird, die sie mir bisher zukommen lassen, darüber will ich lieber gar nicht nachdenken!

»Nein«, erwidere ich und lächele dann schief, »das spare ich mir für einen ganz besonderen Moment auf.«

»Dann rück schon mit der Sprache raus!«, fordert Stefan mich auf. »Wer macht sich sonst noch Sorgen um dich?«

»Das liegt doch wohl auf der Hand«, erkläre ich. »Ich! Ich

mache mir Sorgen um mich und darum, wie mein verkorkstes Leben nun weitergehen soll.«

»Ach, Maike«, Stefan macht ein paar Schritte auf mich zu und legt brüderlich einen Arm um meine Schulter.

Normalerweise würde es mich vielleicht nervös machen, wenn so ein gutaussehender und noch dazu halbnackter Mann mir so nahe käme – vor allem, da mein letzter Körperkontakt schon … na ja, eine ganz Weile her ist, denn schon in unseren Endzügen sind Gunnar und ich nicht gerade täglich durch die Laken geturnt –, doch bei Stefan genieße ich einfach die freundschaftliche Geste. Das hier ist eben »nur« Stefan, der knackige Freund meiner Cousine, der zwar sehr sexy, aber auch sehr Tabuzone ist.

»Das wird sich schon alles finden, glaub mir.« Er wirft mir ein aufmunterndes Lächeln zu und entblößt dabei eine Reihe strahlend weißer Zähne.

»Ja«, seufze ich, »sicher wird das irgendwie.«

»Ich sag ja immer: Et häät no ever jootjejange.«

»Wie bitte? Ich verstehe kein Wort!«

Als gebürtiger Rheinländer bringt Stefan immer mal wieder gern Sprichwörter an, die für norddeutsche Ohren nur schwer zu entschlüsseln sind.

»Das heißt: Es ist noch immer gutgegangen.«

Ich lache. »Dann hoffen wir mal, dass du und Kiki am Ende recht behaltet.«

Stefan zuckt mit den Schultern. »Et kütt, wie et kütt«, pariert er lächelnd, was ich mit »Es kommt, wie es kommt« sogar selbst übersetzen kann.

»Ja, sicher. Und wenn sie nicht gestorben sind, dann leben sie noch heute.« Mein Blick fällt auf die große Wanduhr über der Badezimmertür. »Scheiße!«, entfährt es mir. »Schon Viertel vor zwölf? Jetzt muss ich mich aber echt beeilen, sonst geht hier am Ende gar nichts gut!«

»Na«, Stefan schnappt sich seine restlichen Sachen und macht sich auf den Weg aus dem Bad, »dann hau mal rein.«

»Ach, Stefan?«, rufe ich ihm nach, als er schon fast aus der Tür ist.

»Ja?« Er dreht sich zu mir um und sieht mich fragend an.

»Du solltest«, setze ich an und spreche dabei betont langsam, um ihn ein bisschen auf die Folter zu spannen.

»Ich sollte was?«

»Also, wenn du dich unter den Asi-Toaster legst, dann dreh dich am besten die letzten fünf Minuten auf den Bauch.«

»Wieso …«, er glotzt verständnislos. »Woher weißt du …?«

Ich verkneife mir ein Lachen, weil Kiki mir mal erzählt hat, dass er absichtlich nicht in das Sonnenstudio geht, in dem ich arbeite, weil es ihm peinlich wäre, wenn ich wüsste, dass er so was überhaupt macht. Ja, ja, eitel sein, aber nicht dazu stehen! »Hier«, ich greife mit einer Hand über meine Schulter und lege sie mir aufs Schulterblatt, »und hier«, meine Hand wandert runter zu meinem Steißbein. »An diesen Stellen wird durch deinen Körperdruck der Blutkreislauf gehemmt«, doziere ich und freue mich immer noch über Stefans verdutztes Gesicht. »Deshalb wirst du dort nicht braun, sondern bekommst weiße Flecken. Aber wenn du dich am Ende umdrehst, bräunen die Stellen nach, und man sieht es nicht.«

Reflexartig dreht Stefan sich mit dem Rücken zum Spiegel und betrachtet sich über die Schulter. Einen Moment lang wirkt er noch völlig perplex, dann stellt er sich wieder gerade hin und strahlt mich an.

»Vielen Dank, Fräulein Schäfer, das war mir noch gar nicht aufgefallen.«

»Immer wieder gern, Herr Becker, und stets zu Diensten!«

»Ist doch gut, einen Fachmann im Haus zu haben«, macht Stefan einen letzten Witz, bevor er die Badezimmertür hinter sich zuzieht.

Gutgelaunt hüpfe ich unter die Dusche, stelle das Wasser an und lasse den warmen Strahl über meinen Körper fließen. Okay, das war jetzt keine Riesensache – aber immerhin: Ein paar Dinge kann ich eben doch! Und wenn es nur ist, dass ich weiß, wie man beim Bräunen im Solarium die weißen Flecken verhindert. Mit geschlossenen Augen taste ich nach dem wasserfesten Radio, das irgendwo vor mir an der Wand befestigt ist, finde den richtigen Knopf und schalte es ein:

I may not always love you
But as long as there are stars above you
You never need to doubt it
I'll make you so sure about it
God only knows what I'd be without you

Dreißig Sekunden lang schaffe ich es, den Song von den Beach Boys laufen zu lassen, dann schalte ich das Radio abrupt aus. Bessere Laune hin, bessere Laune her, das ist dann doch zu viel für mich, und ich frage mich, ob irgendein sadistischer Hellseher im Funkhaus ahnte, dass er mich mit diesem Lied schnurstracks zurück in die Depression befördern würde. Eigentlich mochte ich »God only knows« immer sehr gern, früher war das mein und Kikis Song, mit dem wir uns bei Liebeskummer immer gegenseitig getröstet und uns gesagt haben, dass wir ja uns haben und keine idiotischen Kerle brauchen. Mädchenrituale halt, wir haben zusammen auf dem Bett gesessen, die Anlage bis zum Anschlag aufgedreht und laut dazu mitgegröllt. Irgendwann wurde der Song dann auch zu Gunnars und meinem Lied, weil wir es zusammen so oft gehört haben. Wie passend, dass er ausgerechnet jetzt im Radio läuft!

Leicht genervt drehe ich das Wasser aus, trockne mich mit einem Handtuch ab und ziehe mich eilig an. *God only knows what I'd be without you*, denke ich wütend, als ich fünf Minuten später aus der Haustür stürze. Ja, das habe ich gemerkt, dass mein Ex gar nicht weiß, was er ohne mich ist, ha!

3. Kapitel

Moin!« Nadine blickt nicht einmal auf, als ich um zehn nach zwölf ins Sonnenstudio gehetzt komme. »Mach dir keinen Stress«, fügt sie hinzu und hat den Blick weiterhin konzentriert nach unten gerichtet, »Roger ist heute noch nicht aufgetaucht, der ist in der Metro und besorgt neue Papierhandtücher.«

»Da hab ich ja Glück«, antworte ich und hänge meinen Baumwolltrench an die Garderobe neben dem Eingang. »Hätte nicht die geringste Lust auf eine Grundsatzdiskussion übers Thema Pünktlichkeit.«

Roger Seidlitz, unser Chef. Er selbst nennt sich affigerweise immer »Rojeeé Säidelietz«, obwohl durch seine Adern nicht ein einziger Tropfen französisches Blut fließt und er seiner Kodderschnauze nach zu urteilen eher einer Dynastie von Hamburger Elbschiffern als dem norddeutschen Landadel entstammt. Aber von mir aus, jedem Tierchen sein Pläsierchen. Rojeeé, wenn's ihn glücklich macht. Jedenfalls ist er der Besitzer des »Summer Island«, in dem ich seit einigen Jahren arbeite. Eigentlich ist er ganz okay und locker, nur in Sachen Pünktlichkeit hat Rojeeé da irgendein Ding am Laufen, das ich schon als pathologisch bezeichnen würde. Ich schwöre, er hyperventiliert, sobald man auch nur zehn Sekunden zu spät auftaucht. Ist vielleicht mal mit drei Jahren vom Töpfchen gefallen, weil seine Mutter zu spät nach Hause kam, was weiß ich. Ansonsten ist es eine sehr entspannte, wenn auch schlecht bezahlte Arbeit. Als ich damals hier anfing, habe ich mir nicht träumen lassen, dass ich so lange bleiben würde. Erst recht nicht hätte ich mir jemals träumen lassen, dass der Job hier irgendwann die einzige Alternative sein würde, die mir noch bleibt. Im Moment sieht's allerdings ein kleines bisschen danach aus. Seufzend lasse ich mich auf meinen Platz neben Nadine plumpsen. Meine Kollegin ist gerade damit beschäftigt, sich kleine Strasssteinchen auf ihre unechten Fingernägel zu kleben.

Wenn sie nicht gerade einen Kunden bearbeitet – neben dem Solarium bieten wir hier auch Nageldesign an –, fummelt sie meistens an ihren eigenen Händen herum. Heute hat sie sich für ein vergleichsweise dezentes Styling entschieden, bis auf die Glitzersteine sehen ihre Nägel ganz normal aus. Aber ich habe sie auch schon mit zentimeterlangen Krallen gesehen, mit denen ich persönlich mir nicht einmal mehr den Reißverschluss meiner Hose hätte schließen können. Dazu mit wildem Airbrush-Design, denn Nadine hat ein echtes Faible für »Außergewöhnliches«, wie sie es nennt.

»Außergewöhnlich bescheuert und prollig«, war ich schon das ein oder andere Mal versucht, ihr zu sagen. Denn insgesamt ist Nadine mit ihren blonden Löckchen, den großen blauen Augen und der zierlichen Figur eine sehr hübsche Frau – nur ihre Fingernägel zerstören oft das Gesamtbild. Aber bisher habe ich sie darauf natürlich noch nie hingewiesen, egal wie groß die Versuchung war. Denn zum einen möchte ich sie nicht verletzen, weil ich sie wirklich mag. Zum anderen hat Nadine nicht den Ehrgeiz, irgendwann mal einen Posten als Assistentin der Geschäftsführung zu ergattern, und ist mit ihrem Job bei »Summer Island« mehr als zufrieden. Wen stören da schon ihre meist gewöhnungsbedürftigen Kunstnägel?

Ich drehe den Computerbildschirm hinterm Tresen von Nadine zu mir und werfe einen Blick darauf. Hier haben wir eine Übersicht über unsere zwölf Sonnenbänke, welche besetzt sind und welche frei, welche noch gereinigt werden müssen und bei welcher Bank demnächst neue Röhren fällig sind. Bis auf zwei – die acht und die elf – sind alle Kabinen frei. Allerdings zeigt mir der Computer an, dass vier noch nicht gereinigt sind.

»Äh«, wende ich mich an Nadine, »hast du gesehen, dass da noch vier Bänke gereinigt werden müssen?«

»Hm«, gibt sie von sich und hantiert konzentriert mit einer Pinzette und einem Strassstein herum.

»Hättest du das nicht schon mal machen können?«, werde ich nun deutlicher.

Erstaunt sieht Nadine auf, guckt mich kurz an und wendet sich dann wieder ihrem Kunsthandwerk zu. »Siehst doch, dass ich gerade nicht kann«, lautet ihre lapidare Antwort. Ja, ja, so ist sie, die Nadine, ein echtes Schätzchen.

Seufzend stehe ich auf, schnappe mir einen Packen mit sauberen Handtüchern aus dem Regal hinter mir und mache mich auf zu den Kabinen. Neben Unpünktlichkeit gibt es nämlich noch eine weitere Sache, die Roger nicht leiden kann: wenn die Bänke nicht unmittelbar nach jedem Kunden gereinigt werden und damit sofort wieder einsatzbereit sind. Das kann ich sogar verstehen, optimale Ausnutzung der Ressourcen oder so ähnlich nennt man das im Manager-Sprech. Glaube ich jedenfalls. Aber das will ja nichts heißen.

Die nächsten zwei Stunden habe ich gut zu tun, seit einer Woche ist die Zahl der Kunden sprunghaft angestiegen. Nicht ungewöhnlich für Mitte März, da fangen viele schon an, sich ein bisschen künstliche Bräune zu gönnen, um sich auf den Sommer vorzubereiten. Im April und Mai sind die Bänke dann nahezu rund um die Uhr im Einsatz, danach geht der Andrang langsam wieder etwas zurück. Juli und August sind naturgemäß die schwächsten Monate, da sind die Kunden im Urlaub oder begnügen sich mit natürlichem Sonnenschein. Vergangenes Jahr war aus Rogers Sicht eine Sensation: Von Juni bis September quasi Dauerregen in Hamburg, vor Frust und im Kampf gegen eine Kältedepression rannten die Leute uns die Bude ein. »Ein Spitzensommer«, wie Roger es nannte. Nun ja, es kommt halt immer auf die Perspektive an.

37

»Tach auch!« Kurz nach zwei kommt Babs, eine unserer Stammkundinnen, überschwenglich durch die Tür gestürmt und baut sich vorm Empfangstresen auf.

Nadine blickt auch diesmal nicht hoch, mittlerweile hat sie die Strasssteine wieder entfernt und klebt sich stattdessen rote Plastikspitzen auf die Nägel. Später wird sie das Ganze noch mit Gel überziehen und dann schnippeln, feilen und nachlackieren, die nächste Stunde ist sie wohl gut beschäftigt.

»Hi«, begrüße ich Babs, die wie immer bis über beide Ohren strahlt.

Ich kenne niemanden, der einen derartigen Optimismus ausstrahlt wie sie, nicht einmal Kiki. Ehrlich gesagt kenne ich auch niemanden, der die Segnungen der künstlichen Bräune so häufig in Anspruch nimmt wie Babs. Ihre Gesichtshaut erinnert – jetzt mal gemein formuliert – in der Oberflächenbeschaffenheit an eine Lederhandtasche. Klar, von genau solchen Kunden leben wir, aber da ich ja generell immer versucht bin, meinen Senf zur optischen Aufmachung anderer Menschen dazuzugeben, ist es bei Babs natürlich nicht anders.

»Ich würde gern für dreißig Minuten auf die fünf«, fordert sie fröhlich und legt sieben Euro auf den Tresen. Fünf neunundneunzig für bis zu zwanzig Minuten, die nächsten zehn Minuten nur ein Euro – mit diesem Angebot sind wir in diesem Viertel die Günstigsten.

»Warst du nicht gestern erst hier?«, frage ich.

»Ja«, antwortet sie und lacht. »Wir haben uns doch gesehen. Hast du seit neuestem Alzheimer?«

»Nein«, ich schüttele den Kopf. »Natürlich nicht. Die fünf also.« Ich nehme das Geld, lege es in die Kasse und will Babs einen Cent zurückgeben, was sie mit einem kichernden »Stimmt so« ablehnt. Dann stelle ich den Turbo-Toaster – so nennen wir unsere stärkste Bank intern – auf dreißig Minuten ein, Babs verschwindet in der Kabine.

»Mannomann«, raunt Nadine mir zu, sobald wir hören, dass die Bank angesprungen ist. »Wenn die so weitermacht, endet sie irgendwann als Schrumpfkopf.«

Ich muss prusten. »Roger hätte sicher nichts dagegen, sich da eine kleine Sammlung zuzulegen.«

»Habe ich da gerade meinen Namen gehört?«

Nadine und ich fahren erschrocken hoch, als die Stimme unseres Chefs erklingt. Er muss unbemerkt hereingekommen sein, als Nadine und ich kurz über Babs lästerten.

»Nein«, erwidert Nadine und lächelt ihn zuckersüß an. »Warum sollten wir uns auch über dich unterhalten?«

Roger wirft ihr einen irritierten Blick zu, der Schlagfertigste war er noch nie, und vermutlich grübelt er gerade darüber nach, ob das als Frechheit oder als Kompliment gemeint war.

»Äh, gut«, wechselt er das Thema. »Hier ist das neue Papier«, er deutet zu seinen Füßen, wo vermutlich die Handtücher stehen, die ich aber nicht sehen kann, weil der Tresen sie verdeckt. »Wie läuft es heute?«

»Ganz gut«, antworte ich, »seit zehn Uhr insgesamt gut zwanzig Leute, gerade ist Babs gekommen.«

»Ah!«, ein Strahlen tritt auf Rogers Gesicht. »Meine Lieblingskundin. Wenn doch nur alle so körperbewusst wären!«

Ich verkneife mir die Bemerkung, dass die Tatsache, dass jemand seine eigene Haut wie ein Grillhähnchen behandelt, meiner Meinung nach eher das Gegenteil von »körperbewusst« ist. Damit wäre ich bei Roger sowieso an der falschen Adresse, denn nach Babs ist er selbst sein bester Kunde und daher – wenn überhaupt – nur eine Nuance heller als sie. Vermutlich der Grund dafür, dass er »Summer Island« eröffnet hat, mutmaße ich. Er wird sich irgendwann mal ausgerechnet haben, wie viel Geld er schon in Sonnenstudios gelassen hat, und dabei zu dem Schluss gekommen sein, dass er günstiger fährt, wenn er selbst so einen Laden aufmacht.

»Ist die drei besetzt?«, fragt er prompt und linst über den Tresen auf den Bildschirm.

»Nö, ist frei.«

»Dann tauch ich mal kurz für zwanzig Minuten ab.« Ich reiche ihm eine Schutzbrille.

»Viel Spaß!«

»Ach, Maike?«, ruft Roger noch, bevor er in der Kabine verschwindet. »Füllst du bitte die Spender mit den neuen Papierhandtüchern auf?«

»Sicher, Chef.« Ich stehe auf und mache mich an die Arbeit.

Die Zeiten, in denen ich mich darüber gewundert habe, dass Roger nie Nadine oder einer der anderen Aushilfen einen Auftrag ereilt, wenn ich im Studio bin, sind schon lange vorbei. Roger betrachtet mich als seine rechte Hand. Was einerseits ja sehr schmeichelhaft ist, sich andererseits aber leider, leider so gar nicht in meinem Verdienst niederschlägt.

Kiki hat recht, denke ich, als ich die Handtücher auf die Spender verteile, so kann es echt nicht weitergehen. Auch wenn ich momentan nicht wirklich andere Perspektiven habe, auf Dauer muss sich hier schleunigst etwas ändern. Kann doch nicht angehen, dass ich hier für einen Hungerlohn Mädchen für alles spiele. Soll ich etwa in diesem Studio abhängen, bis ich die Rente durchhabe? Okay, ich hab mein Studium versiebt, aber um Sonnenbänke zu putzen, Seifen- und Papierständer aufzufüllen und Leute, die aussehen wie ein Albino, davon abzuhalten, dass sie sich vierzig Minuten lang unter den Turbo-Toaster legen – dafür bin ich dann irgendwie doch zu schlau. Denke ich jedenfalls.

»Sag mal, Roger«, beginne ich das Gespräch, das ich mir im Verlauf der letzten Stunde überlegt habe, als wir später am Tag allein im Studio sind. Nadine ist bereits zu ihrem Liebsten nach Hause geeilt, denn er hat immer um vier Schluss und erwartet seine Süße dann am heimischen Herd.

»Ja?«, fragt er, blickt von der Buchhaltung auf, in die er sich gerade vertieft hat, und dreht sich auf seinem Stuhl halb zu mir um. In der linken Ecke hinterm Tresen steht Rogers Schreibtisch, an dem er immer sitzt, wenn er sich nicht gerade bräunt oder unterwegs ist, um irgendwelche »wichtigen« Dinge zu erledigen.

»Ich wollte mit dir mal über was reden.«

Jetzt dreht Roger sich ganz zu mir um und mustert mich interessiert. »Das klingt ja sehr ernst.«

»Nein, nein«, beschwichtige ich ihn schnell, »ist nichts Schlimmes.«

Er sieht erleichtert aus. »Dachte schon, du wolltest kündigen.«

Würde ich auch am liebsten, denke ich. Aber noch kann ich mir das schlecht leisten. »Wie lange arbeite ich jetzt schon hier?«, frage ich ihn.

Er denkt einen Moment lang nach. »Fünf Jahre?«, schätzt er.

»Sechs«, erwidere ich.

»Richtig, sechs.«

»Und du bist immer zufrieden mit mir gewesen, oder?«, fahre ich fort.

»Klar«, bestätigt er. »Bis auf deinen Hang zur Unpünktlichkeit«, schränkt er dann ein.

»Na ja, es ist doch schon viel besser geworden. Seit ich nicht mehr zur Uni gehe, war ich kein einziges Mal mehr zu spät.« Was für ein Glück, dass er vorhin nicht hier war!

»Stimmt. Versteh ja sowieso nicht, warum eine Frau unbedingt studieren muss. Ich meine, ich hab ja nicht einmal Abitur und komme bestens klar.«

Kann ich mir vorstellen, schießt es mir durch den Kopf, so schlecht, wie du deine Aushilfen bezahlst! Und einen Großteil davon wahrscheinlich auch noch schwarz, was ich zwar nicht beweisen kann, aber dennoch stark vermute. Ich persönlich hätte da ja schlaflose Nächte. Seit ich mal bei uns zu Hause miterleben durfte, wie die Steuerfahndung alles auf den Kopf gestellt hat – sie haben nichts gefunden, mein Vater war wohl von einem neidischen Kollegen zu Unrecht angeschwärzt worden –, habe ich einen Heidenrespekt vor der Staatsgewalt. Daran hat auch mein Jura-Studium nichts geändert. Wie auch? Ich bin schließlich durchgefallen. Aber natürlich sage ich in diesem Moment nichts über meine Vermutungen bezüglich Rogers Finanzstrategien, ebenso wenig wie zum Thema »Sollen Frauen studieren?«. Ich muss mich jetzt auf das Wesentliche konzentrieren und sollte daher keine Grundsatzdiskussion mit meinem Chef anfangen, der »Feminismus« vermutlich für eine Damenbinde hält.

»Jedenfalls«, fahre ich fort, »frage ich mich, ob es nicht ein kleines bisschen ungerecht ist, dass ich genauso viel verdiene wie die anderen.« »Wenig« wäre das passendere Wort, aber ich will Roger ja nicht verärgern. Ohnehin runzelt er jetzt schon die Stirn.

»Ach, daher weht der Wind! Du willst mit mir über dein Gehalt verhandeln!«

»Na ja, was heißt hier ›verhandeln‹?« So, jetzt bloß diplomatisch bleiben, Maike! »Ich finde nur, dass ich nach so vielen Jahren und meiner guten Arbeit ein kleines bisschen mehr verdienen könnte.«

Ein nachdenklicher Ausdruck tritt auf Rogers Gesicht. »So«, erwidert er gedehnt, »findest du?«

Sofort bin ich verunsichert. »Äh, ja, schon, irgendwie«, bringe ich etwas zu kleinlaut hervor. Mist! Ich bin für solche Gespräche einfach nicht gemacht, vielleicht hätte ich das Ganze erst einmal in der Theorie mit Kiki durchspielen sollen, ehe ich die Dinge auf eigene Faust in Angriff nehme. Aber jetzt ist es natürlich sowieso schon zu spät, um meine Forderung wieder zurückzunehmen, also straffe ich die Schultern und füge hinzu: »Ja, das finde ich eigentlich schon.« Prima, Maike, »eigentlich« – muss ich mich selbst unaufgefordert relativieren? »Was ich meine«, meine Stimme zittert leicht, »ich finde durchaus, dass ich mehr wert bin als das, was du mir zahlst.« HA! Sehr schön! Selbstbewusst und energisch, Kiki wäre stolz auf mich.

»Verstehe.« Mehr sagt Roger nicht. Einen Moment lang guckt er mich wortlos an, dann dreht er sich einfach wieder zurück zu seinem Schreibtisch und vertieft sich erneut in die Buchhaltung.

Ein paar Minuten lang bin ich komplett ratlos und weiß nicht, wie ich mich jetzt verhalten soll. Der kann mich doch nicht einfach ignorieren?! Aber offenbar kann er das. Ich räuspere mich, aber auch darauf bekomme ich keine Reaktion. Soll ich etwa aufstehen und ihn an den Haaren ziehen? Das wäre wohl keine so gute Idee.

»Äh«, setze ich schließlich an.

Roger unterbricht mich sofort. »Ich denk drüber nach, Maike.«

»Oh, okay«, bringe ich raus, einigermaßen erleichtert, dass er mein Anliegen zumindest nicht gleich als vollkommen absurd abgetan hat.

Als ich um kurz nach zehn Kikis und meine Wohnung in der Lutterothstraße erreiche, sehe ich, dass im Büro meiner Cousine noch Licht brennt. Deshalb gehe ich nicht wie sonst durch den normalen Hauseingang an der Seite hinein, sondern klingele direkt vorn am Ladengeschäft. Kiki hatte mir ja heute früh auf dem Zettel geschrieben, dass ich noch bei ihr vorbeischauen solle, weil sie eine Überraschung für mich habe. Durch die linke große Milchglasscheibe sehe ich Kiki an ihrem Schreibtisch sitzen, sie steht auf und kommt nach vorn zur Tür.

»Hallo, Goldstück«, begrüßt sie mich grinsend, sichtlich erleichtert darüber, dass ich offenbar nicht mehr sauer auf sie bin.

»Perfektes Timing«, sagt sie, während ich ihr in das Allerheiligste, ihren Coaching-Raum, folge. »Mein letzter Klient ist vor fünf Minuten gegangen, jetzt habe ich alle Zeit der Welt für dich.« Sie bedeutet mir, mich auf den großen bequemen Ledersessel zu setzen, und nimmt selbst auf dem gleichen Modell gegenüber von mir Platz. »Möchtest du eine Tasse Tee?«, fragt sie und zeigt auf die Kanne und die Becher, die vor uns auf einem kleinen Couchtisch stehen.

»Nö«, erwidere ich, »ich will die Überraschung, von der du mir geschrieben hast.«

Kiki grinst. »So kenne ich meine Cousine! Kaum ist von einer Überraschung die Rede, wird sie neugierig.«

»Lenk nicht ab«, gehe ich auf ihre Neckerei gar nicht ein. »Also, was für eine Überraschung hast du denn jetzt für mich?« Kiki lehnt sich in ihrem Sessel zurück und setzt ein geheimnisvolles Lächeln auf. »Nun sag schon«, quengele ich.

»Ich habe gestern Abend und heute Nacht noch lange nachgedacht«, erklärt sie dann. »Darüber, wie ich dir am besten helfen kann. Und da habe ich mir überlegt«, sie macht eine kleine Kunstpause, »dass ich dir ein kostenloses Coaching gebe.«

»Ein kostenloses Coaching?« Ich kann die Enttäuschung in meiner Stimme nicht verbergen.

»Ein bisschen mehr Begeisterung könntest du schon an den Tag legen«, kommt es prompt ein wenig beleidigt zurück, »ist nicht so, als würde mich da sonst keiner für bezahlen.«

»So habe ich das auch gar nicht gemeint«, versichere ich ihr, weil ich merke, dass ich Kiki gekränkt habe. »Aber du hast doch schon Coachings mit mir gemacht, zum Beispiel, als es darum ging, wie ich mir beim Lernen am besten die Zeit einteilen kann. Na ja, was dabei herausgekommen ist, wissen wir beide.«

»Ach so«, meint Kiki und klingt dabei ziemlich eingeschnappt, »jetzt bin also ICH daran schuld, oder wie?«

»Nein, Quatsch, natürlich nicht!«, versichere ich ihr eilig.

Bloß nicht gleich wieder streiten, der Zoff von gestern Abend hat mir völlig gereicht. »Ich will damit nur sagen, dass ich mich wohl nicht für so etwas wie ein Coaching eigne.« Ich seufze. »Bin da wohl eher ein hoffnungsloser Fall. Das hat natürlich nichts mit dir und deinen Qualitäten zu tun.«

Nun wirkt Kiki wieder etwas entspannter.

»Das trifft vielleicht auf die gängigen Methoden zu«, gibt sie sich erneut etwas rätselhaft. »Aber ich habe mir für dich etwas ganz Besonderes ausgedacht.«

»Da bin ich mal gespannt.« Das bin ich tatsächlich, denn wenn Kiki sich etwas Besonderes ausdenkt, wird es meistens spannend.

»Also«, fängt meine Cousine an und schlägt lächelnd die Beine übereinander, »was sagt dir der Begriff ›Gesetz der Anziehung‹?«

»Gesetz der Anziehung?«

4. Kapitel

Gesetz der Anziehung«, wiederholt Kiki und wirft mir dabei einen Blick zu, als müsste ich sofort verstehen, was sie meint.

»Sorry«, teile ich meiner Cousine mit, »aber damit kann ich gerade rein gar nichts anfangen.«

»Hast du schon mal was von Bärbel Mohr gehört?«

»War das nicht deine erste Vermieterin damals in der Emilienstraße? Die, die dir verbieten wollte, abends nach zehn noch Herrenbesuch in deiner Wohnung zu empfangen?« Kiki bricht in schallendes Gelächter aus. Dabei erinnere ich mich, dass sie das mit Anfang zwanzig gar nicht so lustig fand und ihre Vermieterin als »Gouvernante« beschimpft hat.

»Nein, nicht ganz«, bringt Kiki nun prustend hervor. »Die hieß Brigitte Moos.«

»Aber immerhin so ähnlich«, werfe ich ein.

»Na gut«, sagt Kiki. »Versuchen wir was anderes. Was ist mit dem Namen Rhonda Byrne, hast du den schon einmal gehört?«

»Nicht dass ich wüsste.«

»Mike Dooley?«

»Nö.«

»Esther und Jeffrey Hicks?«

»Fehlanzeige.«

»Pierre Franckh und Michaela Merten?«

»Nehein!«

»Clemens Kuby?«

»Nope.«

»James Redfield? Louise Hay? Jack Canfield? Joe Vitale? Neale Donald Walsch?«

»Halt, halt, halt!«, unterbreche ich meine Cousine, bevor sie mir noch zweihundert weitere Namen an den Kopf wirft, von denen ich noch nie etwas gehört habe. »Was soll das werden? Willst du mich bei *Wer wird Millionär?* anmelden? Wer sind all diese Leute?«

Kiki runzelt die Stirn. »Du hast noch keinen dieser Namen jemals gehört oder etwas über sie gelesen?« Sie beugt sich zu mir vor und sieht jetzt nahezu entgeistert aus.

»Das sagte ich doch bereits, nein.« Langsam frage ich mich auch, was das hier werden soll. Das soll die ›besondere Idee‹ sein, die Kiki für mich hat? Heiteres Namen-Raten?

Meine Cousine lässt sich wieder in ihren Sessel zurücksinken und stößt einen lauten Seufzer aus. »Mannomann, Maike, wo hast du die letzten Jahre bloß gelebt? Auf dem Mond?«

»Nö.« Ich grinse sie an. »Hier, mit dir in der Lutterothstraße. Und wenn das alles so wichtige Leute sind, dass ich sie kennen müsste, hättest du mir ja vielleicht schon einmal von ihnen erzählt.«

»Stimmt.« Jetzt grinst Kiki ebenfalls. »Aber als ich es einmal versucht habe, hast du das gleich als kompletten Mumpitz abgetan, also habe ich es gelassen.«

»Häh? Ich hab immer noch keine Ahnung, wovon du sprichst. Wann hast du mir mal etwas erzählt, von dem ich behauptet habe, es sei kompletter Mumpitz?«

»Erinnerst du dich noch an die Sache mit den Bestellungen beim Universum?«

Ich krame einen Moment lang in meinem Gedächtnis, ganz dunkel kann ich mich da an etwas erinnern. Dann fällt es mir wieder ein. »Ach, du meinst diesen Unsinn mit den bestellten Parkplätzen? Dass man sich nur eine freie Parklücke wünschen muss, und dann bekommt man sie direkt aus dem All geliefert, an genau dem Ort, an dem man sie haben will?«

»Das ist kein Unsinn«, widerspricht Kiki mir.

»Dafür gurkst du aber noch ziemlich oft mit deinem Auto durchs Viertel, wenn du unterwegs warst und wieder nach Hause kommst«, erinnere ich sie. »Neulich hast du mir doch noch erzählt, dass du den Wagen irgendwo an der Osterstraße geparkt hast, weil nirgendwo was frei war.«

Kiki zieht einen Schmollmund. »Na ja, niemand ist perfekt, auch bei mir klappt es nicht immer.«

»Ist ja auch egal«, erkläre ich mit einer wegwerfenden Handbewegung. »Ich meine, was hat denn die Parkplatzsuche überhaupt mit mir zu tun? Ich hab ja nicht mal ein Auto!«

»Es geht auch nicht um Parkplätze, es geht ums Prinzip.«

»Ums Prinzip?«

»Ja«, bestätigt Kiki. »Ich habe, wie gesagt, gestern noch lange über dich nachgedacht. Und darüber, dass du der Meinung bist, vom Pech verfolgt zu werden.«

»In letzter Zeit sah es ja auch verdammt danach aus.«

»Wie wäre es denn«, spricht Kiki ungerührt weiter, »wenn du dich stattdessen mal vom Glück verfolgen lassen würdest?«

»Hätte ich prinzipiell natürlich nichts gegen einzuwenden«, meine ich. »Wenn ich wüsste, wie man das macht, wäre ich sofort und mit Freuden dabei, das kannst du mir glauben.«

»Siehst du«, sagt Kiki und schlägt dabei einen eigenartigen Kindergärtnerinnenton an, so als müsste sie einer Vierjährigen etwas erklären, »genau darüber will ich mit dir in meinem Spezial-Coaching reden.«

»Na, dann leg los!«

»Also«, fängt Kiki an. »Die Namen, die ich dir soeben genannt habe – das alles sind Menschen, die sich mit dem Thema Wunscherfüllung und dem Gesetz der Anziehung beschäftigen.« Sie deutet auf das Regal hinter sich, das vollgestopft ist mit Büchern. Tatsächlich erkenne ich bei genauerem Hinsehen auf den Buchrücken den ein oder anderen Namen wieder. »Ich beschäftige mich schon länger mit diesem faszinierenden Bereich und bin mir sicher, dass das Gesetz der Anziehung funktioniert.«

»Und was genau ist jetzt bitte dieses ›Gesetz der Anziehung‹?«, will ich wissen.

»Dieses Gesetz besagt, dass wir alles, was uns in unserem Leben widerfährt, selbst hereingeholt haben.«

Über diesen Satz muss ich erst einmal ein paar Sekunden nachdenken, ehe ich ihn begreife. »Soll das heißen«, frage ich nach, »dass ich mir das, was mir in der Vergangenheit passiert ist, selbst zugefügt habe?«

Kiki nickt. »Im Prinzip schon.«

»Entschuldige, aber das halte ich für totalen Schwachsinn.«

»Das war mir klar«, stellt Kiki fest und macht Anstalten, aufzustehen. »Wenn du für Neues nicht offen bist, hat es wohl keinen Sinn.«

»Moment!«, rufe ich, und Kiki setzt sich wieder hin. »Sei mal nicht so, jetzt hast du mich neugierig gemacht, also erzähl schon!«

»Damit du mir dann wieder erklären kannst, dass das alles Schwachsinn ist?«, gibt Kiki sich noch ein bisschen beleidigt.

»Seit wann bist du denn so empfindlich?«, locke ich sie aus der Reserve.

»Ich bin nicht empfindlich«, gibt sie zurück, »ich verschwende nur ungern meine kostbare Zeit.«

Ich seufze ergeben. »Okay. Ich verspreche dir, ich werde dir in Ruhe zuhören und nichts in der Art wie ›Unsinn‹, ›Schwachsinn‹ oder ›Quatsch‹ sagen. Einverstanden?«

»Einverstanden. Es ist eigentlich ganz einfach. Das Gesetz der Anziehung besagt, dass Gleiches Gleiches anzieht. Wie zwei Magneten, nur dass sich Positiv und Positiv nicht abstoßen, sondern das genaue Gegenteil passiert. Ebenso wie bei Negativ und Negativ.« Sie macht eine Pause und mustert mich interessiert, so als wolle sie überprüfen, ob ich ihr noch folgen kann.

»Mach weiter«, fordere ich sie auf, »so blöd bin ich nicht, bisher verstehe ich alles ganz hervorragend.«

»Anders gesagt«, erklärt meine Cousine, »kann man als Faustregel festhalten: Alles, was wir aussenden, bekommen wir auch zurück. Glück zieht Glück an. Und Unglück dann eben Unglück.«

»Nach dem Motto: Wie man in den Wald hineinruft, so schallt es heraus?«

»So in der Art«, bestätigt Kiki.

»Aber das würde ja bedeuten, dass jemand, der Glück hat, immer mehr Glück bekommt. Und ein Pechvogel hat dann konsequenterweise immer mehr Pech.«

»Nicht ganz«, korrigiert sie mich. »Es bedeutet, wenn du dich gut fühlst und gute Gedanken hast, wird das Gesetz der Anziehung dafür sorgen, dass du in diesem Gefühl auch immer bestätigt wirst, und dir noch mehr Gründe dafür liefern, glücklich zu sein.«

»Na, prima! Dann habe ich ja wirklich gute Karten, so super, wie ich immer drauf bin.«

Kiki lacht. »Falsch«, meint sie, »denn an genau dieser Stelle wird es interessant. Jeder von uns kann selbst dafür sorgen, dass positive Ereignisse in sein Leben kommen. Wie genau das funktioniert – das würde jetzt ein bisschen zu weit führen, es hat eine Menge mit Energie und Physik zu tun. Aber du darfst dich gern«, sie deutet mit einer Hand Richtung Bücherregal, »ein bisschen schlaulesen, wenn du willst.«

»Och nö, danke«, lehne ich ab. »Mir reicht es schon, wenn du mir die Kurzfassung erklärst. Hab ja auch gar keine Zeit, das alles zu lesen.«

»Hm, na ja, die hättest du schon, wenn du im Studio sitzt«, weist Kiki mich augenzwinkernd darauf hin. »Aber gut, ich habe dir ja gesagt, dass du von mir ein exklusives Coaching bekommst. Jedenfalls: Ob du die Sache mit der Anziehung nun glaubst oder nicht, ich finde, du solltest es wenigstens mal ausprobieren.«

»Was ausprobieren?«, frage ich etwas begriffsstutzig nach.

»Na, wie du mehr Glück in dein Leben holen kannst!«

»Klar, sicher, mach ich gern. Was muss ich dafür tun?«

»Du solltest in Zukunft einfach immer folgenden Grundsatz beherzigen: Unsere Aufmerksamkeit bestimmt unser Fühlen und Denken. Umgekehrt bestimmen auch unser Fühlen und Denken unsere Aufmerksamkeit.«

»Was?«, ich glotze sie verständnislos an. »Sorry, offenbar bin ich ein bisschen zu blöd für das, was du mir hier erklären willst, ich begreife es gerade nicht.«

»Es ist ein bisschen wie selektive Wahrnehmung«, meint Kiki.

»Aha.«

»Noch simpler gesagt: Wenn du gut drauf bist, fallen dir hauptsächlich die Dinge ins Auge, die dich in deiner positiven Stimmung bestätigen. Gleiches passiert natürlich auch, wenn es dir schlechtgeht – dann richtest du deine Aufmerksamkeit viel stärker auf Sachen und Ereignisse, die dir beweisen, dass du wirklich Grund zum Trübsalblasen hast.«

»Entschuldige mal«, hake ich ein. »Das mag ja alles richtig sein, von wegen Zweckoptimismus und so, das Glas lieber halbvoll als halbleer, schon klar. Aber wenn einem wirklich schlimme Dinge passieren, sagen wir mal«, ich mache eine Pause, als würde ich schwer nachdenken, »eine vermasselte Prüfung, und dann haut auch noch der Freund ab – also, ganz ehrlich, was bleibt da noch an Erfreulichem, auf das ich meine Aufmerksamkeit richten könnte?«

Kiki wirft mir ein schiefes Grinsen zu. »Natürlich erlebt jeder von uns immer mal wieder Sachen, die ihn traurig machen. Ich meine, erinner dich nur mal daran, als dieser idiotische Tobias mich damals von heute auf morgen für die blöde Trulla aus seinem Statistik-Seminar abserviert hat!«

»Und ob ich mich daran erinnere, wie könnte ich das vergessen?«, erwidere ich. Damals ging es Kiki wirklich grauenhaft, ganze drei Wochen lang verschanzte sie sich in ihrem Zimmer und heulte nur noch, nichts konnte sie aufmuntern.

»Das war für mich eine wirklich harte Zeit, und ich war am Boden zerstört. Aber«, spricht sie weiter, »irgendwann habe ich für mich beschlossen, das Thema abzuhaken und nur noch nach vorn zu blicken. Mir wurde klar, dass ich die Vergangenheit nicht mehr ändern kann – nur noch meine Zukunft.«

»Und da hast du angefangen, dich mit diesem komischen Anziehungsgesetz zu beschäftigen?«

Kiki nickt. »Exakt. Ich habe mir fest vorgenommen, dass mir in Zukunft nur noch Gutes widerfährt. Ich habe mich von meinen schlechten Gefühlen nicht mehr herunterziehen lassen, im Gegenteil! Jedes Mal wenn ich merkte, dass meine Laune in den Keller ging, habe ich aktiv etwas dagegen unternommen und alles versucht, um schnell wieder gut drauf zu sein. Habe einen schönen Spaziergang gemacht, was Leckeres gekocht oder meine Lieblingsmusik laut aufgedreht und mitgesungen, da hatten negative Gedanken gar keine Chance mehr. Das würde ich dir übrigens auch empfehlen«, fährt sie fort. »Sobald du feststellst, dass der Frust dich wieder überkommt, musst du so schnell wie möglich gegensteuern, du ahnst gar nicht, was das für eine großartige Wirkung hat!« Sie lacht mich an.

»Meinst du?«

»Ich weiß es! Nachdem ich das wochenlang durchgezogen hatte, ging es mir viel, viel besser. Und irgendwann ist mir dann Stefan über die Füße gelaufen. Erst da habe ich erkannt, dass es in Wahrheit ein riesiges Glück war, von Tobias verlassen worden zu sein, denn sonst hätte ich heute nicht diese tolle Beziehung!«

Ich muss grinsen. »Verstehe«, sage ich. »Krise als Chance und so, alles ist für irgendwas gut.«

»Mach dich nur lustig darüber«, meint Kiki und verschränkt die Arme. »Ich für meinen Teil bin wirklich mehr als froh, dass ich Stefan getroffen habe.«

»Das kannst du ja auch sein«, stelle ich seufzend fest, »er passt wirklich toll zu dir.«

»Ja«, gibt Kiki mir recht. »Aber genau so einen kannst du auch finden, da bin ich mir sicher. Wenn du die Vergangenheit zurücklässt und dich ab sofort nur noch darauf konzentrierst, was in dein Leben kommen soll – dann wird es dir auch gelingen!«

»Bei dir klingt das so, als wäre es ein Klacks.«

»Ist es eigentlich auch. Aber man muss eben erst begreifen, wie es funktioniert. Das heißt, eigentlich muss man noch nicht einmal verstehen, wie es funktioniert. Es reicht schon aus, fest daran zu glauben, dass es funktioniert, dann klappt es tatsächlich auch.«

»Okay«, ich setze mich bequemer hin. »Dann zeig es mir, ich bin zu allen Schandtaten bereit.«

»Fangen wir mit etwas Einfachem, aber doch ziemlich Wesentlichem an. Warte einen Augenblick.« Kiki steht auf und flitzt rüber in ihr Büro. Ihr ist anzumerken, dass sie gerade mit vollem Elan dabei ist, scheinbar freut es sie, dass ich mich bereit erklärt habe, mich ohne Widerspruch einzulassen. Zehn Sekunden später ist sie wieder da und drückt mir ein kleines Büchlein in die Hand.

»Also doch lesen?«, frage ich.

»Nein«, sagt Kiki und setzt sich wieder hin. »Das ist eine leere Kladde.«

Ich schlage das von außen mit Stickereien verzierte Buch auf. Tatsächlich, im Inneren sind nur leere, linierte Seiten. »Was soll ich damit jetzt machen?«

»Das ist ab sofort dein Wunschbuch. Du kannst es auch Anziehungsbuch oder Bestellbuch nennen, wie du willst. Hier schreibst du hinein, was du dir für dein Leben wünschst. Alles, was du haben willst.«

»Alles?«

Kiki lacht. »Ich würde mal mit den wesentlichen Dingen anfangen. Also mit den Sachen, die du dir am allermeisten wünschst.«

»Sorry«, wende ich ein, »aber das Universum, oder wie auch immer wir es nennen wollen, ist doch kein Versandhandel!«

Wieder lacht Kiki auf. »Doch«, erklärt sie, »genau genommen ist es das! Überleg doch mal: Als Kinder hatten wir auch keine Probleme damit, uns Dinge einfach zu wünschen. Da haben wir von der neuen Barbiepuppe geträumt oder den Weihnachtsmann darum gebeten, uns ein Fahrrad zu schenken.«

»Tatsächlich kam das Fahrrad aber, wenn wir es denn bekommen haben, von unseren Eltern«, wende ich ein.

»Das stimmt«, gibt Kiki mir recht. »Aber das meine ich auch gar nicht. Ich meine, dass wir, als wir noch klein waren, nicht hinterfragt haben, was uns zusteht und was nicht. Irgendwann kamen dann die Erwachsenen und haben uns beigebracht, dass wir uns die Dinge verdienen müssen, dass das Leben nicht so einfach ist, dass es ein harter Kampf ist. Und genau da liegt der Denkfehler, den die meisten Menschen machen. Es ist gar nicht so schwierig, sich alles, was man haben will, in sein Leben zu holen. Wir müssen bloß lernen, unsere Bestellungen richtig aufzugeben, dann werden sie auch prompt geliefert.«

»Bestellungen richtig aufgeben?«, frage ich irritiert.

»Ja«, bestätigt meine Cousine. »Wichtig dabei ist nämlich«, fährt sie fort, »dass du deinen Wunsch so aufschreibst, als wäre seine Verwirklichung bereits eingetreten. Also nicht: ›Ich wünsche mir einen besseren Job.‹ Denn den Zustand, dass du dir einen besseren Job *wünschst*, in dem bist du ja bereits. Stattdessen solltest du zum Beispiel schreiben: ›Ich habe eine tolle Stelle, mit der ich glücklich bin und gutes Geld verdiene.‹«

»Äh«, setze ich an, weil ich mittlerweile doch finde, dass das alles leicht bescheuert klingt. Als könnte man sich Dinge herbeischreiben! Wenn es so einfach wäre, würde das doch wohl jeder machen!

»Ja?«

»Nichts, schon gut«, winke ich ab. Schließlich habe ich versprochen, dass ich mir alles in Ruhe anhöre.

»Wenn du deinen Wunsch aufgeschrieben hast, nimm dir ein paar Minuten Zeit und überleg dir, wie es sich anfühlen würde, wenn er bereits erfüllt wäre. Schließ die Augen und stell es dir ganz plastisch vor, visualisiere es: Wie würde es dir gehen? Welche schönen Sachen würdest du dir mit dem Geld, das du verdienst, vielleicht kaufen? Wie fühlst du dich, wenn du morgens zur Arbeit fährst? Je mehr du diese Gefühle verinnerlichst, desto tiefer verankerst du diesen Wunsch in dir. Das Gefühl, das direkt aus deinem Herzen kommt, ist quasi der Motor für deinen Wunsch, damit sendest du die nötige Energie aus, die das Universum für die Erfüllung braucht. Nennen wir es von mir aus die Briefmarke, die du draufkleben musst, um deine Bestellung zu verschicken.«

»Aha. Die Briefmarke.«

Kiki nickt. »Wenn du deine Wünsche aufgeschrieben und sie visualisiert hast, musst du dich natürlich auch darauf vorbereiten, die Lieferung anzunehmen.«

»Lieferung annehmen?« Langsam komme ich mir vor wie ein Papagei.

»Das heißt, dass du in dem Moment, in dem das Universum an deine Tür klopft, auch öffnen musst.«

»Öffnen muss?« In der Tat, ich bin ein Papagei.

Kiki lacht. »Manchmal findet das Gesetz der Anziehung recht ungewöhnliche Wege, um uns unsere Wünsche zu erfüllen, und weil wir gar nicht merken, dass sich uns gerade eine Chance bietet, greifen wir nicht zu.«

»Das verstehe ich nicht«, gebe ich zu.

»Es ist ganz simpel«, meint meine Cousine. »Wenn du deine Bestellung abgeschickt hast, solltest du auf Anzeichen dafür achten, dass sie geliefert wird. Also«, Kiki denkt einen Moment lang nach. »Sagen wir mal, du würdest gern nach Thailand verreisen, kannst es dir aber nicht leisten.«

»Das kann ich in der Tat nicht.«

»Trotzdem wünschst du es dir.«

»Kann ich jetzt nicht behaupten.«

Kiki verdreht entnervt die Augen. »Doch nur mal als Beispiel, meine ich!«

»Ja, äh, okay«, gebe ich kleinlaut zurück. »Ich will also eine Reise nach Thailand machen.«

»Genau. Also bestellst du sie. Und dann passiert erst einmal eine ganze Weile lang nichts.«

»Was mich nicht wundern würde.«

Wieder ein strafender Blick. »Ein paar Wochen später siehst du im Supermarkt einen Aushang. Da wird eine freiwillige Helferin gesucht, die als Begleitung einer Jugendgruppe mit nach Thailand fährt, Reisekosten und Unterkunft werden übernommen.« Kiki strahlt mich an. »In dem Moment weißt du: Ha! Das ist meine Chance, das ist meine Lieferung!«

Ich starre Kiki ungläubig an. »Ich als Begleitung einer Jugendgruppe? Nie im Leben, da bleibe ich lieber hier, als für ein paar verzogene Gören den Aufpasser zu spielen!«

»Mensch, Maike!«, fährt Kiki mich an. »Das war doch nur ein Beispiel! Ich wollte dir damit bloß erklären, wie das Prinzip funktioniert. Es geht darum, dass du auf deinen Bauch, auf deine Intuition hören musst. Genau der Moment, in dem dir dein Bauch funkt, dass du zuschlagen solltest, ist der richtige Moment, um zu handeln.«

»Verstehe«, versuche ich, Kiki wieder versöhnlicher zu stimmen, weil sie sich mit mir hoffnungslosem Fall so viel Mühe gibt. »Wenn meine Intuition mir also sagt, dass das Universum gerade an meine Tür klopft, um meinen Wunsch zu erfüllen, ist es an der Zeit, zuzuschlagen.«

»Exakt.« Kiki seufzt, ich scheine eine recht anstrengende Coaching-Klientin zu sein.

Trotzdem muss ich noch einmal skeptisch nachfragen: »Und das funktioniert wirklich?«

Kiki strahlt. »Wie gesagt: Sieh mich an! Mir geht's gut, ich bin glücklich mit meinem Job und habe einen tollen Freund – ist das nicht Beweis genug?«

»Also, ich weiß ja nicht …«

»Maike.« Jetzt beugt sie sich zu mir und legt ihre Hand auf meine. »Probier es doch einfach mal aus. Du hast nichts zu verlieren – und am Ende wirst du dann vielleicht sogar überrascht.«

»Das stimmt«, gebe ich ihr recht, »ich hab echt nichts zu verlieren.« Nachdenklich betrachte ich das Büchlein in meinem Schoß. »Womit fange ich denn mal an?«

»Das musst du entscheiden.«

»Hm, vielleicht tatsächlich mit meiner Jobsituation?« Dann fällt mir mein Gespräch mit Roger ein. »Da könnte ich glatt mal sofort testen, ob die Sache mit dem Wünschen klappt.«

»Nämlich?«, fragt Kiki neugierig nach.

»Ich habe heute mit Roger darüber gesprochen, dass ich mit sieben Euro fünfzig die Stunde nicht mehr einverstanden bin. Da hat er gesagt, dass er darüber nachdenken wird.«

»Prima!«, freut sich Kiki. »Dann kannst du den weiteren Verhandlungen ja noch einen kleinen Schubs in die richtige Richtung geben!«

»Gut.« Ich stehe auf.

»Wo willst du denn so schnell hin?«

»Na«, ich grinse sie an, »jetzt hast du mich so angeheizt, da will ich es auch so schnell wie möglich ausprobieren. Ich gehe in mein Zimmer, schreibe brav meinen Wunsch auf und visualisiere ihn dann.«

Als ich am nächsten Morgen unter der Dusche stehe, bin ich ziemlich gut drauf. Zwar kann ich mir immer noch nicht so recht vorstellen, dass es tatsächlich so leicht sein sollte, sein Leben zu gestalten, indem man sich die Dinge nur wünscht. Aber trotzdem: Allein beim Aufschreiben und dem anschließenden Vorstellen – oder Visualisieren, wie Kiki sagt – hat sich meine Laune merklich gebessert. Zwei Dinge habe ich für den Anfang notiert:

Mit 7,50 Euro die Stunde bin ich nicht einverstanden, für so wenig arbeite ich in Zukunft nicht mehr.
Gunnar ruft an und will mich sehen. Er möchte nach Venedig, aber nicht ohne mich.

Ich finde, das klingt schon mal ganz gut. Außerdem sind das zwei Punkte, die man ganz eindeutig überprüfen kann, ein »Ich bin glücklich mit meinem Job« erschien mir zu schwammig, ein simpler Anruf von Gunnar nicht eindeutig genug. Aber wenn er mit mir nach Venedig fliegt – na, ich würde sagen, dann sind wir doch wohl wieder zusammen! Ja, das habe ich mir wirklich schlau überlegt. Immerhin bin ich ein skeptischer Mensch und brauche handfeste Beweise. Während ich mir pfeifend die Haare shampooniere, fällt mir plötzlich der Song auf, der aus dem Duschradio dudelt. Ich drehe ihn lauter:

The only way is up, baby,
For you and me now!

Fröhlich singe ich den alten Song von Yazz mit und merke, wie meine Stimmung dabei tatsächlich noch viel, viel besser wird, da hat Kiki absolut recht gehabt, die Sache mit der guten Laune ist wirklich gar nicht so schwierig. Gleichzeitig denke ich mir dabei: Genau, der einzige Weg ist der nach oben. Wenn das mal nicht ein Zeichen ist! Fraglich ist zwar noch, wer dabei »you« sein wird. Aber das ist eine Kleinigkeit. Außerdem – Gunnar steht ja schon in meinem Wunschbuch!

5. Kapitel

Als ich eine Stunde später – heute pünktlich wie die Maurer – ins Sonnenstudio geschneit komme, sitzt Roger bereits an seinem Tisch, begrüßt mich mit wichtiger Miene und kommt zur Sache, ehe ich noch meine Jacke ausgezogen habe.

»Maike, ich habe über unser gestriges Gespräch nachgedacht«, eröffnet er mir und klingt dabei nahezu theatralisch, »und ich werde dir ein Angebot machen, das du nicht ablehnen kannst.«

»Da bin ich ja mal gespannt«, erwidere ich und setze mich auf meinen Stuhl. Gleichzeitig spüre ich, wie mein Herz anfängt, ziemlich schnell zu wummern. Ist es wirklich möglich, dass mein Wunsch von gestern Abend schon sofort Wirkung zeigt? Das wäre ja nahezu unglaublich! Sollte das der Fall sein, werde ich nach der Arbeit die ganze Nacht durchschreiben – denn ich habe noch viele, viele Wünsche, die dringend zu Papier gebracht werden müssen! Aber zuerst einmal geht es um meine Position im Studio, also konzentriere ich mich darauf, was Roger mir mitzuteilen hat.

»Du bist hier schon ziemlich lange eine sehr geschätzte Mitarbeiterin«, fährt mein Boss fort. »Du trägst Verantwortung, unterstützt die Ziele des Unternehmens.« Roger hebt die Stimme bedeutungsschwanger, und ich muss mir schwer das Lachen verkneifen. Ist ja wirklich nett, was er mir da gerade sagt – aber unterm Strich sollte er dann doch die Kirche im Dorf lassen, schließlich ist das hier nur ein ganz normales Sonnenstudio, in dem ich als Aushilfe arbeite, und nicht die Vorstandsetage eines DAX-Konzerns. Aber gut, natürlich halte ich die Klappe, soll Roger ruhig so tun, als wäre er Besitzer eines millionenschweren Imperiums. »Deswegen habe ich etwas beschlossen.«

»Nämlich?« Er macht's ja wirklich spannend. Hoffentlich hat er nicht beschlossen, mich von sieben Euro fünfzig auf acht Euro hochzustufen, so etwas würde ich ihm glatt zutrauen.

»Maike, um dir zu zeigen, wie sehr ich deine Arbeit hier schätze, möchte ich dich ab sofort am Umsatz beteiligen.«

»Was?« Mit so einem Vorschlag hätte ich nun wirklich nicht gerechnet. »Und wie soll das aussehen?«, frage ich misstrauisch nach. Bei Roger muss man schließlich immer auf der Hut sein, das habe ich im Lauf der Jahre gelernt.

»Genau. Ich habe eine neue Gehaltsstruktur für dich entwickelt: Ich biete dir fünf Prozent des Umsatzes von allen Tagen, an denen du voll arbeitest. An den Tagen mit einer Vier-Stunden-Schicht die Hälfte.«

»Zusätzlich zum Gehalt?«, will ich wissen.

»Gewissermaßen schon.«

»Was meinst du denn mit *gewissermaßen?*«

»Ich würde bei unserem neuen Modell dein Fixum mit der Einlage verrechnen, die du jetzt eigentlich leisten müsstest.«

»Welche Einlage?«

»Klar, normalerweise müsstest du als neue Partnerin einen Teil meiner Investitionskosten übernehmen. Ich meine, in diesem Studio habe ich richtig Kohle angelegt. Die gute Lage, die neuen Bänke, alles tipptopp renoviert … also, alles in allem müsstest du mir bestimmt zehn- bis zwanzigtausend Euro zahlen.«

Bitte? Zehn- bis zwanzigtausend Euro? Ich? Zahlen? Irgendwie geht das Gespräch in die falsche Richtung. Ich wollte doch mehr Geld, nicht mehr Schulden.

»Also, Roger, ich weiß nicht, vielleicht vergessen wir das einfach mit der neuen Gehaltsstruktur. Wenn ich hier noch Geld mitbringen muss, ist es bei meiner finanziellen Situation mit Sicherheit nicht das Richtige.«

Roger schüttelt den Kopf. »Du hörst mir nicht richtig zu,

Maike. Du musst ja gerade nicht investieren. Wir verrechnen es mit deinem normalen Gehalt. Das ist für dich ein gutes Geschäft.«

»Hm.« In meinem Kopf arbeiten die kleinen Hirnrädchen auf Hochtouren. Ist das nun wirklich ein gutes Angebot oder nicht? Ich habe keine Ahnung, aber mein Bauch funkt mir, dass dieser Vorschlag ein gewisses Risiko birgt. Vielleicht aber auch eine Chance. »Ich weiß nicht«, erkläre ich etwas zögernd.

»Ich dachte, du wolltest mehr Verantwortung übernehmen. Es liegt doch auch an dir, wie der Laden hier läuft. Momentan machen wir regelmäßig über zweitausend Euro brutto am Tag.«

»Zweitausend Euro?«, rufe ich überrascht aus. »So viel verdienst du jeden Tag mit dem Laden? Dann bist du ja reich!«

»Na ja«, beschwichtigt Roger mich, »du darfst die hohen Fixkosten wie Ladenmiete, Personal, Strom, Wartung und Neuanschaffung der Geräte nicht vergessen.«

»Ach so«, sage ich und komme mir auf einmal sehr dumm vor. Kosten, klar, natürlich. Was habe ich eigentlich in all den Jahren gemacht, die ich zur Schule gegangen bin und studiert habe? Gepennt?

»Trotzdem«, fährt Roger fort, »ist es für dich ein gutes Angebot, denn ich würde dich unabhängig von den Kosten am Umsatz beteiligen. Deswegen die Verrechnung, verstehst du? Bei fünf Prozent und dem momentanen Durchschnittsumsatz wären das hundert Euro für dich, bei acht Stunden also mindestens zwölf Euro fünfzig.«

Das klingt in der Tat verlockend. Und in den vergangenen Monaten lief das Studio auch wirklich gut. Bis zum Hochsommer ist es auch noch ein bisschen hin, das wäre also vielleicht eine gute Gelegenheit, schon jetzt richtig Geld zu verdienen. Ich zögere noch einen Augenblick, dann gebe ich mir einen Ruck. Roger hat recht. Ich muss zeigen, dass ich Verantwortung übernehmen kann. Mein Leben selbst in die Hand nehmen. Hat

Kiki ja auch gesagt. Das hier ist natürlich eine gute Chance, die Sache mit dem Wünschen gleich mal auszuprobieren. Hinzu kommt: Mein Bauch funkt mir gerade ganz deutlich, dass das hier *meine* Chance ist. Das Universum klopft an meine Tür – also sollte ich sie schleunigst ganz, ganz weit aufmachen, bevor der Lieferdienst sich wieder verzieht!

»Okay. So machen wir es«, willige ich ein. »Fünf Prozent vom Tagesumsatz, wenn ich voll arbeite, bei halber Schicht die Hälfte.« Roger streckt mir die Hand hin.

»Deal.« Ich nicke und schlage ein.

»Deal.« Dann zieht Roger einen Zettel aus seiner Schreibtischschublade.

»Ich wusste, du würdest meinen Vorschlag gut finden. Ich habe deswegen schon einmal etwas vorbereitet.« Interessiert betrachte ich das Papier, das groß mit »Änderungsvertrag« überschrieben ist. »Hier steht alles drin. Du musst nur noch unterschreiben. Dann steht deiner Unternehmerkarriere nichts mehr im Wege.« Er gibt mir seinen Kugelschreiber. Eigentlich hat man mir die letzten zehn Jahre eingebleut, alle Verträge erst einmal gründlich zu lesen. Zumal ich das mit der Verrechnung meines Stundenlohns auch noch nicht so ganz verstanden habe. Aber seit kurzem zähle ich nicht mehr zu diesen Bedenkenträgern von Berufs wegen. Also her mit dem Teil! Mir ist fast ein wenig feierlich zumute. Schnell setze ich meinen Namen unter den Vertrag und gebe Roger den Stift zurück. Er unterschreibt ebenfalls, dann schüttelt er mir noch mal die Hand.

»Herzlichen Glückwunsch, Maike. Ich wusste, du würdest die richtige Entscheidung treffen.« Er wirft einen kurzen Blick auf seine Uhr. »Tja«, meint er dann, »ich würde sagen, ich verschwinde jetzt gleich mal und überlasse dir das Revier. Immerhin sind wir ja jetzt so etwas wie Partner, da kannst du den Laden auch ohne meine Anwesenheit schmeißen.« Er steht auf und schnappt sich seine Jacke von der Stuhllehne.

»Alles klar, Chef«, sage ich.

»Nicht Chef«, korrigiert er mich. »Partner.«

»Partner«, wiederhole ich und genieße, wie das klingt. Irgendwie … gut. In jedem Fall besser als Aushilfe.

»Wir sehen uns dann morgen«, meint Roger noch und geht auf den Ausgang zu.

»Kommst du heute gar nicht mehr wieder?«, wundere ich mich. Immerhin ist es erst kurz nach elf, wir haben bis zehn Uhr abends geöffnet, und weder Nadine noch eine andere Aushilfe ist heute eingeteilt. »Ich wollte eigentlich um sieben …«, setze ich an.

»Maike«, unterbricht mich Roger, »du bist doch jetzt Unternehmerin, da kann man eben nicht immer nach der Nine-to-five-Mentalität leben.«

»Nein, klar, sicher«, sage ich eilig, »aber ich dachte, meine acht Stunden …«

»Und kleinlich«, fällt mir mein neuer Partner wieder ins Wort, »darf man als Geschäftsfrau erst recht nicht sein. Da sind es halt manchmal ein paar Stunden mehr, ein anderes Mal dafür ein paar Stunden weniger. Aber unterm Strich sollte sich das alles schon irgendwie einpendeln.« Ehe ich etwas erwidern kann, hat Roger pfeifend das Studio verlassen.

Ich bleibe einigermaßen ratlos zurück. Aber nur einen Moment lang, dann breitet sich in mir ein ungeheures Triumphgefühl aus. Unternehmerin. Ja, das klingt wesentlich besser als Aushilfe, das muss ich schon zugeben. Wen kümmert es da, wenn ich in Zukunft auch mal etwas länger im Laden bleibe? Schließlich bin ich jetzt beteiligt, da macht die Arbeit doch gleich viel mehr Spaß!

Als ich nach meiner Schicht um halb elf in die Wohnung zurückkomme, bin ich zwar müde, aber auch regelrecht euphorisch. Heute ist der erste Tag im neuen Leben der Maike Schäfer! Sie ist endlich erwachsen geworden und hat eine weitreichende geschäftliche Entscheidung getroffen. Die Kräfte der Anziehung, sie beginnen ganz offensichtlich zu wirken. Das muss ich sofort Kiki erzählen. Die sitzt praktischerweise in der Küche und liest in einem Buch. Mit einem lauten »Tataaa!« scheuche ich sie hoch.

»He, da kriege ich ja einen Herzinfarkt!«, ruft Kiki erschrocken aus.

»Keine Sorge. Den bekommt jemand, der so kerngesund ist wie du, nicht so leicht.«

»Wo warst du denn so lange? Habe mich schon gewundert, wo du steckst!«

Grinsend lasse ich mich auf einem der Küchenstühle nieder. »Ich habe sensationelle Neuigkeiten.«

»Ach ja?«

»Ja.« Ich nicke begeistert. »Du wirst ziemlich stolz auf mich sein. Ich habe mit Roger ein neues Gehaltsmodell ausgehandelt. Die Zeiten von Maike ›Pleite‹ Schäfer sind vorbei.«

»Da bin ich wirklich gespannt. Lass hören!«

Ich hole tief Luft, um die Spannung ein wenig zu steigern, dann stelle ich mit wichtiger Miene fest: »Ab sofort bin ich meiner großen Verantwortung entsprechend am Umsatz beteiligt.«

»Aha.« Noch guckt Kiki relativ unbeeindruckt, was mir einen kleinen Stich versetzt. Eigentlich hatte ich damit gerechnet, dass sie vor Begeisterung sofort Luftsprünge macht. Stattdessen fragt sie nur: »Wie will er dich denn am Umsatz beteiligen?«

»Mit fünf Prozent.«

»Wow.« Endlich scheint Kiki auch zu begreifen, wie sensationell meine Neuigkeit ist. »Das ist viel«, gibt sie zu. »Und wie hoch ist dein Fixum?«

»Das weiß ich gar nicht so genau, das wird jetzt irgendwie verrechnet.«

»Verrechnet? Womit denn?«

»Na, mit meiner Einlage. Die ich aber Gott sei Dank nicht leisten muss.«

»Aha. Mit der Einlage. Wie hoch ist die denn?«

»So zwischen zehn- und zwanzigtausend Euro. Müsste genauer im Vertrag stehen.«

Einen Moment lang sagt Kiki gar nichts mehr. Dann tritt ein Ausdruck puren Entsetzens auf ihr Gesicht. »Bist du verrückt geworden?«, fährt sie mich regelrecht an. »Er hat dir das Festgehalt gestrichen?«

»Wieso?« Ich begreife nicht, warum Kiki gerade so ausflippt. »Du hast doch selbst gesagt, ich müsste endlich mal mehr Verantwortung übernehmen. Das habe ich jetzt getan. Und das Festgehalt ist ja gar nicht gestrichen, es wird nur verrechnet. Das ist doch für mich viel besser, so muss ich wenigstens nicht investieren.«

»Natürlich investierst du, du dummes Huhn! Nämlich deine Arbeitskraft! In den Saftladen von Roger. Verrechnet mit zehntausend Euro – das ist doch Quatsch. Sieh es ein: Er hat dir das Festgehalt gestrichen!«

Langsam geht mir Kikis Rechthaberei auf den Keks. Die tut ja geradezu so, als wäre ich ein dummes Schulmädchen. »He, jetzt reg dich doch nicht so auf«, sage ich deshalb genervt. »Roger hat mir das alles ganz genau erklärt, die Sache ist ohne jedes Risiko, und ich fahre mit dieser Umsatzbeteiligung wesentlich besser als bisher.«

»Maike.« Kiki seufzt und schlägt beide Hände vors Gesicht. »Du hast heute noch keine Zeitung gelesen, oder?«, nuschelt sie unter ihren Händen hervor.

Verständnislos schüttle ich den Kopf. »Nee«, erkläre ich, »ich war mal wieder ein bisschen spät dran. Aber was hat das damit zu tun?«

Kiki steht auf und geht zum Fensterbrett. Dort liegt, sorgsam zusammengefaltet, das *Hamburger Abendblatt*. »Hier«, sagt sie und faltet es auf, »man konnte es eigentlich nicht übersehen. Es ist die Titelschlagzeile.« Sie hält mir die Zeitung direkt unter die Nase, laut lese ich vor:

Hamburg vor Jahrhundertsommer
Jahrhundertsommer? Das klingt nicht gut. Ich lese weiter.
Die Meteorologen sind sich einig: Schon übermorgen beginnt in Hamburg ein wahrer Jahrhundertsommer. Temperaturen bis dreißig Grad, und das schon im März – sind das die Vorboten des Klimawandels?

Fassungslos starre ich auf die Buchstaben, die vor meinen Augen verschwimmen. Mein Gehirn weigert sich zu begreifen, was da steht. Nur mein Magen scheint sofort zu verstehen, denn mit einem Schlag wird mir richtig übel.

»Ich würde denken«, sagt Kiki, »zumindest dein Chef hat heute Zeitung gelesen. Was meinst du?«

Ich nehme ihr das *Abendblatt* aus der Hand und überfliege den Artikel einige Male, ehe ich meine Sprache wiederfinde. »Aber fünf Prozent«, krächze ich schließlich, »sind doch trotzdem viel. Selbst wenn es mal nicht so gut läuft.«

Kiki setzt sich wieder neben mich. »Das kann ich nicht beurteilen. Hast du dir das denn mal alles ganz genau durchgerechnet, bevor du zugesagt hast? Und zwar sowohl im besten als auch im schlechtesten Fall?«

»Nicht so richtig«, gebe ich zu.

»Was heißt denn *nicht so richtig*?«

»Na ja, eigentlich gar nicht. Ich hatte es eher so im Gefühl, dass es ein gutes Angebot ist.« Mit einem Schlag komme ich mir mal wieder unglaublich dumm vor.

»Im Gefühl?« Kiki unterdrückt ein hysterisches Kichern. »Du kannst doch ein Gefühl nicht als Grundlage für eine geschäftliche Vereinbarung nehmen!«

»Du hast selbst gesagt, dass ich auf meine Intuition hören soll!«, gebe ich maulig zurück. Jawohl, das hat meine liebe Cousine schließlich behauptet, ich habe nur ihre Anweisungen befolgt!

»Ja, sicher, das habe ich«, gibt Kiki zu. »Aber damit habe ich doch nicht gemeint, dass du deinen Verstand komplett ausschalten sollst!«

»Als Roger es mir erklärt hat, klang es alles so logisch und einfach«, verteidige ich mich.

»Dann kann ich mir denken«, stellt Kiki grummelnd fest, »dass dein lieber Boss dir alles in den schillerndsten Farben ausgemalt hat, dieser Verbrecher!« Sie beugt sich zur Küchenzeile, zieht eine Schublade auf, holt Block und Stift heraus und wirft mir einen auffordernden Blick zu. »Dann lass uns mal schnell nachrechnen. Was für einen Tagesumsatz macht ihr denn so?«

»Genau weiß ich das nicht«, sage ich. »Roger macht die Kasse. Aber er hat gesagt, es sind immer mehr als zweitausend Euro. Und das kam mir auch ganz realistisch vor. Der Laden läuft ja gut.«

Kiki schüttelt den Kopf. »Also: Was kosten eure Bänke?«

»Bis zwanzig Minuten fünf neunundneunzig. Ist ein super Angebot.«

»Okay. Also macht eine Bank bei durchgehender Auslastung circa achtzehn Euro pro Stunde.« Sie kritzelt die Zahl auf den Block. Ich hasse Kiki, wenn sie so doziert, da komme ich mir jedes Mal vor wie eine Grundschülerin.

»Viele Kunden wollen aber auch nur zehn oder fünfzehn Minuten«, wende ich ein, um nicht komplett dusselig dazustehen. »Dann sind's doch mehr als achtzehn Euro.«

»Gut«, meint Kiki, »dann rechnen wir eben mit zwanzig Euro pro Stunde, wobei das schon mehr als optimistisch ist. Und wie viele Bänke habt ihr insgesamt?«

»Zwölf.«

»Okay, das macht zweihundertvierzig Euro maximal, das Ganze auf zwölf Stunden sind also gute zweitausendachthundert Euro. Bei voller Auslastung, wohlgemerkt.« Sie mustert mich streng. »Und – habt ihr immer volle Auslastung?« Ich schweige betreten. »Habt ihr also nicht«, stellt Kiki fest.

»Nein«, mittlerweile ist meine Stimme fast nur noch ein Flüstern. »Meistens nicht.«

»Wie viele Bänke sind denn so im Schnitt leer?«

»Kannst du vielleicht mal mit dieser inquisitorischen Befragung aufhören?«, blaffe ich meine Cousine an. »Ich fühle mich sowieso schon schlecht.«

»Tut mir leid«, sie legt eine Hand auf meine, »ich will dich wirklich nicht ärgern, sondern dir nur helfen, den schlimmsten Schlamassel vielleicht noch zu verhindern. Aber dafür müssen wir uns nun mal die Fakten ansehen.«

»Okay«, seufze ich ergeben.

»Also, wie viele der Bänke bleiben im Schnitt leer?«

Ich zucke mit den Schultern. »Vielleicht ein Drittel?«, schätze ich. »An warmen Tagen ist es auch mal die Hälfte oder noch mehr.« Kiki kritzelt wieder auf dem Block herum, rechnet hin und her und notiert immer neue Zahlen.

»Also«, erläutert sie dann, »wenn dieser Jahrhundertsommer tatsächlich kommt und nur noch jede dritte Bank besetzt ist, geht der Durchschnittsumsatz wahrscheinlich auf höchstens tausend Euro runter. Richtig?«

»Das könnte sein.« Unruhig rutsche ich auf meinem Stuhl hin und her, weil ich ahne, was jetzt kommt.

»Dann verdienst du mit einer Acht-Stunden-Schicht genau fünfzig Euro. Anders gesagt«, sie umkringelt eine Zahl, die sie notiert hat, »sechs Euro fünfundzwanzig pro Stunde.«

Entsetzt starre ich auf meinen neu errechneten Stundenlohn. Scheiße. Roger hat mich reingelegt. Ohne weiter auf Kiki zu achten, springe ich auf und renne zum Telefon. Wenn der denkt, er kann mich so leicht über den Tisch ziehen, hat er sich getäuscht! Hektisch wähle ich Rogers Handynummer, erreiche aber nur die Mobilbox. »Hier ist Maike!«, belle ich in den Hörer, »ruf mich sofort zurück!« Wütend knalle ich das Telefon zurück auf die Station. Dann reiße ich es wieder hoch und tippe Nadines Nummer ein. Ich muss ihr sofort erzählen, was dieser Verbrecher mit mir gemacht hat.

»Spalding?«, meldet sie sich nach dem dritten Klingeln und klingt etwas verschlafen.

»Hi, Nadine!«, sage ich und gebe mir Mühe, nicht allzu laut ins Telefon zu brüllen. »Sorry, dass ich so spät noch anrufe, aber ich muss dir dringend was erzählen.«

»Was ist los?« Mit einem Mal klingt sie hellwach. »Ist das Studio abgebrannt?« Ein Kichern erklingt, aber mir ist gerade nicht so wirklich nach Witzchen zumute.

»So ähnlich«, knurre ich. »Roger hat mir heute ein, wie er sagte, sensationelles Angebot gemacht.«

»Hat er das?«, fragt Nadine nach. »Aber doch wohl nicht die Sache mit der Umsatzbeteiligung, oder?«

Ich bin einen Moment sprachlos, Nadine wusste davon? »Wieso?«, frage ich. »Hat er dir davon erzählt?«

»Nein«, kichert sie, »aber seit das mit dem Jahrhundertsommer gestern im Radio und heute in der Zeitung war, ist er wohl ganz panisch. Hat mich heute früh zu Hause angerufen und mir den Vorschlag gemacht. Aber da hab ich ihm gleich einen Vogel gezeigt, ich arbeite nicht für umme. Da kann er sich 'ne andere Blöde suchen.«

»Äh, nee, genau«, stammle ich, »wir lassen uns doch nicht für dumm verkaufen.«

»Da bin ich ja erleichtert, dass du das genauso siehst. Ich wollte mich eigentlich noch bei dir melden und dich vorwarnen, aber dann war ich den ganzen Tag mit Ralf unterwegs und hab's total verschwitzt. Weißt du, unsere Waschmaschine ist kaputt, und wir haben uns nach einer neuen umgesehen, ist gar nicht so einfach, da was Gutes …« Sie unterbricht sich. »Ist ja auch egal, jedenfalls dachte ich mir schon, dass Roger dir auch mit dieser Idee kommt, und hatte dich eigentlich anrufen wollen. Bloß gut, dass du ein bisschen Ahnung von Verträgen hast und ihm nicht auf den Leim gegangen bist. Vielleicht sollten wir aber noch schnell Petra und Sophie antickern, falls er das bei allen Aushilfen versuchen will?«

»Ja«, stimme ich ihr zu und merke, wie ich kurz davor bin, in Tränen auszubrechen. »Das sollten wir tun. Übernimmst du das?«

»Klar«, antwortet Nadine, »kein Problem, ich kümmere mich drum.«

»Gut«, ich räuspere mich, um den Frosch in meinem Hals zu verjagen, »dann wünsch ich euch noch einen schönen Abend.«

»Dir ebenfalls!« Sie kichert noch einmal. »Echt ein Mistkerl, unser Chef, oder?«

»Hm.« Ich muss sofort auflegen, länger halte ich dieses Gespräch nicht mehr durch. »Dann mach's gut.« Klick. Einen Moment lang bleibe ich regungslos neben dem Telefon stehen. Habe ich gestern nicht noch gedacht, ich könne mich nicht schlechter fühlen? Ein Irrtum. Selbst Nadine mit ihren aufgeklebten Glitzerfingernägeln hat mehr Verstand in der Birne als ich. Das ist der absolute Tiefpunkt, eine Bankrotterklärung an mich selbst.

Mit schlurfenden Schritten gehe ich zurück in Richtung Küche, werde aber vom Klingeln des Telefons gestoppt. Mit einem Satz bin ich wieder neben der Station und reiße das Mobilteil hoch. Roger, die Sau! Dass er tatsächlich den Mut hat, mich sofort zurückzurufen, wundert mich beinahe – aber ich bin gerade in der richtigen Stimmung, um ihn fertigzumachen.

»Ja?«, belle ich in den Hörer. Es knackt und rauscht, dann erklingt eine männliche Stimme. Allerdings nicht Rogers.

»Hallo, Maike«, kommt es sanft zurück. »Ich bin's. Gunnar.«

6. Kapitel

Hallo?«, frage ich nach, weil ich für den Bruchteil einer Sekunde mehr als perplex bin. Gunnar? Wieso ruft der denn hier an? Mit jedem hätte ich gerechnet, aber nicht mit meinem Ex-Freund.

»Ja, ähm, Maike, wie geht's?«

Ich gebe mir Mühe, meinen Puls augenblicklich runterzufahren und meiner Stimme einen freundlichen Klang zu geben. Ausgerechnet jetzt, in einem Moment, in dem ich töten könnte, meldet Gunnar sich bei mir? Das darf doch wohl nicht wahr sein! »Äh, danke, ganz gut.«

»Tut mir leid, dass ich so spät noch anrufe, ich hoffe, ich habe dich nicht geweckt.«

»Nein, nein, ist schon okay, du weißt doch, dass ich nie so früh ins Bett gehe.« Und dann sprudelt es einfach nur so aus mir heraus, ohne dass ich etwas dagegen tun kann. Vielleicht sind es meine aufgepeitschten Emotionen wegen Roger, vielleicht die Überraschung, Gunnar an der Strippe zu haben, aber egal, was es ist – ich kann es nicht stoppen. »Das ist ja schön, dass du dich meldest. Weißt du, ich musste so viel über uns nachdenken, und mir ist klar, dass ich viele Fehler gemacht habe. Das wollte ich dir die ganze Zeit schon sagen, aber ich wusste einfach nicht, ob ich dich noch einmal anrufen kann oder ob du dann gleich auflegst. Umso mehr freue ich mich, dass du dich jetzt bei mir meldest, weil, weil, weil …« Ich komme ein wenig ins Stocken, gleichzeitig überspült mich eine heiße Welle aus purem Glücksgefühl. War ich eben noch stocksauer auf Roger? Was soll's? Dafür erfüllt sich gerade mein zweiter Wunsch, und Gunnar hat sich gemeldet – das ist das Einzige, was zählt!

Mittlerweile hat Kiki sich aus der Küche zu mir gesellt und

mustert mich interessiert. Ich grinse sie einfach nur breit an und forme mit den Lippen ein lautloses »Gunnar«.

»Maike«, höre ich ihn jetzt sagen, aber ich muss dringend noch eine Sache loswerden, bevor ich ihn zu Wort kommen lassen kann.

»Und das mit den Sackhaaren«, plappere ich weiter, »also das tut mir natürlich total leid, du weißt ja, wie impulsiv ich manchmal bin, was dich ja auch oft zu Recht gestört hat, wenn ich immer so ausgeflippt bin, also, auch bei Kleinigkeiten, für die du gar nichts konntest. Aber ich habe das jetzt begriffen und verspreche dir ...« Bevor ich den Satz zu Ende bringen kann, unterbricht mich Gunnar.

»Du, Maike, ich hab gerade nicht so viel Zeit.«

»Sicher, klar«, erwidere ich eilig. »Lass uns doch einfach treffen, wenn es dir besser passt, damit wir mal in aller Ruhe miteinander reden und sämtliche Missverständnisse aus der Welt räumen können. Ich finde, das sollten wir wirklich dringend tun, es gibt so viele Sachen, die zwischen mir und dir falsch gelaufen sind.«

»Äh«, er schweigt einen Moment, wieder kracht es in der Leitung, offensichtlich telefoniert er übers Handy. »Sag mal«, kommt es gedehnt von Gunnar, »ich hab da mal eine ganz blöde Frage. Hab ich zufälligerweise meinen Personalausweis bei dir liegen lassen?«

»Deinen Personalausweis?«, echoe ich.

»Ja, den suche ich schon seit zwei Wochen«, bestätigt Gunnar. »Und gerade eben ist mir eingefallen, dass ich ihn das letzte Mal gesehen habe, als du eine Mappe mit unseren Unterlagen zusammenstellen und ihn dafür kopieren wolltest. Du weißt schon, als wir noch vorhatten, uns nach einer gemeinsamen Wohnung umzusehen.«

»Äh, ja, daran erinnere ich mich.« Wie hätte ich das auch vergessen können? Kaum hatte ich alle Unterlagen fein säuberlich in einer Klarsichtfolie gesammelt, um sie potenziellen Vermietern vorlegen zu können, hat Gunnar schließlich Schluss gemacht.

»Und?«, fragt er. »Hast du meinen Perso vielleicht noch? Ich weiß nämlich sonst echt nicht mehr, wo ich noch suchen soll.«

»Hm«, ich überlege, »kann sein, dass er noch in meiner Schreibtischschublade liegt.«

»Würdest du mal nachsehen?«, bittet Gunnar freundlich.

»Klar, mach ich, warte kurz.« Ich lege das Mobilteil neben die Station.

»Was ist los?«, zischt Kiki leise.

»Gunnar«, zische ich zurück. »Er sucht seinen Personalausweis.«

»Wieso?«

»Keine Ahnung.« Dann bedeute ich Kiki, dass sie den Mund halten und auf keinen Fall das Telefon anrühren soll, bevor ich eilig in mein Zimmer laufe.

Dort reiße ich die oberste Schublade vom Rollcontainer neben meinem Schreibtisch auf und halte nach einer kurzen Suchaktion tatsächlich Gunnars Perso in Händen. Schon ein kurzer Blick auf sein Gesicht reicht aus, um meine Knie in Wackelpudding zu verwandeln. Nein, ich bin kein bisschen über ihn hinweg, selbst ein biometrisches Minifoto, auf dem er wahrlich nicht schmeichelhaft aussieht, bringt mich vollkommen aus der Fassung. Aber, frohlocke ich innerlich, immerhin habe ich ihn gerade jetzt an der Strippe.

»Hab ihn«, rufe ich atemlos ins Telefon, als ich wieder im Flur bin. »War in meinem Schreibtisch.«

»Prima«, sagt Gunnar. »Den bräuchte ich nämlich dringend.«

»Kein Problem. Sollen wir uns morgen auf einen Kaffee treffen?« Kiki haut mir ihren Ellbogen in die Seite, ich unterdrücke einen Aufschrei und werfe ihr einen mahnenden Blick

74

zu. »Dann kann ich ihn dir mitbringen«, rede ich weiter, als wäre nichts, »und wir plaudern ein bisschen.« Hoffentlich ist mir nicht anzumerken, wie aufgeregt ich allein bei der Vorstellung bin. Andererseits wird er das, nachdem ich eben wie ein Wasserfall auf ihn eingeredet habe, wahrscheinlich eh schon registriert haben. Also, was soll's?

»Tja, hm, also … eigentlich würde ich ihn mir gern jetzt noch bei dir abholen. Oder morgen früh, falls es dir schon zu spät ist.«

»Heute noch?«, frage ich überrascht. »Ähm, ja, sicher ginge das. Ist es denn so eilig? Musst du das Land verlassen?«, versuche ich, einen Witz zu reißen.

»Gewissermaßen schon. Also, wollen, nicht müssen. W… Ich fliege schon morgen Vormittag.«

Auf einmal bin ich hellwach, Gunnars Versprecher ist mir nicht entgangen. »Wir?«, frage ich nach. »Mit wem verreist du denn? Und wohin?«

»Ist doch egal«, wiegelt Gunnar ab. »Jedenfalls brauche ich echt dringend meinen Perso. Ich dachte, ich könnte auch meinen Pass nehmen, aber eben hab ich gesehen, dass der blöderweise schon seit drei Monaten abgelaufen ist.«

»Wohin?«, frage ich erneut. »Und mit wem?«

»Maike«, auch Gunnars Stimme hat sich urplötzlich von samtweich in genervt verlagert. »Das geht dich, ehrlich gesagt, rein gar nichts mehr an, okay? Ich will einfach nur meinen Perso.«

»Nicht wenn du mir nicht sagst, wohin die Reise geht.«

»Das ist doch kindisch!«

»Gut, bin ich eben kindisch. Immerhin einer der Gründe, weshalb du mich verlassen hast.«

»Maike …«

»Nix, Maike!« Kiki nickt mir zu und hat dabei eine kämpferische Miene aufgesetzt. »Wenn du mich hier schon mitten in der Nacht anrufst, nur weil du deinen dämlichen Perso haben willst, musst du mir schon sagen, wofür.«

Er seufzt. »Das bringt doch nichts, Maike.«

»Och, überlass das ruhig mir, was etwas bringt und was nicht«, stelle ich fest. »Also, wohin?«

»Okay. Ich fliege nach Venedig. Bist du jetzt zufrieden?«

»Venedig?«, echoe ich wie eine Kandidatin bei der Fünfhundertausend-Euro-Frage.

»Ja«, bestätigt er. »Also, kann ich meinen Perso jetzt abholen? Bitte!«

»Was willst du denn in Venedig? Und wieso schon morgen? Die Flugtickets, die du für uns gekauft hast, sind doch erst in zwei Wochen gültig!« Außerdem, füge ich im Geiste hinzu, sind sie für dich und *mich*. So habe ich es schließlich bestellt! Nicht für Gunnar und irgendeine Tussi!

»Was werde ich da schon wollen?«, fragt Gunnar, und ihm ist anzuhören, dass er sich Mühe gibt, ruhig zu bleiben. »Urlaub halt. Und ich hab's auf morgen umgebucht, weil mir was dazwischengekommen ist.«

»Aha«, meine ich. »Lass mich raten: Dir ist eine Tante dazwischengekommen, die in zwei Wochen nicht kann. Richtig? Da hast du dir gesagt, och, bevor die Flüge verfallen, kann ich zumindest mal den umbuchen, der auf mich läuft.«

»Selbst wenn!« Jetzt ist es vorbei mit der Ruhe. »Das ist schließlich meine Sache. Und du hast eben gesagt, ich kann den Perso haben, wenn ich dir sage, wohin ich fliege.«

Ich denke einen Moment nach, dann sage ich langsam und deutlich: »Das habe ich mir gerade anders überlegt. Aber viel Spaß am Flughafen!«

»Maike!« ist das Letzte, was ich von Gunnar höre – dann lege ich auf. Und breche eine Millisekunde später in Tränen aus.

Sofort nimmt Kiki mich in den Arm. »Süße«, fragt sie und streicht mir dabei mit einer Hand über den Kopf, »habe ich das gerade richtig verstanden? Gunnar will nach Venedig fliegen?«

»Jahaha«, bringe ich schluchzend hervor.

»So ein unsensibles Arschloch!«, regt sich meine Cousine auf. »Wie kann er dir das nur erzählen?«

»Ach, Scheiße!«, rufe ich aus und mache mich von Kiki los. »Ich habe ihn ja selbst danach gefragt! Deshalb hat er es mir erzählt.« Wütend stampfe ich Richtung Küche. Pfeif auf »Keinen Alkohol mehr« – ich muss jetzt was trinken.

»Quatsch!«, ruft Kiki und kommt hinter mir her. »Er hätte doch auch was anderes sagen können. Malle. Oder Ibiza. Oder irgendwas anderes halt.«

»Tja«, ich reiße die Kühlschranktür auf und greife nach der Weißweinflasche, die zwischen diversen Frühstücksutensilien liegt und mich anlacht, »besonders kreativ war der Herr Ingenieur eben noch nie.« Ich knalle die Flasche auf den Küchentisch und suche in der Besteckschublade hektisch nach einem Korkenzieher.

»Ach, mein Goldstückchen«, setzt Kiki an und greift nach der Weinflasche.

»Sag nichts!«, fauche ich und entreiße sie ihr wieder. »Das ist nicht der richtige Moment für einen Vortrag über meinen Alkoholkonsum. Mein Chef hat mich in die Pfanne gehauen, mein Ex fliegt mit irgendeiner Kuh nach Bella Italia, das nehme ich jedenfalls mal an, denn allein will er ja wohl kaum nach Venedig. Also heb dir deine Moralstandpauke für morgen auf, heute können mir alle mal den Buckel runterrutschen!«

»Ich wollte gar keine Ansprache halten«, sagt Kiki und wedelt mit dem Korkenzieher, den ich noch immer suche, vor meiner Nase herum. »Im Gegenteil. Ich wollte nur sagen, dass ich auch ein Glas gebrauchen kann. Und dazu eine richtig schön ungesunde Zigarette.« Sie wirft mir einen aufmunternden Blick zu – und dann müssen wir beide ganz furchtbar lachen, wobei mein

Gelächter wie eine kuriose Mischung aus Heulkrampf und Kaputtkringeln klingt.

»Die Idee mit dem Wünsch-dir-was-Kram war jedenfalls ein voller Reinfall, so viel steht mal fest«, meine ich, als Kiki und ich ein paar Minuten später im Wohnzimmer sitzen und uns zuprosten. »Viel mehr hätte dabei nicht in die Hose gehen können.«

»Das ist wohl wahr.« Nachdenklich nimmt sie einen Zug von ihrer Zigarette. »Aber trotzdem verstehe ich das nicht ganz. Bei mir hat es immer ganz gut funktioniert.«

»Wahrscheinlich, weil bei dir IMMER alles funktioniert. Und bei mir eben nie.«

»Quatsch«, wehrt Kiki ab, »das liegt doch nicht an dir! So läuft das mit dem Gesetz der Anziehung nicht. Du musst ... na ja, vielleicht hast du irgendwas falsch gemacht?«

»Was soll ich denn da falsch gemacht haben? Ich habe ganz genau aufgeschrieben, was ich will, nämlich eine bessere Bezahlung und mit Gunnar wieder zusammenkommen und nach Venedig fliegen. Schon fast ein bisschen sarkastisch, dass genau das Gegenteil davon herausgekommen ist.«

»Hm.« Kiki überlegt einen Moment. »Darf ich mal in dein Wunschbuch gucken?«

»Wieso? Weil du glaubst, dass ich sogar zu dämlich bin, um genau aufzuschreiben, was ich gern hätte?«

»Natürlich nicht! Aber ich wüsste gern, ob da vielleicht doch etwas falsch gelaufen ist. Nur so zur Sicherheit, meine ich.«

»In Ordnung«, sage ich ergeben und stehe auf. »Ich hole es, ist in meiner Handtasche im Flur.«

»Dann lass mal sehen«, sagt Kiki, als ich wieder neben ihr sitze und ihr mein Wunschbuch in die Hand gedrückt habe. Sie schlägt die erste Seite auf und betrachtet interessiert meine Wünsche. »Ah, verstehe«, murmelt sie vor sich hin.

»Was verstehst du?«, will ich wissen. »Hab ich das jetzt genau so aufgeschrieben, wie ich es mir wünsche, oder nicht?«

»Im Prinzip schon.« Meine Cousine blickt zu mir auf.

»Was soll das heißen, im Prinzip?«

»Na ja, du hast geschrieben: *Mit sieben Euro fünfzig die Stunde bin ich nicht einverstanden, für so wenig arbeite ich in Zukunft nicht mehr. Und: Gunnar ruft an und will mich sehen. Er möchte nach Venedig, aber nicht ohne mich«*, liest sie meinen Eintrag vor.

»Ja, genau das habe ich geschrieben«, bestätige ich. »Weil das genau die Dinge sind, die ich mir gewünscht habe – was soll daran schon falsch sein?«

»Äh«, setzt Kiki an, »habe ich dir nichts davon erzählt, dass Verneinungen nicht verstanden werden?« Sie kaut auf ihrer Unterlippe, als wäre ihr gerade etwas sehr unangenehm.

»Wie? Was soll das heißen, Verneinungen werden nicht verstanden?«

»Tut mir leid, aber das hatte ich ganz vergessen. Wenn du dir etwas wünschst, ist es wichtig, dass du es POSITIV formulierst.«

»Ist doch positiv, wenn Gunnar mit mir verreisen will!«

»Sicher, das ist es. Aber es kommt darauf an, *wie* du es aufschreibst.«

»Also, langsam kommt mir diese ganze Wunschgeschichte doch recht kompliziert vor«, werfe ich ein.

»Das ist sie gar nicht«, widerspricht Kiki und zündet sich noch eine Zigarette an. »Du musst dabei bloß bedenken, dass Wörter wie ›nicht‹ oder ›kein‹ nicht gehört werden.« Ich werfe Kiki einen verständnislosen Blick zu.

»Sorry, ich glaube, dafür brauche ich mal ein Beispiel.«

»Also, wenn du schreibst: ›Mit sieben Euro fünfzig pro Stunde bin ich nicht einverstanden‹ – dann wird das ›nicht‹ ignoriert. Dann heißt es …«

»Mit sieben Euro fünfzig bin ich einverstanden«, vervollständige ich Kikis Satz.

»Exakt.«

»Das heißt dann also«, sage ich und merke, wie ich gerade ziemlich wütend auf meine Cousine werde, »dass ich, was Gunnar betrifft, geschrieben habe: Er will nach Venedig, aber ohne mich.«

»Also«, Kiki kichert, »genau genommen ja.«

Ich starre meine Cousine böse an. »Super!« Mit einer wütenden Handbewegung schnappe ich nach meinem Weinglas und stürze den Inhalt in einem Zug hinunter. »Du bist echt ein Spitzencoach! Verschweigst mir das Wichtigste, und ich wünsche mir doch glatt das Gegenteil!«

»Aber du hast doch eh nicht daran geglaubt«, gibt Kiki etwas schmollend zu bedenken.

»Och, da kann ich dich beruhigen: Spätestens jetzt glaube ich dran!«

»Echt?«

»Na, wenn das hier nicht der Beweis ist – dann weiß ich auch nicht.«

»Das ist doch klasse!« Sofort ist meine Cousine wieder die Selbstsicherheit in Person.

»Was soll daran schon klasse sein?«

»Na, nachdem wir auch noch diese eine Feinheit geklärt haben, kannst du es doch gleich wieder versuchen!«

Ich werfe ihr einen ungläubigen Blick zu. »Du denkst doch wohl nicht im Ernst, dass ich das nach dieser Pleite hier noch einmal mache? Nein danke, mir reicht es fürs Erste mit dem Wünschen, das hat mir genug Ärger eingebracht, um den ich mich jetzt kümmern muss.«

»Aber …«

»Nix aber. Verschone mich in Zukunft mit deinem Wunschkram.«

»Jetzt komm schon, Maike!«, erwidert sie. »Ich finde, du solltest der Sache noch eine Chance geben.«

»Finde ich nicht.«

»Finde ich aber doch.«

»Ist mir egal, was du findest.«

»Komm schon«, insistiert sie, »tu's für mich! Immerhin hast du übermorgen Geburtstag!«

»Häh?« Jetzt muss ich fast wieder lachen. »Korrigiere mich, wenn ich mich da irre – aber bisher dachte ich immer, dass derjenige, der Geburtstag hat, sich was wünschen darf – und nicht umgekehrt.«

»Sag ich doch. Genau deshalb sollst du dir noch einmal was wünschen. Ich kann mir vorstellen, dass so ein Wunsch kurz vor einem Geburtstag noch viel mehr Kraft hat. Was auch erklären würde«, fügt sie dann geheimnisvoll hinzu, »dass die Sache mit Roger und Gunnar sofort funktioniert hat. Wenn auch nicht ganz so, wie wir uns das eigentlich vorgestellt hatten.«

Ich seufze, Kiki ist wirklich unverbesserlich. »Okay, Cousinchen, ich sag dir was.«

»Nämlich?«

»Ich wünsche mir, dass ich in Ruhe dreißig werden kann. Ohne dass mir irgendwer auf die Nerven geht.«

»Weißt du, was?«

»Nämlich?«

»Das ist ein total langweiliger Wunsch.«

»Jau. Genau so wünsche ich mir den Tag. Langweilig und ereignislos.«

Dann prosten wir uns noch einmal zu.

7. Kapitel

Der 18. März. Mein Geburtstag. Mein dreißigster Geburtstag. Es ist wahrscheinlich schon viel Pathetisches über das Dreißigwerden geschrieben und gesungen worden. Aber hat auch schon mal jemand erwähnt, wie es ist, wenn man morgens aufwacht und so gar nichts in Sachen Geburtstag fühlt? Nicht mal Trauer über das Älterwerden? Von Freude darüber ganz zu schweigen? Ich bin tatsächlich gerade so genervt von mir selbst und meinem unerfreulichen Zustand, dass ich mich nicht mal über meinen Geburtstag aufregen kann. Eigentlich will ich heute tatsächlich nur meine Ruhe haben, und ich hoffe sehr, dass sich wenigstens dieser Wunsch erfüllt.

Ich schiele auf den Wecker neben meinem Bett. Neun Uhr. Um zehn muss ich im Studio sein. Warum in aller Welt habe ich mir an meinem Geburtstag bloß eine Schicht aufschwatzen lassen? Gut, mir ist zwar nicht nach Geburtstag, aber nach Arbeit ist mir noch viel weniger. Vor allem habe ich keine Lust, heute Roger über den Weg zu laufen. Der hat auf meine Nachricht hin, die ich ihm vorgestern hinterlassen habe, natürlich nicht zurückgerufen. Das heißt, dass heute ein kleines Konfliktgespräch mit ihm fällig wäre, und genau dazu habe ich überhaupt keine Lust. Warum kann nicht einfach mal etwas klappen in meinem Leben? Gerade jetzt tue ich mir schon wieder furchtbar selbst leid. Kann endlich mal jemand vorbeikommen und mich hier rausholen? Gerne ein Ritter auf einem Schimmel. Ich habe zwar eine Pferdehaarallergie, aber ein bisschen Niesen und Augentränen würde ich für meine Rettung gerne in Kauf nehmen.

»Happy birthday to you, happy birthday to you ...« Ein großer Napfkuchen mit drei Kerzen darauf kommt in mein

Zimmer, dicht gefolgt von Kiki und Stefan. »Guten Morgen, Lieblingscousinchen, und herzlichen Glückwunsch zum Geburtstag!«

»Ja, herzlichen Glückwunsch«, sagt auch Stefan.

Ich rapple mich aus dem Bett hoch und bekomme von beiden ein Küsschen auf die Wange, dann stellt Kiki das Tablett mit dem Kuchen auf meinem Nachttisch ab.

»Vielen Dank! Das ist lieb.«

»Hat Kiki selbst in meiner Küche gestern für dich gebacken«, erklärt Stefan und strahlt seine Freundin an, als hätte sie soeben den Nobelpreis in Physik gewonnen.

Ach ja, Liebe! Aber ich will ja nicht so sein, ist doch schön, dass wenigstens die beiden hier glücklich miteinander sind.

»Da bin ich ja mal gespannt«, sage ich, greife das Messer, das auf dem Tablett liegt, und schneide ein großes Stück ab, das ich Kiki reiche, die sich zu mir aufs Bett setzt.

Doch dann springt sie sofort wieder auf. »Jetzt hab ich den Kaffee vergessen. Moment, ich hole ihn.«

»Willst du?«, frage ich und halte das Stück stattdessen Stefan hin.

»Nein, danke«, meint er, »ich muss jetzt los, hab ein Training. Wollte nur kurz warten, bis du wach bist, damit ich dir gratulieren kann.«

»Okay«, ich lächle ihn an, »umso besser, dann bleibt mehr für mich übrig.«

»Also, 'nen schönen Tag wünsche ich dir!« Mit diesen Worten entschwindet Stefan in seinem Sportdress aus meinem Zimmer.

Zeitgleich kommt Kiki zurück, in jeder Hand eine Tasse mit verführerisch duftendem Kaffee. Stefan und sie verabschieden sich mit einem Kuss, dann kommt Kiki zu mir und setzt sich wieder aufs Bett.

»Na, wie fühlst du dich?«, fragt sie, drückt mir eine Tasse in die noch freie Hand und schneidet sich dann auch ein Stück von dem Kuchen ab.

»Wie immer. Nur älter.« Ich nehme einen Schluck Kaffee. »Hm, der Zimmerservice hier ist nicht schlecht!« Dann beiße ich in mein Kuchenstück. Lecker! Schön saftig und mit Schokolade überzogen. Dazu der duftende Kaffee – vielleicht wird der Tag doch ganz gut. Ich nehme das Messer und will mir noch ein Stück abschneiden, da entdecke ich in der Mitte des Napfkuchens ein kleines Päckchen.

»He, was ist das denn?«

»Pack's aus, dann wirst du es sehen!«

Neugierig angle ich es mit zwei Fingern aus dem Kuchen. Es scheint eine kleine Schachtel zu sein, verpackt in rosafarbenes Seidenpapier. Ich schüttle es. Ein leises Klötern.

»Was das wohl sein kann?« Kiki zuckt mit den Schultern und deutet ein ›Keine Ahnung‹ an. Ach, wozu raten? Schnell reiße ich das Papier auf. Tatsächlich, eine Schachtel. Ich öffne sie – und halte ein wunderschönes Armband mit verschiedenen Figuren in der Hand.

»Wow, das ist ja hübsch!«

»Das ist ein sogenanntes Bettelarmband«, erklärt meine Cousine. »Die kleinen Figuren heißen Jou-Jous und sind Glücksbringer. Dabei soll jede einen anderen Wunsch von dir symbolisieren.«

»Bitte nicht schon wieder Wünsche! Ich dachte, da hätte ich mich klar ausgedrückt.« Kiki guckt betrübt und will schon nach dem Armband greifen. »Äh, es ist aber sehr hübsch«, füge ich schnell hinzu, und sofort tritt ein Lächeln auf Kikis Gesicht. Ich sehe mir die Figuren genauer an. »Ein Schlüssel, ein Marienkäfer, eine Goldmünze?«

»Schlüssel und Marienkäfer stehen für Erfolg und Glück«, erklärt sie. »Und das Goldstück symbolisiert deinen Herzenswunsch. Was das ist, musst du selbst herausfinden.«

Ich seufze. »Sehr mystisch. Wenn ich nur wüsste, was das genau ist, wäre ich deutlich schlauer.«

»Muss ja nicht sofort sein. Trag das Armband brav jeden Tag, dann wirst du es irgendwann von alleine wissen. Vielleicht findet der Wunsch dann dich, und nicht du findest den Wunsch.«

Ein bisschen esoterisch ist sie eben doch, meine Cousine. Aber bei dem guten Geschmack, den sie bei der Schmuckauswahl bewiesen hat, darf sie das ruhig sein. Wir essen beide noch ein Stück Kuchen, dann mache ich mich fertig für das nächste Highlight des Tages: meine Schicht im Sonnenstudio.

»Herzlichen Glückwunsch zum Geburtstag!«

Nadine und Roger halten mir einen Schokokuchen mit einer brennenden Kerze unter die Nase, kaum dass ich das Studio betrete. Schon wieder Kuchen, wenn das heute so weitergeht, habe ich spätestens heute Abend einen Zuckerschock.

»Danke, ihr zwei«, sage ich artig und bedanke mich bei beiden mit einem Küsschen auf die Wange. »Wir sollten uns übrigens später noch einmal unterhalten«, zische ich danach allerdings noch – deutlich unfreundlicher – in Rogers Richtung.

Der zuckt unmerklich zusammen, dann streckt er mir einen Umschlag entgegen. »Hier, wir haben auch ein kleines Geschenk für dich.«

»Danke!«, sage ich wieder, greife den Brieföffner von Rogers Schreibtisch und schlitze den Umschlag auf. Da bin ich ja mal gespannt, vermutlich ist es ein Gutschein für ein kostenloses Sonnenbad. Würde ich meinem Chef glatt zutrauen, seit der Nummer mit der Umsatzbeteiligung rechne ich bei diesem Kerl eigentlich mit allem. »Oh«, rufe ich aus, nachdem ich den Inhalt des Umschlags in Händen halte. Tatsächlich: ein Gutschein. Allerdings nicht fürs Solarium. »Äh«, sage ich fragend, »zwei Freikarten für den Heide-Park Soltau?«

Roger und Nadine nicken begeistert.

»Ja, genau«, erklärt meine Kollegin. »Wir haben uns gedacht, du könntest mal wieder ein bisschen mehr Spaß in deinem Leben gebrauchen. Du weißt schon, nach der Sache mit deinem Studium und mit Gunnar …«

»Und mit Roger«, füge ich hinzu und werfe meinem Chef einen vernichtenden Blick zu.

»Mit Roger?«, fragt Nadine nach.

»Ach, nichts«, antworte ich und setze mein süßestes Lächeln auf, »ich meinte natürlich nicht Roger, sondern Holger.« Wieder ein Blick Richtung Boss, aber der wirkt nicht einmal schuldbewusst.

»Was denn für ein Holger?«, will Nadine wissen. »Der Name sagt mir rein gar nichts.«

»Egal, das gehört hier jetzt wirklich nicht hin.« Ich setze ein Lächeln auf. »Jedenfalls danke für die Freikarten. Ein etwas ungewöhnliches Geschenk, aber ich freue mich.«

»Ich bin sicher, du wirst Spaß haben«, meint Nadine, »und wenn du nicht weißt, wen du mitnehmen sollst: Ich bin ein totaler Achterbahnfan.«

»Verstehe. Ein komplett selbstloses Geschenk also.«

»Das ist jetzt gemein.« Nadine zieht einen Schmollmund. »Ich meinte doch nur, falls du nicht weißt, wen du mitnehmen sollst.«

»Ja, ist schon okay«, erwidere ich, »und ich freue mich wirklich!« Im Geiste frage ich mich allerdings schon, was solche Tickets wohl bei eBay bringen. Ich hab ja nicht mal ein Auto, um da hinzukommen, und bis nach Soltau trampen halte ich für keine so gute Idee. Okay, ich könnte tatsächlich Nadine mitnehmen, und wir fahren mit ihrem Auto. Allerdings nur, wenn sie mich ans Steuer lässt, das erste und letzte Mal, dass ich mit Nadine Auto gefahren bin, habe ich Blut und Wasser geschwitzt. Eine Achterbahnfahrt ist mit Sicherheit nichts dagegen, schon nach fünf Minuten war mir so schlecht, dass ich fast aus dem Fenster gekotzt hätte. Ach, nein, eBay ist wohl das Beste, in Anbetracht meiner finanziellen Lage vermutlich sogar das einzig Sinnvolle.

»Oder du nimmst mich mit«, schlägt Roger vor.

»Wer weiß, vielleicht mache ich das sogar?«, erwidere ich mit einem ironischen Grinsen. »Mit dir würde ich nur zu gern mal Achterbahn fahren.«

Roger zuckt etwas irritiert zusammen, aber ich bin mir ziemlich sicher, dass er schon verstanden hat, wie ich es meine. »Ja, klar, hihi, bin ich dabei, wenn Bedarf besteht.« Prima, denke ich mir, und dann werde ich dich an der höchsten Stelle genüsslich aus der Bahn schubsen! »Tja, Mädels, ich muss noch mal zur Bank, Wechselgeld holen«, will sich mein Chef ziemlich eilig verabschieden.

Geschenk hin, Geschenk her, um das Gespräch kommt er nicht rum. »Roger, warte mal. Ich muss noch mal wegen gestern mit dir reden.«

»Ja? Hat das nicht Zeit? War doch so weit alles klar.«

»Nein, ich fürchte, es kann nicht warten.«

»Worum geht es denn?«

»Ich glaube, das weißt du ganz genau.«

»Also, wenn ihr was besprechen wollt«, schaltet Nadine sich ein, »kümmer ich mich mal um die Bänke. Da müssen noch zwei gereinigt werden.«

»Ja, mach das«, sage ich, ohne den Blick von Roger zu wenden.

Nadine schnappt sich Lappen und Desinfektionsspray und schiebt ab.

»Setz dich«, fordere ich Roger auf und deute auf seinen Stuhl.

»Okay«, er nimmt Platz, ich setze mich neben ihn. »Was hast du denn auf dem Herzen, Chérie?«

»Das mit dem Chérie kannst du dir gleich mal schenken«, blaffe ich ihn an.

»Oh!« Er hebt abwehrend die Hände. »Du bist ja heute nicht sonderlich gut gelaunt.«

»Dazu habe ich schließlich auch keinen Grund.«

»Immerhin ist dein Geburtstag.«

»Der Dreißigste einer Singlefrau ist erst recht kein Grund für gute Laune«, pampe ich ihn an. »Aber darum geht es auch gar nicht. Genau genommen geht es um die Sache mit der Beteiligung.«

»Was ist denn damit?«

»Also, offen gestanden fühle ich mich von dir nicht fair behandelt.« Das ist noch milde ausgedrückt, aber ich dachte mir, ich gehe das Gespräch lieber ruhig an, statt ihm gleich den Kopf abzureißen.

»Nicht fair behandelt?«

»Es ist sicher kein Zufall, dass du mir diese Umsatzbeteiligung gerade dann anbietest, wenn hier alle vom Jahrhundertsommer reden?«

»Jahrhundertsommer?« Roger zieht überrascht beide Augenbrauen in die Höhe. »Das höre ich zum ersten Mal.«

»Ach ja?« Ich muss mich wirklich beherrschen, damit ich ihm nicht gleich an die Gurgel gehe, weil er mich hier so dreist anlügt. »Du hältst mich wohl für total bescheuert!«

Roger seufzt. »Ich weiß echt nicht, was du hast. Du wolltest doch ein neues Vergütungsmodell. Und nun hast du eins.«

»Ja, aber ich wollte mehr verdienen, nicht weniger. Sollte tatsächlich ein Wetterumschwung kommen und wir haben mitten im Frühling schon Hochsommer, dann bin ich auf einmal die Blöde.«

Mein ›Partner‹ zuckt mit den Schultern. »Also, für das Wetter kann ich nun wirklich nichts. Und um ehrlich zu sein: Ich musste in letzter Zeit viel investieren, die Konkurrenz schläft schließlich nicht, und der Strom wird auch immer teurer. Das Geld ist momentan knapp. Also, wenn das Geschäft tatsächlich einbricht, müsste ich eigentlich sogar darüber nachdenken, ob ich dir nicht kündige. Da bist du doch mit einer Umsatzbeteiligung viel besser dran, oder? Dann verdienst du schlechtestenfalls ein bisschen weniger, aber hast dafür noch einen Job.«

»Wie bitte?«, fahre ich ihn an. »Jetzt willst du es mir auch noch als Vorteil verkaufen, dass ich demnächst vermutlich noch weniger verdiene? Für wie dämlich hältst du mich eigentlich?« Roger guckt mich nur schweigend an. »Verstehe, für sehr dämlich offenbar. Sonst hättest du mir wohl kaum diesen Vorschlag gemacht.« Ich könnte gerade vor Wut an die Decke gehen, weil Roger mir hier so den Wind aus den Segeln nimmt. Denn natürlich hat er recht, mit einer Kündigung wäre mir noch weniger geholfen.

»Maike, ich kürz das Ganze hier jetzt mal ab: Du hättest den Vertrag nicht unterschreiben müssen, dazu hat dich keiner gezwungen.«

»Aber ich …«

»Tut mir leid, ich muss los. Wir haben kein Wechselgeld mehr.« Schwupp.

Ehe ich noch zu meinen Ausführungen darüber ausholen kann, dass er mich zwar nicht gezwungen, aber doch ganz eindeutig übers Ohr gehauen hat, ist er schon entschwunden. Ich bleibe fassungslos zurück, da hat er mich ja mal ganz schön auflaufen lassen.

Nadine lugt vorsichtig hinter einer Kabine hervor. »Äh, hab ich das gerade richtig gehört?«, will sie wissen. »Du hast dich auf die Sache mit der Umsatzbeteiligung doch eingelassen?« Ich nicke matt. »O nein, Maike!« Nadine verdreht die Augen. »Du hast aber auch ein Pech!«

»Hm, mit Pech hat das wahrscheinlich leider nicht mal was zu tun. Offenbar bin ich schlicht und ergreifend zu blöd für diese Welt.«

Nadine setzt sich auf den Stuhl neben mir und klopft mir

mitfühlend auf die Schulter. »Ach komm, jetzt sei mal nicht zu hart mit dir selbst. Vielleicht ist das auch nur ein Zeichen.«

»Was für ein Zeichen soll das denn bitte schön sein?«

»Na ja, möglicherweise soll dir das sagen, dass du Roger den ganzen Mist hier vor die Füße schmeißen solltest. Täte mir zwar um meine Lieblingskollegin leid, aber verstehen könnte ich's. Ich meine, du willst doch bestimmt nicht dein restliches Leben in dieser Bude hier versauern, oder?«

»Was ist mit dir?«, stelle ich die Gegenfrage.

Nadine zuckt mit den Schultern. »Och, weißt du, ich hab ja ganz andere Pläne als du. Ralf und ich haben vor drei Monaten mit der Familienplanung begonnen«, sie senkt die Stimme, »und natürlich hoffen wir, dass es bald klappt und ich schwanger werde. Was soll ich mich da groß um eine Karriere bemühen? Mir reicht das hier und das bisschen Kohle, das ich noch mit meinem Nageldesign verdiene. Aber du bist doch ein helles Köpfchen, da solltest du wirklich nicht ewig in dieser Bude hier hocken.«

Mit einem Mal spüre ich einen dicken Kloß im Magen. Denn natürlich trifft Nadine damit genau meinen Nerv. Selbstverständlich will ich nicht bis ans Ende meiner Tage für Roger arbeiten. Aber genau das ist der Punkt – eine Alternative habe ich einfach nicht. Und über das Thema ›Familienplanung‹ muss ich mir erst recht keine Gedanken machen.

»Tja«, gebe ich seufzend zu, »natürlich ist der Job hier nicht gerade das, wovon ich geträumt habe. Aber momentan ist er meine einzig sichere Einkommensquelle. Oder«, korrigiere ich mich sarkastisch, »sollte ich besser sagen: *war* meine sichere Einkommensquelle?«

»Nun komm schon«, versucht Nadine, mich aufzuheitern. »So schön wird das Wetter schon nicht werden.«

»Das kann ich wirklich nur hoffen, ansonsten sieht's düster aus.«

Nadine gibt mir einen aufmunternden Klaps auf die Schulter. »Jetzt koche ich uns erst einmal einen Kaffee. Und weißte was? Nach unserer Schicht gehen wir eine Runde Geburtstagsshoppen. Ich hab meine letzte Nagelkundin extra so gelegt, dass ich zusammen mit dir Schluss machen kann.«

»Ach, nee, lass mal«, wehre ich ab, »ich hab im Moment gar kein Geld, um großartig einkaufen zu gehen.«

»Muss ja auch nicht großartig sein«, erklärt Nadine. »Aber vielleicht eine klitzekleine Kleinigkeit, das sollte am Geburtstag doch wohl drin sein, oder?«

»Na gut«, willige ich ein. »Ich hab nach der Arbeit ohnehin nichts Besseres vor, also lass uns ruhig losziehen und uns Sachen ansehen, die wir eh nicht bezahlen können.«

8. Kapitel

Zehn Stunden später schließe ich deutlich besser gelaunt die Wohnungstür auf. Gut, ich bin jetzt noch pleiter als heute Morgen, denn natürlich blieb es nicht beim reinen Naseplattdrücken. Aber dafür habe ich zwei superschicke Oberteile von H&M erbeutet, und ein Paar Schuhe zu einem sensationell niedrigen Preis habe ich ebenfalls entdeckt. Nadine ist auch noch mit dabei, wir werden es uns jetzt auf dem Sofa gemütlich machen und vielleicht mit Kiki noch mal auf meinen Geburtstag anstoßen. Herrlich, ein entspannter, kuscheliger Frauenabend! Genau das Richtige.

Im Flur ist es dunkel. Nanu, Kiki gar nicht da? Ich schalte das Licht ein – und kriege einen Riesenschreck, als etwas Langes, Buntes plötzlich auf meiner Nase landet.

»Ah!«, schreie ich laut auf und versuche, den Angreifer mit beiden Händen abzuwehren. Wild schlage ich um mich und verheddere mich in – einer Luftschlange. Als ich in die Richtung schaue, aus der sie gekommen sein muss, trifft mich fast der Schlag: Dort stehen sorgsam aufgereiht ungefähr fünfzehn Menschen, die definitiv keine Coaching-Gruppe von Kiki sind. Dafür kommen sie mir nämlich alle viel zu bekannt vor, insbesondere meine Eltern. Ein furchtbarer Verdacht keimt in mir auf und wird drei Sekunden später Gewissheit: Kiki hat eine Überraschungsparty für mich organisiert.

»HOCH SOLL SIE LEBEN, HOCH SOLL SIE LEBEN, DREIMAL HOCH!«, brüllt mir die jubelnde Menge entgegen, gleichzeitig fliegen noch mehr Luftschlangen auf mich zu. Beim letzten HOCH heben alle ein Sektglas und prosten mir zu. Kiki löst sich aus der Menge, stürzt auf mich zu und drückt mir ebenfalls ein Glas in die Hand.

»So, meine Liebe«, stellt sie lachend fest. »Ich weiß, du würdest vermutlich lieber auf dem Sofa liegen. Aber so einfach kommst du uns an deinem dreißigsten Geburtstag nicht davon. Dafür haben wir dich nämlich alle zu lieb und wollen gerne mit dir feiern. Prost!«

Ich sage nichts, sondern nehme erst einmal einen großen Schluck. Dann löst sich mein Sprachzentrum langsam wieder aus der Schreckstarre. »Ja, also, hallo erst mal.« Gegen meinen Willen muss ich nun auch lachen. »Die Überraschung ist euch gelungen. Ich bin, wie ihr seht, platt. Aber gebt mir noch schnell zwei Gläser Sekt, dann bin ich mit Sicherheit auch gleich in Partystimmung!« Gelächter. »Unglaublich«, stelle ich fest. »Und niemand hat sich verplappert!«

»Das«, meint Kiki, »liegt vermutlich daran, dass die Person, die sich hier sonst am schnellsten verplappert, heute das Überraschungsopfer ist.«

»Geschickt gemacht, oder?«, fragt Nadine. »Mein Job war nämlich, dich nicht zu früh nach Hause gehen zu lassen. Deswegen auch unser kleiner Shopping-Abstecher in die Innenstadt. Als du erst nicht wolltest, dachte ich schon, Kikis schöner Plan geht nicht auf.«

»Verstehe«, meine ich. »Ich habe es also mit einem handfesten Komplott zu tun.«

»Genau«, bestätigt Kiki und prostet mir noch einmal zu.

Ich bin ihr nicht böse.

Drei Gläser Sekt später bin ich tatsächlich auch im Feier-Modus und freue mich, dass so viele Bekannte gekommen sind. Offenbar hat Kiki jeden eingeladen, den ich einigermaßen kenne, und ein Großteil der Leute ist auch gekommen. Während ich mich mal hier, mal da sehr nett unterhalte, frage ich mich, warum ich zu den meisten eigentlich nur so unregelmäßig Kontakt habe und mich nicht öfter bei ihnen melde. Na ja, vermutlich, weil ich dazu neige, mich in Krisenzeiten zurückzuziehen und um mich selbst zu kreisen. Die meiste Zeit also. Aber jetzt genieße ich den Trubel und die Tatsache, dass alle gekommen sind, um mit mir meinen Geburtstag zu feiern. Mittlerweile verteilt sich die Party über die gesamte Wohnung, mit dem üblichen Schwerpunkt in der Küche. Ich stehe direkt neben dem leckeren Buffet und unterhalte mich mit Anna, einer Studienkollegin von mir. Na ja, ehemaligen Studienkollegin. Während wir über die unmöglichsten Typen aus unserem Semester ablästern, stellt sich mein Vater neben uns.

»Hallo, Anna«, begrüßt er sie. Er hat sie mal kennengelernt, als wir bei mir eine unserer seltenen – also jedenfalls von meiner Seite her seltenen – Lernsessions hatten und meine Eltern überraschend vorbeischauten. »Schön, Sie auch mal wieder zu sehen.« Er nimmt sich einen leeren Teller und schaufelt ein paar Frikadellen und Kartoffelsalat darauf. »Wie läuft es denn bei Ihnen?«

»Ganz gut«, antwortet Anna. »Ich hab das Examen hinter mir und warte jetzt auf das Referendariat.«

»Ach?«, fragt Papa interessiert nach. »Die Prüfungen waren schon?« Dann bedenkt er mich mit einem fragenden Blick. »Davon hast du ja gar nichts erzählt, Maike.«

»Anna war schneller als ich«, schwindele ich und werfe ihr einen Blick der Marke »Bitte, sag jetzt nichts!« zu. »Bei mir stehen sie erst im nächsten Semester an.« Sofort verfinstert sich die Miene meines Alten Herrn.

Annas Blick wandert irritiert zwischen mir und Papa hin und her – aber offenbar hat sie mich verstanden, denn sie sagt eilig: »Ja, ich hatte meine Scheine etwas früher zusammen.«

»Wie alt sind Sie jetzt, Anna?«

Scheiße, muss Papa hier mal wieder heilige Inquisition spielen?

»Äh«, erwidert Anna etwas unsicher, »sechsundzwanzig.«

»Sehen Sie«, stellt mein Vater fest, »das ist doch ein gutes Alter, um die Universität abzuschließen. Da ist man noch jung genug, um auf dem Arbeitsmarkt die besten Chancen zu haben und dann trotzdem nach ein paar Jahren, wenn man fest im Sattel sitzt, noch eine Familie zu gründen.« Er seufzt und legt die Stirn in Falten. »Ich verstehe wirklich nicht, warum das ausgerechnet bei Maike alles so lange dauert.«

»Papa, bitte«, zische ich peinlich berührt. Auf dieses Thema habe ich jetzt wirklich keine Lust, erst recht nicht an meinem Geburtstag.

»Na ja«, spricht er ungerührt weiter, »so schwierig wird Jura schon nicht sein, oder?«

»Ich weiß nicht, Herr Schäfer«, verteidigt Anna mich, »einfach fand ich es eigentlich nicht.«

»Ach kommen Sie, Anna. Jura, das ist doch eigentlich nur gesunder Menschenverstand.«

»Papa!«

»Ich sage immer«, er baut sich zu seiner vollen Größe von immerhin einem Meter fünfundachtzig auf, »entweder man hat ein gesundes Rechtsempfinden oder eben nicht. Vergleichen Sie das mal mit Medizin – da müssen Sie richtig viel lernen.«

»Aha.« Mehr sagt Anna dazu nicht. Sie ist eben höflich.

»Als ich seinerzeit angefangen habe zu studieren, da war der Beruf auch Berufung. Aber wenn ich mir die jungen Kollegen heute anschaue …«

»Ich weiß nicht, ob man das so pauschal sagen kann, Papa.« Mein Alter ist einfach peinlich, da ist nichts zu machen.

»Wieso, Maike? Du hast doch überhaupt keine Leidenschaft für dein Studium. Sonst wärst du längst fertig. Ich frage mich ernsthaft, was wir bei dir falsch gemacht haben.« Er schüttelt den Kopf, und ich merke, wie meine Halsschlagader anschwillt.

»Ich erlebe Maike immer sehr engagiert«, versucht sich Anna an meiner Ehrenrettung.

Mein Vater zieht nur spöttisch die Augenbrauen nach oben. »So? Na ja. Dann ist die Hoffnung ja noch nicht verloren.« Er stopft sich eine Frikadelle in den Mund, nickt uns zu, dreht sich um und geht.

Ich merke, dass ich mit den Tränen kämpfen muss. Was soll das?

Anna guckt fassungslos. »Ich sag's nur ungern, Maike, aber dein Vater geht echt gar nicht«, stellt sie fest. »Eigentlich kannst du ihm gleich sagen, dass du durchgefallen bist. Das macht die Sache auch nicht schlimmer.« Ich wische mir eine Träne aus den Augenwinkeln, Anna legt einen Arm um mich. »Komm, ich hol dir noch ein Glas Sekt. Ein dreißigster Geburtstag ist eigentlich ein guter Zeitpunkt, sich endlich von den Eltern loszueisen. Vor allem, wenn sie so drauf sind wie deine.«

Ich nicke, trotzdem ist meine Laune im Keller. »Schon gut«, meine ich, »er ist eben nicht zu ändern. Aber das mit dem Sekt lasse ich lieber, sonst bin ich nämlich gleich in der Stimmung, ihm mal coram publico die Meinung zu geigen.«

»Wäre vielleicht nicht das Schlechteste.«

»Lieber nicht«, wehre ich ab, »wir wollen doch nicht, dass es hier zu Ausschreitungen kommt.« Ich versuche, ein schiefes Grinsen aufzusetzen.

»Hätte zumindest einen gewissen Unterhaltungswert«, gibt Anna zu bedenken. »Maike und ihr Vater hauen sich vor versammelter Mannschaft – wo hat man so was schon erlebt?«

»Okay«, sage ich. »An meinem Vierzigsten mache ich das. Versprochen!«

Anna lacht und prostet mir noch einmal aufmunternd zu. »Alles klar. Dann vergiss bloß nicht, mich einzuladen! Oder vielleicht sollte ich lieber Kiki Bescheid sagen?«

»Nein«, beruhige ich sie, »keine Sorge. Wenn es so weit kommt, vergesse ich das bestimmt nicht.«

Nachdem Anna sich ebenfalls einen Teller vollgeladen und

zum Essen an den Küchentisch gesetzt hat, wandere ich ein wenig ziellos in der Wohnung herum. Alle scheinen sich bestens zu unterhalten, vermutlich würde es gar nicht weiter auffallen, wenn ich überhaupt nicht hier wäre. Ganz plötzlich fühlt es sich an, als sei ich der Fremdkörper auf meiner eigenen Party. Von allen Seiten plätschert angeregtes Plaudern in meine Ohren, jeder hier hat irgendetwas Tolles zu erzählen. Nur ich nicht. Das Einzige, was ich derzeit aus meinem Leben berichten könnte, würde selbst den hartgesottensten Optimisten auf Anhieb in eine düstere Depression stürzen. Jedenfalls fühlt es sich gerade so an.

Ich beschließe, auf unserer Terrasse eine zu rauchen. Vielleicht hebt ein kleiner Nikotinflash meine Stimmung. Eigentlich bin ich schon seit Jahren Nichtraucherin, aber nach der oberpeinlichen Nummer mit meinem Vater muss ich mal eine Ausnahme machen. Ich steuere auf Kikis Zimmer zu, um mir aus ihrem breitangelegten Reservoir von West Silver eine zu schnorren.

Die Zimmertür ist nur angelehnt, und ich halte schon die Klinke in der Hand, als ich abrupt stehenbleibe. Ich höre Stimmen. Offenbar sind Kiki und Stefan im Zimmer, und dem Ton ihrer Unterhaltung nach zu urteilen wollen sie nicht gestört werden. Es klingt irgendwie … angespannt, die beiden haben doch wohl keinen Streit miteinander? Gerade will ich leise den Rückzug antreten, da fällt klar und deutlich mein Name. Ich mache wieder einen Schritt Richtung Tür. Gut, Lauschen ist nicht die feine Art, aber wenn über mich gesprochen wird, bin ich einfach zu neugierig. Ich stelle mich direkt an den Türspalt.

»Wieso hast du es ihr denn immer noch nicht gesagt? Du wolltest doch noch diese Woche mit ihr reden«, vernehme ich Stefans aufgebrachte Stimme.

»Ihr Geburtstag ist nun wirklich nicht der richtige Zeitpunkt dafür!«

»Das wahrscheinlich nicht«, erwidert Stefan. »Aber was ist mit den letzten Tagen, du hattest es mir doch fest versprochen!«

»Ja, ich weiß. Aber momentan tut sie mir echt leid«, kommt es von Kiki zurück. »Ich meine, Gunnar weg, Studium den Bach runter und jetzt auch noch die Pleite in ihrem Job – Maike hat gerade eine sehr schlechte Phase.«

»Kiki«, Stefan seufzt. »Maike hat *immer* eine schlechte Phase. Solange ich sie kenne, und das sind jetzt immerhin auch schon ein paar Jahre. Wenn du darauf wartest, dass es ihr mal bessergeht, kann das noch bis zum Sankt-Nimmerleins-Tag dauern.«

»Das ist nicht besonders nett von dir.«

»Aber es ist wahr. Maike kriegt nichts auf die Reihe, und Schuld haben immer die anderen.«

Ich merke, wie mir auf einmal ganz heiß wird, so sehr treffen mich Stefans Worte. Denkt er das wirklich über mich?

»Das stimmt doch so gar nicht«, widerspricht Kiki.

»Ach?«, hält er dagegen. »Jetzt stimmt das auf einmal nicht mehr? Dabei bist du doch immer diejenige, die sich darüber beschwert, dass sie nicht mehr weiß, was sie mit Maike machen soll. Dass sie dir sämtliche Energie raubt, aber auf der anderen Seite nie auf das hört, was du ihr sagst, und dass du es satthast, dich ständig mit ihren Problemen zu beschäftigen, wenn am Ende dann doch nichts dabei herumkommt!«

»Sicher habe ich auch mal über meine Cousine geschimpft, in letzter Zeit wahrscheinlich sogar häufiger. Aber du weißt genau, wie es ist. Wenn man genervt ist, sagt man manchmal auch Dinge, die man nicht so meint.«

»Das stimmt«, gibt Stefan ihr recht. »Nur dass ich der Leidtragende deiner Genervtheit bin und mir das immer anhören darf. Ständig muss ich hinter deiner Cousine zurückstecken, so wie es aussieht, auch jetzt mal wieder.«

»Schatz«, ich höre ein Gurren in Kikis Stimme, »du weißt, dass das nicht wahr ist. Ich liebe dich mehr als jeden anderen Menschen auf der Welt. Und ich werde es Maike sagen, sobald es ihr etwas bessergeht.« Ich höre, wie sie ihm ein Küsschen gibt. »Versprochen.«

Versprochen? Wovon reden die bloß? Was will mir Kiki sagen? Ich kämpfe gegen den Impuls an, durch die Tür zu stürmen und beide zur Rede zu stellen. Gleichzeitig fühle ich mich wie erstarrt und kann kaum glauben, was ich da gerade gehört habe.

»Aber warte nicht zu lange«, spricht Stefan jetzt weiter. »Denk dran, ich habe in meiner Wohnung drei Monate Kündigungsfrist, und Maike muss auch erst mal etwas Neues finden. Also vor Juli wird sie wahrscheinlich nicht ausziehen, selbst wenn du es ihr gleich morgen sagst.«

Mit einem Schlag ist mir nicht mehr heiß. Mir ist eiskalt, und ich habe das Gefühl, mich jeden Moment übergeben zu müssen, während das Blut in meinen Ohren zu rauschen beginnt. Was sagt er da? Ausziehen? Stefan will, dass ich aus Kikis und meiner Wohnung ausziehe? Was zum Teufel geht hier gerade vor?

»Ja, das hab ich im Blick«, antwortet meine Cousine. »Und ich will so schnell wie möglich mit dir zusammenwohnen. Aber ich kann die arme Maike nicht einfach vor die Tür setzen.«

Die arme Maike vor die Tür setzen? Ich habe das Gefühl, als ob mir jemand plötzlich den Boden unter den Füßen wegzieht und ich ganz tief falle. Mir ist regelrecht schwindelig. Kiki will mich loswerden. Und zwar so schnell wie möglich. Ich fasse es nicht. In diesem Moment öffnet Stefan die Tür und blickt mir direkt ins Gesicht.

»Oh, hi, Maike«, stammelt er, »wo kommst du denn auf einmal her?«

Ich starre ihn böse an. Plötzlich spüre ich, wie die Energie wieder in meinen Körper strömt und mich aus meiner Bewegungsstarre löst. Bestimmt schiebe ich ihn beiseite und mache einen Schritt in Kikis Zimmer. »Schon vergessen?«, blaffe ich Stefan dabei an. »Ich wohne hier. Noch!«

Kiki sitzt auf ihrem Bett und wirft mir einen bestürzten Blick zu, alle Farbe ist aus ihrem Gesicht gewichen. »Du hast uns belauscht?«, will sie wissen.

»Das war gar nicht nötig«, stelle ich mit sarkastischem Unterton fest, »ihr hättet leiser sprechen und die Tür schließen sollen, so kam es eher einer Privatvorführung für mich gleich.«

»Maike«, setzt Kiki an, Stefan steht noch immer bewegungslos hinter mir.

»Keine Sorge«, unterbreche ich sie und bedenke sie mit einem zynischen Lächeln. »Deine arme Cousine wird dir nicht weiter zur Last fallen und zusehen, dass sie so schnell wie möglich Platz für den lieben Stefan macht.«

»Aber so war das doch gar nicht gemeint!«, ruft Kiki aus.

»Nein? War es nicht?« Ich versuche, möglichst ruhig zu bleiben, doch es fällt mir unendlich schwer. »Es hat sich aber verdammt danach angehört.«

»Nun ja«, schaltet Stefan sich nun wieder ein, geht zu Kiki rüber, setzt sich neben sie und legt einen Arm um ihre Schulter. »Tatsächlich wollen Kiki und ich gern zusammenziehen. Das heißt, ich möchte hier einziehen. Wenn es dir in letzter Zeit nicht so schlechtgegangen wäre, hätte Kiki mit Sicherheit schon mit dir darüber gesprochen.«

»Komisch, gerade hatte ich den Eindruck, du hättest eher irgendwas in die Richtung gesagt, dass es mir immer schlechtgeht.«

Stefan guckt peinlich berührt zu Boden. Aber nur eine Sekunde lang, dann strafft er die Schultern, hebt den Kopf und sieht mich direkt an. »Ja, Maike, das habe ich gesagt. Und weißt du, was? So ganz verkehrt ist das auch nicht, du suhlst dich schon ziemlich lange im Selbstmitleid.«

»Stefan«, will Kiki dazwischengehen, aber er spricht unbeirrt weiter.

»Versteh mich nicht falsch, ich mag dich sehr gern. Wirklich. Aber immerhin bin ich mit Kiki zusammen und mache mir natürlich Gedanken um meine Freundin, die Situation mit dir belastet sie ziemlich.«

»Wie bitte?« Mir bleibt vor Schreck glatt die Spucke weg.

»Ja, Maike«, bestätigt mir Stefan.

»Hör auf«, fährt Kiki ihn an und rückt ein Stück von ihm ab, »das reicht jetzt wirklich.«

»Nein«, er zieht sie wieder näher an sich heran, »wenn wir hier schon so offen miteinander reden, finde ich, dass das Thema ruhig mal auf den Tisch kommen darf.«

»Maike hat heute Geburtstag«, wendet meine Cousine ein.

»Schon gut«, sage ich, »mich würde in der Tat sehr interessieren, was Stefan meint.«

Stefan wirft Kiki einen kurzen Blick zu, dann spricht er weiter. »Ich wollte lediglich sagen, dass du nicht immer alle deine Probleme bei Kiki abladen kannst. Damit ist auf Dauer jeder Mensch überfordert.«

»Das mache ich doch gar nicht!«

»Doch, das tust du. Vielleicht merkst du es nicht, aber es ist so.«

»Aha.« Am liebsten würde ich jetzt mit dem Fuß aufstampfen. »Dann tut es mir natürlich leid, dass ich eine ach so große Belastung bin. Verzeihung!« Ich spüre, wie mir die Tränen in die Augen schießen. »Vor diesem Hintergrund kann ich auch verstehen, dass ich hier so schnell wie möglich verschwinden soll. Ist ja auch echt egoistisch von mir, eure traute Zweisamkeit zu stören!«

»Maike«, beschwichtigt Kiki, »so ist das gar nicht gemeint. Stefan und ich wollen nur ...«

»Nein, ich hab das schon richtig verstanden«, unterbreche

ich sie, wobei meine Stimme schon verdächtig zittert. »Keiner von euch hat mehr Lust, die unglückliche Maike zu sehen. Deshalb soll ich lieber woanders unglücklich sein. Irgendwo, wo es niemanden stört.«

»Das ist totaler Quatsch!«, ruft Kiki aus. Aber irgendetwas an ihrem Gesichtsausdruck sagt mir, dass ich mit meiner Aussage gar nicht mal so falschliege.

»Dann hast du heute Abend also genau genommen meine Abschiedsparty organisiert. Wie nett von dir.« Ich merke, wie die Tränen jetzt tatsächlich anfangen zu laufen. Scheiße. Warum kann ich nicht cooler sein? Ich wische mir mit dem Handrücken übers Gesicht. Dabei streift das Bettelarmband meine Wange. »Hier.« Mit einer energischen Bewegung reiße ich es runter. »Auf Almosen von dir zur Glückssuche bin ich wirklich nicht angewiesen. Ich komme auch alleine klar.« Dann donnere ich Kiki und Stefan das Armband vor die Füße und mache auf dem Absatz kehrt.

»Maike«, ruft meine Cousine mir nach, »bitte hau doch jetzt nicht ab, sondern lass uns vernünftig miteinander reden!«

Ich drehe mich noch einmal zu ihr herum. »Vernünftig miteinander reden? Worüber denn? Darüber, dass ich ein lästiger Parasit bin, der nichts auf die Reihe kriegt? Nein danke, mein Gesprächsbedarf ist gedeckt! Komm mir bloß nicht nach!« Mit diesen Worten knalle ich Kikis Zimmertür von außen zu.

»Lass sie lieber in Ruhe, sie wird sich schon wieder beruhigen«, höre ich Stefan gedämpft hinter der Tür sagen.

Ich hetze zur Garderobe im Flur und reiße meinen Trenchcoat und meine Tasche mit einem derartigen Ruck vom Haken, dass noch weitere Mäntel und Jacken zu Boden gehen.

»Was ist denn los?« Nadine kommt aus der Küche, in der sich die meisten Gäste versammelt haben.

»Nichts«, bringe ich erstickt hervor, obwohl mir klar ist, dass es gerade nach allem anderen aussieht. Mittlerweile laufen mir die Tränen in regelrechten Sturzbächen herunter, das kann auch meiner Kollegin nicht entgehen. »Ich brauche nur frische Luft.«

»Moment«, sagt Nadine und fischt aus dem Klamottenhaufen auf dem Fußboden ihre eigene Jacke heraus. »Ich komme mit.«

Drei Stunden später liege ich auf dem Bett im Gästezimmer von Nadine und ihrem Mann Ralf. Zuerst sind wir eine Weile ziellos durch Eimsbüttel spaziert, und ich habe ihr von dem Gespräch zwischen Stefan und Kiki erzählt. Nadine hat mich einfach reden lassen, sie scheint ein gutes Gespür dafür zu haben, wenn jemand einfach nur Dampf ablassen und nicht mit Kommentaren genervt werden will. Allerdings kann ich nicht behaupten, dass meine Wut dadurch verraucht ist. Selbst jetzt, während ich auf dem Gästebett liege, nachdem Nadine mir freundlicherweise Nachtasyl gewährt hat, kreisen die Gedanken in Hochgeschwindigkeit durch meinen Kopf. Ich bin immer noch sauer auf Kiki und Stefan, weil sie hinter meinem Rücken schon meinen Auszug geplant haben.

Aber viel schlimmer als die Wut ist noch etwas anderes: die Traurigkeit. Ich bin verletzt. Verletzt über Kikis Vertrauensbruch. Meine allerbeste Freundin – und sie spricht nicht mit mir, weiht mich nicht in ihre Pläne ein? Weil es mir ja ach so schlechtgeht? Bin ich denn wirklich so eine Zumutung für meine Cousine, wie Stefan gesagt hat? Oder möglicherweise sogar für mein gesamtes Umfeld? Ja, das bin ich wohl, denke ich bitter. Stefan hat schon recht, ich kriege rein gar nichts auf die Reihe. Nicht mein Studium, im Job lasse ich mich verarschen, meine Beziehungen sind eine Katastrophe. Vor meinem inneren Auge erscheint das Bild meiner Eltern, wie sie mich abschätzig mustern. Mein Vater, dem die Enttäuschung über meinen bisherigen Lebensweg deutlich ins Gesicht geschrieben steht und der sich nicht einmal an meinem Geburtstag die Mühe macht, sein Missfallen für sich zu behalten, meine Mutter, die Bekannten gegenüber immer sofort das Thema wechselt, wenn sie gefragt wird, was ich denn gerade so mache. Zu peinlich ist die Wahrheit über ihre einzige Tochter, die eine derartige Versagerin ist.

Noch nie habe ich meinen Eltern auch nur einen einzigen Grund gegeben, auf mich stolz zu sein. Eine wirklich ernüchternde Lebensbilanz. Kein Wunder, dass sie sich fragen, warum ich so ein Loser geworden bin, haben sie mir doch immer etwas vollkommen anderes vorgelebt. Er, der große Mediziner, sie, ebenfalls erfolgreiche Ärztin – wie kommen sie nur an so ein missratenes Kind wie mich? Ich lache bitter auf. Wer weiß, wahrscheinlich haben sie sich schon öfter gewünscht, Kiki wäre ihre Tochter. Kiki, die immer alles perfekt hinbekommt, Kiki, die mitten im Leben steht, Kiki, der alle zu Füßen liegen. Kiki, die sich um den familiären Problemfall kümmert, Kiki, die immer wieder entschuldigende Worte für das Enfant terrible findet, obwohl es sogar ihrem perfekten Leben und ihrer gemeinsamen Zukunft mit Stefan-ich-bin-ein-super-Personal-Trainer im Wege steht.

Wieder schießen mir die Tränen in die Augen. Ich hangele nach meiner Handtasche, die neben mir auf dem Boden liegt, und suche darin nach Taschentüchern. Natürlich finde ich keine, ich gehöre halt nicht zu diesen perfekt organisierten Menschen, die immer Taschentücher, Labello und Pfefferminzbonbons dabeihaben. Okay, Schminkzeug habe ich immer mit, damit ich mir auch jederzeit die Nase pudern kann, wenn es sein muss. Ja, schön die Fassade pflegen, während dahinter in Wahrheit nur ein Trümmerhaufen steckt. Meine Hand berührt etwas Kleines, Hartes. Sofort weiß ich, was es ist. Mein »Wunschbuch«. Hahahaaaaa! Hat ja wirklich super geklappt, das muss man schon sagen. Gesetz der Anziehung, nein, wirklich Kiki, ich bin restlos überzeugt. Wütend krame ich es aus der Tasche und überlege, ob ich es in tausend Stücke zerreißen soll, so eine Wut habe ich gerade.

Schon habe ich den Einband am Wickel. Aber dann habe ich eine andere Idee. Okay, Kiki, sage ich im Geiste zu meiner Cousine. Weißt du, was ich wirklich will? Was ich mir aus tiefstem Herzen wünschen würde, wenn so etwas möglich wäre? Na? Hast du eine Idee? Mit meinem Kugelschreiber kritzele ich so fest auf die nächste freie Seite, dass sich der Stift noch mehrere Seiten weiter durchdrückt.

Ich führe Kikis Leben, bin erfolgreich, glücklich, zufrieden, und alle lieben mich!

So, ha! Da wollen wir doch mal sehen, wie das Gesetz der Anziehung das hinbekommt, da bin ich doch mal mehr als gespannt. *Es ist ganz einfach*, erinnere ich mich an die Worte meiner Cousine, sicher, ja, total einfach ist das, glücklich zu werden. Nun denn, jetzt habe ich dem Universum mal eine echte Nuss zum Knacken aufgetragen. Ich schnappe mir die Flasche Wein, die Nadine mir netterweise noch geöffnet hat, gieße mir ein Glas ein und proste mir damit selbst zu.

»Happy birthday, Maike«, sage ich laut. »Mögen alle deine Wünsche im neuen Lebensjahr in Erfüllung gehen!«

9. Kapitel

Mitten in der Nacht reißt mich ein Klingeln aus meinem unruhigen Schlaf. Verwirrt und ein bisschen verärgert setze ich mich auf und brauche ein paar Sekunden, ehe ich kapiere, wo ich bin, und begreife, dass das nervige Bimmeln von meinem Mobiltelefon stammt. Während ich in meiner Handtasche nach dem kleinen Störenfried krame, sind sofort die Bilder des gestrigen Abends wieder präsent. Mein Streit mit Kiki und Stefan, wie ich zusammen mit Nadine einfach abgerauscht und schließlich hier auf dem Sofa gelandet bin. Na, prima, da kann ich mich ja jetzt schon einmal auf eine Standpauke meiner Eltern gefasst machen, wie ich so unmöglich sein kann, meine eigene Geburtstagsparty grußlos zu verlassen.

Dabei spielt es natürlich keine Rolle, dass es genau genommen gar nicht »meine« Party war, sondern nur eine Feier, die sie mir aufgenötigt haben. Aber ich weiß jetzt schon, dass dieses Argument bei ihnen nicht zählen wird, und ärgere mich gleichzeitig über die Erkenntnis, dass ich mir selbst mit dreißig Jahren überhaupt noch Gedanken darüber mache, wie ich meinen Eltern gegenüber argumentieren könnte.

Egal, vermutlich brauche ich mir eh keine Gedanken mehr zu machen, die liebe Kiki und der liebe Stefan werden ihnen gestern schon alles Nötige erklärt haben. Ich sehe das Gesicht meiner Mutter förmlich vor mir, die betreten nickt und Dinge sagt wie: »Es ist ja auch nicht leicht, mit so einem Klotz am Bein, aber du kannst nicht immer auf Maike Rücksicht nehmen und musst dein eigenes Leben leben, Kiki.«

All diese Gedanken schießen mir durch den Kopf, während ich nach meinem Handy suche, das endlos klingelt, weil ich keine Mailbox habe, die rangehen könnte. Kann ich mir nicht leisten. So ist das eben bei einer Versagerin wie mir: Nicht mal zu einer Mailbox reicht es, das sind doch mal ...

»Stefan mobil«, lese ich, als ich das Bimmelteil endlich am Wickel habe. Das Display zeigt fünf Uhr siebenundvierzig. Ist der jetzt vollkommen verrückt geworden? Was will er um diese Zeit von mir? Noch einmal in Kikis Auftrag »vernünftig« mit mir reden? Im ersten Moment bin ich versucht, ihn einfach wegzudrücken, der hat sie doch nicht mehr alle! Aber dann nehme ich das Gespräch entgegen, um ihm das gleich mal höchstpersönlich mitzuteilen.

»Sag mal, spinnst du?«, blöke ich ihn an. Zuerst höre ich gar nichts, nur ein komisches Rauschen. »Stefan?«, rufe ich ungeduldig.

»Maike«, kommt es seltsam erstickt, und ich bin mit einem Schlag hellwach.

»Stefan? Was ist los?« Ich merke, wie mir auf einmal heiß und kalt wird, eine unergründliche Panik ergreift von mir Besitz.

»Maike«, sagt er schließlich wieder, und jetzt kann ich hören, dass er offenbar weint. »Du musst sofort kommen. Es ist etwas Schreckliches passiert.«

Der Wartebereich der Notaufnahme im Universitätsklinikum ist ein großer Glaskasten, fast wie die riesigen neuen Aquarien im Hamburger Zoo. Außer uns ist niemand da, worüber ich gerade sehr froh bin. Seit zwei Stunden sitzen Stefan, meine und Kikis Eltern – Onkel Jürgen und Tante Simone – hier aufgereiht wie die Hühner auf der Stange und warten darauf, dass der Arzt zu uns kommt und die erlösenden Worte spricht: »Ihrer Tochter geht es gut.«

Als ich ankam, war gerade eine Ärztin bei meinen Verwandten und erklärte ihnen irgendetwas, von dem ich nicht einmal die Hälfte verstand. Aneurysma, Ruptur, intrazerebrale Blutung und viele andere Begriffe, die mir nicht das Geringste sagten, prasselten auf uns nieder. Einzig das Wort Hirnblutung hatte ich schon einmal gehört. Stefan und die anderen hingen an den Lippen der Ärztin, sie alle sahen aschfahl aus, mit tiefen Rändern unter den Augen. Jetzt sehen sie noch genauso aus, keiner von ihnen – mich eingeschlossen – spricht auch nur ein Wort, wir alle starren nur fassungslos vor uns hin.

Nach meiner Ankunft erzählte Stefan mir mit stockender Stimme, was passiert war. Dass Kiki heute Nacht gegen halb drei aufgewacht war und sich übergeben musste. Wie sie auf dem Weg zum Bad hingefallen war, nicht mehr aufstehen konnte und plötzlich nicht mehr ansprechbar war. Dass er den Rettungswagen gerufen hatte, der Kiki mit Blaulicht in die Klinik brachte. Momentan ist sie im OP. Wir wissen nicht genau, was los ist. Außer dass gerade in diesem Augenblick ein Team von Neurochirurgen um Kikis Leben kämpft. Um ihr Leben! Es geht hier nicht um einen gebrochenen Arm oder einen entzündeten Blinddarm. Wieder spüre ich, wie mir gleichzeitig heiß und kalt wird. Es geht um ihr Leben.

Die Zeit zieht sich wie Kaugummi, die Stille lastet unerträglich auf meinen Schultern, aber ich traue mich nicht, etwas zu sagen. Hin und wieder steht einer von uns auf und wandert unruhig durch den Raum. Ich kann immer noch nicht begreifen, was wir hier machen. Zwischendurch zwicke ich mich zwei-, dreimal verstohlen in den Arm, in der Hoffnung, dass das hier nur ein böser Traum ist. Es kann doch nicht sein, dass wir gerade im Krankenhaus sitzen und darauf warten, dass man uns sagt, wie Kikis Operation verlaufen ist. Das kann einfach nicht sein! Eben war doch noch alles in Ordnung! Na ja, jedenfalls fast in Ordnung, okay, es gab diesen Streit an meinem Geburtstag, aber in diesem Augenblick kommt mir das alles so weit entfernt vor, als wäre es in einem anderen Leben passiert.

»Kiki«, höre ich mich selbst auf einmal flüstern und erschrecke vor meiner eigenen Stimme.

Stefan, der neben mir sitzt, blickt auf und versucht so etwas wie ein Lächeln hinzubekommen. Er nimmt meine Hand und drückt sie. Er klingt nicht gerade zuversichtlich, als er sagt: »Es wird bestimmt alles gut!«

»Und wenn nicht?«, frage ich.

Er schweigt. Auf so eine Frage kennt niemand eine Antwort.

Endlich – es kommt mir vor, als hätte es Lichtjahre gedauert – betritt ein Arzt den Raum. Er trägt einen grünen Kittel und eine Haube, ein Mundschutz baumelt um seinen Hals. Zeitgleich springen wir alle auf, keiner von uns erträgt es, die Nachrichten, die der Mann für uns hat, im Sitzen anzuhören. Ich ergründe sein Gesicht, studiere seine Augen, versuche zu erraten, was der Arzt uns jetzt gleich sagen wird.

»Ich«, fängt er an – und in diesem Moment bricht alles in mir zusammen. Denn mit einem Schlag weiß ich, was er sagen wird. »Ich … Es tut mir leid, sie hat es nicht geschafft.« Das Letzte, was ich höre, ist der Aufschrei meiner Tante. Dann sehe ich, wie der Boden rasend schnell auf mich zukommt, und im nächsten Moment wird es schwarz um mich.

»Wenn Engel sterben, erklingen im Himmel die schönsten Lieder für sie.« Ich weiß nicht, wer diesen Spruch in großen Lettern auf die herzförmige Pappe geschrieben hat, die inmitten des Blumenmeeres liegt, das sich links und rechts vom Sarg ausbreitet. Eine Freundin von Kiki? Ein Kunde? Ich starre auf den Spruch und frage mich, was das für schöne Lieder sein sollen, die angeblich erklingen, wenn ein »Engel« aus dem Leben gerissen wird. Der Gedanke macht mich regelrecht wütend, wer hat diesen pathetischen Scheiß auf Kikis Abschiedsblumen gelegt? Als wäre sie ein Engel gewesen. Natürlich war sie das, irgendwie, aber nur im übertragenen Sinne, und wer hat überhaupt das Recht, wer kennt sie so gut, sie einen Engel zu nennen? Und wer will wissen, was da oben im Himmel gerade abgeht, ob da die schönsten Lieder gespielt werden oder ob nicht vielmehr ein höhnisches Lachen erklingt, weil da ein echter Coup gelungen ist, einen jungen Menschen, der es weniger verdient hat als alle anderen, mitten aus dem Leben zu reißen?

Am liebsten würde ich aufspringen und das Pappherz in Millionen Stücke zerfetzen. Aber ich sitze bewegungsunfähig in der ersten Reihe der Kapelle, in der gerade Kikis Trauergottesdienst abgehalten wird. Der Raum ist zum Bersten gefüllt, sicher mehr als hundert Menschen haben den Weg hierher gefunden, um meiner Cousine die sogenannte »letzte Ehre« zu erweisen.

Vorne am Pult steht der Pastor und erzählt irgendetwas, was ich nicht verstehe, seine Worte rauschen an mir vorüber, ebenso das unterdrückte Schluchzen meiner Eltern, meiner Tante und meines Onkels und der vielen, vielen anderen, die ihre Tränen nicht unterdrücken können oder wollen. Nur ich hocke starr und sprachlos da, keinen Laut bringe ich hervor. Direkt neben mir meine Mutter, die meine Hand hält und sie immer wieder drückt, doch auch das spüre ich kaum, ebenso wenig wie die harte Kirchenbank, auf der wir sitzen. Ich spüre nichts, gar nichts, bin wie abgeschnitten und taub und weiß nicht, ob ich jemals wieder etwas spüren werde.

Nach dem Pastor tritt Kikis Vater nach vorn und richtet ein paar Sätze an die Gemeinde, dann folgt Stefan, der aber nur eine Minute schweigend am Mikrophon steht und dann schluchzend, gestützt von Kikis Vater, zurück zu seinem Platz wankt. Danach passiert eine ganze Zeit lang nichts, und erst als meine Mutter mir mehrfach mit dem Ellbogen in die Seite stößt, begreife ich, dass der Pastor offenbar mich dazu aufgefordert hat, nach vorn zu kommen. Wollte ich etwas sagen? Ich kann mich gerade nicht erinnern, dass da etwas abgesprochen war. Doch dann flüstert Mama mir ein »Die Musik!« ins Ohr, und schließlich erinnere ich mich daran, was ich tun wollte.

Vorsichtig stehe ich auf und gehe unter den Blicken der Trauergemeinde nach vorn zum Pastor. Er nickt mir zu und deutet auf die Anlage, die neben dem Rednerpult steht. Alles ist vorbereitet, ich muss nur noch den richtigen Knopf drücken. Ich beuge mich hinunter, und dabei fällt mein Blick auf den großen Strauß, der direkt neben Kikis Sarg liegt. Zartrosa und weiße Teeröschen. Dieses Gebinde ist von mir. Ich weiß, dass Kiki keine Kränze mag, das hier waren immer ihre Lieblingsblumen. »In Liebe, dein Goldstück« steht in geschwungener Schrift auf der großen Schleife, mit der der Strauß zusammengehalten wird. Es schien mir auf einmal der einzig richtige letzte Gruß, den ich meiner Cousine mit auf den Weg geben konnte. So wie das Lied, das aus den Lautsprechern ertönt, sobald ich auf »Play« gedrückt habe:

If you should ever leave me
Though life would still go on, believe me
The world could show nothing to me
So what good would living do me?
God only knows what I'd be without you

Als der letzte Ton erklingt, erhebt sich die Gemeinde. Sehr langsam, wie in Trance, folgen wir Kikis Sarg, den nun mein Vater, mein Onkel und vier weitere Männer aus der Kapelle tragen. Ich höre das Schlurfen meiner Schritte, als wir über den kleinen Kiesweg gehen. Es ist ein sonniger Tag, die Vögel zwitschern fröhlich, doch gleichzeitig liegt eine merkwürdige Ruhe über der gesamten Szene wie eine riesige Glasglocke. Hin und wieder meine ich, ein leises Murmeln zu hören oder ein Schluchzen, doch nichts dringt wirklich zu mir vor.

Mama geht noch immer neben mir, daneben Papa, direkt hinter Onkel Jürgen, Tante Simone und Stefan folgen wir dem Trauerzug. Ich werfe einen flüchtigen Blick über die Schulter, irgendwo weiter hinten erkenne ich Nadine und Ralf, selbst Roger ist gekommen, obwohl er Kiki nur flüchtig kannte. Überhaupt scheint die Schlange, die Kikis Sarg folgt, nicht mehr enden zu wollen, so viele Menschen sind hier. So viele Menschen, die sie gemocht, geliebt oder bewundert haben, denen sie etwas bedeutet hat, für die sie da war. So wie für mich. Wenn ich gestorben wäre, denke ich, obwohl ich versuche, diesen Gedanken zu verhindern, wäre die Schlange mit Sicherheit sehr, sehr viel kürzer. Jedenfalls kann ich mir nicht vorstellen, dass so viele Menschen sich versammeln würden, um meinen Tod zu betrauern. Ach, Maike, schimpfe ich mit mir selbst, sogar in einem Moment wie diesem fällt dir nichts Besseres ein, als dich in Selbstmitleid zu flüchten.

Am Grab – eine hübsche, sonnige Stelle, rechts und links davon zeugen frische Blumen von ebenfalls neuen Grabstätten – spricht der Pastor noch ein paar Worte. Dann wird Kikis Sarg mit einer Seilwinde in die Erde gelassen, die Trauergemeinde sieht schweigend zu, wie die schwere Holzkiste in der Erde versinkt. Es ist nicht die erste Beerdigung, der ich beiwohne – aber die erste, bei der ich das Gefühl habe, überhaupt nicht anwesend zu sein. Wie ein Traum, aus dem man verzweifelt erwachen möchte, in dem man so lange strampelt und schreit, bis man schließlich schweißgebadet und mit Herzrasen aus dem Schlaf hochfährt. Aber ich weiß, dass es kein Traum ist. Ich kann so lange schreien und strampeln, wie ich will, nichts wird mich aus diesem Alptraum wecken.

Einer nach dem anderen tritt nun ans Grab, nimmt den kleinen Spaten, der in der Sandkiste daneben steckt, wirft Erde in die Tiefe, die prasselnd auf dem Sargdeckel landet, und gedenkt meiner Cousine noch ein paar Momente in stiller Zwiesprache. Wieder ist es meine Mutter, die mich anschubst, als ich an der Reihe bin. Ich trete an das dunkle, offene Loch vor mir, dann nehme ich die Schippe. Aber ich kann es nicht. Bewegungslos verharre ich, starre in die Tiefe und spüre, wie eine Art Sog nach mir greift.

Ein lautes Schluchzen erklingt, ein lautes, hemmungsloses, verzweifeltes Schluchzen, und ich begreife erst, dass ich es selbst bin, als mein Vater hinter mich tritt, die Arme um mich legt und mich mit einem sanften »Es ist gut, mein Liebling« von der Grabstätte wegführt. Noch immer weine ich, jetzt noch lauter und verzweifelter als zuvor, verberge mein Gesicht an der Schulter meines Vaters und spüre die heißen Tränen, die über meine Wangen strömen und sein Jackett vollkommen durchnässen.

Wieder und wieder streichelt er mir über den Kopf. »Es ist gut, mein Liebling«, wiederholt er, »alles ist gut.«

Nein. Es ist nicht gut. Und es wird auch nie wieder gut sein.

10. Kapitel

Die Wochen nach Kikis Beerdigung sind erfüllt von Schmerz. Schmerz, wenn ich morgens wie gerädert aufwache, Schmerz, wenn ich die endlos langen Stunden in meinem Zimmer sitze, ins Leere starre, bis der Schlaf mich überwältigt, und am nächsten Morgen nach einer weiteren unruhigen Nacht die Augen aufschlage. Kaum habe ich das getan, trifft mich der Schmerz erneut mit voller Wucht und zwingt mich in die Knie. Erst wenn ich mir am späten Nachmittag erlaube, ihn mit Hilfe von zwei, drei Gläsern Wein zu betäuben, geht es ein bisschen besser, obwohl ich natürlich weiß, dass das auf Dauer keine Lösung ist. Irgendwann werde ich wieder anfangen müssen, mein normales Leben aufzunehmen und ins Sonnenstudio zu gehen.

Zwar hat Roger mir angeboten, dass ich so lange aussetzen kann, wie ich will – aber selbst in meinem Kummer ist mir klar, dass ich es mir nicht ewig leisten kann, nicht zur Arbeit zu gehen. Zum einen, weil ich ohnehin schon pleite bin, zum anderen, weil ich kaum davon ausgehen kann, dass Roger nicht irgendwann eine andere einstellt. Und das müsste er wahrscheinlich bald. Denn, Ironie des Schicksals: Seit Kikis Beerdigung hat es jeden Tag geregnet, und wir haben einen regelrechten Temperatursturz zu verzeichnen.

Jedenfalls, wenn es stimmt, was der Wetterbericht im Fernsehen so verkündet, denn genau genommen bin ich in letzter Zeit nicht mehr vor die Tür gegangen und habe auf Vollverpflegung durch das Pizzataxi umgestellt. Nun ja, danke, Kiki, dass du aus dem Jenseits so lieb an deine Cousine denkst – aber deine Cousine ist momentan zu nichts zu gebrauchen. Sie hat sich in ihrem Zimmer eingeschlossen und vegetiert vor sich hin, sie geht nicht ans Telefon und stellt die Türklingel nur dann an, wenn sie den Pizzamann erwartet. Na gut, alle paar Tage meldet sie sich bei ihren Eltern, gaukelt ihnen vor, dass alles prima sei, damit sie nicht die Polizei rufen oder ihr sonst wie auf die Nerven gehen. Und mit Nadine plaudert sie auch hin und wieder, die versucht, sie dazu zu überreden, mal wieder vor die Tür zu gehen, was sie natürlich nicht tut. Aber das war es dann auch schon, sie verlässt die Wohnung höchstens, wenn ihr der Fusel ausgeht und sie zur Nachttanke muss.

Die Wohnung. Unsere Wohnung. Überall steckt Kiki, in jeder Ecke lauern Erinnerungen an sie, sie ist in jedem Möbelstück, in jeder Tasse, jedem Teller, sogar im Haarshampoo auf dem Duschregal. Unser früheres gemeinsames Wohnzimmer betrete ich nicht mehr, die Küche auch nicht, Pizzakartons und leere Flaschen lassen sich auch ganz hervorragend unter meinem Bett stapeln, und in Kikis Zimmer war ich natürlich erst recht nicht mehr. Meine Besuche im Badezimmer absolviere ich sekundenschnell, und ehrlich gesagt nehme ich es seit Wochen mit der Körperhygiene eh nicht mehr so genau. Ist doch egal, ob ich hier vor mich hin muffele – sieht ja sowieso keiner! Nur in Kikis Büro war ich noch ein einziges Mal für längere Zeit. Als kurz nach ihrem Tod – da hatte ich die Türklingel noch nicht abgestellt – drei ihrer Kunden hier aufgetaucht waren, weil sie einen Termin mit meiner Cousine und noch nichts von den Ereignissen mitbekommen hatten, habe ich mich dazu aufgerafft, an Kikis Computer zu gehen. Dort habe ich ihr Adressbuch und ihren Terminkalender aufgerufen und allen Klienten eine Mail geschrieben. Das war das Einzige, was ich gemacht habe.

Ansonsten ist in der Wohnung noch alles so, wie es in der Nacht war, in der Kiki ins Krankenhaus kam. Zwar haben Onkel Jürgen und Tante Simone mich nach der Beerdigung darum gebeten, bei Gelegenheit Kikis Sachen zusammenzupacken, weil sie es, wie sie sagten, nicht könnten – nur vermag ich es genauso wenig. Und noch viel weniger bin ich in der Lage, darüber nachzudenken, wie es jetzt weitergehen soll. Natürlich werde ich hier nicht ewig so wohnen bleiben, umgeben von Kikis Sachen, in einer Bude, die ich mir allein überhaupt nicht leisten kann – und die ich ja auch bis auf mein Zimmer momentan gar nicht nutze. Aber ich bin schlicht und ergreifend zu erledigt, um irgendwelche Pläne zu machen, also verharre ich in meiner Starre und warte einfach ab, was passiert.

Mama und Papa haben mir angeboten, erst einmal wieder bei ihnen einzuziehen. »Wir kümmern uns um dich, und du konzentrierst dich in Ruhe auf dein Studium«, hatte Papa gesagt. Hätte ich auch nur ansatzweise in Erwägung gezogen, dieses Angebot anzunehmen – spätestens mit der Erwähnung meines Studiums wäre mir die Lust darauf vergangen. Natürlich hätte ich ihnen jetzt einfach auch mal die Wahrheit sagen können. Was ist schon ein vergeigter Uni-Abschluss in Anbetracht der Tatsache, dass Kiki nicht mehr lebt? Aber ich hatte keinen Bock, mit ihnen darüber zu reden, denn auch, wenn sie momentan wirklich sehr verständnisvoll und nett sind und mich ständig fragen, ob sie mir irgendwie helfen können – ich weiß ja, dass sie in spätestens einem halben Jahr finden werden, jetzt sei es nun aber wirklich an der Zeit, sich mal wieder »zusammenzureißen«.

Das ist echt das Letzte, was ich mir momentan anhören möchte. Ich will mich nicht zusammenreißen. Ich will mich treibenlassen und gar nichts tun, einfach in die Tage hineinleben, Chianti trinken, mich weinend auf meinem Bett zusammenrollen – und sonst nichts.

Klopf, klopf, klopf. Klopf, klopf, klopf! Ich wache auf und blicke verwirrt um mich. Was ist das für ein Geräusch? Wo bin ich? Die zweite Frage kann ich relativ schnell beantworten: Ich liege in meinem zerwühlten Bett, der Fernseher läuft in voller

Lautstärke – offenbar bin ich gestern wieder bei einem Film eingeschlafen –, neben mir auf dem Boden stehen ein Glas, eine leere Flasche Chianti und ein Karton mit einer halb gegessenen Calzone. Klopf, klopf, klopf! Da ist es wieder, dieses Geräusch, diesmal noch lauter als zuvor.

Ich setze mich auf und merke, dass ich einen ziemlich dicken Schädel habe. Kein Wunder, denke ich, als ich aus dem Bett steige und dabei über die zweite leere Flasche stolpere. Das Letzte, woran ich mich erinnere, ist eine Verfolgungsjagd in dem furchtbar schlechten Thriller, den ich mir gestern Abend reingezogen habe – darüber muss ich irgendwann eingeschlafen sein. Klopf, klopf, klopf! Das Geräusch kommt eindeutig aus dem Flur, jemand scheint draußen gegen die Wohnungstür zu bollern.

»Moment!«, brülle ich. »Ich komm ja schon!« Eilig ziehe ich mir eine Jogginghose und ein ausgeleiertes Sweatshirt an, dann stolpere ich über die diversen Klamotten, die auf dem Boden meines Schlafzimmers herumliegen, hinaus in den Flur. Wieder macht es ›klopf, klopf, klopf‹, dicht gefolgt von einem »Maike? Bist du da?«.

»Ja«, keife ich unwirsch, als ich die Wohnungstür aufreiße, »ich bin da!«

»Oh.« Vor mir steht Stefan, starrt mich einigermaßen entsetzt an und weicht reflexartig einen Schritt zurück.

»Oh«, entfährt es mir ebenfalls. Zum einen, weil ich nicht mit ihm gerechnet habe, zum anderen, weil mir schlagartig mein Aufzug bewusst wird. Und die Tatsache, dass ich vermutlich nicht sonderlich gut rieche. Stefans Zurückweichen ist zumindest ein Indiz dafür.

»Sorry, Maike, habe ich dich geweckt?«, fragt er.

»Nein«, lüge ich, »ich war gerade dabei, aufzustehen.«

Stefan wirft einen Blick auf seine Armbanduhr. »Um Viertel nach eins?«

»So spät ist es schon?«

Er nickt. »Ja, so spät ist es schon. Alles in Ordnung bei dir?«

Ich mustere ihn eingehend. Erst jetzt bemerke ich, dass Stefan ebenfalls alles andere als fit aussieht. Sein Gesicht ist von dunklen Augenrändern gezeichnet, seine sonst so imposante Erscheinung wirkt irgendwie in sich zusammengesackt, die Haare sind stumpf und glanzlos und könnten wohl mal wieder einen Schnitt vertragen.

»Ehrlich gesagt könnte ich dich das Gleiche fragen. Du siehst echt scheiße aus.«

Ein unbeholfenes Grinsen tritt auf sein Gesicht. »Das Kompliment kann ich sofort wieder zurückgeben.«

Einen Moment lang stehen wir unschlüssig voreinander, dann frage ich: »Was gibt es denn?«

Stefan zuckt mit den Schultern. »Eigentlich nichts Besonderes. Ich hatte ein paarmal angerufen und dir auf den AB gesprochen. Du hast nie zurückgerufen, da habe ich mich gefragt, ob irgendwas ist.«

»Hm, tja«, sage ich. »Ist irgendwas? Nö, oder?«

Wir starren uns an – und brechen dann beide in haltloses Gelächter aus.

»Nee, klar«, schnauft Stefan und hält sich am Türrahmen fest, »was soll schon sein? Alles tutti!«

»Genau«, pruste ich, »ging noch nie besser!« Ich bedeute ihm mit einer Geste, hereinzukommen, und schließe hinter ihm die Wohnungstür.

»Puh«, ruft der Freund meiner Cousine aus, »wie riecht es denn hier? Scheint, als solltest du mal wieder durchlüften.«

»Ja, ähm, sorry«, meine ich und bemerke erst jetzt, dass es hier drinnen wirklich stinkt wie in einem Pumakäfig. »Hab in letzter Zeit nicht wirklich aufgeräumt. Ich … ich … ich …«

»Maike«, Stefan legt mir eine Hand auf die Schulter, »ist schon gut. Ich weiß, wie es dir geht. Wenn ich nicht meine Kunden hätte, die mich jeden Tag aus dem Bett zwingen, wäre ich auch schon längst total versackt.«

»Hm, ja. Hab mich echt ein bisschen gehenlassen.«

»Ehrlich gesagt habe ich mir das schon gedacht. Das ist auch einer der Gründe, weshalb ich vorbeigekommen bin. Hab mir echt Sorgen um dich gemacht.«

»Einer der Gründe?«

»Na ja«, er zuckt mit den Schultern, »noch ehrlicher gesagt, bin ich in den letzten Wochen schon ziemlich oft an der Wohnung vorbeigefahren oder hab ein paar Stunden im Auto vor der Tür gesessen. Ich wollte … ich wollte«. Er kommt ins Stocken.

»Ihr einfach nah sein?«, beende ich seinen Satz.

»Ja. Das ist es wohl.«

»Aber du hättest doch schon viel eher klopfen können, dann hätte ich dich jederzeit reingelassen.«

»Ich war auch oft kurz davor.« Stefan sieht sich im Flur um. »Gleichzeitig hatte ich aber auch Angst davor, wie es ist, in eure Wohnung zu kommen, ohne dass Kiki da ist.«

»Das verstehe ich«, stelle ich seufzend fest. »Ich wage mich nicht einmal ins Wohnzimmer, aus Angst, dass mich alles dort an sie erinnert.«

»Sollen wir …«, schlägt Stefan vor, unterbricht sich dann aber.

»Sollen wir was?«

»Also, ich dachte, wir könnten … Wir könnten das vielleicht zusammen in Angriff nehmen. Ich meine, uns in euer Wohnzimmer trauen.«

Ich überlege einen Moment, dann straffe ich die Schultern. »Weißt du, was, Stefan? Das ist eine richtig gute Idee!«

Es bleibt aus, das große »Wham!«, als Stefan und ich die Tür zum Wohnzimmer öffnen. Vor uns liegt einfach nur der Raum, in dem Kiki und ich oft zusammengesessen haben. Alles ist natürlich noch so, wie ich es in Erinnerung habe. Das alte Sofa mit dem bunten Stoffüberwurf, das eigentlich aussortiert werden sollte, sobald wir mal ein paar Euro für eine richtig schicke Sitzgarnitur überhätten – wobei es natürlich nur Kiki hätte sein können, die ein paar Euro überhat, bei mir war da nicht mit viel zu rechnen. Die großen Bilder vom Hamburger Hafen an der Wand, die Kiki mal zu einem ihrer Geburtstage von Onkel Jürgen und Tante Simone geschenkt bekommen hatte. Der altersschwache Fernseher, der hin und wieder von Farbe auf Schwarz-Weiß schaltete, was sich aber mit einem gekonnten Handkantenschlag aufs Gehäuse meist schnell regulieren ließ. Auf dem Couchtisch der Aschenbecher mit der Aufschrift »Kirstens Letzte«, den ich Kiki mal aus einem Scherzartikelladen mitgebracht hatte, um sie zum Aufhören zu motivieren, weil ich mir Sorgen um ihre Gesundheit machte. Sie hatte mich nur ausgelacht und mir mitgeteilt, sie habe nicht vor, jemals an Krebs zu sterben. Nun ja, immerhin was das betrifft, hatte sie recht behalten.

Stefan und ich setzen uns aufs Sofa und hängen unseren Gedanken nach.

»Und?«, frage ich ihn, nachdem wir ein paar Minuten lang schweigend nebeneinandergesessen haben. »Wie fühlt es sich für dich an?«

Er zuckt mit den Schultern. »Eigentlich ganz okay«, antwortet er. »In Kikis Zimmer wird es wahrscheinlich schlimmer sein.«

»Das denke ich auch.«

»Was machen wir jetzt?«

»Onkel Jürgen und Tante Simone haben mich gebeten, ein paar Sachen zusammenzupacken. Persönliche Dinge wie Fotos oder Filmaufnahmen hätten sie gern als Erinnerung. Mit dem Rest wie Klamotten und so kann ich machen, was ich will, Kikis Möbel soll ich auch einfach behalten.«

»Willst du das?«

Jetzt ist es an mir, mit den Schultern zu zucken. »Ich weiß nicht. Fühlt sich irgendwie komisch an, zwischen den Sachen, die ihr gehört haben. Aber gleichzeitig auch vertraut. Außerdem«, ich seufze, »werde ich hier sowieso nicht wohnen bleiben können, auf Dauer ist das einfach zu teuer für mich. Andererseits schaffe ich es im Moment auch nicht, mir was anderes zu suchen. Außerdem hänge ich schon irgendwie an der Wohnung.« Stefan zuckt unmerklich zusammen, und ich frage mich, ob ich was Falsches gesagt habe. »Hab ich was Falsches gesagt?«, formuliere ich meine Gedanken laut.

»Nein, nein«, erwidert er schnell. »Es ist nur … also, ich musste gerade an unser letztes Gespräch denken …«

»Du meinst den Abend an meinem Geburtstag?« Er nickt. »Glaub mir, daran muss ich auch oft denken.« Ich seufze. »Und ich finde die Vorstellung ganz schrecklich, dass Kiki und ich im Streit auseinandergegangen sind. Ich wünschte, ich könnte das rückgängig machen.«

»Darüber musst du dir keine Gedanken machen«, stellt Stefan fest, »Kiki war nicht sauer auf dich oder so. Im Gegenteil, es hat ihr schrecklich leidgetan, was passiert ist.«

»Aber das ist es ja gerade«, entfährt es mir heftiger, als ich will. »Es hätte ihr nicht leidtun müssen, ich habe mich unmöglich aufgeführt, und dabei war es gar keine große Sache. Es ist ja nur natürlich, dass ihr zwei irgendwann zusammenziehen wolltet.«

»Sicher, aber wie du eben schon sagtest, hängst du halt auch an der Wohnung, sie ist dein Zuhause, und wir hätten dir nicht das Gefühl geben dürfen, dass du hier nicht mehr erwünscht bist. Genau genommen hätten wir hier doch alle Platz gehabt!«

Ich gucke Stefan groß an. »Ich unter dem gleichen Dach wie ein glücklich verliebtes Pärchen? Nein danke, das hätte ich mir nicht antun wollen.« Jetzt grinse ich ihn an, damit er merkt, dass das ein Scherz war.

»Recht hast du«, meint er und grinst ebenfalls. »Und mit einer ständig miesepetrigen Trine – da könnte ich mir nun wirklich Schöneres vorstellen.« Er räuspert sich. »Ganz ehrlich, Maike, was ich damals gesagt habe, tut mir total leid. Es war nicht so gemeint, und ich war einfach irgendwie genervt, aber … na ja, es war gemein von mir.«

»Vergiss es«, beruhige ich ihn. »Ich habe das jedenfalls schon längst getan.«

»Ehrlich?«

»Ehrlich«, ich hebe eine Hand wie zum Schwur, »heiliges Ehrenwort, daran habe ich seit diesem Abend keinen einzigen Gedanken mehr verschwendet.«

»Na dann«, er knufft mich in die Seite, »lass uns endlich anfangen, die Sachen zusammenzuräumen. Je schneller wir es hinter uns bringen, desto besser. Außerdem«, er ringt gespielt nach Luft, »könnte es auch nicht schaden, das ein oder andere Fenster zu öffnen.«

Kiki und ich auf Malle. Ich trage ihre ausgefransten Hotpants, weil mein Koffer statt mit mir in Palma ohne mich in Paris gelandet ist. Beim Käsefondue Silvester 2003, Kiki hat schon eine ganz rote Nase vom vielen Kirschwasser. Beim Angeln auf der Ostsee – ich deutlich grün im Gesicht, weil seekrank, Kiki stolz mit einem riesigen Fisch in der Hand. Nach Kikis Examensfeier: Kiki ganz elegant im kleinen Schwarzen, ich im engen Stretchkleid auf sexy getrimmt. War wohl gerade mal wieder auf Männersuche.

So viele Erinnerungen. So viele schöne gemeinsame Momente. Während Stefan Kikis Klamotten in diverse Kartons verpackt, die wir später zur Altkleidersammlung bringen wollen – ich könnte es nicht aushalten, etwas davon zu tragen –, bin ich über die große Fotokiste in Kikis Bücherregal gestolpert. Schon als ich den Deckel öffnete, war mir klar, dass es ein Fehler sein würde, aber ich konnte nicht anders. Jetzt lege ich die Fotos zur Seite, weil ich vor lauter Tränen in den Augen sowieso nichts mehr sehen kann.

»Puh«, stöhne ich, »das ist ganz schön hart.«

»Ja«, meint Stefan, und ihm ist anzuhören, dass auch er mit den Tränen kämpft. Er lehnt sich erschöpft gegen die Schranktür und mustert mich ratlos. »Vielleicht sollten wir doch eine professionelle Entrümpelungsfirma anrufen, die das übernimmt.«

»Kommt nicht in Frage«, stelle ich fest. »Ich lasse keine fremden Menschen in den Sachen meiner Cousine rumwühlen. Außerdem wissen die nicht, was wegkann, was für meinen Onkel und meine Tante ist und was du oder ich vielleicht behalten wollen.«

»Hast recht. Also machen wir weiter.«

Fünf Stunden später haben wir alles zusammengepackt und nach »Soll weg«, »Behalten wir« und »Geht an Kikis Eltern« sortiert. Noch dazu haben wir mein Zimmer von leeren Flaschen und Pizzakartons befreit. Das war mir Stefan gegenüber ziemlich peinlich, aber er hat mir die ganze Zeit versichert, dass es bei ihm zu Hause gerade auch nicht viel besser aussieht und ich ihm ja demnächst helfen könne, dort auch Klarschiff zu machen. Wir haben die Wohnung gründlich geputzt und einmal alles durchgesaugt, Wäsche gewaschen (ich hatte nicht einmal mehr eine saubere Unterhose), Geschirr gespült (genau genommen nur Weingläser, die Pizza habe ich immer direkt aus den Kartons mit den Fingern gegessen), und schließlich habe ich mich nach Stefans Hinweis, dass es eigentlich nur noch eine Sache gebe, die jetzt noch nicht blitzblank sei, unter die Dusche gestellt und mir eine Jogginghose und ein T-Shirt, die frisch aus dem Trockner kamen, angezogen.

»So, fertig«, rufe ich, als ich aus dem Bad komme. »Misses Flodder ist wieder vorzeigbar.«

»Gut«, kommt es aus Kikis Zimmer zurück.

Ich beschließe, in die Küche zu gehen und einen Kaffee zu kochen. Okay, in Wahrheit wäre mir eher mal wieder nach einem Glas Rotwein, aber nachdem wir gefühlte fünfzig leere Flaschen entsorgt haben, ist mir mit Schrecken klargeworden, dass es so nun wirklich nicht weitergehen kann. Auf dem Weg in die Küche werfe ich einen Blick durch Kikis Schlafzimmertür: Stefan liegt auf Kikis Bett und rührt sich nicht. Sieht irgendwie komisch aus. Ich ändere also meinen Plan und setze mich neben ihn. Als er sich zu mir umdreht, sehe ich, dass er geweint hat. Normalerweise wäre mir diese Situation unangenehm, aber was ist in diesem Moment schon normal?

»Ich koche mir einen Kaffee. Möchtest du auch einen?«

Stefan schluckt und nickt. »Ja, gern. Aber ein Grog wäre auch nicht schlecht.«

Ich lächle. »He, ich dachte, ich wäre der einzige Alkoholiker hier! Du hast schließlich mein Flaschenarsenal gesehen.«

»Das war in der Tat ganz beachtlich«, erwidert er. »Aber ich kann's auch verstehen, und nachdem wir jetzt die Aufräumaktion hinter uns gebracht haben, wäre ich für ein Schlückchen durchaus zu haben.«

»Na ja«, meine ich und registriere, dass ich meine guten Vorsätze nur zu gern sofort wieder über Bord werfe, »ich wollte es ab heute eigentlich gut sein lassen, aber vermutlich wäre es ein würdiger Abschluss, wenn wir den zwei Flaschen Champagner, die noch von meinem Geburtstag übrig sind und im Kühlschrank liegen, in einem feierlichen Akt den Garaus machen.«

»Klingt gut.« Stefan versucht sich an einem schiefen Lächeln. »Kiki wäre vermutlich begeistert.«

Stimmt, das wäre sie vermutlich wirklich.

Als ich eine Minute später mit einer Flasche und zwei Gläsern ins Schlafzimmer zurückkomme, sieht Stefan schon ein bisschen besser aus. Mit einem gekonnten ›Plopp‹ öffnet er die Flasche, schenkt ein und reicht mir ein Glas.

»Auf Kiki!«

Wir prosten uns zu. Dann leert Stefan sein Glas ziemlich entschlossen in einem Zug und gießt sofort nach. Oha! Da ist wohl noch einiges zu erwarten.

Stefan sieht meinen Blick und grinst. »Sagtest du nicht, dass da noch eine zweite Flasche ist?« Liebe Kiki, solltest du jetzt im Himmel die Augen verdrehen, denk dran: Es ist alles deine Schuld!

Zwei Stunden später haben wir tatsächlich beide Flaschen ausgetrunken. Ich fühle mich ziemlich angeheitert, aber im Gegensatz zu der dumpfen Taubheit der vergangenen Wochen irgendwie … richtig gut.

»Danke, Stefan«, sage ich, als ich ihn an der Haustür verabschiede, nachdem er die Kartons, die zu Kikis Eltern, zur Altkleidersammlung und zum Sperrmüll sollen, erst einmal vorne in den Büroräumen untergestellt hat. Eigentlich wollte er sie gleich mitnehmen, aber nach unserer Schampus-Sause waren wir uns einig, dass er besser nicht mehr Auto fährt, sondern die Sachen in den nächsten Tagen abholt. »Hat mir wirklich sehr geholfen, dass du hier warst und mit mir zusammen alles in Angriff genommen hast.«

»Mir hat's auch geholfen«, erwidert er und lächelt mich an. »Irgendwie fällt es mir, glaube ich, jetzt viel, viel leichter, von Kiki Abschied zu nehmen.«

»Ja, geht mir ähnlich.« Denn wenn ich ehrlich bin, hatte ich das bisher noch gar nicht getan. Mich mit dem Gedanken abgefunden, dass meine Cousine nicht mehr da ist. Erst jetzt, nachdem wir ihre Sachen ausgeräumt haben, spüre ich, dass ich mit der eigentlichen Trauerarbeit beginnen kann. »Würde mich freuen, wenn wir demnächst mal wieder was miteinander machen«, meine ich.

»Klar, lass uns in jedem Fall in Kontakt bleiben. Und wenn irgendwas ist – du hast ja meine Nummer.«

»Genau. Und du meine.« Einen Moment lang stehen wir noch unschlüssig voreinander herum, dann verabschieden wir uns mit Küsschen links und Küsschen rechts auf die Wange.

»Okay, ich geh dann mal.« Mit diesen Worten wendet Stefan sich zum Gehen. Ich habe schon fast die Tür geschlossen, als er noch einmal nach mir ruft. »Ach, Maike!«

»Ja?« Ich mache die Tür wieder auf.

»Ich hab hier noch was für dich, das hätte ich jetzt fast vergessen.« Er nestelt an seiner rechten Hosentasche. »Hab ich vorhin, als du duschen warst, unter Kikis Bett gefunden.« Zum Vorschein kommt etwas Glitzerndes – das Bettelarmband! »Muss da gelandet sein, als du es … na, du weißt schon.« Er streckt es mir hin.

»Danke«, sage ich, nehme es entgegen und betrachte es eine Weile nachdenklich. »Mein Wunscharmband«, murmele ich leise.

»Ich war dabei, als Kiki es für dich ausgesucht hat«, erzählt Stefan. »Und ich denke, es würde sie sehr freuen, wenn du es wieder trägst.«

»Natürlich tue ich das!« Mit diesen Worten streife ich es mir übers Handgelenk. Gedankenverloren fahre ich mit der anderen Hand über das kleine Goldstück, das daran baumelt. »Danke.«

Wir winken uns noch einmal zu, dann schließe ich die Tür und gehe zurück in die Wohnung.

Mehr noch werde ich tun, als es nur zu tragen, denke ich, als ich noch einmal langsam durch Kikis Zimmer gehe. Ab sofort werde ich alles dafür tun, um ihren letzten Wunsch zu erfüllen: mein Leben in die Hand nehmen und mich nicht mehr als Opfer fühlen. Gleich morgen rufe ich Roger an und sage ihm, dass ich wieder zur Arbeit komme. Und dann werde ich zusehen, dass alles wieder auf die Reihe kommt. Nein, dass zum ersten Mal in meinem Leben etwas auf die Reihe kommt. Schluss mit den Rückschlägen und dem Selbstmitleid, ab morgen wird alles anders! Das bin ich meiner Cousine schuldig.

11. Kapitel

Als ich am nächsten Tag das erste Mal seit längerer Zeit ausgeruht aufwache, bin ich voller Tatendrang. Ich springe aus dem Bett und hechte unter die Dusche. Mittlerweile habe ich mir überlegt, dass ich Roger nicht anrufen, sondern höchstpersönlich im Sonnenstudio auftauchen werde. Wenn schon, denn schon.

Zwanzig Minuten später sitze ich mit einem Becher Kaffee in der Küche und überlege, was ich in nächster Zeit alles angehen will. Erst einmal wieder Geld verdienen, so viel ist klar. Aber da ich in der Tat nicht den Rest meines Lebens im Sonnenstudio versauern will, muss ich mir langsam wirklich mal eine Alternative überlegen. Und was die Wohnung betrifft – eigentlich will ich hier bleiben, das ist mir jetzt klargeworden. Wenn ich die beiden Räume des Ladenlokals vermiete, müsste das eigentlich gehen. Immerhin haben die einen eigenen Eingang, eine kleine Teeküche und ein Mini-Duschbad mit Toilette. Ich schnappe mir einen Zettel und einen Stift und notiere, worum ich mich zeitnah kümmern will:

1. *Wieder arbeiten gehen.*
2. *Eine berufliche Alternative finden (Tageszeitung nach Jobangeboten durchforsten, die was für mich sein könnten).*
3. *Untermieter suchen.*

Beim letzten Satz halte ich in der Bewegung inne und muss plötzlich in mich hineingrinsen. Nein, Maike, du Dummkopf, ganz falsch! Wie hat Kiki gesagt? Schreib es so auf, als wäre es schon Wirklichkeit! Stell es dir vor, visualisiere es! Ich springe auf, laufe rüber in mein Zimmer und fange an zu suchen. Irgendwo muss es doch sein! Nachdem ich fast eine halbe Stunde alles durchwühlt habe, gebe ich auf. Mein Wunschbuch ist weg, ich habe keine Ahnung, wo ich es hingelegt habe. So ein Mist! Aber gut, ich will mich in meinem neuen Elan nicht gleich wieder bremsen lassen, irgendwo wird es schon sein, also gehe ich zurück in die Küche und nehme fürs Erste mit meinem Zettel vorlieb.

1. *Das Sonnenstudio läuft spitzenmäßig, ich verdiene extrem viel Geld.*
2. *Gleichzeitig finde ich genau den richtigen Job für mich und sattele um.*

Wie gesagt, habe ich zwar noch keine Ahnung, was das sein könnte – aber sollen sich die höheren Mächte einfach mal drum kümmern, dann werde ich schon sehen.

3. *Ich habe sehr nette Untermieter im Ladenlokal, die mich nicht nerven und immer pünktlich zahlen.*
4. *Ich verstehe mich bestens mit meinen Eltern, und sie sind total stolz auf mich.*

So, das war's für den Anfang. Will ja nicht gierig werden und die Anziehungsgesetze überfordern. Schon will ich den Zettel zusammenfalten und in meine Hosentasche stecken, da fällt mir doch noch etwas ein. Also gut, diesen klitzekleinen Gefallen kann mir die Wunscherfüllungsabteilung vielleicht noch tun. Kiki hätte das auch gewollt, also sollte ich es ruhig aufschreiben:

5. *Mein Traummann steht vor meiner Tür.*

Nein, überlege ich, das ist viel zu vage. Kann schließlich dann jeder sein, der hier klingelt, und dann weiß ich noch nicht einmal, ob er nun der Traummann ist oder nicht. Also, woran würde ich ihn erkennen? Meine Gedanken schweifen kurz zu Gunnar ab, der meiner Vorstellung von Traummann immerhin schon ziemlich nahekam. Auch wenn ich mich öfter über ihn beschwert habe, eigentlich war er genau so, wie ich mir einen Partner vorstelle. Als er mir damals die Flugtickets nach Venedig geschenkt hat, war das schon unheimlich süß. Gut, er ist letztlich mit einer anderen geflogen, das hat mir dann nicht mehr so gefallen. Aber wenn ich unsere Beziehung nicht gegen die Wand gefahren hätte – mittlerweile bin ich durchaus bereit, mir einzugestehen, dass ich wohl tatsächlich auch meinen Teil dazu beigetragen habe –, wäre es bestimmt ein traumhafter Urlaub geworden. Ach ja, Venedig. Gunnar und ich auf dem Markusplatz … Mit einem Mal fällt mir ein sicheres Indiz ein, wie ich den Traummann erkennen kann. Schnell schreib ich es auf.

5. Mein Traummann kniet vor mir nieder.

Okay, klingt vielleicht ein bisschen kitschig. Aber so habe ich mir das eben immer vorgestellt, so müsste es sein, wenn ein Mann mir seine Liebe gesteht, auf Knien und – wenn er schon mal da unten ist – um meine Hand anhaltend.

Ich lege den Stift zur Seite. Und nehme ihn eine Sekunde später wieder zur Hand, weil mir noch etwas eingefallen ist. Nur um ganz sicherzugehen, dass ich diesmal wirklich keinen Fehler gemacht habe, schreibe ich als letzten Punkt noch dazu:

6. Ich erlebe keine Rückschläge und Katastrophen mehr.

Sehr zufrieden mit mir selbst, mache ich mich kurze Zeit später auf den Weg zum »Summer Island«. Als hätte das Universum schon ein wenig von meinem neuen Lebensmut registriert, scheint draußen sogar die Sonne. »Aber nur ein bisschen«, teile ich ihr mit erhobenem Zeigefinger mit, »du weißt ja, dass ich jetzt ziemlich viel Geld verdienen muss. Dafür darf das Wetter nicht zu gut sein.« Sekunden später frischt der Wind auf und schiebt ein paar dunkle Wolken an den Horizont. Na bitte, geht doch!

»Maike!« Nadine quietscht regelrecht auf, als ich durch die Glastür des Studios komme. Sie springt von ihrem Stuhl, stürzt auf mich zu und reißt mich stürmisch in ihre Arme. So stürmisch, dass wir beinahe gemeinsam zu Boden gehen.

»Hoppla«, rufe ich aus, »Vorsicht!«

»Mann! Was freue ich mich, dich zu sehen!«

»Das merke ich«, stelle ich lachend fest. Auch ich freue mich total, Nadine hat mir schon sehr gefehlt.

»Dachte schon, du würdest gar nicht mehr aus deinem Loch rauskommen.« Sofort beißt sie sich auf die Lippe. »Tut mir leid«, stottert sie, »ich weiß ja, dass das alles schrecklich für dich ist.«

»Schon gut«, beruhige ich sie, »fang lieber nicht damit an, heute geht's mir zum ersten Mal ein kleines bisschen besser, und ich will nicht sofort wieder in Tränen ausbrechen.« Tatsächlich spüre ich, wie sich ein Kloß in meinem Hals bildet, den ich aber tapfer runterschlucke.

»Okay«, Nadine lächelt etwas hilflos, »ich halte schon den Mund.«

»Gut.« Wir setzen uns hinter den Tresen.

»Viel verpasst hast du hier allerdings nicht«, erzählt sie. »Eigentlich ist alles wie immer, außer dass es momentan wirklich ziemlich gut läuft.«

»Ja«, sage ich, »hab schon gemerkt, dass der Jahrhundertsommer wohl ausbleibt.«

»Gott sei Dank!«, seufzt Nadine, »zwischendurch hab ich nämlich echt mal Bammel gehabt, dass Roger bald gar keine

Aushilfen mehr braucht und mich rausschmeißt. Das wäre echt eine Katastrophe!«

»Wieso?«, wundere ich mich. »Du hängst doch eh nicht so an dem Job. Familienplanung, weißt du noch?« Nadine nickt. Und auf einmal kullert ihr eine Träne aus dem rechten Augenwinkel. Ich beuge mich vor und nehme ihre Hände in meine. »Was ist denn los?«

Anstelle einer Antwort schüttelt Nadine nur stumm den Kopf. Und bricht dann in Tränen aus. »Tut mir leid«, stammelt sie unter Schluchzen, »ich … ich …«

»Jetzt beruhig dich erst einmal«, sage ich und reiche ihr ein Tuch aus der Kleenex-Box auf dem Tresen.

Nadine schneuzt sich geräuschvoll die Nase. »Danke«, sagt sie und schneuzt sich noch einmal.

»Also, was ist denn überhaupt los?«, will ich wissen.

»Ralf ist ausgezogen«, platzt Nadine heraus. »Letzte Woche.«

»Bitte, was?« Ich glaube, ich habe mich verhört. »Wieso das denn?«

Nadine zuckt mit den Schultern. »Schätze, er hat mich verlassen«, stellt sie dann mit einem schiefen Grinsen fest. Schon wieder stehen ihr neue Tränen in den Augen, und mir verschlägt es fast die Sprache. Aber nur fast.

»Warum denn nur? Was ist passiert, habt ihr euch gestritten, habt ihr …«

»Nicht wirklich«, meint Nadine.

»Er ist doch nicht einfach so gegangen«, rege ich mich auf, »dafür muss es doch einen Grund geben!«

»Ja, sicher gibt es einen Grund«, erklärt sie jetzt und sitzt wie ein kleines Häufchen Elend vor mir. »Ralf hat vor sechs Wochen seinen Job verloren.«

»Wie bitte?« Hier kommt ja eine Hiobsbotschaft nach der nächsten!

Wieder nickt Nadine. »Sie haben ihn kurz vor Ablauf der Probezeit einfach rausgeschmissen.«

»Scheiße!« Ich erinnere mich noch gut daran, wie happy Nadine war, als sie mir vor einem halben Jahr erzählte, dass Ralf jetzt seinen Traumjob als Techniker bei einer Computerfirma ergattert hat. »Er ist da Leiter des Serviceteams«, hatte Nadine stolz berichtet, »und muss sich endlich nicht mehr wie in seinem alten Job rumschubsen lassen.«

Wieder nehme ich Nadines Hand. »Warum hast du mich denn nicht mal angerufen?«

»Hab ich ja«, erwidert Nadine. »Aber zum einen wollte ich dir das nicht auf dem Anrufbeantworter erzählen. Außerdem dachte ich, dass du gerade genug andere Sorgen hast, da wollte ich dich nicht mit meinen Problemen belatschern.«

»Mensch, wenn ich das gewusst hätte, wäre ich sofort bei dir vorbeigekommen.«

»Weiß ich doch.« Nadine drückt meine Hand und lächelt. »Aber ich dachte, so schlimm ist es auch nicht, Ralf und ich kriegen das schon wieder hin. Ich meine, eine Kündigung ist schließlich kein Weltuntergang.«

»Haben sie ihm denn gesagt, warum sie ihn entlassen haben?«

»Das ist es ja gerade«, erwidert Nadine mit düsterer Miene. »Sie meinten nur, er sei für die Position nicht geeignet. Tja, und weil er noch in der Probezeit war, konnten sie ihn sofort vor die Tür setzen.«

»Klingt echt übel. Trotzdem verstehe ich nicht ganz, was das mit euch zu tun hat.«

»Eigentlich sollte man meinen, nichts, oder?« Sie versucht sich an einem schiefen Lächeln. »Gerade in solchen Momenten muss man doch zusammenhalten. Dachte ich jedenfalls immer, du weißt schon, in guten wie in schlechten Tagen.«

»Genau«, sage ich, und mir schießt durch den Kopf, wie ich genau das gedacht habe, nachdem Gunnar mich verlassen hatte.

Na ja, wir waren natürlich auch nicht miteinander verheiratet, und wahrscheinlich waren es zumindest für ihn mehr schlechte Tage als gute und … Ich verscheuche den Gedanken, der hat hier jetzt wirklich nichts zu suchen!

»Tja, bei uns war es genau umgekehrt«, erzählt Nadine weiter. »Von Zusammenhalt war da nur wenig zu merken. Ralf wurde mit jedem Tag zu Hause immer unzufriedener und nörgeliger, hatte ständig was an mir auszusetzen und zog sich immer mehr von mir zurück.«

»Hm«, überlege ich laut, »offenbar hat die Sache sein männliches Ego angeknackst.« Obwohl sechs Wochen Misserfolg für mich eher ein Klacks sind, füge ich in Gedanken hinzu. Da hätte ich mir ja längst einen Strick nehmen müssen.

»Du hast wahrscheinlich recht.« Nadine seufzt. »Den Mund habe ich mir fusselig geredet, dass das doch alles kein Drama ist und er sicher bald wieder irgendwo unterkommt. Ich hätte auch mit einer Wand sprechen können, Ralf hat mir gar nicht zugehört.«

»Wie kam es dann zu seinem Auszug?«

»Letzte Woche, da ist er irgendwie richtig durchgedreht«, erzählt Nadine. »Das war echt gruselig«, sie schüttelt sich bei dem Gedanken daran, »er ist morgens aufgestanden und hat kein Wort gesagt, sondern einfach nur seine Sachen gepackt.«

»Und du?«

»Ich hab ihn natürlich gefragt, was das jetzt soll. Da hat er mir erklärt, dass er nicht will, dass ich mein Leben an der Seite eines Versagers verbringe, und hat türenknallend die Wohnung verlassen. Ich war total perplex und wusste gar nicht, was los ist. Hab mir aber gedacht, er soll sich erst mal wieder beruhigen, dann wird er schon nach Hause kommen.« Sie sieht mich traurig an. »Ist er aber nicht. Nach drei Stunden habe ich bei seinem besten Kumpel Matze angerufen und gefragt, ob Ralf da ist. War er auch, aber er wollte nicht mit mir sprechen.«

Hm, das klingt alles ein wenig melodramatisch. Sicher, eine Kündigung ist kein Grund zum Jubeln, aber von Langzeitarbeitslosigkeit ist Ralf noch weit entfernt. Irgendwie habe ich das Gefühl, dass noch etwas anderes dahintersteckt. Vorsichtig frage ich nach.

»Was meint denn Matze dazu? Der hat doch bestimmt auch eine Meinung, oder?« Ralfs besten Kumpel kenne ich nur flüchtig von der Hochzeit, aber da hatte ich mich länger mit ihm unterhalten und eigentlich den Eindruck, dass er ein sehr netter und vernünftiger Kerl ist.

»Tja, er sagte, dass Ralf wohl eine Krise hat und jetzt erst einmal allein damit klarkommen muss.«

»Hm. Vielleicht stimmt das ja. Auch wenn es in der Tat schwer zu verstehen ist.«

»Allein klarkommen?«, regt Nadine sich auf. »Wofür heiratet man denn, wenn einer bei den ersten kleinen Schwierigkeiten sofort abhaut? Denkt Ralf überhaupt darüber nach, wie ich damit klarkomme? Dass ich überhaupt nicht weiß, was los ist und wie es weitergeht, ob er irgendwann zurückkommt oder mich allein in unserer Wohnung hocken lässt?« Mittlerweile hat sie sich regelrecht in Rage geredet.

Ich beschließe, sie erst einmal nicht zu fragen, ob es nicht noch andere Gründe geben könnte. Nachher regt sie sich nur noch mehr auf. Stattdessen starte ich einen Deeskalationsversuch. »Männer gehen mit solchen Situationen eben anders um als wir. Du weißt schon, von wegen einsamer Wolf und so.«

»Ha!«, schleudert Nadine mir entgegen. »Der spinnt ja wohl, der einsame Wolf!«

Okay, war nur ein Versuch.

»Oh, ihr redet von mir?« Wir zucken zusammen, als plötzlich Rogers Stimme erklingt. »Hallo, die Damen!«, flötet er fröhlich, lässt sich mit Schwung auf seinem Stuhl nieder und grinst uns breit an. »Wie ich sehe«, meint er dann, an mich gewandt, »herrscht heute ungewohnter Glanz in meiner Hütte, welch hoher Besuch!«

»Hallo, Roger«, knurre ich ihn an.

Schlagartig setzt er das blöde breite Grinsen ab. »Äh, sorry, Maike, das war jetzt etwas unpassend beim ersten Wiedersehen nach, nach, nach … du weißt schon.«

»Vergiss es«, stelle ich, immer noch angemessen unfreundlich, fest. »Ich kenn dich ja schon ein paar Jahre und weiß, dass Feingefühl nicht gerade deine Stärke ist.« Roger macht einen beleidigten Eindruck, sagt aber nichts. »Ich bin nur hier, um dir zu sagen, dass ich ab sofort wieder einsatzbereit bin. Soll ich an den üblichen Tagen arbeiten?«

»Klar«, erwidert mein Chef, »wir können den alten Plan wieder aufnehmen.«

»Gut, so machen wir's«, antworte ich und stehe auf. An Nadine gerichtet, sage ich: »Ruf mich heute Abend mal an, wenn du zu Hause bist, dann können wir in Ruhe quatschen.«

Sie nickt. »Mach ich.«

»Ach, Maike«, wirft Roger noch ein, bevor ich durch die Tür verschwinde.

»Ja?«

»Ich habe in der Zwischenzeit noch einmal nachgedacht. Die Sache mit der Umsatzbeteiligung ist vielleicht echt nicht ganz fair, lass uns doch wieder auf normalen Stundenlohn umstellen.«

Ehe ich antworten kann, erklingt draußen vor der Tür ein lauter Knall, dicht gefolgt von einem heftigen Prasseln. Ich lasse meinen Blick zu der großen Fensterfront wandern, vor der Passanten vorbeihechten, um sich vor dem Platzregen in Sicherheit zu bringen. Sehr, sehr langsam drehe ich mich wieder zu meinem Chef um und kann mir ein Grinsen nicht verkneifen.

»Vergiss es, Roger, wir lassen es bei der Beteiligung.«

»Meinst du wirklich?«

»Ja. Das meine ich.« Immerhin muss nun auch Nadine grinsen, und hinter Rogers Rücken deutet sie heimlich mit beiden Daumen nach oben.

Roger, denke ich, als ich halb amüsiert, halb verärgert durch den Regen Richtung Heimat stapfe. Der glaubt wohl auch, dass ich total dämlich bin und nicht gemerkt habe, dass die Wetterlage sich anders als vorhergesagt entwickelt hat. Aber nicht mit mir, ich habe den Anziehungsgesetzen schließlich einen genauen Auftrag erteilt und werde den mit Sicherheit nicht selbst boykottieren.

Meine Gedanken wandern zu Nadine und Ralf. Keine Katastrophen und Rückschläge mehr, so lautete meine Anweisung. Schätze, da muss ich noch deutlicher werden. Bitte auch keine Katastrophen in meinem Freundeskreis, liebes Gesetz der Anziehung, das ist doch wohl klar, oder?

12. Kapitel

Um kurz nach sechs läutet es mehrfach kurz hintereinander an der Wohnungstür. Müde wälze ich mich vom Sofa, auf dem ich irgendwie eingeschlafen sein muss. Mein Blick fällt auf meinen Wunschzettel, der neben mir auf dem Boden liegt und wohl runtergefallen ist, als ich weggenickt bin. Ich habe mir für Nadine und Ralf gewünscht, dass alles wieder gut ist und Ralf bald in einer noch viel besseren Computerfirma arbeitet. Außerdem habe ich meiner Bitte, mich und meine Lieben in Zukunft mit Katastrophen und Rückschlägen zu verschonen, noch einmal Nachdruck verliehen und sie gleich fünfmal nacheinander aufgeschrieben. Bevor ich mir bei dieser ganzen Angelegenheit dann irgendwann doch dumm vorkommen konnte, hatte mich schon der Schlaf am Wickel.

»Drrring!« Wieder klingelt es an der Tür, dicht gefolgt von einem Klopfen. Nadine, schießt es mir durch den Kopf, wahrscheinlich ist sie nach der Arbeit einfach direkt zu mir gefahren. »Drrring!«

»Ja, ja, ich komm ja schon!« Eilig laufe ich zur Tür, reiße sie auf – und blicke NICHT in das hübsche Gesicht von Nadine. Sondern in die verknitterte und übellaunig dreinblickende Visage meines Vermieters Winfried Tiedenpuhl.

»Herr Tiedenpuhl!«, rufe ich überrascht aus. »Was, äh, gibt es denn?« Dabei ahne ich bei seinem Gesichtsausdruck, dass er nicht vorbeigekommen ist, um mit mir ein kleines Pläuschchen zu halten.

»Frau Schäfer«, fängt er an, »seit Tagen versuche ich, Sie zu erreichen, aber Sie machen nie die Tür auf.«

»Ja, ich, äh … Die Klingel war irgendwie kaputt«, rede ich mich raus. »Aber jetzt geht sie ja wieder.«

»Auf den Anrufbeantworter habe ich Ihnen auch gesprochen«, bellt er mich an. »Dreimal!«

»Ebenfalls kaputt«, lüge ich. In Wahrheit habe ich das Ding schon ewig nicht mehr abgehört. Und selbst wenn ich Tiedenpuhls Nachrichten gehört hätte, bezweifle ich doch stark, dass ich ihn zurückgerufen hätte.

»So?« Er mustert mich mürrisch. »Mit Ihren Augen ist dann offenbar auch etwas nicht in Ordnung, letzte Woche habe ich Ihnen nämlich noch einen Brief eingeworfen.«

»Haben Sie das? Der ist hier gar nicht angekommen.« Ich denke an den riesigen Stapel Post, den Stefan und ich auf den Küchentisch gelegt haben und der da immer noch ungeöffnet schlummert. Den wollte ich in den nächsten Tagen mal in Angriff nehmen, der Brief meines Vermieters liegt vermutlich irgendwo dazwischen.

»Ich habe ihn unter Ihrer Wohnungstür durchgeschoben«, teilt Tiedenpuhl mir mit, und seine Augen verengen sich zu zwei düsteren Schlitzen.

»Hm.« Ich zögere, um ein bisschen Zeit zu gewinnen. »Vielleicht hat ihn … die … die Putzfrau verlegt?«

»Die Putzfrau?« Ich nicke, Tiedenpuhl blickt verwirrt drein. Aber nur für den Bruchteil einer Sekunde, dann verzieht er sein Gesicht zu einem spöttischen Lächeln. »Nun, Frau Schäfer, es freut mich, zu hören, dass Sie hier Personal beschäftigen. Dann können Sie mir mit Sicherheit ja auch die ausstehende Miete bezahlen.« Zack, da ist es, das böse, böse Wort »Miete«.

Ich ahnte schon, dass das über kurz oder lang auf mich zukommt. Eher über kurz, wie es gerade aussieht.

»Ausstehende Miete?«, gebe ich mich ahnungslos, obwohl mir natürlich klar ist, dass das keinen Sinn macht.

»Versuchen Sie nicht, mich für blöd zu verkaufen«, blafft mich Tiedenpuhl prompt an. »Sie wissen genau, dass Sie bereits mit zwei Monatsmieten im Rückstand sind!«

»Äh, echt? Zwei Mieten? Das kann eigentlich gar nicht sein.«

»Genau«, Tiedenpuhl nickt, »das sehe ich ebenso: Das kann eigentlich nicht sein, dass jemand meine Wohnungen besetzt.«

»Also«, gebe ich mich betont empört, »von ›besetzen‹ kann ja wohl keine Rede sein. Und von ›Wohnungen‹ schon gar nicht, ist ja nur eine und …« Ein böser Blick von ihm bringt mich zum Schweigen.

»Ich sag Ihnen mal was, Frau Schäfer – das hier ist ein Gewerbeobjekt. Wenn die Miete nicht pünktlich kommt, kann ich sofort kündigen. Glauben Sie mir, das werde ich auch tun, wenn Sie nicht endlich zahlen.«

»Aber, aber das können Sie doch nicht machen!«

»Und wie ich das kann. Ich bin schließlich nicht die Wohlfahrt.«

»Herr Tiedenpuhl«, sage ich und versuche, einen mitleiderregenden Ton anzuschlagen, »meine Cousine ist erst vor kurzem gestorben. Ich muss mir doch erst einmal einen Überblick über die finanzielle Lage verschaffen. Das geht nicht so schnell.«

Tiedenpuhl zuckt mit den Schultern. »Das tut mir natürlich leid mit Ihrer Cousine.« Tatsächlich wirkt er gerade nahezu betreten. »Glauben Sie mir, ich habe Fräulein Schäfer immer sehr gemocht und zu schätzen gewusst. Sie war eine angenehme Mieterin und hat nicht ein einziges Mal eine Zahlung versäumt.« Jetzt wandelt sich sein Blick von betreten zu bedauernd, und ich bin mir gerade ziemlich sicher, was er von dem anderen Fräulein Schäfer – also mir – als Mieterin hält. »Aber auch, wenn es mir wirklich sehr leidtut, kann ich auf meine Einnahmen nicht verzichten. Bisher stehen schon tausendachthundert Euro Miete aus, ich bin schließlich keine Bank!«

»Sie haben doch noch unsere Kaution«, werfe ich ein und freue mich, dass mir das trotz meiner Panik eingefallen ist.

»Ja«, gibt er mir recht. »Damit wären die zwei Monate gedeckt. Aber der nächste Erste steht vor der Tür – und was ist dann? Wie lange soll ich dann warten, bis Sie wieder flüssig sind? Wenn überhaupt, das kann ich ja nicht wissen. Am Ende stehe ich mit einem riesigen Verlust da. Nee, nee, Frau Schäfer, nicht mit mir. Entweder Sie zahlen sofort Ihren Rückstand, oder Sie müssen ausziehen.«

Mist, was mache ich nur? Wenn der mich wirklich rausschmeißt, wo soll ich denn hin? Aber tausendachthundert Euro habe ich auch nicht, so viel steht fest. Ich könnte meine Eltern fragen. Aber die würden darauf bestehen, dass ich wieder bei ihnen wohne. Da schlafe ich lieber unter einer Brücke, so viel ist sicher. Die Idee, die zwei vorderen Räume unterzuvermieten, ist auch nicht so schlecht, jedenfalls, wenn Tiedenpuhl dem zustimmt. Aber einerseits sagt mir gerade mein Bauch, dass dieser Moment nicht der optimale ist, um meinen Vermieter danach zu fragen, und andererseits geht das natürlich auch nicht so schnell, da muss ich erst einmal in Ruhe jemanden suchen. Fest steht: Ich brauche ein bisschen Zeit.

»Herr Tiedenpuhl, ich verstehe, dass Sie sauer sind. Aber ich verspreche, ich bringe das alles wieder in Ordnung. Könnte ich nicht erst einmal einen Teil bezahlen?«

Tiedenpuhl guckt unschlüssig. Dann kratzt er sich am Kopf. »Na gut«, willigt er gedehnt ein, »sagen wir, tausend Euro als Anzahlung.«

Utopisch! So wird das nichts.

»Also, ich hatte eher an zweihundert gedacht.« Die habe ich zwar auch nicht, aber vielleicht leiht mir Roger was. Der hat mir schließlich einen Teil des Unglücks eingebrockt.

»Zweihundert? Nee, das ist Quatsch. Unter achthundert kündige ich.«

»Vierhundert?« Ich gebe meinen schönsten Augenaufschlag.

Tiedenpuhl guckt noch unschlüssiger. Vermutlich überlegt er gerade, wie hoch die Wahrscheinlichkeit ist, dass er von mir noch die gesamte Summe und die nächsten Mieten bekommt. »Einverstanden«, spricht er die erlösenden Worte. »Sechshundert reichen fürs Erste. Aber spätestens Montag will ich das Geld haben, und für den Rest gebe ich Ihnen zwei Wochen.«

»Montag?«, rufe ich entsetzt aus. »Heute ist schon Donnerstag!«

»Ja«, stellt er fest, »und nächsten Mittwoch fängt ein neuer Monat an, da kommen dann noch einmal neunhundert Euro dazu.«

»Äh«, stottere ich, »ich könnte vielleicht …«

»Das ist mein letztes Wort«, unterbricht er mich. »Sechshundert am Montag und bis Mitte des Monats die restlichen Mietschulden sowie die neunhundert Euro für den Juni.«

»Einverstanden«, bringe ich ermattet hervor.

»Gut, Frau Schäfer«, er streckt mir seine schwielige Hand entgegen, »dann schlagen Sie ein.«

Ich schüttele seine Hand und gebe mir Mühe, einen möglichst selbstsicheren Eindruck zu machen. Innerlich hat aber schon längst die nackte Panik von mir Besitz ergriffen. Nie im Leben schaffe ich es, so viel Geld in so kurzer Zeit aufzutreiben. Noch während ich hinter meinem Vermieter die Tür schließe, versuche ich mich mit dem Gedanken anzufreunden, dass es nicht mehr lange dauern wird, bis ich ebenjene Tür nur noch von außen betrachten darf, weil ich mitsamt meinen Klamotten auf der Straße sitze.

Ich gehe in die Küche und koche mir einen Kaffee, dann setze ich mich hin, um meine Lage noch einmal in aller Ruhe zu durchdenken. Vielleicht könnte ich Onkel Jürgen und Tante Simone bitten, mir das Geld übergangsweise zu leihen. Aber das möchte ich eigentlich nur tun, wenn mir nun gar nichts anderes einfällt. Sie in dieser Situation um Geld anzuhauen wäre mir sehr unangenehm, außerdem möchte ich nicht zugeben, dass mich ein Betrag von sechshundert Euro schon vor größere Probleme stellt. Wahrscheinlich denken die beiden, dass Kiki und ich uns die Miete immer schwesterlich geteilt haben.

Egal, was die beiden denken – im Grunde genommen ist es mir vor mir selbst peinlich, dass ich in meinem Alter so chronisch blank bin, ohne dafür einen einleuchtenden Grund zu haben. Ich muss das hier endlich mal alleine schaffen, es wird wirklich höchste Zeit, dass ich meine Probleme ohne fremde Hilfe in den Griff bekomme! Mist. Was mache ich nur? Bis Montag werde ich auch keinen potenziellen Mitbewohner auftreiben, und außer Prostitution fällt mir nichts ein, womit ich übers Wochenende so viel Geld verdienen könnte.

»Ach, Kiki«, seufze ich laut, »wenn du doch bloß noch hier wärst, du wüsstest bestimmt sofort eine Lösung.« Das heißt, wenn Kiki noch hier wäre, gäbe es diesen ganzen Schlamassel überhaupt nicht.

Nachdenklich wandere ich rüber ins Wohnzimmer, lasse mich aufs Sofa sinken und nippe an meinem Kaffee, obwohl mir momentan mal wieder eher nach Rotwein als nach Koffein wäre. Aber wenigstens da will ich standhaft bleiben, nachdem von meinem Plan von heute früh, das Ruder mit einem Ruck rumzureißen, nicht allzu viel übrig geblieben ist. Ich schnappe mir den Zettel mit meinen Wünschen. Keine Rückschläge und Katastrophen mehr, dass ich nicht lache! Wenn das hier keine Katastrophe und kein Rückschlag ist, weiß ich auch nicht, wie so etwas aussehen soll. Das Klingeln des Telefons reißt mich aus meinen Gedanken.

»Schäfer?«, melde ich mich.

»Ich bin's, Nadine.« Schon wieder klingt sie erstickt, so als hätte sie gerade geweint.

»Und?«, versuche ich trotz meiner düsteren Stimmung einigermaßen aufmunternd zu klingen. »Bist du für heute im Studio fertig?«

»Nicht nur für heute«, erklingt es vom anderen Ende der Leitung. Dann bricht Nadine, zum zweiten Mal an diesem Tag, in haltloses Weinen aus.

»Was soll das heißen, du brauchst ab sofort nicht mehr zu kommen?«

Eine Viertelstunde später sitze ich mit Nadine im »Alex« in der Osterstraße und habe uns – Vorsätze hin, Vorsätze her – erst einmal zwei Gläser Wein bestellt. Die Neuigkeiten meiner Kollegin sind ohne ein alkoholisches Kaltgetränk nun wirklich nicht zu verdauen.

»Das heißt, was es heißt«, erwidert sie. »Als ich mich vorhin verabschiedet habe, hat Roger mir erklärt, dass er mich nicht mehr beschäftigen kann und ich deshalb nicht mehr zu kommen brauche.«

»Aber wieso denn so plötzlich?«, wundere ich mich. »Der Laden muss doch in Anbetracht der Wetterlage ganz gut laufen.«

»Tut er auch. Aber Roger meinte, da du wieder da bist und jetzt auch am Umsatz beteiligt wirst, müsse er an anderer Stelle was einsparen. Tja, und diese andere Stelle bin dann wohl ich.«

»So ein Arschloch!«, rege ich mich auf. »Der denkt ja wohl nur an die Kohle! Aber ich sag dir was«, ich hole tief Luft, »da mache ich nicht mit! Gleich morgen früh gehe ich hin und sage ihm, dass ich dann auch nicht mehr für ihn arbeite.«

»Das ist doch Quatsch«, widerspricht Nadine. »Davon hat keine von uns was. Außer dass wir dann beide ohne Job dastehen.«

»Ist mir egal, für so einen Idioten will ich gar nicht mehr arbeiten.«

»Das ist wirklich sehr süß von dir, echt! Aber ich will nicht, dass du meinetwegen alles hinschmeißt.«

»Alles hinschmeißen?«, schnaube ich. »Was schmeiße ich

denn so Großartiges hin? Eine miese Arbeit für einen miesen Typen, das ist meiner Meinung nach kein besonders großer Verlust.«

»Immerhin wirst du am Umsatz beteiligt, und in den letzten Wochen hat der Laden richtig gebrummt, da wird schon was zusammenkommen.«

»Trotzdem«, meine ich, »so einfach können wir Roger nicht davonkommen lassen.« Ich denke einen Moment nach. »Und überhaupt, was ist denn mit den Kunden, die sich von dir immer die Nägel haben machen lassen? Das kann ich wohl kaum übernehmen.«

»Ach, die«, Nadine macht eine wegwerfende Handbewegung, »du weißt doch selbst, dass so gut wie niemand diesen Zusatzservice«, sie spricht das Wort betont ironisch aus, »in Anspruch genommen hat. Die meiste Zeit war ich ja mehr mit meinen eigenen Nägeln beschäftigt.« Sie lächelt und hält mir ihre frisch manikürten Hände vor die Nase – heute sind sie extralang und mit einem wilden Blumenmuster verziert. Ich verzichte darauf, meine modische Meinung dazu abzugeben, denn das wäre wohl kaum der richtige Zeitpunkt dafür.

»Wie wäre es denn«, denke ich weiter laut nach, »wenn ich Roger sage, dass ich auf die Umsatzbeteiligung verzichte, damit du weiter bei ihm arbeiten kannst?«

»Aber dann bekommst du ja auch wieder nur diesen miesen Stundenlohn«, gibt Nadine zu bedenken. Trotzdem höre ich, wie ein kleines bisschen Hoffnung in ihrer Stimme mitschwingt.

»Ach«, sage ich, »bloß weil in den letzten Wochen schlechtes Wetter war, heißt das nicht, dass es weiterhin so bleibt. Vielleicht wird es ja doch noch richtig Sommer, und dann stehe ich plötzlich wieder ganz blöd da.«

»Hm, ich weiß nicht«, meint Nadine zögerlich. »Ich will auch nicht, dass du für mich auf eine Chance verzichtest.«

»Also, eine sooo großartige Chance ist das nun wirklich nicht. Außerdem hast du schon recht, dass ich mir auf Dauer etwas anderes suchen sollte. Sobald ich eine Alternative habe, bin ich eh weg.«

»Meinst du wirklich?« Ich nicke. »Ach, Maike!« Sie springt auf, fegt dabei fast ein Weinglas vom Tisch und fällt mir um den Hals. »Das ist so lieb von dir, ich weiß gar nicht, was ich sagen soll.« Schon fängt sie erneut an zu schluchzen.

»Ist doch kein Problem«, sage ich und tätschele ihr mit einer Hand den Rücken. »In solchen Zeiten muss man zusammenhalten.« Nadine setzt sich wieder auf ihren Platz und seufzt.

»Was für Zeiten das sind!«, stellt sie fest. »Wenn ich an den ganzen Horoskop-Unsinn glauben würde, würde ich denken, die Sterne stehen für uns gerade nicht sonderlich gut.«

»Das kannst du laut sagen.« Mit einem Mal spüre ich, wie mir ebenfalls die Tränen in die Augen steigen, weil ich plötzlich ganz stark an meine Cousine denken muss. Kiki, mit ihrem unerschütterlichen Glauben ans Schicksal, mit ihrem Zweckoptimismus, der sie nie daran zweifeln ließ, dass selbst die größten Rückschläge für irgendetwas gut sind. Bei dem Gedanken muss ich kichern. Keine Katastrophen und Rückschläge mehr, das hat ja super geklappt.

»Was ist so lustig?«, will Nadine wissen.

»Ach, nichts Besonderes«, meine ich und spiele dabei gedankenverloren mit dem Bettelarmband an meinem Handgelenk.

»Du trägst das Armband wieder, das Kiki dir geschenkt hat?«

Ich nicke. »Ja, Stefan war gestern da, hat mir geholfen, in der Wohnung Klarschiff zu machen, und dabei das Armband unter Kikis Bett gefunden.« Ich erinnere mich an meinen Geburtstag, als ich es ihr vor die Füße gepfeffert habe und anschließend zu Nadine abgerauscht bin. Scheint schon eine Ewigkeit her zu sein, so viel ist seit diesem Abend passiert.

Dann erzähle ich Nadine, die bisher nur wusste, dass ich mich mit Kiki wegen Stefans geplantem Einzug gestritten hatte, die ganze Geschichte. Denn den Teil, dass ich durch mein ständiges Gejammer und meine Schwarzseherei wohl auch alles andere als eine angenehme Gesellschaft war, habe ich damals natürlich weggelassen und mich lediglich in selbstgerechtem »Die Welt ist so gemein zu mir« gesuhlt. Natürlich hatte Nadine mir recht gegeben, dass es wirklich nicht nett ist, wenn Kiki und Stefan hinter meinem Rücken Pläne schmieden, die mich auch betreffen. Davon, dass Kiki aus Rücksichtnahme noch warten wollte, bis es mir wieder bessergeht, habe ich kein Sterbenswörtchen erwähnt.

Als ich Nadine jetzt erzähle, wie Kiki immer versucht hat, mir zu helfen, und mir deshalb die Sache mit dem Gesetz der Anziehung erklärt, das Wunschbuch und das Bettelarmband geschenkt hat – da komme ich mir auf einmal umso mieser und schlechter vor, weil ich damals so ausgeflippt bin und mich nur noch um mich selbst gedreht habe, völlig gleichgültig, wie es den Menschen in meinem Umfeld so geht.

»Also«, meint Nadine, als ich – mittlerweile in Tränen aufgelöst – am Ende meines Berichts über die Geschehnisse vor Kikis Tod angelangt bin, »zum einen muss ich dir widersprechen: Du bist gar nicht so ekelhaft, wie du dich selbst gerade darstellst.«

»Bin ich doch«, stelle ich trotzig fest.

»Bist du nicht«, widerspricht Nadine. »Vergiss zum Beispiel nicht, dass du mir zuliebe bei Roger wieder zurückstecken willst.«

»Auch das ist nicht wirklich selbstlos«, meine ich. »Schließlich würde ich durchdrehen, wenn ich mit diesem Idioten allein wäre und nicht mal mehr dich hätte.« Ich lächle sie schief an. »Eben doch ganz schön egoistisch.«

»Quatsch.« Sie nimmt meine Hand und drückt sie.

Ich seufze. »Weißt du, was das Schlimmste ist? Dass ich

immer daran denken muss, dass ich als Letztes zu Kiki gesagt habe, dass sie mich wohl für einen lästigen Parasiten hält und mir bloß nicht nachkommen soll.« Ich schluchze. »Ich konnte es nicht einmal zurücknehmen und ihr sagen, dass ich es so nicht gemeint habe und dass ich ihr dankbar bin für alles, was sie für mich tut.«

»Ich bin sicher, das hat sie gewusst«, meint Nadine.

»Aber woher denn?«

»Wir alle tun und sagen manchmal Dinge, die uns hinterher leidtun, das ist nur menschlich.« Für einen kurzen Moment verdüstert sich ihre Miene. »Wer weiß, vielleicht wird es Ralf auch schon bald leidtun, dass er sich im Moment so idiotisch verhält.«

»In dem Fall bin ich sogar sicher«, werfe ich ein.

»Tja, das werden wir ja noch sehen. Jedenfalls solltest du dir keine Vorwürfe mehr machen. Kiki hat dich mit Sicherheit genauso geliebt wie du sie, daran wird euer Streit nichts geändert haben.«

»Meinst du?«, frage ich und klinge dabei wie eine verunsicherte Zwölfjährige.

»Absolut.«

Ich spiele wieder mit meinem Bettelarmband herum. »Ich hoffe es. Ich hoffe, dass Kiki irgendwo da oben jetzt auf einer Wolke sitzt und zu mir runtersieht.«

»Das macht sie bestimmt.«

»Ja«, ich muss lächeln, »und wahrscheinlich schüttelt sie den Kopf darüber, was hier unten schon wieder alles los ist.« Dann berichte ich Nadine noch von meinem Gespräch mit Herrn Tiedenpuhl und dass er mich aus der Wohnung schmeißen will, wenn ich bis Montag nicht sechshundert Ditscher auftreibe.

»Oh«, kommentiert Nadine, »das ist echt eine Menge Geld.«

»Ich hab auch keine Ahnung, wie ich es auftreiben soll. Mit

dem Wünschen hat es jedenfalls nicht wirklich geklappt. Im Gegenteil, meine Situation ist beschissener denn je, und noch dazu scheint in meinem Umfeld auch nicht alles ganz rund zu laufen. Für wen auch immer diese Gesetze der Anziehung funktionieren – ich persönlich scheine dagegen immun zu sein.«

»Na ja, ehrlich gesagt halte ich so was für ähnlichen Quatsch wie Horoskope. Da stimmt auch nie was.«

»Aber Kiki war davon so dermaßen überzeugt! Und sie selbst war der beste Beweis dafür, dass es offenbar doch funktioniert.«

»Das ist kein Beweis. Es gibt eben Menschen, die Glück haben, und solche, die vom Pech verfolgt werden.«

»Da liegst du vermutlich richtig. Aber weißt du …« Ich suche nach den richtigen Worten. »Irgendwie habe ich das Gefühl, ich bin es Kiki schuldig.«

»Was bist du ihr schuldig?«

»Na, dass ich es weiter probiere. Dass ich an sie glaube und … ach, ich weiß auch nicht. Verstehst du, was ich meine?«

Nadine nickt. »Ja. Das verstehe ich.«

Um kurz vor zehn komme ich wieder bei mir zu Hause an und finde einen Brief, den jemand unter der Tür durchgeschoben hat. Eine Gesprächsnotiz von Herrn Tiedenpuhl, der noch einmal gemäß dem Motto »Wer schreibt, der bleibt« unsere Vereinbarung, dass ich bis Montag sechshundert Euro zahle und dann den Rest bis Mitte des Monats, in kurzen Stichworten festgehalten hat.

»Danke, Herr Tiedenpuhl«, murmele ich vor mich hin, zerknülle den Brief und befördere ihn in den Papierkorb neben der Wohnzimmertür, »ich hätte sonst glatt vergessen, dass Sie mich auf die Straße setzen, wenn ich das nicht schaffe.« Matt lasse ich mich aufs Sofa sinken, greife nach dem Telefon vor mir auf dem Couchtisch und wähle die Nummer vom Sonnenstudio. Ich habe Glück, Roger ist noch da und nimmt den Anruf entgegen. In kurzen Worten erkläre ich ihm, dass ich auf meine Umsatzbeteiligung verzichte, wenn Nadine weiterhin im Studio arbeiten darf.

Er ist zwar überrascht, willigt aber ein. »Okay«, meint er, »wenn ihr das so wollt, mir soll es recht sein.«

»Gut, dann machen wir das so. Und, sag mal, könntest du vielleicht …«

»Vielleicht was?«

»Könntest du mir vielleicht einen Vorschuss zahlen?«

»Einen Vorschuss?«

»Dadurch, dass ich länger nicht mehr gearbeitet habe, bin ich ein bisschen in der Bredouille.«

»Wie viel brauchst du denn?«

»So sechshundert Euro?«

Schweigen am anderen Ende der Leitung, dann ein deutliches »Sorry, das ist echt nicht drin. Fünfzig Euro, darüber könnten wir reden, aber mehr auf keinen Fall«.

»Hm, tja, das bringt mir nicht wirklich viel.« Einen Versuch war es immerhin wert.

»Wer von euch kommt denn nun morgen?«, will Roger noch wissen. »Du oder Nadine?«

»Vormittags Nadine, nachmittags ich«, erkläre ich. »Ich sag ihr Bescheid.«

»Gut. Dann bis morgen.«

»Ja, bis morgen.«

Ich lege auf und schreibe eine SMS an Nadine, dass alles klargegangen ist und sie morgen früh arbeiten soll. Zwei Sekunden später schickt sie ein »Supi, danke!« zurück.

Ich lehne mich müde gegen die Rückenlehne des Sofas und schließe für einen Moment die Augen. Das wäre schon einmal geregelt. Als ich die Augen wieder öffne, fällt mein Blick auf das Bild, das Kiki irgendwann mal neben der großen Zimmerpflanze hinten rechts in der Ecke aufgehängt hat. Das heißt, Bild ist eigentlich nicht richtig, es ist ein Sinnspruch:

Was der Geist ersinnen kann, das kann er auch erreichen.
W. Clement Stone (1902–2002)

Wirklich überaus passend, dieser Spruch! Denn wenn ich mal darüber nachdenke, was ich bisher so erreicht habe, dann müsste man schon ein sehr großer Zweckoptimist sein, um nicht zu dem Ergebnis zu gelangen, dass in meinem Leben momentan alles mehr als im Argen liegt. Nicht in meinen schlimmsten Träumen hätte ich gedacht, dass ich mal an so einen Tiefpunkt geraten würde. Denn genau genommen hat sich alles nur zum Negativen verändert. Kiki ist tot, ich habe immer noch einen schlechtbezahlten Job und hocke in einer Wohnung, die ich mir nicht leisten kann. Nachdenklich nehme ich meinen Wunschzettel in die Hand, der nach wie vor auf dem Tisch vor mir liegt. Frustriert lese ich, was ich zuletzt aufgeschrieben habe.

Keine Katastrophen und Rückschläge mehr. Weder für mich noch für meine Freunde!

Fünfmal untereinander und mehrfach dick unterstrichen. Ratlos betrachte ich den Satz so lange, bis die Buchstaben vor meinen Augen verschwimmen. Und dann ist es mir plötzlich sonnenklar!

»Maike Schäfer«, rufe ich laut, »du bist echt der größte Hornochse, den man sich vorstellen kann!« Was hatte Kiki mir erklärt? Keine negativen Formulierungen wie »nicht« oder »kein«, denn das versteht das Universum nicht und liefert das Gegenteil. »Ich hab's genau falsch gemacht!«, ärgere ich mich über mich selbst. Dann halte ich einen Moment inne – aber bedeutet das nicht auch, dass es wirklich funktioniert? Ich habe mir Katastrophen und Rückschläge gewünscht, und – zack! – sofort kamen mit Herrn Tiedenpuhl, Nadine, Ralf und der Tatsache, dass ich wieder bei sieben Euro fünfzig die Stunde angelangt bin, jede Menge Katastrophen und Rückschläge. Unglaublich! Okay, vielleicht nur ein Zufall. Vielleicht aber auch nicht.

Aufgeregt schnappe ich mir den Kuli, der auf dem Tisch liegt, nehme ein neues Blatt Papier – meinen alten Wunschzettel befördere ich in hohem Bogen zu Tiedenpuhls Liebesbrief in den Papierkorb, da können sie es sich zusammen gemütlich machen – und fange mit Feuereifer an, eine neue Liste mit den wichtigsten Punkten zu schreiben:

1. *Ich habe einen tollen Job, bin glücklich und verdiene gutes Geld.*
2. *Alle in meinem Freundeskreis sind glücklich, gesund und zufrieden. Speziell Nadine und Ralf geht es klasse, sie sind wieder zusammen, er arbeitet wieder.*
3. *Ich habe sechshundert Euro und bezahle damit Herrn Tiedenpuhl. Auch sonst kann ich die Miete immer problemlos überweisen.*

Ob Punkt drei nun mit Hilfe von Mitmietern klappt oder wie auch immer, das lasse ich jetzt einfach mal offen. Denn wie ich das hinkriege, ist mir eigentlich egal. Hauptsache, es klappt.

4. *Mein Traummann kniet vor mir nieder.*

Okay, dieser Wunsch ist jetzt nicht der wichtigste, vielleicht sollte ich ihn daher fürs Erste weglassen. Aber irgendwie konnte ich ihn mir nicht verkneifen, und wenn es mit der Bestellung von Katastrophen klappt, dann doch wohl hoffentlich auch mit Traummännern.

Als ich fertig bin, konzentriere ich mich noch einmal ganz stark auf den Sinnspruch, reibe das Goldstück an meinem Armband zwischen Daumen und Zeigefinger und stelle mir ganz deutlich vor, wie ich Tiedenpuhl am Montag die Kohle überreiche. Ein schönes Gefühl, allein dabei muss ich lächeln. Vor allem, als ich mir auch noch seine überraschte Visage vorstelle, denn ich bin mir ziemlich sicher, dass mein Vermieter insgeheim damit rechnet, dass er mir Montag die Kündigung in die Hand drücken wird.

Also, liebes Anziehungsgesetz, das ist mein letzter Versuch, leg los. Und, Kiki: Falls du da oben wirklich auf einer Wolke sitzt und mir zuschaust – du darfst gern ein bisschen mithelfen, damit hier alles ins Lot kommt. Wieder streiche ich über das Armband. »Ich denke an dich, mein Goldstück«, flüstere ich – Minuten später bin ich auf dem Sofa eingenickt.

13. Kapitel

Als ich zwölf Stunden später mit einem steifen Nacken auf dem Sofa erwache, hat das Universum immer noch nicht geliefert. Im Gegenteil, während ich mich mit einer Tasse Kaffee in der Hand endlich mal über den Poststapel hermache, der in der Küche liegt, muss ich feststellen, dass meine Lage noch schlechter ist als bisher angenommen. Denn entgegen der Hoffnung, in einem der Briefe einen Scheck über sechshundert Euro zu finden – von wem auch immer, einem Gönner, einem Verehrer, einer neuen Stiftung für in Not geratene Ex-Studentinnen, mir völlig egal –, handelt es sich neben den üblichen Werbewurfsendungen um ein paar Rechnungen. Telefon, GEZ und die Stromnachzahlung.

Ich höre auf, die Briefe zu öffnen, weil ich spüre, wie ich langsam wieder in Panik verfalle. Ganz ruhig, Maike, darum kannst du dich kümmern, wenn das mit der Miete geklärt ist, das ist jetzt nicht so wichtig. Was soll ich auch mit Telefon, Elektrizität und Fernseher, wenn ich erst unter einer Brücke sitze? Falls es demnächst wirklich mal so weit kommen sollte, werde ich mich halt an einer brennenden Öltonne wärmen und mit meinen Leidensgenossen per Rauchzeichen kommunizieren. Vielleicht gibt mir ja auch der eine oder andere einen Schluck von seinem Fusel ab, und wenn ich es schlau anstelle, finde ich in der Fußgängerzone bestimmt ein gutes Plätzchen, wo sich der eine oder andere Euro von Passanten erschnorren lässt. Jedenfalls, solange ich noch ganz gut aussehe, eine junge Obdachlose müsste doch das Herz der Leute erwärmen. Hör auf, Maike, unterbreche ich mich in Gedanken selbst, das ist erstens nicht lustig und zweitens auch nicht hilfreich, denk lieber mal darüber nach, wie du dieses Schreckensszenario verhindern kannst. Also, was tun?

Ich könnte natürlich ins Studio gehen, doch den Fuffziger von Roger einstreichen und versuchen, Tiedenpuhl auf zwölf Raten runterzuhandeln. Was aber immer noch nicht die Frage beantwortet, wo die restlichen elf Raten herkommen sollen. Oder ich rufe in der Uniklinik an und frage, ob ich meinen Körper nicht der Wissenschaft zur Verfügung stellen könnte. Das Geld bräuchte ich allerdings sofort, das mit dem Körper müsste dagegen noch ein paar Jahrzehnte warten. Hm, die Idee ist vielleicht gar nicht so schlecht.

Außerdem hängen am Schwarzen Brett in der Uni auch immer Zettel, auf denen Testpersonen für irgendwelche neuen Medikamente gesucht werden. Soweit ich weiß, wird so etwas auch wirklich nicht so schlecht bezahlt. Vermutlich gibt es mit steigendem Risiko auch mehr Kohle, vielleicht gibt es ja irgendein Kamikaze-Experiment, das mich mit einem Schlag von all meinen Sorgen befreit? Gut, möglicherweise bin ich etwas zu ungeduldig und müsste dem Anziehungsgesetz ein wenig mehr Zeit geben, damit es wirken kann – aber ein Blick auf den Stapel mit Rechnungen und der Gedanke an Tiedenpuhl reichen aus, um mir die unschöne Tatsache bewusstzumachen, dass ich schlicht und ergreifend keine Zeit habe, um noch lange darauf zu warten, dass von allein etwas passiert. Außerdem kann es ja wohl nicht schaden, selbst aktiv zu werden und damit die Chancen zu erhöhen, dass meine Wünsche so schnell wie möglich in Erfüllung gehen.

Ich beschließe, mich anzuziehen und gleich mal in der Klinik vorbeizuschauen, um zu fragen, ob da zufälligerweise gerade dreißigjährige Frauen gesucht werden, die sich gegen jede Menge Bares mit einem Medikamentencocktail vollpumpen lassen wollen. Nachdem ich mich in meine halbwegs seriöse schwarze Hose gezwängt und ein frisches T-Shirt angezogen habe, föhne ich mir auch noch die Haare über die Rundbürste. Man will als angehendes Versuchskaninchen schließlich einen gesunden, gepflegten Eindruck hinterlassen. Ein bisschen Lipgloss, fertig. So, Pharmaindustrie, wenn das kein tolles Angebot ist!

Schwungvoll öffne ich die Tür zum Hausflur – und wäre fast in einen jungen Mann gerannt, der offensichtlich gerade bei mir klingeln wollte. Wir machen beide einen Schritt zurück und starren uns an. Das heißt, er guckt, ich starre. Denn offen gestanden ist dieser Mann wunderschön. Er ist ziemlich groß, hat dunkelbraune, volle Haare und fast schwarze Augen. Anders gesagt: Ein Model steht vor meiner Tür, das aussieht wie Antonio Banderas. Nur in zwanzig Jahre jünger, also mehr der Antonio aus *Das Geisterhaus* und *Die Maske des Zorro*, nicht so sehr der Ich-steh-jetzt-unter-der-Knute-von-Melanie-Griffith-Antonio.

»Oh, Entschuldigung«, stammelt er etwas unsicher und macht einen Schritt zurück, »sind Sie Frau Schäfer?«

Wie? Antonio will zu mir? Ich räuspere mich, um den Riesenfrosch zu vertreiben, der sich spontan in meinem Hals eingenistet hat. »Ja, die bin ich.«

»Darf ich reinkommen?«

»Äh, natürlich. Warum nicht?« Ich kann mir zwar selbst nicht so recht erklären, weshalb ich die Tür hinter mir wieder öffne und ihm bedeute, mir zu folgen, schließlich ist er ein Wildfremder und könnte sonst was von mir wollen. Aber sein Anblick hat mein Gehirn offenbar vollständig außer Gefecht gesetzt. Außerdem kann jemand, der sooo gut aussieht, einfach keine bösen Absichten haben, oder?

»Wie kann ich Ihnen denn helfen?«, will ich wissen, als wir in der Wohnung sind.

»Ich bin Daniel Unverzagt«, sagt er und streckt mir seine Hand entgegen, die ich – immer noch komplett gebannt – ergreife und schüttele.

»Hallo«, erwidere ich. Er lächelt mich aufmunternd an. Ich lächele verkrampft zurück. Daniel Unverzagt also. Und jetzt? Sollte mir das etwas sagen?

156

»Ich weiß, ich bin etwas zu früh dran«, spricht er dann weiter.

Zu früh? Für was?

»Zu früh? Für was?«, wiederhole ich meine Gedanken laut.

Jetzt tritt ein überraschter Ausdruck auf Antonios Gesicht. »Hab ich mich etwa im Datum vertan?«

»Äh«, stottere ich, »ich weiß gerade nicht genau …«

»Moment«, sagt Antonio, »das haben wir gleich.« Er nimmt die Aktentasche, die er unterm Arm klemmen hat, lässt das Schloss aufschnappen, holt ein BlackBerry hervor und schaltet es ein. Sofort spiegeln seine Gesichtszüge Erleichterung wider. »Nein, alles richtig, sehen Sie.« Er hält mir den elektronischen Kalender unter die Nase. »Da steht's doch. Wochenend-Intensiv-Coaching bei Kirsten Schäfer. Beginn Freitag, vierzehn Uhr, Ende am Sonntag, sechzehn Uhr. Jetzt habe ich gerade tatsächlich gedacht, ich hätte da was durcheinandergebracht!«

Uups. Antonio will doch gar nicht zu mir. Und uups – diesen Termin in Kikis Kalender habe ich offenbar übersehen. Sonst hätte ich ihm abgesagt. Ich muss offenbar gerade einen völlig desorientierten Eindruck machen, denn der junge Mann lächelt milde und schickt mit sanfter Stimme noch eine Erklärung hinterher: »Die Ladentür vorne war verschlossen, da bin ich einfach mal durchs Treppenhaus gekommen. Ich hoffe, das war in Ordnung.«

Dann muss ich ihm jetzt wohl die traurige Wahrheit erzählen. »Ja, also …«, setze ich an, doch er unterbricht mich sofort.

»Wie gesagt, ich weiß, ich bin eine Stunde zu früh. Aber ich dachte, ich zahle schon mal, bevor ich kurz was zu Mittag essen gehe. Ich schleppe nämlich nur ungern so viel Bargeld mit mir herum. Also, wenn es Ihnen passt, lasse ich die sechshundert Euro einfach schon mal da und komme dann später wieder.«

»Wie bitte?«, frage ich nach und sehe im Moment wahrscheinlich ziemlich dämlich aus.

»Äh, sechshundert Euro«, fragt Daniel-Antonio noch einmal nach, »das war doch die Höhe der Seminargebühr, oder?« Ich schnappe laut nach Luft, das gibt's doch gar nicht! »Passt es Ihnen doch nicht so gut?« Mein Hirn sagt mir, dass ich dieses Missverständnis nun ganz dringend aufklären muss, aber mein Mund, angetrieben von meinem Bauch, tut leider etwas ganz anderes.

»Klar doch, sicher, kein Problem.« Hirn an Bauch und Mund: Seid ihr beide wahnsinnig? Bauch und Mund an Hirn: Anziehung, Anziehung! Das ist sie, die Bestellung, du musst bloß die Tür aufmachen! Wie ferngesteuert strecke ich die Hand aus, als Daniel-Antonio sechs Hundert-Euro-Scheine aus seiner Brieftasche nimmt. »Ich weiß, das ist jetzt ein bisschen ungewöhnlich, aber unsere Buchhaltung hat momentan ein paar Probleme mit der SAP-Umstellung. Da habe ich den Betrag lieber in bar mitgebracht. Sie sollen schließlich nicht monatelang auf Ihr Geld warten.«

»Äh, ja, klar«, stottere ich, »das ist sehr aufmerksam von Ihnen.«

»Ist ja nicht aus meiner Privatschatulle«, erwidert er. »Also, Frau Schäfer, um vierzehn Uhr bin ich wieder da. Ich bin schon sehr gespannt.«

Ich auch!, wäre die korrekte Antwort, stattdessen ringe ich mich zu einem matten »Ja, bis später!« durch.

Als ich wieder allein im Wohnungsflur stehe, überkommt mich nackte Panik. Was habe ich da bloß getan? Bin ich wahnsinnig? Ein Wochenendseminar? Mit mir als Coach? Ohgottohgottohgott! Und vorn in Kikis Büroräumen sieht es auch nicht gerade professionell aus, nachdem Stefan bei der Aufräumaktion erst einmal alle Kartons hier abgestellt und auch sonst alles dort verstaut hat, von dem wir nicht so recht wussten, wohin damit. Da werde ich mit Sicherheit innerhalb der ersten fünfzehn Minuten auffliegen.

Andererseits, flüstert mir die gleiche Stimme, die mich eben dazu gebracht hat, das Geld anzunehmen, zu: Möglicherweise ist es gar nicht so schwer? Ich meine, es kann doch kein Zufall sein, dass ausgerechnet jetzt dieser Daniel Unverzagt auftaucht und mir sechshundert Euro anbietet, mit denen ich Tiedenpuhl im Handumdrehen bezahlen könnte! Und wenn es kein Zufall ist – dann wird das Universum, oder wer auch immer ihn mir geschickt hat, ja wohl hoffentlich dafür sorgen, dass ich das Coaching heil über die Bühne bringe.

Vielleicht finde ich bei Kiki im Büro so etwas wie einen Leitfaden, an dem sie sich in ihren Sitzungen entlanggehangelt hat. »Coaching-Profi in zehn Minuten« oder so, das wäre doch spitze! Dann hätte ich nämlich noch fünfzig Minuten Zeit, um Kikis Büro aufzuräumen und eine professionelle Atmosphäre zu verbreiten. Kurz muss ich in mich hineinkichern, denn genau genommen ist die Idee natürlich total gaga. Beziehungsweise, ICH bin total gaga. Quasi Lady Gaga. Die muss nachher dann wohl mal schön ihr Pokerface aufsetzen. Während ich rüber in Kikis Büro laufe, summe ich den Song wie ein Beschwörungs-Mantra vor mich hin.

Can't read my, can't read my,
no he can't read my poker face!

Na, dann hoffe ich mal, dass er es wirklich nicht lesen kann und ich ein Talent zum Pokern habe! Und dass Kiki tatsächlich irgendwo hilfreiche Lektüre für angehende Hochstapler rumstehen hat.

Bevor ich in ihrem Büro allerdings nach etwas wie einem Leitfaden suchen kann, muss ich mich erst einmal durch die Kartons kämpfen, die hier überall herumstehen. Ich mache mich also an die Arbeit, räume die Kartons mit Kikis Privatsachen erst einmal in mein Zimmer und schiebe die zwei Kisten, die ihre Fachbücher enthalten, zur Seite, damit ich sie gleich zurück ins Regal stellen und dabei kurz in Augenschein nehmen kann, ob da für meine Situation was Brauchbares dabei ist. Gut, dass ich die Bücher überhaupt noch habe.

Eigentlich hatte ich sie in den nächsten Tagen aussortieren wollen, um alles, was mir brauchbar erscheint, zur Uni-Bibliothek zu bringen und zu spenden. Jetzt habe ich allerdings kurzfristig eine bessere Verwendung dafür. Dann entrümple ich die Garderobe von meinen eigenen Jacken und Mänteln und wische im Besprechungsraum Staub. In diesem Moment komme ich mir für den Bruchteil einer Sekunde vor wie ein Leichenfledderer. Das hier ist Kikis Bereich, was mache ich da bloß? Ich habe hier nichts zu suchen. Ich sollte Daniel Unverzagt sein Geld wiedergeben und den Termin absagen. Aber was dann? Ja, was dann?

Ich beruhige mich noch einmal damit, dass es offensichtlich das Gesetz der Anziehung war, das Herrn Unverzagt hier angespült hat. Und ohne Kiki wäre es dazu nie gekommen. Also, ich werde das hier durchziehen, egal, wie.

Entschlossen rufe ich Nadine an und teile ihr mit, dass sie heute auch noch meine Nachmittagsschicht im Studio übernehmen muss, weil mir etwas dazwischengekommen ist. Als sie wissen will, was denn passiert sei, antworte ich mit einem ausweichenden »Geht vielleicht um einen neuen Job«. Das ist nicht wirklich gelogen, und ich kann ihr ja schlecht erklären, dass ich jetzt mal kurz so tue, als wäre ich meine Cousine, weil jemand bereit ist, ganze sechshundert Euro dafür zu zahlen.

Nachdem ich aufgelegt habe, wuchte ich weiter Kartons durch die Gegend, um die Büroräume wieder in ihren Ursprungszustand zu versetzen. Ich stelle sämtliche Fachbücher aus den beiden Kisten wieder dahin, wo sie mal standen, und drapiere ein paar Flyer, die ebenfalls in einer der Kisten lagen, auf das Sideboard neben dem Regal. So sieht es schon sehr gut aus und macht wirklich den Eindruck, als würde hier immer noch schwer gearbeitet. Jetzt nur noch schnell in der Küche einen frischen Kaffee aufgesetzt, ein paar Kekse, die ich glücklicherweise in der Vorratskammer finde, auf einem Tellerchen angeordnet und auf den Tisch zwischen den zwei Sesseln im Besprechungsraum gestellt, einen Notizblock und einen Kuli dazu – fertig ist die Showbühne.

Ein schneller Blick auf die Uhr zeigt mir, dass mir inzwischen nur noch zehn Minuten bleiben, also mache ich mich daran, die Fachliteratur meiner Cousine in Augenschein zu nehmen.

Handbuch Coaching und Beratung, steht da. Klingt gut. Hat aber leider über sechshundert Seiten, das werde ich in den paar Minuten, die ich noch habe, wohl kaum durchlesen können. Überhaupt sind die meisten Bücher richtig dicke Schinken, nirgends das erhoffte *Coaching-Profi in zehn Minuten.* Es wäre ja auch zu schön gewesen! Ohgottohgott, mir wird auf einmal heiß und kalt, was soll ich Daniel Unverzagt nur erzählen? Wie kann ich auf die Schnelle ein Programm auf die Beine stellen, das noch dazu ein ganzes Wochenende tragen muss?

Beruhige dich, spreche ich mir innerlich Mut zu, zuerst einmal geht es nur um heute, um einen einzigen Nachmittag. Wenn du den überstehst, kannst du dir immer noch Gedanken machen, wie es weitergeht. Dann hast du zur Not die ganze Nacht, um dir was zu überlegen. Vertrau einfach darauf, dass das Universum dir helfen wird, sonst hätte es dir Daniel Unverzagt erst gar nicht geschickt! In diesem Moment geht die Büroklingel. Auweia, er ist da! Jetzt bleibt mir wohl gar nichts anderes übrig, als dem Schicksal zu vertrauen.

»So, dann wollen wir mal loslegen«, begrüße ich Daniel Unverzagt so freundlich und selbstbewusst, wie es mir möglich ist.

»Prima, ich bin wirklich schon gespannt«, erwidert er und strahlt mich an.

Für einen kurzen Moment will sich mein Gehirn schon wieder verabschieden und einfach nur diesen wahnsinnig attraktiven Mann anschmachten. Aber ich schaffe es irgendwie, mich am Riemen zu reißen, und bitte ihn in den vorbereiteten Besprechungsraum. Wir setzen uns jeder in einen der Sessel. So weit, so gut. Dann eröffne ich meine Karriere als Coach mit einer superoriginellen Frage, die garantiert immer passt.

»Was führt Sie denn zu mir, Herr Unverzagt?«

Er runzelt die Stirn. »Aber das habe ich doch in dem Fragebogen, den Sie mir geschickt haben, schon alles genau dargelegt. Haben Sie den denn nicht gelesen?«

Mist. Vielleicht passt diese Frage doch nicht immer. Ich merke, wie das Lächeln auf meinem Gesicht gefriert. »Selbstverständlich habe ich den gelesen«, winde ich mich heraus. »Aber ich wollte es noch einmal von Ihnen selbst hören. Der persönliche Eindruck ist sehr, sehr wichtig zu Beginn eines Coachings.«

»Ach so. Verzeihen Sie.« Uff. Er hat's geschluckt. »Also, wie ich Ihnen schon geschrieben habe, habe ich seit kurzem eine Führungsposition in unserer Firma übernommen. Fachlich habe ich damit auch überhaupt keine Probleme. Wissen Sie, ich bin ein echter Zahlenkünstler.« Er lächelt, und ich bemerke ein bezauberndes Grübchen in seiner linken Wange. Dieser Kerl sieht wirklich so dermaßen hinreißend aus, dass es mir schwerfällt, mich auf das zu konzentrieren, was er sagt. »Beim Controlling macht mir keiner was vor. Aber Führung hat ja auch viel mit dem ganzen menschlichen Drumherum zu tun. Da sieht mein Chef noch Defizite bei mir, das habe ich jedenfalls aus meiner letzten Feedbackrunde mit ihm so rausgehört. Tja, und da dachte ich mir, dass mir vielleicht ein Coaching helfen könnte.«

Aha. Der Typ ist offensichtlich ein Arschloch, und Kiki sollte ihn weichspülen. Wie schade, dabei ist er optisch eine echte Sahneschnitte. Man kann ganz offensichtlich nicht alles haben. »Sehen Sie selbst denn auch diese Defizite bei sich?«, frage ich nach.

162

Unverzagt hebt beide Hände und macht eine abwehrende Geste. »Ich finde, eigentlich nicht. Gut, ich bin ein Freund klarer Worte, und in unserer Firma gibt es eben viele Mimosen. Aber dass das nun ein Fehler von mir ist …«

Soso. Uneinsichtig ist er auch. Ein schwerer Fall.

»Anders gefragt«, fahre ich fort, »wenn Sie eben ›menschliches Drumherum‹ sagten, was genau meinten Sie damit?«

»Na ja, ich persönlich gehe gerne streng nach Plan vor. Zahlen lügen nicht, wissen Sie? Ich kann meine Mitarbeiter genau an diesen Zahlen messen, finde ich jedenfalls. Aber das passt einigen nicht. Sie werfen mir mangelnde Wertschätzung, sogar mangelnde Spontaneität vor. Das finde ich lächerlich. Auch eine gute Idee muss man durchrechnen. Das hat doch nichts damit zu tun, ob man spontan ist oder nicht.« Daniel Unverzagt guckt so grimmig, als würde er am liebsten mit der Hand auf den Tisch hauen.

Ich überlege einen Moment, was ich ihm antworten könnte. Leider kann ich seine Ausführungen überhaupt nicht nachvollziehen. Ich würde sogar so weit gehen, zu sagen, dass sie mir völlig fremd sind. Aber vielleicht wäre das ein Ansatz. »Ist Ihnen schon einmal der Gedanke gekommen, dass Ihre Mitarbeiter Sie in diesem Punkt nicht verstehen?«

Er lacht auf. »Das merke ich ja tagtäglich. Aber ich begreife nicht, was daran so schwer ist. Objektive Zahlen geben doch auch Sicherheit.«

»Vielleicht ist diese Objektivität nur scheinbar.« Ich versuche es spontan mit der philosophischen Nummer.

Daniel Unverzagt schaut mich völlig kariert an. »Wie meinen Sie das denn?«

Gute Frage. Wie meine ich das? Ich muss schnell einen anderen Weg einschlagen, sonst hat er mich gleich. Die Frage ist nur: welchen Weg? Ich habe nicht die geringste Ahnung, wie es von hier aus weitergehen soll. Super, nach nicht mal fünf

163

Minuten habe ich mich bereits in eine Sackgasse manövriert, das muss mir erst mal einer nachmachen! Hektisch spiele ich an den Anhängern meines Wuncharmbandes herum und lasse meinen Blick – scheinbar nachdenklich – durch den Raum wandern. In Wahrheit will ich nur Daniel Unverzagt nicht direkt in die Augen blicken, weil ich fürchte, dass er sofort die Panik darin erkennt. Was sage ich nur? Was, was, waaas?

Ich bleibe an Kikis Bücherregal hängen. *Handbuch Coaching und Beratung*, tja, vielleicht hätte ich doch mal einen Blick reinwerfen sollen?

»Frau Schäfer?«, erklingt Daniel Unverzagts Stimme, »sind Sie noch da?«

»Hm, ja«, sage ich, »ich überlege gerade nur, einen Augenblick bitte.«

»Äh, ja gut. Lassen Sie sich ruhig Zeit.«

Ich hypnotisiere das Regal, als könnte ich dort die Lösung meines Problems finden, irgendwas muss mir doch jetzt einfallen, verdammt! Liebes Anziehungsgesetz, schicke ich ein Stoßgebet gen Himmel, du hast diesen wunderbaren Mann zu mir geführt, würdest du nun bitte gefälligst auch dafür sorgen, dass das hier alles nicht in einer Katastrophe endet? Und zwar ein bisschen dalli, okay? Aber auf Kommando will das Universum offenbar nicht. Na gut. Dann muss es so gehen.

»Herr Unverzagt«, setze ich an, »haben Sie schon einmal etwas von dem Gesetz der Anziehung gehört?«

»Meinen Sie die Erdanziehungskraft?« Er guckt mich an wie ein Auto. »Was hat die denn mit meiner beruflichen Situation zu tun?«

Ich schüttle den Kopf. »Nein, nicht die Gravitation. Ich meine ganz wörtlich das Gesetz der Anziehung: Unglück zieht Unglück an, Glück zieht Glück an.«

»Aha.« Unverzagt sieht nicht besonders überzeugt aus. Kein Wunder. Mein Vortrag klingt in der Tat etwas wirr.

»Was ich damit sagen will: Was wir aussenden, das bekommen wir auch zurück.« Nee, irgendwie passt das so gar nicht auf Unverzagts Situation.

Der schüttelt auch prompt den Kopf. »Also, wenn das so wäre, dann müssten doch in meiner Abteilung alle begeistert von meinem Controlling sein. Da kann ja wohl was nicht stimmen.« Damit hat er zwar recht, aber ich kann hier kaum die Waffen strecken.

Ich merke, wie sich auf meiner Stirn kleine Schweißperlen bilden. Offenbar ist Coaching doch nicht so einfach, wie ich dachte. »Äh, nein, ich meine, wenn Sie dieses negative Gefühl des Nichtverstandenwerdens an Ihre Mitarbeiter schicken, dann bekommen Sie auch genau das zurück.« Hoffentlich klingt meine Stimme nicht so unsicher, wie ich mich gerade fühle.

Unverzagt neigt den Kopf. »Glauben Sie?«

Immerhin. Ich habe ihn nachdenklich gemacht. Und wenn es nur bedeutet, dass er gerade über die schönen sechshundert Euro meditiert, die er für mein Geseier hier bezahlt.

»Nein, ich weiß es.«

»Na gut, da ist vielleicht etwas dran. Sie wollen mir also sagen, die Energien, oder was auch immer ich da aussende, sind zu negativ, und deswegen kommt es auch so negativ zurück?«

»Exakt. Wie man in den Wald hineinruft, so schallt es heraus.« Ich klinge wie ein wandelnder Zitatenschatz, aber was soll's?

»Und Sie können mir helfen, das zu ändern?«

»Richtig, deswegen sind Sie ja hier.«

»Dazu sind auch die praktischen Übungen?«

»Praktische Übungen?«

»Ja, so steht es doch in Ihrem Flyer.«

Stimmt. Kikis Flyer. Den hätte ich mir mal durchlesen sollen. »Genau. Dazu sind auch die praktischen Übungen. Morgen fangen wir damit an.« Und heute Nacht denke ich mir etwas Schickes aus, mein Lieber.

»Können Sie mir denn schon ungefähr sagen, was wir da machen, damit ich mich darauf einstellen kann?«

Nein, kann ich natürlich nicht. Ich weiß es schließlich selbst noch nicht. Ich lächele also geheimnisvoll.

»Nein, das geht leider nicht.« Ist ja nicht mal gelogen. Daniel Unverzagt verzieht den Mund. »Überraschungen schätze ich eigentlich nicht so sehr.«

Ich nicke. »Sehen Sie, das ist Teil Ihres Problems. Wie Sie schon sagten, mangelnde Spontaneität.«

Er seufzt. »Na schön. Dann lasse ich mich überraschen.«

»So ist es gut«, lobe ich ihn. »Wissen Sie, es ist nämlich wichtig, dass Sie lernen, auch mit unvorhergesehenen Situationen umzugehen«, fasele ich dann aus dem Stegreif weiter. »Als Kinder hatten wir damit auch keine Probleme, da haben wir das Leben so genommen, wie es gerade kam, uns den Ereignissen angepasst und uns keine großen Gedanken darüber gemacht. Erst als Erwachsene sind wir dann irgendwann zu der Ansicht gelangt, dass wir uns auf alles vorbereiten müssen, dass wir alles kontrollieren sollten. Aber eigentlich ist es schade, dass wir die kindliche Freude am Unbekannten verloren haben, dass wir uns nicht mehr spontan und ohne Angst ins Leben stürzen und einfach mal schauen, was es für uns bereithält.«

Während ich so vor mich hin philosophiere und Daniel Unverzagt mich aus immer größer werdenden Augen mustert, schießt mir plötzlich ein Geistesblitz durch den Kopf. Das ist es! Mit einem Mal weiß ich, wie ich den morgigen Tag mit meinem Klienten rumbringen kann! »Aber eines«, fahre ich fort, »kann ich Ihnen für morgen ja schon einmal verraten.«

»Nämlich?«

»Ziehen Sie bequeme Freizeitkleidung an. Wir gehen raus. Und – haben Sie ein Auto?« Daniel guckt verstört, nickt dann aber brav. »Gut, dann bringen Sie das ebenfalls mit.«

Als Daniel drei Stunden später wieder weg ist, gehe ich in Kikis Büro und betrachte ihr Regal mit Fachbüchern. Den heutigen Nachmittag habe ich zwar einigermaßen glimpflich überstanden, indem ich mir von Daniel seine komplette Kindheit habe erzählen lassen. Aber die letzte halbe Stunde zog sich gewaltig, und mir fiel nichts mehr ein, was noch ansatzweise fachlich geklungen hätte. Da muss ich dringend nachlesen. Welches Buch hatte mir Kiki bloß noch empfohlen? Ich wünschte, ich hätte ihr besser zugehört. Schließlich ziehe ich einen Ratgeber mit dem verheißungsvollen Titel *Universum & Co – Kosmische Kicks für mehr Spaß im Beruf* heraus. Vielleicht hat das Werk ein paar Tipps für Herrn Unverzagt auf Lager?

Ich blättere ein bisschen darin herum und komme an die Stelle »Was tun bei schlechtem Betriebsklima?«. Das könnte doch auf Daniels Problem zumindest ein kleines bisschen passen. Interessiert lese ich los und kann mir kurz darauf ein Grinsen nicht verkneifen. Das Buch empfiehlt allen Ernstes die »Friede-sei-mit-dir-Technik«: *Sobald dir jemand auf die Nerven geht oder du dich von ihm geärgert oder missachtet fühlst, schickst du dieser Person den Gedanken »Friede sei mit dir«.* Das scheint mir doch eher etwas für den engagierten Christenmenschen oder bei Streitigkeiten im Kirchenvorstand zu sein. Wenn ich das Daniel Unverzagt vorschlage, wird er gleich blicken, dass ich nicht der knallharte Business-Coach bin, für den er mich hält.

Mal sehen, ob ich mit dem nächsten Buch mehr Glück habe. Zumindest der Titel ist verheißungsvoll: *The Secret* – DAS GEHEIMNIS. Der Name der Autorin kommt mir bekannt vor. Rhonda Byrne. Genau. Von der hatte Kiki gesprochen. Ich schaue ins Inhaltsverzeichnis. Wie praktisch. Es gibt ein ganzes Kapitel namens »Das Geheimnis leicht gemacht«. Vielleicht reicht es ja schon, wenn ich das lese.

Nach zwei Seiten ist mir klar, dass dieses Geheimnisdings genau das ist, wovon Kiki gesprochen hat: *Das große Geheim-*

nis des Lebens ist das Gesetz der Anziehung. Gleiches zieht Gleiches an. Sowie Sie also einen Gedanken hegen, ziehen Sie gleiche Gedanken an. Ihre gegenwärtigen Gedanken erschaffen Ihr künftiges Leben. Woran Sie am häufigsten denken, wird zu Ihrem Leben werden.

Ja, das ist es, ich erinnere mich ganz genau daran, wie Kiki mir das erklärt hat. Die schlechte Nachricht für Daniel wäre also, dass er mit seinem Gefühl, bei den Mitarbeitern nicht gut anzukommen, genau diesen Zustand selbst erst schafft. Na ja, wer's glaubt. Für viel wahrscheinlicher halte ich es allerdings, dass er mit seiner Korinthenkackerei seinem gesamten Team mördermäßig auf die Nerven geht und er einfach mal lockerer werden muss. Genau daran werde ich morgen mit ihm arbeiten. Auf meine Weise. Wie genau meine Weise aussieht, davon habe ich zwar noch nicht wirklich eine Ahnung – wie auch? Ich bin schließlich noch nie Coach gewesen – aber ich werde es schon noch herausfinden. Was habe ich erst vor wenigen Stunden zu Daniel Unverzagt gesagt? Wir sollten uns ohne Angst ins Leben stürzen und einfach mal schauen, was es für uns bereithält.

Na, dann schauen wir doch einfach mal!

14. Kapitel

Guten Morgen, Frau Schäfer!« Pünktlich um zehn steht Daniel Unverzagt wieder in meinem – besser gesagt Kikis – Büro und strahlt mich erwartungsvoll an. Heute trägt er Jeans und einen leichten Baumwollpullover mit V-Ausschnitt, und ich muss schon sagen: Dieser Mann sieht so rein gar nicht nach trockenem Zahlenmenschen aus, eher so, als wäre er einem Katalog für Freizeitmode entsprungen. Bei seinem Anblick verschlägt es mir wieder fast die Sprache. Aber nur fast.

»Guten Morgen!«, erwidere ich freundlich und ergreife seine Hand, die er mir entgegenstreckt. »Haben Sie gut geschlafen?«

»Nicht wirklich«, kommt es zurück.

»Nein?«, frage ich verwundert nach. Und denke gleichzeitig: Mist! Vermutlich hat er sich gestern über seine erste ›Sitzung‹ noch Gedanken gemacht, dabei festgestellt, dass ich ihm kompletten Schwachsinn erzählt habe, und sich dann über die sechshundert Euro geärgert, die er mir in den Rachen geworfen hat. Ob er die Kohle jetzt wiederhaben will?

»Na ja«, er grinst mich schief an, und mein Herz beginnt zu rasen. Ist es möglich, dass dieser Mann NOCH besser aussehen kann? Ja, es ist möglich. »Ich sagte Ihnen ja gestern schon, dass Spontaneität nicht gerade meine größte Stärke ist. Und nachdem ich keine Ahnung habe, was wir heute machen, bin ich natürlich ein bisschen … ähm, aufgeregt.« Dabei tritt eine leichte Röte auf sein Gesicht, was ihn nahezu hinreißend erscheinen lässt.

Im selben Moment fällt mir eine regelrechte Geröllansammlung vom Herzen. Er ist also nur nervös, das ist alles. Wie gern würde ich ihm sagen: »Machen Sie sich mal keine Sorgen, ich bin mindestens genauso aufgeregt wie Sie, weil ich in Wahrheit von Tuten und Blasen keine Ahnung habe und mich gera-

de frage, wie ich den heutigen Tag mit Ihnen überstehen soll.«
Aber natürlich sage ich das nicht. Stattdessen lächele ich ihn
selbstbewusst an und lasse ein »Warten Sie's ab, es wird Ihnen
gefallen!« verlauten.

»Bin schon sehr gespannt!«

O ja, ich auch …

»Also«, sage ich und streife mir einen leichten Mantel über,
»dann wollen wir mal los.« Ich bemerke den kurzen Seitenblick,
den Daniel Unverzagt mir zuwirft, und nehme ihn erfreut zur
Kenntnis. Offenbar gefällt ihm, was er sieht, es hat sich also
gelohnt, dass ich mir heute Morgen besonders viele Gedanken
über mein Styling gemacht habe. Zwar bin ich immer chronisch
pleite, aber das sieht man zumindest meinem Kleiderschrank
glücklicherweise nicht an. Secondhand macht's möglich, mein
Outfit hat nicht mehr als fünfzig Euro gekostet, wirkt aber wie
mindestens dreihundert Schleifen:

Ich trage eine enge hellblaue Jeans, knieabwärts stecke ich
mitsamt der Hose in dunkelbraunen Lederstiefeln im Reiter-
look, als Oberteil habe ich ein weißes, enges Longsleeve von
Vive Maria gewählt, das für ein zwar noch anständiges, aber
sehr weibliches Dekolleté sorgt. Der leichte Mantel ist creme-
farben mit einem Pepitamuster in Rosa und Schokobraun und
taillierter Empire-Linie, ebenfalls weiblich, aber gleichzeitig
auch passend für eine Business-Frau. Kiki nannte ihn immer
meinen Emma-Peel-Mantel, weil sie mich darin so sehr an Diana
Rigg aus den sechziger Jahren erinnerte.

Kiki … Schnell schiebe ich den Gedanken an meine Cousine
beiseite und füge im Geiste hinzu: »Tut mir leid, Süße, natürlich vergesse ich dich nicht und denke an dich. Aber heute muss
ich mich voll und ganz auf den Job konzentrieren. Und, äh, ich
hoffe, du nimmst mir nicht übel, dass ich mal kurz in deine Rolle schlüpfe … Aber ich weiß ja, du würdest es verstehen!«

»Frau Schäfer?«

Ich zucke zusammen, für einen kurzen Augenblick hatte ich Daniel Unverzagts Gegenwart komplett vergessen. »Äh, ja?«

»Sie waren gerade so versunken, ist irgendwas?«

»Nein, nein«, beeile ich mich, zu versichern. »Ich bin in Gedanken nur noch einmal das heutige Programm durchgegangen, aber jetzt können wir starten.« Ich deute schwungvoll Richtung Ausgang und marschiere los, Daniel Unverzagt folgt mir brav auf dem Fuße. Draußen bemerke ich wieder diesen Seitenblick von ihm.

»Ist irgendwas?«, wiederhole ich nun seine Frage von eben.

»Äh, nein.« Wieder wird er rot. »Ich muss nur sagen … Sie sehen wirklich toll aus, eher wie eine Modeberaterin als ein Coach.«

Einerseits freue ich mich über das Kompliment – andererseits bin ich sofort wieder verunsichert. Bin ich unpassend gekleidet? Kiki ist auch nicht ständig im grauen Windsor-Kostümchen mit Perlenkette herumgelaufen. Na ja, vermutlich, weil sie in Sachen Outfit immer mich gefragt hat. »Ich persönlich würde vermutlich die ganze Zeit in schlabberigen Jogginghosen stecken«, hat sie mir gegenüber einmal lachend festgestellt. »Dafür habe ich echt kein Händchen.« – »Dafür hast du ja mich!«, hatte ich grinsend erwidert.

»Wissen Sie«, gebe ich zurück und beschließe, mich nicht ins Bockshorn jagen zu lassen, sondern mal ganz auf selbstbewusst zu machen, »in erster Linie bin ich zwar Coach – aber in zweiter Linie eben eine Frau.« Gekonnter Augenaufschlag von unten, zack! Daniel läuft noch eine Nuance röter an.

»D… d… das habe ich jetzt überhaupt nicht negativ gemeint«, stottert er. »Oder war das jetzt etwa schon wieder ein Fettnäpfchen?«

»Ein Fettnäpfchen?«

»Ja, wie Sie gestern sagten: Wie es in den Wald hineinruft, so schallt es heraus. Ich wollte einfach nur zum Ausdruck bringen, dass Sie toll aussehen, und Ihnen darüber ein Kompliment machen. Aber«, jetzt schaut er absolut niedlich bedröppelt drein, »das ist wohl mal wieder gründlich in die Hose gegangen.«

»Nein, Quatsch, ist schon in Ordnung, das ist bei mir nicht falsch angekommen, danke für das Kompliment.« Daniel Unverzagt atmet erleichtert auf. »Dann gehen wir mal zu Ihrem Auto.«

Daniel trottet los, ich folge ihm.

»Sagen Sie«, fragt er auf dem Weg zu seinem Wagen, »machen Sie das eigentlich immer so?«

»Was mache ich immer so?«

»Na ja, es kommt mir etwas … ungewöhnlich vor, dass wir mit meinem Auto irgendwohin fahren. Also, nicht, dass ich etwas dagegen hätte. Aber bisher kannte ich es von anderen Seminaren eigentlich so, dass man gefahren wird. Und nicht umgekehrt.«

»Sehen Sie, Herr Unverzagt.« Gott sei Dank habe ich mir darüber schon gestern Gedanken gemacht. »Das ist eben das Besondere an meiner Methode. Bei mir geht es auch darum, dass meine Klienten lernen, Eigenverantwortung zu übernehmen. Das heißt, sie werden nicht durch die Gegend kutschiert, sondern müssen selbst dafür sorgen, von A nach B zu kommen. Mehr noch: Sie übernehmen sogar noch Verantwortung für eine weitere Person.«

»Für eine weitere Person?«

»Für mich natürlich – ich sitze ja mit im Auto. Also, fahren Sie mal schön vorsichtig!«

Eine knappe Stunde später erreichen wir unser Ziel, mittlerweile hat meine Anspannung ihren Höhepunkt erreicht. Hoffentlich findet er die Idee nicht vollkommen beknackt, bete ich innerlich, während ich Daniel die Anweisung erteile, seinen BMW auf den großen Parkplatz zu lenken.

»Da wären wir!«, teile ich ihm fröhlich mit, sobald er den Motor ausgeschaltet hat.

»Hier?« Er sieht sich irritiert um.

»Genau!« Ich strahle ihn, hoffentlich selbstsicher, an.

»Heide-Park Soltau?«

»Exakt.«

»Wir gehen in einen Freizeitpark?«

»So sieht's aus.«

»Und was machen wir hier?«

Ich seufze und setze mein bestes Hör-mal-zu-ich-weiß-Bescheid-Gesicht auf. »Herr Unverzagt, was haben Ihnen Ihre Mitarbeiter häufiger vorgeworfen?«

»Äh, da stehe ich jetzt gerade auf dem Schlauch und weiß nicht, worauf Sie anspielen.«

»Dass Sie oft nicht locker genug sind. Mangelnde Spontaneität. Genau daran werden wir heute arbeiten, indem wir das Kind in Ihnen wieder zum Leben erwecken.«

Er zögert immer noch. »Also, ehrlich gesagt ... Ich habe Freizeitparks schon immer gehasst. Auch als Kind. Ich habe nie verstanden, wieso Leute ihre Zeit mit so etwas verplempern.«

Super! Da habe ich ja ein ganz spaßiges Exemplar erwischt, der Kerl scheint schon mit einem Taschenrechner in der Hand zur Welt gekommen zu sein! Wie kann man nur so gut aussehen – und innerlich so ... so ... na, eben so sein?

»Vertrauen Sie mir einfach«, gebe ich mich weiterhin selbstsicher, auch wenn ich in Wahrheit gerade etwas frustriert bin. Dabei dachte ich gestern, als ich diesen plötzlichen Geistesblitz hatte, dass das eine Spitzenidee ist. Das sieht mein Klient offenbar anders. Aber egal, da muss er jetzt durch. Und ich auch.

»Lassen Sie uns eben noch unsere Handynummern austauschen«, sage ich, bevor wir aussteigen. Daniel wirft mir einen fragenden Blick zu. »Nein«, erkläre ich spaßhaft, »ich will Sie nicht irgendwann mal per SMS stalken – ich dachte nur, falls

173

wir uns im Gewühl verlieren, können wir uns zusammentelefonieren.«

Jetzt grinst Daniel Unverzagt. »Och, ich fände es ganz charmant, wenn ich irgendwann von Ihnen ausgerufen werde.« Er verstellt seine Stimme. »Der kleine Daniel soll bitte zur Auskunft kommen, dort wartet seine Aufpasserin auf ihn.«

Wir müssen beide lachen. Na, bitte – der Mann hat also doch Humor. Wir tauschen Nummern aus, dann stürzen wir uns ins Getümmel.

»WAAAAAAHHHHHH! HUIHUIHUIHUIHUIHUIHUIHUI! IIIIIIIIIIIIIIIHHHHHHHH! HAHAHAHAHAHAHAHA!«

Ich glaube, ich muss gleich kotzen. Und zwar so richtig. Noch eine Kurve, und der Hotdog, das Popcorn und die Zuckerwatte, die ich mir vorhin einverleibt habe, landen auf Daniels Pullover. Wie hatte er so schön gesagt? Er hat Freizeitparks schon immer gehasst? Davon ist meinem Klienten nichts anzumerken. Nach der ersten Fahrt in »Colossos«, Europas größter Holzachterbahn, ist er nicht mehr zu bremsen und hat mich gerade zum zehnten Mal hintereinander in dieses Höllengefährt gezwungen. Das heißt, gezwungen ist nicht ganz richtig, er meinte, ich könne auch unten auf ihn warten – aber wie sieht das denn aus, wenn ich ihm gegenüber das Weichei gebe? Jetzt donnern wir eine Runde nach der nächsten durch diese Achterbahn, und ich finde das mittlerweile alles andere als lustig. Im Gegensatz zu meinem Klienten, der lacht und jubelt und schreit und sogar das Kunststück fertigbringt, bei voller Fahrt mit seinem Handy Fotos von uns zu schießen, während ich mich verkrampft an den Sicherheitsbügel klammere. Nee, was für ein Spaß!

»Total geil!«, ruft Daniel Unverzagt aus, als die Wagen mit einem lauten Quietschen zum Stehen kommen. Seine Haare sind völlig zerzaust, und selbst das steht ihm hervorragend. Vermutlich könnte man Daniel Unverzagt auch in einen Jutesack stecken und ihm den Schädel kahlrasieren – das würde seiner Attraktivität keinen Abbruch tun. »Gleich noch mal!«, brüllt er begeistert, während er aus dem Wagen springt.

Ich selbst habe Mühe, überhaupt hochzukommen, so sehr zittern meine Knie mittlerweile. »Äh«, bringe ich mühsam hervor, »ich denke, für heute sollten wir es gut sein lassen.«

»Wieso?« Sofort tritt ein enttäuschter Ausdruck auf sein Gesicht. »Das macht doch einen Riesenspaß!«

»Natürlich«, gebe ich ihm recht, während ich neben ihm auf wackeligen Beinen zum Ausgang eiere, »aber nur zum Spaß sind wir schließlich nicht hier.«

»Verstehe«, wird Daniel mit einem Schlag wieder ganz der alte, sachliche Zahlenmensch. Man muss ihn nur an die Pflicht erinnern, schon steht er parat. »Was steht denn als Nächstes auf dem Programm?«

»Ich würde sagen, irgendetwas, bei dem es ruhiger zugeht.«

»Och, schade«, stellt Daniel fest, »ich hätte ganz gut noch ein paar Runden fahren können.«

»Also, Herr Unverzagt«, beginne ich, als wir kurze Zeit später auf der Terrasse eines Cafés im Park sitzen. Direkt vor uns liegt ein See, den gerade ein Schaufelraddampfer durchquert, mitten im Wasser steht eine Miniaturnachbildung der Freiheitsstatue. Kitsch pur – aber irgendwie auch schön. »Wir haben bei unserem Erstgespräch ja bereits festgestellt, dass Sie Ihren Mitarbeitern vermutlich negative Signale senden, auf die diese dann wiederum negativ reagieren.«

»So weit zumindest Ihre Theorie«, wirft Daniel ein und nippt an seiner Kaffeetasse.

Ich lasse mich dadurch erstaunlicherweise nicht aus dem Konzept bringen, sondern erzähle einfach weiter das, was ich mir gestern überlegt habe. »Wie auch immer«, sage ich, »scheint mir das der Hauptpunkt zu sein, an dem wir arbeiten sollten. Ihre Mitarbeiter müssen das Gefühl haben, dass Sie ihnen vertrauen. Und vor allem, dass Sie ihnen etwas zutrauen.«

»Tut mir leid«, unterbricht er mich wieder, »aber ich kann ja anhand der Zahlen genau sehen, wenn jemand Mist gebaut hat. Dann muss ich natürlich auch das entsprechende Feedback geben.«

Herrje, der Kerl ist wirklich eine harte Nuss. Ich merke, wie ich wieder leicht ins Rudern komme, weil ich keine Ahnung habe, was ich darauf erwidern soll. »Herr Unverzagt«, versuche ich es mit Bestimmtheit in der Stimme. »Vielleicht lassen Sie mich erst einmal ausreden, bevor Sie mir ständig ins Wort fallen? So etwas ist nämlich genau das, was ich meine. Bevor ich überhaupt dazu komme, Ihnen etwas zu erklären, lehnen Sie es bereits ab.«

Schlagartig tritt ein schuldbewusster Ausdruck auf sein Gesicht, das hat offenbar gesessen. »Tut mir leid«, meint er kleinlaut.

»Feedback«, fahre ich fort, »ist natürlich wichtig. Aber es kommt immer auf die Art und Weise an, wie man es gibt. Wenn Sie jemanden zusammenstauchen, können Sie zum einen nicht erwarten, dass er Sie als besonders angenehmen Vorgesetzten betrachtet, zum anderen nicht, dass er es in Zukunft besser macht.«

»Wieso …«, setzt Daniel Unverzagt an, aber ich bringe ihn mit einem strengen Blick zum Schweigen.

»Negatives Feedback verunsichert Menschen, und verunsicherte Menschen machen nur noch mehr Fehler.« Da spreche ich leider aus eigener Erfahrung, denn der strenge Blick, den meine Eltern stets auf mich hatten, hat ja ganz offensichtlich auch nicht dazu geführt, dass ich mich zu einem absoluten Überflieger entwickelt habe. »Versuchen Sie daher in Zukunft, Ihren Mitarbeitern Kritik auf möglichst positive Art und Weise nahezubringen. Vermitteln Sie ihnen das Gefühl, dass Sie ihnen vertrauen.«

Jetzt verfinstert sich die Miene meines Gegenübers, und er seufzt. »Wissen Sie, Frau Schäfer, mit Vertrauen habe ich, ehrlich gesagt, ziemlich große Schwierigkeiten. Ich bin schon recht oft in meinem Leben enttäuscht worden, deshalb fällt mir das eher schwer.«

»Meinen Sie jetzt im privaten oder im beruflichen Bereich?«, frage ich nach, korrigiere mich aber schnell, als ich seinen überraschten Gesichtsausdruck bemerke. »Tut mir leid, das geht mich ja nun wirklich nichts an. Alles, was ich Ihnen sagen will, ist Folgendes: Wenn Sie Ihrem Team das Gefühl vermitteln, dass Sie ihm etwas zutrauen, steigen die Chancen, dass Ihre Ansprüche auch erfüllt werden, ungemein.«

»Wenn Sie meinen.« Noch immer klingt er nicht wirklich überzeugt.

»Glauben Sie mir einfach«, stelle ich fest und füge dann frech hinzu: »Ich habe damit schließlich schon ein paar Jahre Erfahrung.« Maike, Maike, ermahne ich mich selbst, jetzt werd bloß nicht zu übermütig und übertreib es.

»Gut, ich werde versuchen, in Zukunft ruhiger und nicht mehr so aufbrausend zu sein, wenn mich einer meiner Mitarbeiter aufregt.«

Ha, perfekt! Mein Einsatz, da kann ich doch gleich mal eine kleine praktische Übung machen. »Versuchen Sie«, fange ich an, »in Konfliktsituationen demnächst mal Folgendes: Atmen Sie tief ein und senden Sie dem Mitarbeiter, um den es geht, in Gedanken ein ›Friede sei mit dir‹.«

»Friede sei mit dir?« Daniel Unverzagt guckt in etwa so, wie ich gestern wahrscheinlich ausgesehen habe, als ich darüber gelesen habe.

»Genau«, bestätige ich. »Denn unbewusst kommt das bei Ihrem Gegenüber an, was sofort für eine bessere, friedlichere Stimmung sorgen wird.«

»Das kann ich mir jetzt nicht so gut vorstellen.«

»Ist aber so«, behaupte ich. Und gehe dann noch einen Schritt weiter: »Haben Sie schon einmal überlegt, dass jemand, der Sie total aufregt, Sie in Wahrheit spiegelt?«

»Mich spiegelt?« Wieder ein verständnisloser Blick.

»Ja«, bestätige ich. »Meistens«, führe ich mein angelesenes Wissen weiter aus, »gehen sich Menschen gegenseitig auf die Nerven. Das heißt also, in dem Moment, in dem ein Mitarbeiter Sie durch irgendetwas auf die Palme bringt, geht es Ihrem Gegenüber nicht anders.«

»Sie wollen sagen, ich provoziere das?«, fragt Daniel ungläubig nach. »Aber ich bin schließlich …«

»Der Vorgesetzte«, unterbreche ich ihn und frage mich gleichzeitig, ob ich mich gerade ein wenig zu weit aus dem Fenster lehne. Aber egal, Daniel Unverzagt soll schließlich auch etwas für sein Geld bekommen. »Menschliche Beziehungen beruhen immer auf Wechselwirkungen: Sie regen sich über einen Mitarbeiter auf und zeigen ihm das – im Gegenzug spiegelt er Sie und lässt Sie dadurch spüren, dass er sich ebenfalls gerade total aufregt.«

»Hm.« Mehr sagt er nicht, aber ihm ist anzusehen, dass er darüber tatsächlich gerade nachdenkt. Na also, doch kein hoffnungsloser Fall!

»Deshalb«, erkläre ich weiter, »können Sie mit einem ›Friede sei mit dir‹ die negative Dynamik stoppen und ein bisschen Druck aus der Situation nehmen, indem Sie dafür sorgen, dass die Anspannung zwischen Ihnen und Ihrem Gesprächspartner nachlässt.«

»Merkt er das denn überhaupt?«, hakt Daniel nach. »Meine Mitarbeiter können doch keine Gedanken lesen!«

»Sie werden es spüren«, erwidere ich. »Moment, ich zeig's Ihnen mal«, meine ich dann, stehe auf und bedeute Daniel, sich ebenfalls zu erheben. »So.« Ich stelle mich direkt vor ihn. »Sehen Sie mich an.« Er blickt mir direkt in die Augen, und ich denke: *Friede sei mit dir.* »Und?«, will ich wissen. »Ist bei Ihnen etwas angekommen?«

Er zuckt die Schultern. »Schwer zu sagen«, meint er. »Sie sind ja auch nicht sauer auf mich, oder?«

Ich muss lachen. »Nein, das bin ich natürlich nicht.«

»Dann sollten wir uns vielleicht mal kurz streiten?«, schlägt er vor und lacht nun ebenfalls.

Mein Gott, ich kann mir beim besten Willen nicht vorstellen, dass dieser unglaubliche Mann auch mal so richtig ausflippen kann. Wenn doch, sieht er wahrscheinlich sogar mit Schaum vorm Mund noch großartig aus.

»Probieren Sie es jetzt mal bei mir. Sehen Sie mich an und schicken Sie mir ein ›Friede sei mit dir‹.«

Daniel Unverzagt räuspert sich, schließt einmal kurz die Augen, dann heftet er seinen Blick auf mich. Schweigend stehen wir voreinander, ich kann meinen Blick gar nicht von seinen großen, dunklen Augen abwenden und habe fast das Gefühl, jeden Moment darin zu versinken. Unwillkürlich beuge ich mich ein Stück zu ihm vor und habe den Eindruck, dass auch er mir näher kommt. Mein Herzschlag beschleunigt sich, ich spüre, wie meine Handflächen schwitzig werden, meine Knie zittern, und ein bisschen schwindelig ist mir auch.

Ich habe keine Ahnung, wie lange wir so dastehen, aber es fühlt sich an wie eine Ewigkeit. Eine sehr angenehme Ewigkeit. Nicht mal den Lärm um uns herum nehme ich wahr, auch nicht die anderen Menschen im Café, nicht die Schreie, die bis eben noch von den diversen Fahrgeschäften zu uns hallten. Daniel Unverzagt beugt sich noch ein Stückchen zu mir herüber, ich kann seinen Atem auf meinem Gesicht spüren und frage mich, ob jetzt nicht der Zeitpunkt gekommen ist, diese kleine Übung zu beenden. Aber ich kann nicht, ich bin wie hypnotisiert. Aus den Augenwinkeln bemerke ich, dass er eine Hand hebt. Langsam und ganz vorsichtig streicht er mir über eine Wange, so sanft, dass ich es kaum spüren kann. »Ähm«, mit einem Ruck nimmt er seine Hand wieder weg und wirkt regelrecht erschrocken. Augenblicklich ist der Zauber des Moments vorbei.

»Das ... das tut mir leid, ich, ich wollte nicht ...«

»Kein Problem«, erwidere ich und kichere nervös. Meine Wange scheint glühend heiß, wahrscheinlich bin ich gerade knallrot im Gesicht.

»Ich wollte wirklich nicht ...«, setzt Daniel wieder an, verstummt dann aber.

»Sehen Sie«, schaffe ich es irgendwie, mich wieder in den Griff zu bekommen, und versuche, möglichst gelassen zu klingen, »ich habe Ihnen ja gesagt, dass diese Methode eine erstaunliche Wirkung auf Ihre Mitmenschen hat.«

»Ja.« Er wirft mir einen seltsamen Blick zu. »Das habe ich gerade auch gemerkt.«

»Nun«, meine ich, »dann würde ich sagen: Auf zur nächsten praktischen Übung – Desert Race! Da wird man in zwei Komma vier Sekunden von null auf hundert Stundenkilometer katapultiert, das gleicht einem Formel-1-Start. Danach ist der Kopf wieder frei für den nächsten theoretischen Teil.«

Während wir nebeneinander Richtung Desert-Race-Bahn spazieren, spüre ich noch immer ein leichtes Zittern in den Beinen. Von null auf hundert in weniger als drei Sekunden – meinem Herzen ist gerade etwas ganz Ähnliches passiert. Verstohlen mustere ich Daniel Unverzagt von der Seite und stelle fest, dass er gerade das Gleiche tut. Wir lächeln uns an. Und dann, als wäre es das Natürlichste der Welt, nimmt er meine Hand, drückt sie kurz und lässt sie wieder los.

»Das war wirklich ein toller Tag«, stellt Daniel Unverzagt fest, als wir abends um kurz nach sieben vor meiner Wohnung in der Lutterothstraße halten.

»Ja«, stimme ich zu, »mir hat es auch viel Spaß gemacht.«

Er schaltet den Motor aus, schnallt sich ab und dreht sich zu mir. »Hätte nicht gedacht, dass ich so ein Achterbahnfan bin.«

Ich muss schmunzeln. »Mir ist jetzt noch ganz schwindelig, wenn ich nur daran denke.«

»Und ich spüre noch meinen steifen Hals von dem Katapultstart im Desert Race.« Er reibt sich mit einer Hand über den Nacken. »Das Ding war wirklich unglaublich.«

»Kann man wohl sagen.« Ich kichere.

Danach sagen wir beide erst einmal nichts mehr und hängen unseren Gedanken nach. Wobei ich mich frage, worüber Daniel wohl gerade sinniert. Über die kurzen Momente, in denen ein deutliches Kribbeln zwischen uns zu spüren war – oder eher über mein pseudowissenschaftliches Gebrabbel, das ich zwischendurch immer mal wieder eingeflochten habe. Ich muss gestehen, dass ich ganz froh darüber war, als Daniel irgendwann meinte, ihm würde mittlerweile der Kopf rauchen und wir sollten es für heute gut sein lassen und lieber noch ein paar Runden Desert Race fahren. Hätte er das nicht getan, hätte ich mich nämlich nur noch wiederholen können, mit meinen neu angelesenen Erkenntnissen war ich schneller am Ende, als ich dachte. Aber glücklicherweise hat es gerade eben so gereicht.

Nach einer Weile räuspert sich Daniel. »Ich bin schon sehr gespannt, was morgen auf dem Programm steht.«

Schade. Er sinniert über das Coaching. Schlagartig spüre ich wieder ein flaues Gefühl im Magen. Denn damit spricht er genau das an, worüber ich mir zwischendurch immer mal wieder Gedanken gemacht habe. Was zum Teufel soll ich morgen nur mit ihm anstellen? Den heutigen Tag habe ich mit Ach und Krach überstanden, aber morgen folgt noch ein ganzer, langer Tag, und ich habe keine Ahnung, wie ich ihn rumbringen soll. Ein zweites Mal in den Heide-Park mit »Friede-sei-mit-dir«-Übungen scheidet wohl aus, Hafenrundfahrt oder ein paar Museumsbesuche kann ich ihm auch nur schlecht als Coaching verkaufen, also muss mir da dringend noch was einfallen.

Für einen kurzen Moment habe ich sogar überlegt, ihn morgen früh einfach anzurufen, eine schwere Grippe, die mich über Nacht heimgesucht hat, vorzutäuschen und den nächsten Termin auf den Sankt-Nimmerleins-Tag zu verlegen – aber allein ein Blick in Daniels große Augen reicht, um diese Alternative auszuschließen. Ich will ihn einfach so schnell wie möglich wiedersehen, und bisher hat er ja alles brav geschluckt, was ich ihm verkauft habe.

»Das werden Sie dann schon sehen, Herr Unverzagt«, erwidere ich, »heute verrate ich natürlich noch nichts.«

»Daniel«, sagt er.

»Wie bitte?«

»Ich finde, Sie sollten mich Daniel nennen. Immerhin sind Sie meine todesmutige Achterbahn-Partnerin.« Schon wieder bildet sich dieses hinreißende Grübchen in seiner Wange, als er mich anlächelt.

»Oh, ja, okay, Daniel also.« Etwas verlegen schnalle ich mich nun ebenfalls ab und mache Anstalten, auszusteigen. »Dann sehen wir uns also morgen um zehn.« Ich lege meine Hand auf den Türgriff.

»Sagen Sie …«

»Ja?«

»Darf ich dann auch Kirsten zu Ihnen sagen?«

»Äh …« Mist. Kirsten. Bisher konnte ich mir ja noch einreden, dass ich schließlich auch Schäfer heiße und hier nur ein klitzekleines Missverständnis vorliegt. Aber spätestens in diesem Moment müsste ich Daniel wohl reinen Wein einschenken. Dass ich nämlich leider nicht Kirsten Schäfer, sondern Maike Schäfer bin. Und dass ich genau genommen auch nichts mit Coachings am Hut habe.

Ich atme einmal tief ein und aus, dann versuche ich, zu einer

Erklärung anzusetzen. Aber ich bringe einfach kein Wort heraus, schaffe es nicht, ihm die Wahrheit zu sagen. Denn so viel ist klar: Die Wahrscheinlichkeit, dass Daniel lachend darüber hinwegsieht, dass ich ihn – nun ja, nennen wir das Kind ruhig beim Namen – verarscht habe, halte ich für nicht sonderlich groß. Nein, ich muss das jetzt durchziehen, und sollte ich ihn nach diesem Coaching-Wochenende noch einmal wiedersehen, was ich natürlich schwer hoffe, wird mir schon irgendwann eine Lösung einfallen. Auch das hoffe ich jedenfalls schwer.

»Ja«, sage ich, »sicher dürfen Sie mich Kirsten nennen.«

»Das freut mich … Kirsten.«

Uah! Aus seinem Mund klingt es – furchtbar. Nein, das geht nicht, das kann ich nicht zulassen, das ist falsch und gemein und nicht richtig.

»Daniel, ich muss Ihnen etwas sagen«, platze ich hektisch hervor. »Es ist ein bisschen kompliziert, und wahrscheinlich werden Sie es auch nicht verstehen, aber …«

Klopf, klopf! Das Geräusch neben mir lässt mich zusammenzucken. Ruckartig drehe ich den Kopf nach rechts – und sehe Nadines Mann Ralf vor mir, der ins Innere des Autos guckt, wobei er sich die Nase an der Scheibe platt drückt und das Gesicht mit beiden Händen umrahmt, um besser ins Innere sehen zu können. »Maike!«, ruft er, was man aber glücklicherweise nur an seinen Lippenbewegungen erkennen kann, weil das Fenster geschlossen ist.

Was macht denn Nadines Mann hier?

»Äh, 'tschuldigung«, sage ich zu Daniel Unverzagt, der etwas perplex aus der Wäsche guckt. Mit einem Ruck reiße ich die Autotür auf, springe aus dem Wagen und schlage die Tür hinter mir wieder zu.

»Was machst du denn hier?«, will ich wissen.

»Ich hab hier schon ein paar Stunden auf dich gewartet«, erklärt Ralf. »Du bist nicht ans Handy gegangen.«

»Hab ich wohl nicht gehört.« Ist ja auch ein bisschen schwierig, während einer Achterbahnfahrt zu telefonieren. »Was gibt es denn?«

Ralf seufzt. »Ich hab ziemlichen Mist gebaut.«

»Davon hab ich schon gehört«, erwidere ich.

»Kann ich mal mit dir reden?«

»Sicher. Nur einen kleinen Moment.« Ich drehe mich zum BMW um. Daniel sitzt noch immer abgeschnallt hinterm Steuer und beobachtet Ralf und mich interessiert. Ich öffne die Tür und beuge mich in den Wagen. »Tut mir leid«, erkläre ich ihm, »das ist ein Freund von mir, der gerade ein paar Probleme hat.«

»Schon in Ordnung«, erwidert Daniel, »unser Termin ist für heute ja auch beendet. Dann sehen wir uns morgen?«

Ich nicke. »Ja, morgen um die gleiche Zeit.«

»Ich bin schon ganz gespannt darauf!«

Ich bemerke, dass er kurz an mir vorbei zu Ralf schielt. Das freut mich ein kleines bisschen, denn es macht fast den Eindruck, als wolle er die ›Konkurrenz‹ in Augenschein nehmen. Dann schnallt er sich wieder an und startet den Motor. Ich schlage die Tür zu und winke ihm noch einmal nach, ehe er mit dem Wagen um die Ecke biegt. Dann wende ich mich wieder Ralf zu.

»Wer war das?«, will Nadines Mann wissen.

Ich lächele geheimnisvoll. »Mein Versicherungsvertreter«, erkläre ich lapidar.

»Aha«, stellt Ralf fest und sieht so aus, als würde er da gern nachhaken.

Aber ich sage nichts mehr, sondern hülle mich in eisernes Schweigen.

15. Kapitel

Ich weiß echt nicht mehr weiter.« Ralf hockt wie ein Häufchen Elend auf meinem Sofa und spielt gedankenverloren mit seinem Ehering. »Da wollte ich dich um Rat bitten.«

»Na ja.« Ich stelle die zwei Tassen Milchkaffee hin, die ich in der Küche für uns gemacht habe, und nehme auf dem Sessel gegenüber Platz. »Ich bin ja bekannt dafür, dass ich im Handumdrehen immer für alles eine Lösung finde.«

Ralf lacht auf, denn auch er kennt mein bisheriges Lebenschaos nur zu gut. »Ich dachte nur, weil du doch eine Freundin von Nadine bist, dass es vielleicht sinnvoll wäre, mal mit jemandem zu reden, der sie gut kennt.«

»Noch besser wäre es allerdings«, werfe ich ein, »wenn du mit ihr selbst sprichst und ihr sagst, was los ist.«

Ralf seufzt und wirft mir einen zerknirschten Blick zu. »Ist sie sehr sauer auf mich?«

Ich schüttele den Kopf. »Nicht sauer. Sie ist verwirrt und traurig und versteht nicht, warum du dich so verhältst. Ich verstehe es, ehrlich gesagt, auch nicht. Ich meine, klar, das mit deiner Stelle ist schon blöd, aber doch auch kein Beinbruch und erst recht kein Grund, deine Frau zu verlassen.«

»Ach, Maike«, bricht es mit einem Mal aus ihm heraus. »Das ist ja alles gar nicht die ganze Wahrheit! Und glaub mir, wenn Nadine sie erfährt, ist sie diejenige, die mich rausschmeißt.«

»Wieso das denn?«

»Weil ich sie von vorn bis hinten angelogen habe, darum!« Er setzt die Tasse, aus der er eben getrunken hat, energisch auf dem Couchtisch ab. »Weil ich ein feiger Lügner bin, darum wird Nadine mich sowieso verlassen, wenn sie die Wahrheit erfährt.«

»Also, jetzt erzähl erst einmal in aller Ruhe, was los ist.«

»Okay.« Er holt tief Luft und nimmt noch einmal einen Schluck von seinem Kaffee. »Erinnerst du dich, als ich vor einem halben Jahr die neue Stelle bekommen habe?«

»Klar«, sage ich, »Nadine hat oft genug erzählt, wie begeistert du darüber bist, Leiter des Serviceteams zu sein.«

»Tja«, er lacht sarkastisch auf. »Nur leider war das schon gelogen.«

»Du warst gar nicht Leiter des Serviceteams?«

»Nicht nur das. Es hat diesen Job nie gegeben. Die ganze Firma gibt es nicht.«

»Äh, wie jetzt?«

»Die Wahrheit ist, dass ich vor einem halben Jahr gekündigt wurde. Ich rede jetzt von meinem alten Job, da haben sie mich rausgeschmissen, weil ich Mist gebaut habe.«

»Was denn für Mist?«

»Das ist jetzt egal, jedenfalls hat es für einen fristlosen Rauswurf gereicht.«

»Aha. Und dann?«

»Ich habe mich nicht getraut, es Nadine zu sagen. Habe mich wie ein totaler Versager gefühlt und wollte sie einfach nicht enttäuschen. Du weißt doch, wie sehr sie sich ein Kind wünscht – und dann wird ihr Kerl auf einmal gefeuert. Wie soll ich denn da noch eine Familie ernähren?«

»Aber das hättest du ihr doch sagen können!«

Ralf zuckt mit den Schultern. »Mittlerweile wünschte ich auch, ich hätte es getan. Aber jetzt steckt der Karren eben im Dreck.«

»Wie ging es denn dann weiter?«

»In meiner Panik hab ich ihr einfach die Sache mit der neuen Stelle erzählt. Ich musste ja irgendwie erklären, warum ich in meiner alten Firma nicht mehr zu erreichen bin. Dann habe ich mir ein zweites Handy gekauft und behauptet, das hätte ich von meinem neuen Arbeitgeber bekommen und dass sie mich in Zukunft immer dort anrufen solle.«

Ich kann kaum glauben, was Ralf mir da erzählt – das ist ja wirklich mehr als eine handfeste Lüge! Gleichzeitig vernehme ich eine unschöne Stimme in meinem Hinterkopf, die mir zuflüstert, dass ich selbst gerade auch nicht viel besser bin. Ich schiebe den Gedanken beiseite, im Moment geht es schließlich um Ralf und Nadine. »Dann bist du eigentlich schon die ganze Zeit ohne Job.«

Ralf nickt. Das erklärt auch, warum es ihm so schlechtgeht – wir reden also nicht von sechs Wochen, sondern eher von einem Dreivierteljahr ohne Arbeit. Das haut natürlich ganz schön rein.

»Ein halbes Jahr lang bin ich jeden Tag morgens aus dem Haus und habe mich in der Stadt rumgetrieben. Habe in Cafés gesessen und Stellenanzeigen gelesen, war bei zig Zeitarbeitsfirmen und ständig beim Arbeitsamt. Wenn Nadine mich anrief, habe ich jedes Mal so getan, als wäre ich gerade total im Stress.«

»Scheiße, Ralf! Das ist echt keine schöne Geschichte.«

»Ich weiß. Ich habe ja auch immer gedacht, dass ich bestimmt bald was Neues finde und dann alles wieder in Ordnung kommt. Aber je mehr Zeit verging, desto panischer wurde ich. Schließlich bekomme ich nicht ewig Arbeitslosengeld, in wenigen Monaten drehen sie mir den Hahn zu. Bloß gut, dass Nadine bisher noch nicht schwanger geworden ist.« Er macht ein düsteres Gesicht. »In letzter Zeit haben wir natürlich auch nicht mehr miteinander geschlafen, was Nadine sicher auch auf sich bezogen hat. Aber ich konnte nicht anders!«

»Scheiße«, wiederhole ich noch einmal. Das ist in der Tat kein kleines, sondern ein großes Problem.

»Irgendwann habe ich es dann nicht mehr ausgehalten, Nadine so zu belügen und ihr im Bett immer aus dem Weg zu gehen, dazu ihr verletzter Blick, weil sie natürlich nicht verstehen konnte, was überhaupt los ist. Ständig hatte ich ein schlechtes Gewissen, ich konnte ihr gar nicht mehr in die Augen schauen. Dann fing sie damit an, dass sie auch mal meine neuen Kollegen kennenlernen und mich in der Firma besuchen wollte – da ist mir nichts anderes eingefallen, als zu behaupten, dass sie mich in der Probezeit rausgeschmissen haben.«

»Verstehe.«

»Tja, und dann wurde es immer schlimmer. Ich wollte es Nadine beichten, aber ich hab's eben nicht geschafft. Weißt du, wenn man sich erst einmal haltlos in so etwas verstrickt hat, ist es gar nicht so leicht, da wieder rauszukommen.«

Natürlich weiß ich, dass Ralf keine Ahnung hat, was ich gestern und heute veranstaltet habe. Aber irgendwie kommt es mir gerade so vor, als würde er diesen kleinen Vortrag exklusiv für mich halten. Wie eine Warnung, dass ich das, was ich als angebliche Kirsten Schäfer angezettelt habe, so schnell wie möglich beenden sollte. Ich nehme mir fest vor, den Tag morgen einfach noch durchzuziehen und es danach gut sein zu lassen. Ist zwar schade, dass ich Daniel Unverzagt dann wohl nie wiedersehen werde – aber lieber so als in so eine Situation kommen wie die, in der Ralf gerade steckt.

»Maike? Hörst du mir noch zu?«

»Äh, ja, sicher«, erwidere ich eilig, »ich habe gerade nur darüber nachgedacht, was du in deiner Lage am besten tun solltest.«

»Da wäre ich dir echt dankbar, wenn dir was Schlaues einfällt. Ich möchte so gern wieder nach Hause, aber mein schlechtes Gewissen ist mittlerweile so groß, dass ich nicht einmal mehr Nadines Gegenwart ertrage.«

»Hm«, sage ich und denke nach. Wie würde ich reagieren, wenn mein Partner – also, mein hypothetischer Partner – mir erklärt, dass er mir einen riesigen Bären aufgebunden hat?

Wenn ich ehrlich bin, nicht so gut. Überhaupt nicht gut. Wenn ich noch etwas ehrlicher bin, würde ich total ausflippen. Generell war ich noch nie sonderlich gut darin, Dinge gelassen aufzunehmen, die mir nicht gefallen. Ich denke zurück an Gunnars und meine Zeit und muss zugeben, dass ich ihm nicht selten für wesentlich geringere »Vergehen« die Hölle heißgemacht habe. Keine schöne Erkenntnis, aber als Partnerin war ich wohl tatsächlich nicht immer leicht zu ertragen.

Wenn ich gar überlege, was in den letzten Wochen alles passiert ist – wie unwichtig erscheinen mir da auf einmal Dinge, die mich davor tierisch aufgeregt haben. So gesehen trifft das auch auf Ralf und Nadine zu. Okay, er hat sie ziemlich belogen. Aber was soll's? Die beiden lieben sich, darauf kommt es an, alles andere ist egal. Das Leben ist eben unter Umständen kurz. Genau das erkläre ich Ralf und beende meine Ausführungen mit einem: »Du solltest reinen Tisch machen. Das ist die einzige Möglichkeit, die ich sehe.«

»Was, wenn Nadine darauf mit einem Tobsuchtsanfall reagiert?«

»Dann lass sie toben«, meine ich. »Irgendwann beruhigt sie sich schon wieder.«

»Ich weiß nicht …«

»Ralf, es muss sein. Sie ist deine Frau und hat ein Recht darauf, die Wahrheit zu erfahren. Glaub mir, ihr steht das zusammen wesentlich besser durch als du allein. Du musst fest an euch glauben, dann klappt das schon.«

»Fest an uns glauben?«

Ich nicke. »Ja, du musst daran glauben, dass schon bald wieder alles gut ist.« In diesem Moment habe ich eine Idee. »Kennst du das Gesetz der Anziehung?«, will ich wissen. Zum zweiten Mal im Verlauf der letzten achtundvierzig Stunden erkläre ich die Sache mit dem Gleichen, das Gleiches anzieht, außerdem, dass Ralf seine Situation durch seine negativen Gedanken immer weiter verschlechtert hat und dass der Ausbruch aus dem Teufelskreis am besten durch radikales Umdenken funktioniert und überhaupt. Mittlerweile scheine ich dabei durchaus überzeugend rüberzukommen, denn Ralf schüttelt nicht ungläubig den Kopf, sondern hängt wie gebannt an meinen Lippen und schreibt jedes meiner Worte auf.

»Du glaubst wirklich, dass es funktioniert, wenn man sich etwas ganz stark wünscht und visualisiert?«

Ich denke an die sechshundert Euro, die in einem Umschlag in meiner Nachttischschublade liegen. Und an Daniel. Denn auch, wenn es mit uns wahrscheinlich nichts werden wird – dass er ein echter Traummann ist, kann ich nicht leugnen. Und er stand wie bestellt vor meiner Tür. Das mit dem Hinknien – na ja, vielleicht habe ich es da in meiner Gier ein bisschen übertrieben. Außerdem wäre es vielleicht auch ein klitzekleines bisschen viel verlangt vom Universum, dass ein wildfremder Mann sich bei meinem Anblick sofort in den Staub wirft.

»Ja«, stelle ich grinsend fest. »Ich glaube es nicht nur – ich weiß es!« Wie schade, dass ich ihm die Geschichte mit Tiedenpuhl, dem Geld und Daniel nicht erzählen kann, aber das würde hier zu weit führen.

»Tja, dann werde ich mich mal auf den Weg machen und mit Nadine reden.«

»Tu das«, ermuntere ich ihn. »Glaub mir, das ist der beste Weg.«

»Hoffentlich hast du recht.«

Nachdem Ralf wieder weg ist, gehe ich rüber in Kikis Büro und schnappe mir einige ihrer Bücher aus dem Regal. Zwar bin ich nach dem aufregenden Tag schon ziemlich müde, aber ein bisschen muss ich mich auf morgen noch vorbereiten, damit mir bei meinem letzten Coaching-Tag mit Daniel Unverzagt nicht auf halber Strecke die Puste ausgeht. Während ich durch diverse Ratgeber mit Titeln wie *Wünsch es dir einfach!* oder *Grüße vom Universum* blättere, erscheint vor meinem geistigen Auge wieder sein Gesicht. Ich denke daran, wie er mich im Heide-Park bei der »Friede-sei-mit-dir«-Übung angesehen hat. Wie er mein Gesicht berührt hat und ich für den Bruchteil einer Sekunde schon dachte, er wolle mich küssen. Ein wohliges Kribbeln breitet sich in mir aus, allein die Erinnerung daran lässt mein Herz wieder rasen. Wenn ich doch nur einen Weg wüsste, wie ich aus dieser leidigen Kirsten-Geschichte rauskomme. Vielleicht, überlege ich, könnte ich einfach behaupten, dass ich auswandern will – um dann Wochen später als meine angebliche Zwillingsschwester wieder aufzutauchen.

»Blöde Idee, Maike«, sage ich zu mir selbst und schüttele den Kopf. »Eine Lügengeschichte wird nicht dadurch besser, dass du sie durch eine andere ersetzt.«

Nach zwei Stunden habe ich mich so weit vorbereitet, dass ich recht zuversichtlich bin, Daniel Unverzagt morgen gut beschäftigt zu bekommen. Okay, eine kleine Unsicherheit, ob er mir den Super-Coach weiterhin abkauft, bleibt nach wie vor. Aber besser kriege ich es nicht hin. Ich hole aus der Abstellkammer ein Flip-Chart, das Kiki hier aufbewahrt hat, lege ein paar dicke Filzstifte zurecht, sammle sämtliche Zeitschriften zusammen, die im Wohnzimmer rumfliegen, und packe den dicken Stapel neben die Sessel in Kikis Besprechungsraum. Jetzt noch eine Schere und Klebstoff bereitgelegt, fertig sind die Requisiten, die ich morgen brauchen werde.

Zufrieden schalte ich das Licht im Büro aus, gehe in mein Schlafzimmer, ziehe mein Nachthemd an und putze mir im Bad die Zähne. Gerade habe ich den Schaum ausgespuckt, da klingelt mein Telefon.

»Schäfer«, melde ich mich.

»Hi, ich bin's, Nadine. Hab ich dich geweckt?«

»Nein, ich wollte gerade ins Bett gehen.«

»Ich wollte nur schnell danke sagen, dass du Ralf zu mir geschickt hast.«

»Dann hat er dir jetzt alles erzählt?«

»Ja, hat er.«

»Und? Bist du sauer?«

»Nein«, meint sie. »Sauer bin ich nicht. Zuerst war ich entsetzt, dass er mir so wenig vertraut und sich überhaupt so eine Geschichte ausgedacht hat. Aber dann haben wir lange miteinander geredet, und jetzt ist es wenigstens halbwegs in Ordnung.«

Ich atme erleichtert aus. »Das freut mich für euch.«

»Und mich erst! Ich hatte echt schon Sorge, dass meine Ehe dabei ist, den Bach runterzugehen.«

»Wie soll's denn jetzt weitergehen?«

»Na, zuerst einmal kommt Ralf wieder nach Hause. Er ist gerade zu Matze gefahren, um seine Sachen zu holen. Und dann müssen wir natürlich schauen. Wenn sein Arbeitslosengeld ausläuft und er bis dahin nichts Neues hat, wird's natürlich eng. Weißt ja selbst, dass man mit dem Job bei Roger keine zwei Leute durchbringen kann. Von dreien ganz zu schweigen, aber das ist jetzt unser geringstes Problem. Jedenfalls ist es mit der Kohle, die wir im Studio verdienen, fast unmöglich, sich allein über Wasser zu halten.«

»Das weiß ich nur zu gut.«

»Dabei fällt mir ein: Kommst du morgen eigentlich? Roger meinte, wir sollten das unter uns ausmachen.«

»Stimmt, ich wollte dich auch noch anrufen, um das mit dir abzusprechen. Sorry, hatte ich ganz vergessen. Morgen kann ich auch wieder nicht, kriegst du es denn alleine hin?«

»Klar. Bin schließlich froh über jeden Euro, den ich jetzt mehr verdienen kann. Was machst du denn, geht's um diese neue Jobsache?«

»Hm, irgendwie schon.«

»Du klingst so geheimnisvoll, das macht mich neugierig.«

»Ich erzähl's dir, sobald die Sache spruchreif ist«, laviere ich mich raus. »Jedenfalls würde ich am Montag dann wieder ins Studio kommen.«

»Ist gut, da bin ich auch da, hab drei Kunden, die eine Maniküre wollen.«

»Prima, dann sehen wir uns Montag. Und, ganz ehrlich: Ich bin froh, dass die Sache mit Ralf und dir wieder im Lot ist.«

»Das haben wir allein dir zu verdanken, das war wirklich spitze von dir.«

»Ach was. Er wäre schon von sich aus irgendwann gekommen.« Aber trotzdem freue ich mich über das Kompliment.

»Ralf hat mir übrigens erzählt, dass dich ein junger Mann nach Hause gebracht hat. Gibt es da was Neues?«

Da soll noch mal einer sagen, wir Frauen wären Tratschweiber – Männer sind auch nicht besser!

»Nö«, antworte ich. »War nur mein Versicherungsvertreter, mit dem hatte ich ein paar Sachen zu klären.«

»Versicherungsvertreter? Was hast du mit einem Versicherungsvertreter zu klären?«, fragt Nadine neugierig nach, und ihr ist anzuhören, dass sie mir kein Wort glaubt.

»Hat auch was mit der neuen Jobsache zu tun. Erzähle ich dir, wie gesagt, ein anderes Mal.«

»Okay, dann schlaf erst mal gut. Gerade ist Ralf auch zurückgekommen.«

»Grüß ihn schön. Und schlaft auch gut!«

Na bitte, denke ich, als ich aufgelegt habe. Damit wäre schon der nächste Punkt auf meiner Liste zur Hälfte abgehakt, Ralf und Nadine sind wieder zusammen und glücklich. Und so, wie das mit dem Anziehungsgesetz gerade läuft, bin ich ziemlich sicher, dass der Rest auch bald eintreten wird.

16. Kapitel

Hallo, Kirsten!«
»Hallo!« Unwillkürlich zucke ich zusammen, als Daniel mich am nächsten Morgen wie selbstverständlich mit dem Namen meiner Cousine begrüßt. Natürlich tut er das wie selbstverständlich – er denkt ja, dass ich so heiße.

»Und?«, will er wissen, nachdem er im Besprechungszimmer auf einem der zwei Sessel Platz genommen hat, während ich es mir in dem anderen gemütlich gemacht habe. »Haben Sie Ihrem Freund«, er betont das Wort, »gestern noch helfen können?«

Ich nicke. »Ja, er hatte eine leichte Ehekrise, aber das haben wir schnell wieder hinbekommen.«

Jetzt strahlt Daniel Unverzagt übers ganze Gesicht. Wegen der Ehekrise? Egal, ich bin schon wieder hin und weg von seinem Anblick, der Kerl könnte glatt Werbung für Zahnpasta machen.

»Kann ich mir gut vorstellen«, meint Daniel, »dass Sie genau die Richtige sind, die in so einer Situation helfen kann. Wahrscheinlich rennen Ihnen Ihre Freunde die Bude ein, weil Sie eine so gute Beraterin sind.« Ich merke, wie ich leicht rot anlaufe. Wenn er wüsste, dass ich bisher noch nicht einmal mein eigenes Leben auf die Kette bekomme, würde er vermutlich ganz schön dumm gucken. Aber gut, soll er mich ruhig für Superwoman halten. »Übrigens sehen Sie heute wieder sehr hübsch aus«, setzt er noch einen drauf, und meine Gesichtsfarbe wechselt zu Dunkellila.

»Äh, vielen Dank.« Nervös fahre ich mir mit einer Hand durch die Haare. Die habe ich heute früh sogar extra auf Heißwickler gerollt, damit sie besser sitzen. Dazu habe ich mich für eine blaue Bluse mit V-Ausschnitt entschieden, die meine Augen betont, und trage einen weißen, engen Jeansrock, der mir bis zu den Knien geht. Im Stehen jedenfalls. Jetzt, im Sitzen, fällt mir auf, dass ich doch relativ viel Bein zeige. Nun ja, es scheint seine Wirkung bei Daniel Unverzagt ja nicht verfehlt zu haben.

»Also«, schlage ich einen geschäftlichen Ton an, um aufs Wesentliche zu kommen. Dabei hätte ich nichts dagegen, noch ein bisschen mit Daniel zu flirten, und natürlich habe ich mich einzig und allein für ihn so aufgehübscht. Aber es kämpfen eben zwei Seelen in meiner Brust, die eine, die sich wünschen würde, ihn auch privat näher kennenzulernen – und die andere, die vernünftigere, die weiß, dass heute Nachmittag um vier das »Seminar« vorbei ist und ich ihn dann vergessen muss. Was für ein Jammer! »Wollen wir anfangen?«

Daniel nickt. »Klar. Dafür bin ich schließlich hier. Und ich bin wirklich schon seeehr gespannt.«

»Gut.« Ich stehe auf, gehe rüber zum Flip-Chart und nehme einen roten Edding in die Hand. »Erzählen Sie mir, für welche Dinge in Ihrem Leben Sie dankbar sind.«

»Wofür ich dankbar bin?«

»Genau«, bestätige ich. »Worüber freuen Sie sich? Worauf sind Sie stolz? Was ist Ihnen wichtig?«

»Hm.« Daniel rutscht etwas unruhig auf seinem Platz hin und her. »Das kann ich so auf Anhieb gar nicht sagen.«

»Nein? Sie können mir keine zwei, drei Dinge in Ihrem Leben nennen, für die Sie dankbar sind?«

»So aus dem Stegreif ehrlich gesagt nicht«, gibt er zu. »Ich muss auch gestehen, dass ich mal wieder nicht begreife, was das mit meinem Job zu tun hat.«

Ich lasse den Stift sinken. »Daniel«, beginne ich, als hätte ich einen kleinen Schuljungen vor mir sitzen. »Wir waren uns doch darüber einig, dass die Schwierigkeiten, die Sie mit Ihren

Mitarbeitern haben, teilweise daher rühren, dass Sie negative Signale aussenden. Deshalb möchte ich den heutigen Tag mit Ihnen dazu nutzen, dass Sie sich ganz bewusst auf das konzentrieren, was positiv in Ihrem Leben ist.« Ich versuche, den Satz, den Kiki einmal zu mir gesagt hat, wieder zusammenzubekommen. »Unsere Aufmerksamkeit bestimmt unser Fühlen und Denken. Umgekehrt bestimmen unser Fühlen und Denken unsere Aufmerksamkeit.«

»Verstehe.« Obwohl er gerade nicht so aussieht, als würde er es wirklich verstehen.

»Kurz gesagt: Wenn Sie als Privatmensch glücklicher und zufriedener sind, wird sich das auch aufs Berufsleben auswirken.«

»Aber ich bin glücklich und zufrieden!«

»Wirklich?«

Ich bedenke ihn mit einem prüfenden Blick. Und denke gleichzeitig: *Mensch, Daniel, jetzt machen Sie es mir doch nicht so schwer und spielen Sie einfach mit! Ich hab nun mal keine besseren Tricks auf Lager, tut mir leid, dafür müssten Sie schon zu einem echten Berufscoach gehen.*

Als hätte er meine Gedanken gehört, senkt er plötzlich den Blick und murmelt: »Im Großen und Ganzen schon.«

»Na, sehen Sie!«, gewinne ich wieder Oberwasser. »Dann wollen wir mal dafür sorgen, dass es auch im Kleinen und sozusagen Halben stimmt. Also: Wofür sind Sie dankbar?«

Er blickt wieder hoch und sieht mich ratlos an. »Vielleicht können Sie mir da ein bisschen helfen, mir fällt gerade nichts ein.«

Menno, einen Kreativitätspreis wird Daniel in seinem Leben mit Sicherheit nicht gewinnen. Muss er als Controller aber auch nicht. »Gut.« Ich zücke wieder meinen Stift. »Sind Sie gesund?«

»Äh, ja, ich denke, schon.«

»Na also, da haben wir schon einmal etwas, wofür Sie dankbar sein können! Denn auch, wenn es für Sie selbstverständlich ist, gibt es eine Menge Menschen auf der Welt, die es nicht sind und gern wären.«

Schwungvoll schreibe ich als ersten Punkt

Ich bin gesund

auf das Flip-Chart.

»Ah, jetzt verstehe ich!«, ruft Daniel aus. »Verzeihen Sie«, fügt er dann etwas beschämt hinzu, »Sie müssen mich für ziemlich begriffsstutzig halten, was ich normalerweise nicht bin.« Dann grinst er wieder. »Muss an Ihrer Gegenwart liegen.«

Hoppla, der flirtet ja schon wieder ganz schön los.

»Macht nichts«, meine ich mit einer wegwerfenden Handbewegung. »Das bin ich gewohnt«, stelle ich dann kokett fest und lache. »Aber weiter im Text, wofür sind Sie noch dankbar?«

»Für meinen Job zum Beispiel. Mit der Beförderung habe ich echt riesiges Glück gehabt. Deshalb ist es mir ja auch so wichtig, dass ich es jetzt nicht wegen mangelnder Führungsqualitäten verbocke.«

»Sehr gut«, sage ich und schreibe den Punkt »Guter Job« auf. »Was noch?«

Er überlegt einen Moment. »Hm, ich habe eine echt schöne Wohnung mitten in Harvestehude.«

»Da bin ich jetzt neidisch!«

»Müssen Sie nicht. Dafür ist die Parkplatzsituation katastrophal.« Ich schreibe den Punkt »Wohnung« auf. »Meine Familie ist auch ganz okay«, spricht er dann weiter. »Doch, insgesamt verstehe ich mich mit meinen beiden Geschwistern und meinen Eltern ganz gut.«

Auch das schreibe ich auf. »Sehen Sie«, sage ich dann, »so langsam wächst die Liste doch, es gibt nämlich eine ganze Menge, für das wir dankbar sein können. Nur dass wir es uns nicht ständig bewusstmachen.«

»Man kann ja auch nicht den ganzen Tag durch die Gegend laufen und denken: ›Oh, ich bin so dankbar dafür, dass ich gesund bin!‹«, erklärt Daniel grinsend.

»Den ganzen Tag vielleicht nicht. Aber am Ende unseres Seminars werden Sie diese Liste hier mit nach Hause nehmen und an einem Ort aufhängen, wo Sie sie gut sehen. Dann nehmen Sie sich jeden Tag ein paar Minuten Zeit, um über das nachzudenken, was in Ihrem Leben gut ist. Und immer, wenn etwas Neues dazukommt, schreiben Sie es auf. Damit lenken Sie Ihre Gedanken weg von dem, was schlecht ist, und hin zu dem, was gut ist.«

»Ich sehe schon, das Glas ist halb voll und nicht halb leer und so.« Er zwinkert mir zu.

Ich kann ein Grinsen nicht unterdrücken, denn natürlich muss ich in diesem Moment an das Privat-Coaching denken, das Kiki mir mal verpasst hat. Und daran, dass ich damals praktisch genau das Gleiche gesagt habe wie Daniel gerade, die Sache mit dem halbvollen oder halbleeren Glas.

»Exakt«, bestätige ich. »Deshalb sammeln wir jetzt noch ein bisschen weiter. Also, was gibt es noch?« Daniel Unverzagt legt die Stirn nachdenklich in Falten. »Na, hören Sie«, meine ich nach einigen Minuten, »ein paar mehr Punkte werden Ihnen schon noch einfallen! Was ist zum Beispiel mit Ihrem Freundeskreis?«

Er zuckt bedauernd mit den Schultern. »Der ist nicht besonders groß«, gibt er zu. »Ich sagte ja schon einmal, dass ich anderen Menschen nicht so leicht vertraue, im Wesentlichen habe ich nur einen besten Freund.«

»Aber immerhin *haben* Sie einen besten Freund!« Ich schreibe es auf und denke an Kiki, meine beste Freundin.

»Stimmt, das ist wahr.«

»Außerdem sehen Sie verdammt gut aus«, rutscht es mir heraus, ehe ich es verhindern kann.

»Finden Sie?« Jetzt ist es an Daniel, zu erröten.

Wie niedlich! Aber eigentlich kann es nicht sein, dass er nicht weiß, wie attraktiv er ist. Oder? Egal, ich füge den Punkt hinzu und sage: »Ja, finde ich.«

»Danke.«

»Bitte sehr. Und nun weiter. Was ist mit einer Partnerin oder einem Partner?« Jetzt habe ich eh schon verraten, dass er mir gut gefällt – da kann ich mir die vornehme Zurückhaltung sparen.

»Sie meinen eine Freundin?«

»Ja, das meine ich.«

»Nein, habe ich nicht.«

»Na«, meine ich lachend, »es gibt durchaus auch einige Leute, die dankbar wären, Single zu sein.«

Daniels Miene verdüstert sich. »Zu denen gehöre ich nicht gerade. Aber mit Frauen habe ich kein besonders großes Glück.« Augenblicklich ist die gelöste Atmosphäre zwischen uns verschwunden, die Spannung ist nahezu spürbar.

»Versuchen Sie es doch mal mit Männern«, mache ich einen lahmen Scherz, um die plötzlich umgeschlagene Stimmung wieder zu heben. »Wobei«, füge ich hinzu, als ich an Daniels Grinsen bemerke, dass der Witz seine Wirkung nicht verfehlt hat, »wenn ich genauer darüber nachdenke – Männer kann ich eigentlich auch nicht empfehlen.«

Er sieht mich erstaunt an. »Jemand wie Sie hat doch bestimmt zehn Verehrer an jedem Finger!«

Meine Güte, was hat Daniel nur für ein Bild von mir? Der scheint ja echt zu glauben, ich sei eine Superfrau, der die Typen nur so die Bude einrennen. Vielleicht hat er ja auch ganz einfach eine Sehstörung? Okay, ich bin nicht die Hässlichste unter der Sonne, das weiß ich selbst – aber Gisele Bündchen bin ich nun auch nicht gerade.

»Nicht ganz«, teile ich ihm mit und versuche, mich wieder auf unsere Arbeit zu konzentrieren. Irgendwie ein komischer Kerl. Optisch eine lässige Bude, aber in Wirklichkeit so verkopft und verkrampft, dass man ihn am liebsten schütteln möchte.

»Wahrscheinlich merken Sie es einfach nur nicht«, behauptet er und grinst mich weiter an.

»Na ja, ich, äh …« Meine mühsam erarbeitete Souveränität fällt in sich zusammen wie ein Kartenhaus. »Also, ich …«, stottere ich weiter. Dann straffe ich die Schultern. »Das ist wirklich ein sehr nettes Kompliment von Ihnen«, erkläre ich, »aber im Moment geht es nicht um meine Finger und meine Verehrer, sondern um Ihre.« Ich mustere ihn streng.

»Tut mir leid«, kommt es prompt kleinlaut zurück. »Ich wollte Ihnen nicht zu nahe treten, sondern nur etwas Nettes sagen.«

»Kein Problem«, gebe ich mich gnädig. »Aber wir sollten jetzt weitermachen.« Doch während wir nach weiteren positiven Aspekten in Daniel Unverzagts Leben suchen, pocht mir das Herz bis zum Hals. Kann es wirklich sein, dass dieser sensationelle Mann mich toll findet? Unglaublich!

Wir arbeiten eine weitere Stunde an der Liste, bis wir ganze dreißig Punkte zusammenhaben, darunter auch Kleinigkeiten wie »Ich kann sehr gut kochen«, »Man schätzt mich für meine Verlässlichkeit« und »Ich kann ziemlich gut Klavier spielen«.

»Sehen Sie«, stelle ich am Ende zufrieden fest. »Das war doch gar nicht so schwierig.« Mit Schwung reiße ich den Papierbogen ab, rolle ihn zu einer Röhre zusammen und reiche ihn Daniel. »Wie gesagt, hängen Sie das Blatt bei sich zu Hause auf.«

»Mach ich«, verspricht Daniel.

»Dann kommen wir zum nächsten Punkt.« Ich bücke mich und hebe den Stapel Zeitschriften auf. »Jetzt werden wir ein bisschen basteln.«

»Basteln?«, fragt er nach und blickt schon wieder skeptisch

drein. Dann aber sagt er: »Nein, ist schon gut, wir tun einfach das, was Sie sagen. Was basteln wir denn?«

»Eine Wunsch-Wand. Auf die kleben wir alles auf, was Sie noch nicht haben, was Sie aber gern hätten.«

Zwei Stunden später sitzen Daniel und ich inmitten von Papierschnipseln auf dem Fußboden und betrachten zufrieden unser Werk, das ich an die Wand neben der Verbindungstür zum zweiten Büroraum gepinnt habe.

»Am besten gefällt mir die mallorquinische Finca mit Swimmingpool«, meine ich und deute auf das Bild der Luxus-Ferienwohnung, das Daniel links oben in die Ecke geklebt hat.

»Ich finde eigentlich das Sixpack besser«, meint Daniel in Hinblick auf den Bauch des männlichen Unterwäsche-Models, das er aus der *FHM* ausgeschnitten hat, um damit seinen Wunsch »super in Form« zu symbolisieren. »Noch besser würde es mir gefallen, wenn es wirklich reichen würde, meine Wunsch-Wand zu Hause aufzuhängen, jeden Tag draufzugucken, und, zack, sehe ich aus wie der Typ da. Aber ich fürchte, so ganz ohne Sport wird es nicht gehen, damit muss ich dringend wieder anfangen.«

»Es gibt doch auch«, stelle ich trocken fest, »mittlerweile solche Implantate. Die lässt man sich vom Chirurgen einfach einpflanzen, und schon sieht es aus, als hätte man einen Waschbrettbauch.«

Lachend stößt Daniel mir einen Ellbogen in die Seite. »Na, hören Sie mal! Solche unlauteren Mittel habe ich selbstverständlich nicht nötig!«

»Ist ja schon gut«, beschwichtige ich ihn und boxe leicht zurück. »Ihr Privat-Coach wollte nur einen konstruktiven Vorschlag machen.«

»Vielen Dank, sehr konstruktiv«, erwidert er und tut leicht eingeschnappt.

»Den Riesenberg Euroscheine finde ich aber auch nicht schlecht«, merke ich dann an. »Davon können Sie mir gerne ein paar abgeben, sobald sie eintreffen.«

»Das mache ich doch glatt.«

Versonnen betrachten wir weiter Daniels Wunsch-Wand. Seltsamerweise hat er auch ein paar symbolische Babyfotos aufgeklebt, weil er unbedingt mal Kinder möchte, aber nirgends findet sich das Foto einer Frau, die für eine Partnerin stehen könnte. Ich habe mich nicht getraut, ihn darauf hinzuweisen, schließlich ist es seine Wunsch-Wand, auf die er kleben kann, was er will. Aber gewundert hat es mich schon. Ebenso wie der weiße Fleck, der genau in der Mitte der Fotos frei geblieben ist, sehr geheimnisvoll, der Herr Unverzagt, das muss ich schon sagen!

»Das hat echt Spaß gemacht«, meint Daniel, dreht den Kopf zur Seite und sieht mich direkt an. »Und es wäre wirklich schön, wenn auch nur ein paar dieser Wünsche in Erfüllung gehen würden.«

»Warten Sie es einfach ab«, erkläre ich. »Ich kenne eine Menge Leute, die auf die Methode mit der Wunsch-Wand schwören.« Na ja, »kennen« ist vielleicht zu viel gesagt, ich habe mich gestern Abend ja nur durch ein paar Bücher gearbeitet und die Erfahrungsberichte der Autoren gelesen. »Einer meiner Klienten«, versuche ich mein neuerworbenes Wissen in einen fiktiven Fall zu kleiden, »hat sich auch so eine Wunsch-Wand gebaut und unter anderem aus einer Zeitschrift ein Foto aufgeklebt, das sein Traumhaus symbolisieren sollte. Jeden Tag hat er von seinem Schreibtisch aus auf die Wand geguckt und sich vorgestellt, wie es wäre, dort zu leben. Dann ist er umgezogen, und die Wunsch-Wand verschwand ein paar Jahre lang in einem Karton, den er nicht mehr auspackte.«

»Und dann?«

»Irgendwann bezog er mit seiner Familie ein neues Haus

und holte dabei wieder die Kartons hervor, die er bis dahin eingelagert hatte. So auch den mit der Wunsch-Wand. Er nahm sie heraus und sah sie sich seit Jahren zum ersten Mal wieder an. Während er die Wand betrachtete, traute er seinen Augen kaum: Er war in genau das Haus gezogen, das er Jahre zuvor aufgeklebt hatte! Nicht nur in eines, das dem Foto auf seiner Wand sehr ähnlich war. Nein, es war ganz genau dieses spezielle Haus!«

»Das denken Sie sich doch jetzt nur aus!«, ruft Daniel.

»Nein, es ist wirklich wahr.«

»Dann bin ich ja mal gespannt, ob ich diesen Palast auf Mallorca bekomme!«

»Das glaube ich jetzt eher nicht«, stelle ich trocken fest.

»Wieso?«

»Haben Sie mal die Bildunterschrift gelesen?«

»Nö. Was steht denn da?«

Ich stehe auf und bedeute Daniel, mir zu folgen. Gemeinsam stehen wir vor der Wand und lesen den kleingedruckten Text, der auf dem Foto steht.

»Oh«, sagt Daniel.

»Ja, oh«, stimme ich zu. »Sie haben sich da ganz bescheiden die Sommerresidenz der spanischen Königsfamilie ausgesucht. Glaube nicht, dass die demnächst ausziehen müssen.«

»Och, wissen Sie, ich sag immer: *Think big!* Wer weiß, was die Finanzkrise aus der königlichen Privatschatulle gemacht hat. Vielleicht ist Juan Carlos ja gerade klamm.«

»Okay, wenn er anruft, wissen Sie Bescheid.«

Dann müssen wir beide so sehr lachen, dass uns die Tränen kommen, wir können gar nicht mehr aufhören, sondern stehen nur vor Daniels Wunsch-Wand und schütten uns aus vor lauter Lachen.

Ein Klingeln unterbricht unser Gelächter, jemand hat vorn am Eingang zum Bürobereich geschellt. Ich drehe mich um und erkenne Stefan, der versucht, über den oberen Rand des Milchglases hinweg ins Büro zu schielen. Mist! Den kann ich jetzt überhaupt nicht hier gebrauchen.

»Entschuldigen Sie mich kurz?«, sage ich zu Daniel. »Da draußen scheint ein Klient zu stehen.«

»Klar, kein Problem.«

Eilig laufe ich zur Tür, öffne sie und schlüpfe hinaus. »Hi, Stefan«, begrüße ich ihn.

»Hi. Wie geht's?«

»Danke, gut. Und dir?«

»Ging schon mal schlechter«, erwidert er. »Aber auch schon mal besser.«

»Ja, das kenne ich. Was gibt es denn?«

»Ich wollte eigentlich nur Kikis Kartons abholen und wegbringen. Die Wohnungsklingel hast du wohl nicht gehört, aber dann hab ich dich vorn im Büro gesehen. Was machst du denn da?«

»Och, nichts Besonderes. Das ist nur ein Mietinteressent«, schwindele ich. »Wenn ich die Bude hier behalten will, muss ich den vorderen Teil wohl untervermieten.«

»Ach so, verstehe. Und der Typ interessiert sich für die Büroräume? Was macht er denn?«

»Irgendwas mit Versicherungen«, sage ich schnell.

»Hm.« Stefan guckt nachdenklich drein. »Wird komisch werden, oder? Wenn da auf einmal jemand anderes als Kiki ist.«

Ich zucke mit den Schultern. »Schon, aber was soll ich machen?«

»Ja, sicher.« Er räuspert sich. »Jedenfalls hätte ich jetzt Zeit, die Kartons zu Kikis Eltern und zur Altkleidersammlung zu bringen.« Er zögert. »Außerdem wollte ich dich fragen, ob du mit mir zusammen zum Friedhof kommst.«

»Ja, da fahre ich gern mit. Ich müsste nur …« Ich werfe einen Blick auf die Uhr. Kurz vor drei, eine Stunde lang muss ich

204

mich noch um Daniel kümmern. »… hier noch was fertigmachen. Aber ab Viertel nach vier hätte ich Zeit.«

»Dann kann ich ja so lange schon mal Kikis Sachen wegbringen, und dann komme ich wieder.«

»Gute Idee, so machen wir es. Dann lass uns die Kartons holen.« Ich gehe auf den normalen Hauseingang zu und krame den Schlüssel hervor, der in meiner Rocktasche steckt.

»Ich hatte die Sachen doch ins Büro gestellt«, wundert Stefan sich.

»Ja, aber ich hab sie in mein Zimmer geräumt, weil doch jetzt immer mal wieder Leute kommen und sich die Büroräume ansehen wollen.«

»Klar, sicher.«

Ich schließe die Wohnungstür auf, gehe mit Stefan in mein Zimmer und helfe ihm, Kikis Sachen in seinem Auto zu verstauen.

»Dann bin ich kurz nach vier wieder hier«, sagt Stefan, bevor er in seinen Wagen steigt.

»Alles klar, ich bin da.«

»Tut mir leid«, sage ich zu Daniel Unverzagt, als ich wenig später zurück in den Besprechungsraum komme.

Er steht vor dem Sideboard neben Kikis Regal und studiert interessiert die Zeitschriften und Flyer, die dort liegen. »Das konnte nicht warten, ich musste da kurz was klären.«

»Wieder ein Freund mit Problemen?«, fragt er, und mir entgeht nicht der amüsierte Unterton in seiner Stimme.

»Äh, sozusagen.«

Er lächelt mich an. »Ich sag ja: an jedem Finger zehn Verehrer.«

»Das war kein Verehrer.«

»Geht mich auch nichts an«, stellt Daniel fest, womit er natürlich recht hat. »Aber nachdem uns jetzt nur noch eine knappe Stunde bleibt«, fährt er fort, »würde mich etwas anderes viel mehr interessieren.«

»Nämlich?«

»Wie sieht eigentlich Ihre persönliche Wunsch-Wand aus? Dürfte ich da neugierigerweise auch mal einen Blick drauf werfen? Also, nur, um mal zu sehen, wie ein Profi das macht.«

Damit trifft er mich unerwartet, mit so etwas hätte ich nun wirklich nicht gerechnet. Zeigen kann ich ihm natürlich auch nichts, denn ich habe ja gar keine Wunsch-Wand. »Äh«, bringe ich hervor. »Also, genau genommen – fast so wie Ihre.«

»Ehrlich?« Er geht einen Schritt auf mich zu, steht jetzt ganz dicht vor mir und schaut mir direkt in die Augen. Vor lauter Schreck bildet sich sofort wieder ein Kloß in meinem Hals, mein Herzschlag galoppiert so wild, dass ich fürchte, es setzt jeden Moment aus. Sein Mund ist fast direkt vor meinem, es wäre so leicht, ihn einfach zu küssen.

»Ja«, krächze ich, »sie sind sich wirklich erstaunlich ähnlich.«

Er schweigt und guckt mich weiter eindringlich an.

»Bis auf das Sixpack«, füge ich stotternd hinzu, »das wünsche ich mir natürlich nicht.« Ich rücke ein paar Schritte von ihm ab, obwohl es mir schwerfällt.

Daniels Blick zeigt Verwirrung und eine gewisse Verletztheit, er verschränkt die Arme vor der Brust. »Ja, klar, natürlich«, bringt er schließlich hervor. Dann sieht er auf seine Uhr. »Oh, es ist ja schon kurz nach drei«, meint er und wirkt dabei ziemlich konfus. »Es tut mir leid, aber ich muss los, die letzte Stunde muss wohl ausfallen. Ich habe meinen Eltern versprochen ...« Er verstummt, sieht sich hektisch im Raum um, stürzt dann auf die Garderobe zu, an die er seinen Sommermantel gehängt hat, und reißt ihn vom Haken runter. »Ja, äh, sorry«, sagt er, während er ihn überstreift. »Das war ein wirklich interessantes Wochenende, hat mir mit Sicherheit eine Menge ge-

206

bracht.« Jetzt steht er wieder vor mir und streckt mir förmlich eine Hand entgegen, die ich resigniert schüttle. Was soll ich auch anderes tun? »Also, ich muss dann auch los.« Mit diesen Worten ist er schon halb bei der Tür.

»Daniel!«, rufe ich.

»Ja?« Er dreht sich zu mir um.

»Ihre Dankbarkeitsliste und Ihre Wunsch-Wand! Die sollten Sie nicht vergessen.«

»Oh, ja, sicher.« Er schnappt sich die Rolle mit der Liste, während ich die Wunsch-Wand abnehme und zusammenrolle, um sie ihm zu reichen.

»Ja, dann«, meint er, »danke ich noch einmal für das erkenntnisreiche Wochenende.« Schon ist er aus der Tür.

Ich bleibe dahinter stehen – und ärgere mich über mich selbst. Mist! Mist! Mist! Warum habe ich nicht die Gelegenheit ergriffen und ihn geküsst? Sein Mund war höchstens fünf Zentimeter von meinem entfernt. Er wollte es auch gerne, da bin ich mir ganz sicher.

Quatsch – sagt mir mein Verstand jetzt laut und deutlich. *Er wollte nicht dich küssen, sondern Kirsten, die erfolgreiche, gestandene Frau. Und die, liebe Maike, bist du ja nun wirklich nicht. Also bleib mal besser auf Abstand, sonst hast du bald noch mehr Probleme.* Ich seufze. Recht hat er, mein Verstand. Aber ich merke, wie sich dieser Wunsch trotzdem geradewegs in meinem Herzen einnistet.

17. Kapitel

Stefan holt mich wie abgemacht um Viertel nach vier ab und fährt mit mir raus zum Ohlsdorfer Friedhof. Er parkt seinen Wagen neben einem der Friedhofseingänge, und wir steigen aus. Nachdem wir zwanzig Minuten lang schweigend und in Gedanken versunken – Stefan vermutlich in andere als ich, wofür ich mich ein kleines bisschen schäme – an den Gräbern vorbeispaziert sind, bleibt Stefan stehen.

»So, ich glaube, hier sind wir schon ungefähr auf der richtigen Höhe.«

»Stimmt. Hier müsste es sein.«

Der Ohlsdorfer Friedhof in Hamburg ist nicht einfach nur ein Friedhof, er ist gleichzeitig ein riesiger Park. Wenn man zu Fuß eine große Runde drehen will, braucht man dafür mit Sicherheit mindestens zwei Stunden. Noch im letzten Sommer bin ich mit Kiki auf Inlineskates durch die Anlage gefahren. Das ist zwar verboten, aber man darf sich eben nicht erwischen lassen. Es war traumhaftes Wetter, und wir hatten einen phantastischen Tag. Und jetzt liegt sie hier. Für immer. Ich merke, wie sich mein Magen zusammenkrampft.

Stefan schaut mich von der Seite an. »Möchtest du lieber wieder nach Hause?«

Ich schüttele den Kopf. »Nein, ist schon in Ordnung. Ich wollte sie selbst eigentlich auch schon längst wieder besucht haben. Aber alleine ist es eben noch sehr schwer.«

Stefan greift nach meiner Hand. »Komm! Gemeinsam schaffen wir das!«

Wir gehen an einem kleinen See vorbei und erreichen schließlich die Lichtung des Schmetterlingsgartens. Auf einer der Parkbänke sitzen zwei ältere Damen und unterhalten sich, tatsächlich schwirren über den Blumenbeeten einige Schmetterlinge. Ganz in der Nähe des großen Beetes in der Mitte des Gartens liegt Kikis Grab. Mittlerweile hat es auch einen Stein, in den ein Ornament gehauen ist: ein großer Schmetterling mitten über einem Blütenmeer. Ich merke, wie mir Tränen in die Augen steigen. Auch Stefan schluckt.

»Hast du den Stein ausgesucht?«, will ich von ihm wissen.

Er nickt. »Ja, zusammen mit Simone.«

»Er ist wirklich wunderschön. Der ganze Schmetterlingsgarten ist wunderschön.«

»Wusstest du, dass der Schmetterling ein Sinnbild der Verwandlung ist? Des Lebens nach dem Tod?«

»Nein, das wusste ich nicht.«

»Na ja, die Raupe stirbt nicht, sie verwandelt sich in einen wunderschönen Schmetterling, verstehst du? Es geht immer weiter. Das Leben ist nicht einfach zu Ende, es verändert sich nur.«

Wir halten uns ganz fest an den Händen. Stefan hat recht – es muss einfach irgendwie weitergehen für Kiki. Sie hatte so viel Energie, so viel Freude. Die kann nicht einfach weg sein, sie hat sich nur in eine andere Form verwandelt.

Plötzlich spüre ich, wie mich eine warme Welle durchströmt. Ein regelrechtes Glücksgefühl ergreift von mir Besitz, zum ersten Mal seit Kikis Tod ist da eine eigenartige Leichtigkeit, so als wäre gerade etwas sehr, sehr Schweres von mir abgefallen. Ich wende mich Stefan zu.

»Fühlst du das auch?«, frage ich flüsternd, als hätte ich Sorge, dieses seltsame Gefühl zu verscheuchen.

»Ja«, flüstert er zurück und drückt wieder meine Hand. »Ich kann es auch spüren. Es ist fast so, als wäre sie hier.« Er kniet vor dem Grab nieder, legt eine Hand auf die Erde und verharrt so einen Augenblick. Ein leises Murmeln sagt mir, dass er Zwiesprache mit meiner Cousine hält, und auch ich kann nicht anders, als in Gedanken mit Kiki zu reden.

Kiki, ich bin so traurig, dass du nicht mehr hier bist. Und ich verstehe immer noch nicht, warum du sterben musstest, die Welt ist einfach furchtbar ungerecht. Aber ich tue mein Bestes, um weiterzumachen. Ich streiche mit den Fingern über das Armband an meinem Handgelenk. *Weißt du, was? Das Gesetz der Anziehung funktioniert wirklich, ich habe es ausprobiert, und es hat gleich geklappt. Okay, ich bin dafür ... na ja, ich musste so tun, als wäre ich du. Ich hoffe, du bist mir deshalb nicht böse, aber ich glaube, du verstehst das schon.*

Stefan steht wieder auf und dreht sich zu mir um. Verstohlen wischt er sich die Tränen aus den Augenwinkeln und lächelt mich dann an. »Komm«, sagt er, »lass uns fahren, es ist gut jetzt.«

Ich nicke. »Ja, es ist gut.«

Hand in Hand wandern wir durch den Friedhof zurück zu Stefans Auto. Noch immer fühle ich diese seltsame Wärme in mir und frage mich, ob es wirklich Kiki ist, die dieses Gefühl in mir auslöst. Nein, ich frage mich das nicht. Ich weiß es. Meine Cousine ist bei mir, sie hat uns nicht verlassen.

»So, und jetzt raus mit der Sprache: Was hast du am Wochenende getrieben?« Nadine empfängt mich mit einem strahlenden Lächeln, als sie am nächsten Morgen ins Sonnenstudio kommt.

Ich bin schon seit einer halben Stunde da, um mich ein bisschen einzuarbeiten und zu schauen, ob sich in den letzten Wochen irgendetwas geändert hat. Ist ja nicht ganz unwichtig zu wissen, ob beispielsweise die Bestrahlungsstärken der einzelnen Bänke noch genauso sind wie im Frühjahr. Nicht dass ich einen ahnungslosen Kunden auf die vormals schwächere zwei schicke, die dank neuer Röhren jetzt turbomäßig bräunt.

»Nichts Besonderes«, erwidere ich lapidar. »Aber so, wie du aussiehst, hast du durchaus was Besonderes gemacht.«

Nadine kichert. »Na ja.« Sie setzt sich auf ihren Stuhl und grinst mich fröhlich an. »Ralf und ich mussten uns natürlich erst einmal ausgiebig versöhnen. Am liebsten wäre ich gestern mit ihm den ganzen Tag im Bett geblieben. Aber das ging nicht, ich musste ja hier die Stellung halten. Was mich wieder zu meiner Ausgangsfrage bringt: Also, was hast du gemacht? Jetzt erzähl schon, bevor ich vor Neugierde platze!«

»Da gibt es echt noch nichts zu berichten«, laviere ich mich heraus. »Ehrlich, du bist die Erste, die es erfährt, sobald irgendetwas feststeht.«

»Na gut, dann mach halt weiter mit deiner Geheimniskrämerei«, meint Nadine in gespielt schnippischem Tonfall. »Interessiert mich auch gar nicht, was du so treibst.«

»Dann ist es ja gut.«

»Sag mal«, wechselt sie das Thema, »was ist jetzt eigentlich mit deinem Vermieter? Der wollte doch heute die Kohle haben.«

»Schon erledigt. Ich habe ihm einen Umschlag mit dem Geld in den Briefkasten gesteckt, bevor ich los bin.«

»Echt?« Nadine staunt regelrecht Bauklötze. »Wo hast du denn so schnell die sechshundert Euro herbekommen?«

Ich beiße mir auf die Lippe. Mist! Dafür muss ich natürlich eine Erklärung haben. »Ich, äh, hab doch noch kurzfristig einen Sponsor gefunden. Meine Tante.«

»Du meinst Kikis Mutter, Tante Simone?«

»Nein, eine … äh, entfernte Tante. Eine Art Tante, genau genommen.«

»Eine Art Tante?«

»Ja, also, mehr so meine … Patentante.«

Nadine seufzt. »So eine Patentante hätte ich auch gern, die könnten Ralf und ich momentan gut gebrauchen.«

»Ich kann sie dir ja mal ausleihen«, mache ich einen Witz.

»Sehr gerne«, erwidert Nadine und fügt dann kichernd hinzu: »Allerdings nur, wenn ich dafür dann nicht Weihnachten und andere Feiertage mit ihr verbringen muss.«

»Keine Sorge«, beruhige ich sie. »Ist eine praktische Patentante, lebt ganz weit weg, in Amerika.«

»Die Tante aus Amerika also?«

»Jau, so sieht es aus.« Wir lachen. Trotzdem entgeht mir nicht, dass Nadine mir vermutlich kein einziges Wort glaubt, selbst beim Lachen wirkt sie skeptisch. Soll sie halt, was Besseres fällt mir eben gerade nicht ein.

»Hallo, Maike!« Lederhaut-Babs kommt ins Studio und bleibt vor unserem Tresen stehen. »Dich habe ich ja lange nicht mehr hier gesehen.« Sie setzt eine mitleidige Miene auf. »Geht's dir denn wieder einigermaßen?«

»Ja«, sage ich, »ich hab mich ganz gut berappelt.«

»Da bin ich ja beruhigt. Dachte schon, du würdest gar nicht mehr kommen.«

»Hätte ich auch nichts gegen gehabt«, antworte ich ehrlich. »Aber irgendwie muss ich ja über die Runden kommen.«

»Tja, das müssen wir wohl alle«, stellt sie fest. Sie öffnet ihre Handtasche und kramt ihr Portemonnaie raus. »Ich geh dann mal dreißig Minuten auf die sechs«, sagt sie und legt das Geld dafür auf den Tresen.

»Okay.« Ich stelle die Zeit auf meinem Monitor ein. »Dann mal viel Spaß.« Babs wackelt ab in Kabine sechs.

»Die sieht echt bald aus wie gegerbtes Leder«, flüstert Nadine mir zu.

»Schönheit ist eben, was du selbst draus machst«, erwidere ich.

»Und sie liegt im Auge des Betrachters.«

»Genau.«

Nadines Handy klingelt, sie sucht es aus ihrer Jacke, die über ihrem Stuhl hängt, und nimmt den Anruf entgegen. »Hallo, Schatz.« Es ist offensichtlich Ralf. Nadine hört ein paar Minuten lang zu, dabei tritt ein immer breiteres Grinsen auf ihr Gesicht. »Ist nicht wahr!«, höre ich sie sagen, dicht gefolgt von einem »Aber das ist ja großartig!«. Als sie auflegt, reichen ihre Mundwinkel von einem Ohr zum anderen.

»Gute Neuigkeiten, nehme ich an?«

Sie nickt. »Das kannst du laut sagen! Ralfs alter Chef hat ihn angerufen und gebeten, wieder für ihn zu arbeiten.«

»Was? Ehrlich? Ich fasse es nicht!«

»Ja, vor zehn Minuten hat er mit ihm gesprochen, gleich morgen soll er wiederkommen.«

»Aber ich denke, sie haben ihn rausgeschmissen, weil er was angestellt hat?«, wundere ich mich.

»War wohl nur ein Missverständnis, meinte Ralf. Alles Weitere will er mir zu Hause erzählen.« Nadine strahlt.

»Ich freu mich für dich, ehrlich!«

»Ist das zu glauben? Vor zwei Tagen sah alles noch total hoffnungslos aus, und mit einem Schlag ist alles wieder gut. Und weißt du, was das Beste ist?«

»Was denn?«

»Na ja, wir haben das auch mal ausprobiert.«

»Was habt ihr ausprobiert?«

»Die Sache mit dem Wünschen, von dem du erst mir und dann Ralf erzählt hast. Gestern Abend haben wir uns hingesetzt und aufgeschrieben, dass Ralf wieder eine Anstellung hat. Und heute ruft sein Ex-Chef an, ich glaub's ja nicht!«

»Das ist in der Tat unglaublich.«

»Los!«, meint Nadine, schnappt sich ein Blatt Papier und einen Stift. »Lass uns sofort einen Lottogewinn wünschen! Und dann treten wir Roger in seinen blöden Hintern.«

»Gute Idee«, meine ich. »Wie viel gewinnen wir denn?«

Nadine denkt einen Moment lang nach. »Wenn schon, dann mit Jackpot und allem, finde ich. So dreißig Millionen, würde ich mal sagen.«

»Klingt gut.«

Nadine schreibt es auf, fünf Minuten lang starren wir auf die Zahl und visualisieren: mit einem Cocktail in der Hand auf unserer Privatyacht vor der Côte d'Azur, in langer Robe bei der Oscar-Verleihung (mit so viel Geld kann man sich da bestimmt einkaufen), auf dem Tennisplatz unseres Privatschlosses in Italien, beim Skifahren mit den Reichen und Schönen in Aspen – halt alles, was man sich so unter dem Leben von Multimillionären vorstellt.

»So«, stellt Nadine zufrieden fest. »Die Sache wäre dann ja wohl geritzt, jetzt können die Milliönchen kommen.«

»Äh«, werfe ich ein. »Meinst du nicht, dass da noch was fehlt?«

»Was soll denn da fehlen?«

»Na ja, ich denke, wir sollten schon noch einen Lottoschein ausfüllen und abgeben, sonst kann das kaum klappen.«

»Quatsch«, erwidert Nadine. »Das Gesetz der Anziehung soll mal zeigen, was es draufhat, und sich überlegen, wie wir unseren Lottogewinn kriegen, ohne dass wir gespielt haben. Wünschen für Fortgeschrittene, sozusagen.«

»Aha. Verstehe.«

»Sag mal, denkst du, du kommst hier heute alleine klar?«, will Nadine dann wissen.

»Sicher«, erwidere ich, »aber willst du schon gehen? Du bist doch eben erst gekommen.«

Nadine nickt und schnappt sich ihre Handtasche. »Stimmt schon«, stellt sie fest. »Aber Ralf hat mir gesagt, dass er Champagner kalt gestellt und ein paar Kerzen angezündet hat.«

»Es ist doch noch nicht einmal Mittag!«, werfe ich ein.

»Ja«, stimmt Nadine mir zu. »Aber wozu gibt es Vorhänge? Heute ist außerdem Ralfs letzter freier Tag, also sollte ich schleunigst nach Hause, damit wir … Du weißt schon: Familienplanung!«

»Bitte keine Details«, ziehe ich sie auf, »als Singlefrau bin ich am Sexualleben anderer nicht interessiert.«

»Keine Sorge«, meint Nadine, »wenn du erst einmal reich bist, werden die Heiratsschwindler sich mit Sicherheit um dich reißen.«

»Wie beruhigend!«

18. Kapitel

Eine Woche später hat sich Nadines und mein Lottogewinn leider immer noch nicht eingestellt. Dabei habe ich sogar heimlich zwanzig Euro investiert und ein paar Scheine ausgefüllt, nur um dem Anziehungsgesetz ein wenig auf die Sprünge zu helfen. Aber diesmal ist das Universum wohl ein bisschen träge, gerade mal zwei Richtige kamen am Ende dabei heraus. Hätte ich mal lieber die zwanzig Euro behalten!

Langsam, aber sicher werde ich wieder etwas panisch. Fürs Erste habe ich Tiedenpuhl zwar ruhigstellen können, aber schon bald will er ja wieder Geld von mir haben. Obwohl es im Studio regelrecht brummt und Nadine und ich doppelte Schichten fahren, komme ich mit meinen 7,50 Euro pro Stunde nicht mal ansatzweise auf das, was ich verdienen müsste. Selbst wenn ich mich rund um die Uhr im Studio anketten würde, wäre das nicht zu schaffen. Wäre ich am Umsatz beteiligt, sähe die Sache da schon etwas anders aus, denn noch immer beschert uns die bescheidene Wetterlage einen regelrechten Ansturm an sonnenhungrigen Kunden.

Leider haben meine Recherchen zum Thema »Was anderes machen« bisher noch zu keinem durchschlagenden Erfolg geführt, denn es hat sich herausgestellt, dass sich niemand um eine Dreißigjährige ohne Studienabschluss und ohne Ausbildung reißt. Komisch, verstehe ich gar nicht! Selbst die drei Friseurläden, bei denen ich mich vorgestellt habe, weil ich kurz überlegt hatte, vielleicht doch noch eine Lehre zu beginnen, haben sehr verhalten reagiert. Schätze, die wollten lieber eine formbare Sechzehnjährige als eine verzweifelte Tante in der Quarterlife-Crisis. Genau genommen müsste ich, selbst wenn da was geklappt hätte, nebenbei noch weiter für Roger arbeiten, denn mit einem Lehrlingsgehalt ist meine Bude ganz sicher nicht zu halten. Die Bude, ja, noch so ein Thema. Das Schild »Ladenlokal zu vermieten«, das ich vor ein paar Tagen gut sichtbar ins Schaufenster gehängt habe, hat bisher auch niemanden angelockt. Gewerbeflächen sind offenbar momentan nicht so gefragt, nur einmal hat eine Frau geklingelt, die sich dafür interessiert hat. Aber nur unter der Voraussetzung, dass sie alles mietet, also auch den hinteren Wohnbereich, womit mir natürlich nicht geholfen ist.

»Maike, es nützt nichts«, stelle ich seufzend fest, als ich am Montagnachmittag in meiner Küche sitze und meine finanzielle Lage überdenke. »Du schaffst es nicht allein, das ist einfach zu viel. Also auf zu Tiedenpuhl, kündigen und dann in eine fröhliche Sechser-WG mit Gemeinschaftsklo auf dem Gang in die Schanze ziehen, wo du das kleinste, dunkelste Zimmerchen bekommst.« Andererseits, so schlimm wird es ja vielleicht gar nicht, fahre ich mit meinen düsteren Gedanken fort, wir kochen dann bestimmt immer abends zusammen vegetarisch, gehen auf Demos und stricken unsere Klamotten selbst. Okay, die anderen sind alle erst Anfang zwanzig, und ich bin die WG-Oma. Aber dafür hab ich am Wochenende immer meine Ruhe, weil sie alle nach Hause zu ihren Eltern fahren.

Meine Eltern, der nächste Punkt. Gestern hat Mama mal wieder angerufen und gefragt, wie die Prüfungen so laufen und ob ich da jetzt bald durch bin. Sie und Papa hätten nämlich überlegt, ob sie mir nach dem Staatsexamen eine Reise schenken, die wir dann zusammen machen, denn das würde mir nach der schweren Zeit, die dann hinter mir liegt, bestimmt guttun. Hab einfach nur gesagt, dass das wohl noch bis zum Herbst dauert, und dann aufgelegt.

Es klingelt vorne am Büro, ich rappele mich hoch und sehe nach, wer es ist. Sofort macht sich ein kleiner Hoffnungsschimmer in mir breit, vielleicht ist es ja jemand, der Interesse an den zwei Räumen zeigt, und ich entkomme meinem finsteren

Schicksal als Mitglied einer Wohnkommune? Nein. Es ist kein Interessent. Als ich die Tür öffne, stehe ich vor – Daniel Unverzagt! Mein Herz schlägt sofort schneller, als ich in seine Schokoaugen blicke.

»Hallo, Daniel!«

»Hallo, Kirsten.« Schon wieder zeigt er mir sein Grübchenlächeln. »Wie geht es d… Ihnen?«

»Danke, gut«, lüge ich. »Und selbst?«

Jetzt verwandelt sich sein Lächeln in ein breites Grinsen. »Ganz hervorragend, muss ich sagen! Deshalb bin ich auch hier.« Er zieht einen riesigen Blumenstrauß hinter seinem Rücken hervor und hält ihn mir unter die Nase. »Ich wollte mich bei Ihnen bedanken.«

»Ach, ja?«

Er nickt. »Ja. Sie glauben ja gar nicht, was in der vergangenen Woche alles passiert ist! Es ist wirklich phänomenal!« Noch immer hält er den Blumenstrauß etwas unschlüssig in den Händen.

»Äh, 'tschuldigung, wie unhöflich von mir«, sage ich und nehme ihm die Blumen ab. »Kommen Sie doch erst einmal rein und erzählen Sie mir alles.«

Daniel folgt mir ins Büro und nimmt auf einem Sessel Platz.

»Ich hole nur schnell eine Vase«, meine ich und laufe mit den Blumen in die Teeküche. Gleichzeitig versuche ich, meinen galoppierenden Herzschlag und meine leichte Schnappatmung in den Griff zu bekommen. Es ist nicht zu fassen, wie mich dieser Mann binnen Sekunden völlig aus dem Konzept bringt.

»Dann erzählen Sie mal«, fordere ich ihn auf, nachdem ich die Blumen auf Kikis Schreibtisch abgestellt und mich zu ihm gesetzt habe.

»Ich hab wirklich keine Ahnung«, fängt er an, »wie das funktioniert – aber es hat funktioniert! Nach unserem Wochenende bin ich montags in die Firma und hatte sofort das Gefühl, dass etwas anders ist. Irgendwie war die Stimmung wesentlich entspannter, ich konnte auf einmal viel besser und unkomplizierter mit meinen Mitarbeitern umgehen. Ein paar Leute haben sogar gemeint, dass ich wie ausgewechselt sei.«

»Das klingt doch schon mal gut.«

»Das war mehr als gut! Wir haben eine supererfolgreiche Woche hingelegt, alles lief wie am Schnürchen, und einen wichtigen Neukunden konnten wir auch an Land ziehen, so dass meine Chefs mir ein großes Lob ausgesprochen haben.«

»Klasse«, meine ich. »Da sehen Sie mal, wie schnell sich erste Erfolge einstellen.«

Er nickt. »Ich kann Ihnen gar nicht sagen, wie dankbar ich Ihnen bin, Kirsten. Nie im Leben hätte ich gedacht, dass ein einziges Coaching solche Wirkung zeigen würde.« Ich auch nicht, denke ich. Aber natürlich erwähne ich das nicht. »Ehrlich gesagt«, fügt er dann hinzu, »hatte ich anfangs befürchtet, an eine komische Eso-Tante geraten zu sein, die mir ihre durchgeknallten Ideen erzählt. Hatte am Freitag schon überlegt, das restliche Seminar sausenzulassen.« Er zwinkert mir zu. »Was für ein Glück, dass ich das nicht gemacht habe, ich bin von Ihrer Methode restlos überzeugt.«

»Das höre ich gern.«

»Ich hab sogar schon ein bisschen Werbung für Sie gemacht.«

»Werbung?«

»Ja. Ich selbst habe den Hinweis auf Sie von der Personalabteilung bekommen, weil ich eine Führungsposition übernommen habe. Dann kümmern die sich automatisch um Fortbildungsmaßnahmen. Aber ich dachte mir, dass Ihr Coaching nicht nur für Führungskräfte hilfreich ist. Also habe ich auch meinen Kollegen davon erzählt und ihnen ein paar Ihrer Flyer gegeben, die ich mitgenommen hatte. Die waren total begeistert, da wird mit Sicherheit der eine oder andere mal zu Ihnen kommen. Und mein bester Freund auch, er will sich auf alle Fälle bei Ihnen melden. Markus Gärtner heißt er, also, wenn er anruft, er arbeitet in derselben Firma wie ich.«

Ich spüre, wie mir heiß und kalt wird. Daniel Unverzagt hat Werbung für mich gemacht? Also, nicht für mich, sondern für Kirsten? Er hat Kirstens Flyer verteilt, und jetzt wollen die sich alle bei mir melden?

»Kirsten?«, fragt Daniel auf einmal unsicher nach, vermutlich hat er meinen entsetzten Gesichtsausdruck bemerkt. »Ist irgendetwas? War das nicht richtig von mir? Ich dachte nur, Sie freuen sich vielleicht über ein bisschen PR …«

»Doch, doch«, versichere ich eilig, »natürlich freue ich mich darüber, ist ja klar. Werbung ist in meinem Geschäft immer gut, Mund-zu-Mund-Propaganda ist da das A und O, nicht wahr?«

Jetzt wirkt Daniel wieder entspannt. »Da bin ich ja beruhigt, dachte gerade schon, ich hätte was falsch gemacht.«

»Nein, wirklich nicht, das ist doch Unsinn.«

»Wissen Sie«, sagt er dann, »ich finde, wenn jemand etwas so gut kann wie Sie, dann sollte man das ruhig weiterempfehlen.«

»Sie finden also, ich kann das gut?«, entfährt es mir überrascht, wobei ich mir im selben Moment auf die Lippe beißen möchte, weil ich als Profi-Coach natürlich nicht so erstaunt klingen dürfte, wenn jemand meine Arbeit lobt.

Daniel nickt energisch. »Ja, absolut! Sie haben es geschafft, aus einem negativ denkenden Zahlenmenschen, der hinter jedem Busch einen Räuber sieht und niemandem außer sich selbst vertraut oder etwas zutraut, binnen kürzester Zeit einen entspannten Optimisten zu machen, der die Dinge einfach auf sich zukommen lässt. Wenn das keine Leistung ist!«

Bei diesem dicken Kompliment bekomme ich glatt wieder rote Öhrchen. »So was Nettes hat ja noch nie jemand zu mir gesagt«, erwidere ich überrascht.

»Nein? Das wundert mich jetzt aber, ich hätte gedacht, dass Sie jede Menge begeisterte Kunden vorzuweisen haben.« Er lacht mich fröhlich an, ich fange an zu glucksen.

Mit einem Schlag ist meine düstere Stimmung verflogen. Und das liegt nicht nur daran, dass dieser bezaubernde Mann vor mir sitzt. Nein, es ist noch etwas anderes: Zum wirklich allerersten Mal in meinem Leben hat mir jemand gesagt, dass ich etwas richtig gut kann. Zum ersten Mal habe ich das Gefühl, keine Versagerin zu sein, die nichts auf die Beine stellt und ihr Leben vergurkt, zum ersten Mal fühle ich so etwas wie … Stolz auf mich selbst. »Danke«, sage ich und muss tatsächlich mit den Tränen kämpfen. »Das ist wirklich sehr lieb von Ihnen.«

Einen Moment lang sehen wir uns schweigend an, dann macht Daniel Anstalten, aufzustehen.

»Tja, das wollte ich Ihnen eigentlich nur sagen. Und dass Sie sich nicht wundern sollen, wenn sich demnächst noch mehr Leute bei Ihnen melden.«

»Markus Gärtner«, wiederhole ich den Namen seines besten Freundes.

»Unter anderem. Aber ich bin mir sicher, wenn er und meine Kollegen auch nur ansatzweise so begeistert von Ihrer Arbeit sind wie ich – dann können Sie sich bald vor Klienten nicht mehr retten.«

»Wir werden sehen«, meine ich.

Als ich ihn zur Bürotür begleite, bin ich immer noch ganz high und euphorisch. Daniel und ich schütteln uns die Hände, ich bedanke mich noch einmal für seine Blumen und seinen Werbeeinsatz.

»Sagen Sie, einen Wunsch hätte ich allerdings noch«, meint er, bevor er die Tür öffnet, »und den kann ich definitiv nicht auf die Wunsch-Wand kleben.«

»Tatsächlich? Was ist es denn?«

»Ich würde sehr gerne in der nächsten Woche mit Ihnen essen

gehen.« Mein Herz macht vor Freude einen Sprung, offensichtlich sehe ich aber nicht erfreut, sondern eher perplex aus. »Ähm, ich meine das natürlich nicht flirtig, sondern im Hinblick auf unseren erfolgreichen Geschäftskontakt«, schiebt Daniel schnell hinterher.

Schade.

»Ja, natürlich, natürlich.«

»Ich könnte auch«, spricht er zögerlich weiter, »also, ich könnte vielleicht auch … unsere neue Personalleiterin Frau Hansmann hinzubitten, das wäre wahrscheinlich sinnvoll, oder? Ich meine, sie ist erst seit drei Wochen bei uns tätig und kennt Sie daher noch nicht. Die Empfehlung, bei Ihnen ein Coaching zu besuchen, habe ich von ihrem Vorgänger erhalten. Da würde ich Frau Hansmann gern von Ihnen überzeugen, bevor sie in Zukunft andere Leute vorschlägt, wenn es mal wieder um die Fortbildung eines Mitarbeiters geht.« Er nickt sich selbst zu. »Doch, ich finde wirklich, Sie sollten Frau Hansmann kennenlernen.«

Was? Ist der verrückt? Ein paar nette Worte über mich bei seinen Kollegen sind ja schön und gut, aber ganz offiziell bei einer Personalchefin vortanzen, die mich vermutlich in weniger als zehn Sekunden entlarven wird? Auf gar keinen Fall!

»Stimmt. Das ist wirklich eine gute Idee.« O nein! Was sage ich da bloß?

Daniel lächelt. Etwas unsicher, wie mir scheint. »Tja, ich werde mich also mal um einen Termin kümmern und mich mit einem entsprechenden Vorschlag bei Ihnen melden.«

»Ja, ausgezeichnet.«

»Ich fahr dann jetzt mal nach Hause.«

Nein, bitte geh noch nicht!, will ich rufen, stattdessen öffne ich ihm die Tür. »Wir sprechen uns.«

Er nickt kurz, dann steht er vor der Tür. Bevor er geht, dreht er sich noch einmal um. Kann er vielleicht Gedanken lesen? Kann er sehen, dass ich ihn unglaublich gerne küssen würde?

Ich mache einen Schritt auf ihn zu. »Gibt's noch was?«, will ich hoffnungsvoll wissen.

»Sagen Sie, was ist das eigentlich für ein Schild?« Er deutet auf meinen Aushang im Fenster. »Das habe ich mich vorhin schon gefragt, wieso wollen Sie denn das Büro vermieten?«

»Ach, das!« Ich reiße mein Mietergesuch mit einem Ruck herunter. »Das war nur ein Experiment mit einem meiner Klienten, ist etwas komplizierter.«

»Aha.«

Ja, genau, aha. Es ist tatsächlich kompliziert.

Nachdem Daniel weg ist, bleibe ich zunächst etwas unschlüssig im Büro zurück und setze mich an Kikis Schreibtisch. Die widersprüchlichsten Gefühle toben in mir. Zum einen ist da natürlich die Freude darüber, dass Daniel Unverzagt mich ganz offensichtlich sehr mag. Dieser Traummann, den ich mir selbst bestellt habe, will mich wiedersehen, ich kann mein Glück kaum fassen! Gut, er hat noch nicht vor mir gekniet, so wie ich es aufgeschrieben habe, aber das ist in Anbetracht der Tatsache, dass wir bisher nur ein Coaching-Wochenende miteinander hatten, vielleicht auch ein kleines bisschen zu viel verlangt.

Vermutlich muss ich dem Gesetz der Anziehung da noch ein wenig mehr Zeit geben. Immerhin: Er möchte mich wiedersehen! Okay, er will seine Personaltante mitbringen – aber bestimmt nur, weil es ihm peinlich war, mich direkt um ein Date zu bitten. Hoffe ich jedenfalls, dass er das nur vorgeschoben hat. Zum einen, weil ich mir natürlich ein »echtes« Date mit Daniel wünsche – zum anderen, weil ich in der Tat ein wenig Bammel davor hätte, wenn mir da ein Profi auf den Zahn fühlen würde. Also beschließe ich, dass es mit Sicherheit gar nicht um das Kennenlernen dieser Frau Hansmann geht, sondern darum, dass Daniel mich ausführen will. So weit, so gut.

Dann ist da aber natürlich tatsächlich noch diese Sache mit

dem Coaching, die mein unverhofftes Glück etwas trübt. Ich weiß, ich hätte das ganze ›Missverständnis‹ schon längst aufklären müssen. Besser noch, ich hätte gar nicht erst damit anfangen dürfen. Aber jetzt ist es eben so, noch dazu hat Daniel mir bescheinigt, dass ich richtig gut darin bin. Spielt es da eine Rolle, wenn das eigentlich gar nicht mein Beruf ist? Nein, sage ich mir selbst, das spielt nicht wirklich eine Rolle. Was allerdings sehr wohl eine Rolle spielt, ist die Tatsache, dass Daniel denkt, ich sei Kirsten Schäfer. Und nicht nur er, sondern auch alle, denen er Kikis Flyer in die Hand gedrückt hat, werden das nun denken. Das ist in der Tat ein Problem, ein ziemlich unlösbares noch dazu.

Gut, die Frage ist natürlich, ob sich überhaupt einer von Daniels Kontakten meldet. Wenn nicht, muss ich mir darüber keine Gedanken machen. Dann muss ich mir aber weiterhin Gedanken über eine lukrativere Geldeinnahmequelle machen. Und auch das Daniel-Problem bleibt weiterhin bestehen.

Ich lehne mich in Kikis Stuhl zurück und denke nach. Was soll ich jetzt machen, Cousinchen? Die Komödie weiterspielen und einfach darauf hoffen, dass sich irgendwie alles regeln wird? Dass ein Wunder geschieht und ich nicht auf die Katastrophe zusteuere, die doch eigentlich schon vorprogrammiert ist? Vielleicht sollte ich Daniel einfach die Wahrheit sagen, das wäre vermutlich das Sinnvollste. Ach, ich weiß es einfach nicht, ich brauche mehr Zeit, um darüber nachzudenken.

Dann habe ich eine Idee: Warum nicht auch hierfür das Anziehungsgesetz bemühen? Mit dem Lottogewinn hat es zwar leider nicht geklappt, aber vielleicht war dieser Wunsch dem Universum einfach zu anspruchslos? Also, dann will ich es mal vor eine wirklich knifflige Aufgabe stellen:

Ich bin mit Daniel Unverzagt zusammen. Mittlerweile weiß er, dass ich Maike Schäfer heiße, und findet es gar nicht schlimm.

Ich zerknülle das Blatt Papier, auf das ich den Satz geschrieben habe. Langsam dürften mir solche Fehler nicht mehr passieren, »gar nicht schlimm« heißt doch, er findet es schlimm! Also noch einmal von vorne:

Ich bin mit Daniel Unverzagt zusammen. Mittlerweile weiß er, dass ich Maike Schäfer heiße, und findet das völlig okay.

Dann überlege ich, wo ich diesen Wunsch am besten deponiere. Aufhängen ist schlecht, denn darüber würden Daniel und mögliche weitere Kunden sich wahrscheinlich wundern. Ich lege ihn in die oberste Schublade von Kikis Schreibtisch, soll er halt von hier aus seine magischen Kräfte entfalten. Als ich die Schublade schließe, klingelt Kikis Bürotelefon.

»Schäfer?«, melde ich mich.

»Ja, hallo, Markus Gärtner hier, ich bin …«

»Ich weiß, wer Sie sind«, unterbreche ich ihn. »Daniel Unverzagt hat bereits angekündigt, dass Sie sich melden werden.«

»Prima«, erklingt es vom anderen Ende der Leitung. »Dann kann ich ja direkt zur Sache kommen und Sie fragen, wann es Ihnen genehm wäre, dass ich Ihnen meine Aufwartung mache.«

Meine Aufwartung mache? Was ist denn das für ein Vogel? Beinahe muss ich laut kichern, reiße mich aber im letzten Moment noch irgendwie zusammen. So wie Markus Gärtner spricht, scheint er aus einer anderen Zeit zu stammen. So aus der Ära mit Handküssen und … auweia: Kniefall! Nicht dass Daniels Freund derjenige ist, der demnächst vor mir kniet. Energisch schiebe ich den Gedanken beiseite, das wäre tatsächlich mehr als absurd.

»Wann kann ich denn vorbeikommen?«, fragt er.

»Moment, ich schaue kurz in meinen Kalender.«

19. Kapitel

Hat Daniel mir nicht gesagt, er hätte ein bisschen Werbung gemacht? Ein *bisschen*? Der Klingelfrequenz meines Telefons nach zu urteilen, muss er eine groß angelegte Verteilaktion in der Fußgängerzone unternommen haben, nach Markus Gärtner haben sich noch fünf weitere Leute gemeldet, die ein zweistündiges Probe-Coaching bei mir buchen wollen. Mittlerweile geht mir das »Kirsten Schäfer« wie selbstverständlich über die Lippen, so als wäre das schon immer mein Name gewesen.

Das schlechte Gewissen hält sich auch in Grenzen, als ich feststelle, dass Kikis Stundensatz von siebzig Euro für keinen der Anrufer ein Problem darstellt. Siebzig Euro! Pro Stunde! Und auch, wenn Kiki ihre Intensivseminare am Wochenende zum Rabattpreis angeboten hat, gibt es da ja immerhin auch sechshundert Schleifen, da muss eine alte Frau lange für stricken! Ha, wenn Roger wüsste, was hier gerade abgeht, würde er seinen Laden vermutlich dichtmachen, sich diverse Wunsch-Ratgeber zulegen und ab sofort Coachings anbieten! Allerdings wollen die alle eine Rechnung haben, das ist natürlich ein kleines Problem. Obwohl ich weiß, dass ich dafür irgendwann in der Hölle oder wenigstens im Knast landen werde, krame ich Kikis altes Briefpapier hervor und erstelle schon einmal ein paar Rechnungsvordrucke für »Coaching Schäfer«. Allerdings mit meiner und nicht mit Kikis Bankverbindung. Aber das wird bestimmt nicht weiter auffallen, schließlich ändern sich Kontonummern gerne mal. Wie ich mit der Steuernummer verfahren soll, weiß ich allerdings nicht so recht. Meine eigene nehmen? Habe ich überhaupt eine? Kikis alte Nummer so stehenlassen? Ist bestimmt total verboten. Mist!

Das bringt mich auch gleich zur nächsten Frage: Wenn ich hier munter Rechnungen schreibe, muss ich das Geld irgendwann mal versteuern. Steuern – nicht gerade mein Lieblingsthema. Vielleicht sollte ich mich darum einfach später kümmern. Wenn mehr Zeit ist. Oder ich mehr Ahnung habe. Oder beides. Jetzt jedenfalls nicht. Ich lasse die Nummer also erst einmal so, wie sie ist. Das ist vermutlich nicht ganz so, wie sich das Finanzamt eine korrekte Rechnung vorstellt, aber eine bessere Lösung fällt mir eben nicht ein.

Ich verteile die Beratungstermine so über die ganze Woche, dass sie nicht mit meiner Arbeitszeit im Sonnenstudio kollidieren, denn so wahnsinnig, dass ich da gleich in den Sack haue, bin ich nun auch wieder nicht. Wer weiß, wie lange es dauert, bis ich auffliege? Und wer weiß, wer sich dann noch von mir coachen lassen will? Nein, lieber nicht dran denken, ich ziehe die Sache jetzt durch!

»Hallo, Spitzencoach!«, meldet Daniel sich eine Woche nach seinem Überraschungsbesuch. »Und? Hat sich schon der eine oder andere Kollege gemeldet?«

»Ja«, antworte ich, »ich bin kaum vom Telefon weggekommen. Ihr Bekannter hat bereits angerufen und dazu noch fünf andere Klienten.«

»Das ist echt super«, stellt er fest. »Wie sieht es denn bei Ihnen in den nächsten Tagen aus? Unser Treffen steht noch, oder?«

»Sorry, dafür habe ich jetzt keine Zeit mehr, zu viele Neukunden.« Schweigen am anderen Ende der Leitung. Dann breche ich in Gelächter aus. »Das war nur ein Witz!«, stelle ich klar. »Ich würde mich sehr freuen, wenn wir uns bald sehen.«

»Oh, da haben Sie mich jetzt gerade ganz schön auf den Arm genommen«, erwidert Daniel. »Hab schon einen Schrecken gekriegt. Wie sieht es denn Donnerstagabend aus? Frau Hansmann hätte da auch Zeit.«

»Frau Hansmann?«

»Na, unsere Personalchefin.«

Mist, er will wirklich in Begleitung kommen. Ich hatte ein bisschen gehofft, dass das nur vorgeschoben war. Sei's drum. Besser ein Treffen zu dritt, als Daniel gar nicht wiederzusehen.

»Warten Sie mal, ich hole eben meinen Kalender.« Ich laufe mit dem Telefon in die Küche und schnappe mir den Terminplaner, den ich mir heute extra gekauft habe. Bin jetzt schließlich ein gefragter Coach und so, da muss ich mich schon gut organisieren. »Ich schau mal nach«, sage ich und blättere darin herum. Morgen um zehn kommt Markus Gärtner, Daniels Freund. Danach, um zwölf, eine Corinna Schuster, nachmittags habe ich Schicht im Studio. Mittwoch bin ich den ganzen Tag im »Summer Island«, Donnerstagvormittag auch, am Nachmittag kommt wieder jemand zum Coaching, und den Freitag bin ich wieder zusammen mit Nadine im Studio. »Donnerstagabend klingt gut«, erkläre ich. »So gegen acht?«

»Acht ist bestens. Was halten Sie von italienischer Küche?«

»Sehr viel.«

»Dann würde ich sagen, wir treffen uns im ›Gallo Nero‹ in der Sierichstraße. Kennen Sie das?«

Auweia, ein Nobel-Italiener. Und bei so einem Geschäftsessen muss ich den Kunden vermutlich einladen. Das wird teuer. Aber egal, da muss ich wohl durch, wenn ich einen professionellen Eindruck machen will.

»Ja, das Restaurant kenne ich. Dann bis Donnerstag!«

»Großartig. Ich freue mich!«

»Ich mich auch.« Also, ich finde, Herr Unverzagt klang ansatzweise euphorisch. Ein gutes Zeichen!

»Daniel hatte recht, das war eine wirklich interessante und spannende Sitzung mit Ihnen, Frau Schäfer.« Am nächsten Tag habe ich um kurz vor zwölf meinen ersten offiziellen Termin mit Markus Gärtner hinter mich gebracht. Anfangs war ich noch sehr nervös, zum einen, weil ich wusste, dass Markus Daniels bester Freund ist, zum anderen, weil ich immer noch Zweifel hatte, dass die Sache glatt über die Bühne geht. Nur weil Daniel von mir so begeistert war – und das anscheinend nicht nur wegen meiner Coaching-Qualitäten –, heißt das nicht, dass es anderen auch so geht. Aber offensichtlich muss ich mir keine Sorgen machen, auch Markus Gärtner scheint mit mir zufrieden zu sein, er will sogar ein paar Flyer haben, die er Freunden und Kollegen geben will.

»Vielen Dank«, sage ich, »freut mich, wenn es Ihnen gefallen hat und Sie mich weiterempfehlen.« Ich drücke ihm Kikis Flyer in die Hand.

In der Zwischenzeit habe ich Kikis alte Mobilnummer mit meiner überklebt, damit niemand versucht, meine Cousine anzurufen. Wobei ein kurzer Kontrollanruf, nachdem Daniel ja schon ohne mein Wissen ein paar Prospekte mit der alten Nummer verteilt hatte, mir bestätigte, dass unter Kikis alter Nummer nur die Ansage »Diese Rufnummer ist zurzeit nicht vergeben« läuft. Ist also kein Drama, falls es da schon jemand probiert hat.

»Ich finde Ihren Ansatz sehr interessant«, meint Markus Gärtner und schiebt seine Nickelbrille zurecht.

Optisch ist er das genaue Gegenteil von Daniel, er ist klein, blond und könnte ein paar Pfund weniger vertragen. Er ist in Daniels Firma nicht im Controlling, sondern im Einkauf tätig, dort allerdings sehr zufrieden. Wie er mir etwas verschämt erklärte, ging es bei ihm nicht um den beruflichen, sondern eher um den zwischenmenschlichen Bereich. Anders gesagt: Markus Gärtner findet einfach keine Freundin – dabei hätte er doch so gerne eine. Ein Problem, das ich durchaus nachvollziehen konnte, wer ist schon gern allein?

Neben der Sache mit der Wunschliste und der Wunsch-Wand habe ich mir die Freiheit herausgenommen, ihm noch zwei, drei modische Tipps zu geben (»Schwarze Lackschuhe, ganz ehrlich, Herr Gärtner, sind einfach ein ziemlicher Abturner. Wenn Sie abends ausgehen, lassen Sie die Krawatte weg, das wirkt sonst so steif. Versuchen Sie es stattdessen mal in Jeans und T-Shirt! Ein bisschen mehr Farbe würde Ihnen sicher auch gut stehen, ein Besuch im Solarium könnte da nicht schaden, das wirkt gleich viel frischer und positiver«) und ihn davon zu überzeugen, dass ein klein wenig Sport sich absolut vorteilhaft auswirken würde.

Zusätzlich habe ich ihm noch etwas geraten, das in einem von Kikis Büchern stand und das ich ziemlich lustig fand: Platz schaffen für einen Partner! Er solle die Hälfte seines Kleiderschranks ausräumen, öfter mal für zwei Personen decken, sich ein Doppelbett besorgen (tatsächlich schläft der Mann noch auf einem nur neunzig Zentimeter breiten Bett) und seine Wohnung generell so einrichten, dass eine Frau sich dort auch wohl fühlen würde.

»Ganz wichtig ist auch«, habe ich ihm erklärt, »dass Sie ab sofort die Augen offen halten! Man weiß schließlich nie, wo einem der Partner fürs Leben begegnet, das kann immer und überall sein, selbst wenn Sie überhaupt nicht damit rechnen. Das Universum findet manchmal ungewöhnliche Wege, um uns unsere Wünsche zu erfüllen.«

Markus Gärtner hat jedes meiner Worte mit Feuereifer mitgeschrieben, ihm scheint die Sache wirklich sehr ernst zu sein.

»Jedenfalls«, sagt er jetzt bei der Verabschiedung, »habe ich die Dinge noch nie von dieser Warte aus betrachtet, ich finde dieses Anziehungsgesetz schon sehr innovativ.«

»Ja«, meine ich, »im ersten Moment kommt es einem vielleicht etwas seltsam vor – aber glauben Sie mir, es hat schon bei vielen Menschen funktioniert.«

»Dann will ich mal hoffen, dass das auch auf mich zutrifft.« Ein sehnsuchtsvoller Ausdruck tritt auf sein Gesicht, und ich möchte wetten, er stellt sich gerade vor, wie er mit einer netten

Frau Hand in Hand spazieren geht. Bestens, dann visualisiert er schon, und das ist immer gut. »Sagen Sie, Frau Schäfer, das hier bleibt doch unter uns, oder?«

»Aber natürlich!«

»Ich meine, Daniel hat mir gesagt, dass er Sie noch ein paar anderen Mitarbeitern in unserer Firma empfohlen hat, und da wäre es mir sehr unangenehm, wenn von denen jemand wüsste, dass ich …«

»Seien Sie unbesorgt«, beruhige ich ihn. »Ich halte es da ähnlich wie mit der ärztlichen Schweigepflicht.«

»Tachchen!«, begrüßt mich Nadine, als ich am Nachmittag ins Studio komme.

»Holldriho!«, rufe ich ihr entgegen und lasse mich mit Schwung auf meinen Stuhl plumpsen.

»Na, du bist ja gut gelaunt«, stellt sie fest. »Was ist denn los?«

»Gar nichts ist los«, meine ich. »Ich bin einfach nur gut gelaunt, das ist alles. Oder ist das nicht erlaubt?«

»Doch, natürlich, wollte bloß nachfragen. Hätte ja sein können, dass es was Neues gibt.« Sie mustert mich eingehend. »So wie ich dich kenne, gibt es auch was Neues, du willst es mir nur nicht sagen.«

»Wieso sollte ich?«, tue ich unschuldig.

»Keine Ahnung«, erwidert sie. »Aber ich sehe dir an der Nasenspitze an, dass irgendwas los ist, du bist schon seit Tagen so anders.« Sie legt die Stirn nachdenklich in Falten. »Nur was könnte es sein? Neuer Job? Nein, dann hättest du hier schon gekündigt. Neuer Kerl? Na, das hättest du mir ja wohl hoffentlich gesagt!«

»Weder das eine noch das andere«, behaupte ich. Allerdings bin ich schon ein bisschen traurig, dass ich Nadine nichts von Daniel erzählen kann. Jedenfalls noch nicht. Denn dann wird sie wissen wollen, wo ich ihn herhabe und wann sie ihn denn mal kennenlernt und … nun, das ist alles momentan noch ein bisschen schwierig. Aber mein »Es-wird-sich-alles-in-Wohlgefallen-auflösen«-Wunsch liegt ja in Kikis Schreibtischschublade und arbeitet von dort aus für mich.

»Wie du meinst«, sagt Nadine und packt ihre Sachen zusammen, weil für sie Feierabend ist. »Ich kriege es schon noch aus dir heraus, darauf kannst du dich verlassen.«

»Man kann nichts rauskriegen, was es nicht gibt«, kontere ich.

»Das werden wir ja sehen. Dir noch einen entspannten Nachmittag, ich gehe jetzt einkaufen und koche heute Abend was Leckeres für meinen Süßen und mich. So ein richtig schöner Abend zu zweit, wunderbar, so was müsstest du auch mal wieder haben.« Sie mustert mich eingehend, ob ich nicht doch irgendwie reagiere.

Aber ich wahre mein Pokerface. Wobei ich innerlich vor Vorfreude ganz hibbelig bin, wenn ich an Donnerstagabend denke. »Jaha«, flöte ich, »macht's euch mal nett. Ich werde mich hier bis zehn Uhr amüsieren.«

»Okay«, verabschiedet Nadine sich. »Dann bis morgen.«

»Bis morgen!«

Ich verbringe den Nachmittag mit akkordmäßigem Solariumputzen, denn nachdem es heute schon wieder in Strömen regnet und gar nicht mehr aufhören will, sind fast alle Bänke übergangslos belegt. Mir soll es recht sein, denn alles ist besser, als sich hinterm Tresen zu langweilen und vor Verzweiflung sämtliche alten *Galas, Buntes* und *InTouchs* zum dritten Mal zu lesen. Auch der Gedanke daran, dass ich bei diesem Trubel leider nicht am Umsatz beteiligt bin, lässt mich ziemlich kalt. Hey, ich kriege siebzig Euro die Stunde, was brauche ich da eine Umsatzbeteiligung in dieser Bude hier?

Im Wesentlichen murkele ich den gesamten Tag allein vor mich hin, nur einmal schaut Roger kurz vorbei, verzieht sich aber nach einer halben Stunde schon wieder, weil er einen wichtigen Termin hat. Es geht um irgendeine neue Bräunungsmethode aus den USA, eine Art Farbdusche, die bereits von vielen Studios angeboten wird. Bei diesem Trend will Roger »den Zug nicht verpassen«. Na dann. Um kurz nach sechs taucht Stefan auf, bibbernd und pitschnass, seine Trainingsklamotten kleben ihm am Körper, Wasser tropft aus seinen Haaren, als wäre er soeben einer Badewanne entstiegen. Mittlerweile kommt Stefan auch hierher, und ich lasse ihn dann immer umsonst auf die Bank. Jedenfalls, wenn Roger nicht da ist, der würde mir natürlich den Hals umdrehen, wenn er das mitbekäme. Aber das ist eben meine kleine, feine Rache für die saumiese Bezahlung.

»Tach, Maike«, sagt Stefan. »So ein Scheißwetter da draußen – Hamburg macht seinem Ruf alle Ehre.« Er zittert regelrecht, und die Farbe seiner Lippen zeigt ein eindeutiges Lila-Blau. »An solchen Tagen macht es echt keinen Spaß, mit Kunden um die Alster zu joggen. Noch dazu, wenn sie für sieben Kilometer ungefähr zwei Stunden brauchen.«

»Du Armer.« Ich reiche ihm ein Handtuch, er rubbelt sich die Haare trocken, so dass sie in alle Himmelsrichtungen abstehen. Sieht süß aus, wie er da so mit Sturmfrisur vor mir steht und mit seinen Klamotten immer noch den Boden volltropft. »Musstest du echt bei dem Regen draußen rumlaufen?«

Er nickt. »Ich hab echt versucht, meinen Kunden davon zu überzeugen, lieber ins Studio zu gehen. Aber er meinte, wir würden schon nicht wegschwimmen, was wir allerdings fast getan hätten.«

»Na, dann wärm dich mal ein bisschen auf, die drei ist gerade frei geworden, ich stell sie dir mal auf zwanzig Minuten ein.«

»Super, danke, das brauche ich jetzt wirklich, ich kann meine Zehen kaum noch spüren.«

»Hast du was Trockenes zum Anziehen mit?«, will ich wissen. »Ich kann sonst mal schauen, ob wir irgendwo im Schrank wenigstens noch ein T-Shirt haben, manchmal lassen die Kunden ja was liegen.«

Stefan rümpft die Nase. »Ein olles T-Shirt von einem Fremden? Nee, danke!« Dann schwingt er eine Sporttasche, die er in der linken Hand hält. »Hab mir schon gedacht, dass es heute wie aus Eimern schütten wird, und vorsichtshalber was zum Wechseln ins Auto gelegt.«

»Sehr weitsichtig«, lobe ich und reiche ihm ein frisches Handtuch.

»Danke.« Er schnappt sich das Handtuch und steuert die Kabine an. Unterwegs klingelt sein Handy.

»Stefan Becker?«, höre ich ihn sagen, dicht gefolgt von einem »Ja, der bin ich«, und ein paar Minuten später meint er: »Gut, in Ordnung, morgen früh um sieben an der Lohkoppelbrücke. Wir erkennen uns dann schon.«

Zwei Sekunden später steht Stefan wieder vor mir am Tresen und betrachtet mich irritiert.

»Ist noch was?«, frage ich.

»Ja«, antwortet er. »Wer ist Markus Gärtner? Und wieso hat er meine Nummer heute von Kirsten Schäfer bekommen?«

Mit einem Schlag sackt mir sämtliches Blut in die Magengrube.

20. Kapitel

Wie, deine Nummer?«, frage ich, um Zeit zu schinden. Gleichzeitig überlege ich fieberhaft, wie ich Stefan die ganze Sache am besten verkaufen kann. Wie kommt Markus Gärtner an Stefans Nummer? Dafür gibt es eigentlich nur eine logische Erklärung: Er muss einen von Stefans Prospekten gefunden haben. Vermutlich liegen sie neben Kikis Flyern auf dem Sideboard, darüber habe ich mir nie Gedanken gemacht, als ich sie zu Dekorationszwecken verteilt habe. Anscheinend hat sich Markus Gärtner meinen Rat, etwas für seine Figur zu tun, sofort zu Herzen genommen und beschlossen, das Thema auf der Stelle anzugehen.

Mist, Mist, Mist, gleich werde ich auffliegen. Denn Stefan ist natürlich mit der Letzte, der erfahren sollte, dass ich mich für Kirsten Schäfer ausgegeben habe. Könnte mir vorstellen, der Freund meiner verstorbenen Cousine fände das unter Umständen etwas … pietätlos.

»Dieser Typ, der mich da eben angerufen hat, dieser Markus Gärtner«, spricht Stefan weiter, »hat mir gesagt, er hätte meinen Prospekt bei einem Coaching mit Kirsten Schäfer entdeckt. Und zwar heute Vormittag.« Er stemmt beide Hände in die Hüften und sieht mich erwartungsvoll an. »Da frage ich mich gerade, wie das denn sein kann.«

»Ja, äh, ich verstehe, dass du dich darüber wunderst.« Denk nach, Maike, denk nach! Wenn dir nicht in den nächsten zehn Sekunden was Schlaues einfällt, ist der Ofen aus! »Wie, sagtest du noch mal, war der Name des Anrufers?«

»Markus Gärtner.«

»Markus Gärtner«, wiederhole ich zögerlich. »Ach, ja klar, Markus Gärtner!«, rufe ich dann aus.

»Wer ist das denn?«

»Ja, das ist … also, ich hab dir doch gesagt, dass ich versuche, die Büroräume unterzuvermieten, weil ich mir die ganze Bude momentan einfach nicht leisten kann«, versuche ich, nun möglichst normal zu klingen. »Neulich, als du die Kartons abgeholt hast und wir danach auf dem Friedhof waren, war ja auch schon ein Interessent da, erinnerst du dich?«

Stefan steht nach wie vor bewegungslos vor mir, seine Stirn ist gerunzelt.

»Jedenfalls sind heute Vormittag wieder ein paar Leute vorbeigekommen, um sich das Büro mal anzusehen. Und einer von denen muss dieser Markus Gärtner gewesen sein. Doch, jetzt, wo ich genauer darüber nachdenke, bin ich mir sogar ganz sicher, dass er so hieß. Ja«, ich nicke zur Bekräftigung, »Markus Gärtner, so war sein Name. Wahrscheinlich hat er bei der Besichtigung einen deiner Flyer entdeckt, die da noch rumliegen.«

»Hm.« Er sieht immer noch etwas skeptisch aus. »Aber wir haben doch alle Sachen von Kiki in Kartons gepackt, und ich habe sie weggebracht.«

Herrje, warum muss Stefan nur so hartnäckig sein, ich fühle mich ja glatt wie bei einem Verhör! Fehlt nur noch, dass er sich meine Schreibtischlampe schnappt und sie mir ins Gesicht hält.

»Ja, sicher«, sage ich, »aber das Büromaterial und ihre Bücher habe ich noch behalten, weil ich sie bei Gelegenheit aussortieren und dann alles Brauchbare zur Uni-Bibliothek bringen wollte. Da standen also noch zwei Kartons vorn im Büro.«

»Verstehe«, erwidert Stefan, und ich hege schon die schwache Hoffnung, dass er es nun gut sein lässt. Aber da kenne ich Stefan Becker schlecht, Ausdauer gehört schließlich zu seinem Job. »Dann hat also«, fährt er fort, und eine steile Falte bildet sich zwischen seinen Augenbrauen, »dieser Markus Gärtner in Kikis Kartons rumgewühlt?«

»Was?«, rufe ich entsetzt aus. »Nein, äh, natürlich nicht!«, beeile ich mich, zu versichern. Auweia! Vor meinem geistigen Auge sehe ich schon Stefan, wie er sich den armen, verunsicherten Markus Gärtner greift, wenn sie sich morgen früh zum Training treffen, ihn am Kragen packt und heftig schüttelt: »Was fällt dir ein, in den Sachen meiner verstorbenen Freundin rumzuschnüffeln?« Nicht gut, das ist gar nicht gut, das ist ...

»Maike?«, holt Stefan mich in die Wirklichkeit zurück.

»Äh, ja?«

»Das ist doch komisch, oder?«

»Nein«, stottere ich und bete innerlich, dass er nicht merkt, wie ich gerade Blut und Wasser schwitze. »Genau genommen ist das gar nicht komisch, weil ... weil ... Also, ich hab die Kartons wieder ausgeräumt.«

»Ausgeräumt?«, wiederholt Stefan. Ich nicke.

»Ja«, gestehe ich.

»Wieso das?«

»Weil ich dachte, dass sich die Büroräume sicher besser untervermieten lassen, wenn es etwas wohnlicher aussieht. Deshalb habe ich sie ein bisschen dekoriert. So wohnstylingmäßig, verstehst du?« Ich glaube zwar nicht, dass Stefan mir diesen riesigen Unsinn abkauft – aber tatsächlich verschwindet die Falte zwischen seinen Augenbrauen.

»Verstehe«, sagt er und nickt. Doch Sekunden später ist die Falte wieder da, diesmal noch tiefer und deutlicher. »Aber dann begreife ich immer noch nicht, warum Markus Gärtner sagte, er sei bei einem Coaching mit Kirsten Schäfer gewesen?«

Argh, es wird ja immer besser! Ermattet zucke ich mit den Schultern. »Keine Ahnung«, gebe ich zu, »vielleicht hat er sich nur ungeschickt ausgedrückt.«

Schon wieder schwitze ich Blut und Wasser, denn in diesem Augenblick wird mir klar, dass ich mich für diesen Moment vielleicht noch retten kann – aber spätestens morgen, wenn

Stefan auf Markus Gärtner trifft und sie sich etwas länger unterhalten, werde ich wohl erledigt sein. Egal, Maike, darüber kannst du später noch nachdenken, jetzt musst du erst einmal diese Kuh hier vom Eis bringen.

»Ich denke, er wollte damit sagen, er habe ihn in den Coaching-Räumen von Kirsten Schäfer gefunden. Ich meine, ich hab mich auch nur mit Schäfer vorgestellt, da konnte er ja nicht wissen, wie ich mit Vornamen heiße, und ist wahrscheinlich davon ausgegangen, dass ich Kirsten bin, weil ihr Name noch vorn an der Bürotür steht. Natürlich habe ich den Interessenten nicht die traurige Geschichte erzählt, weshalb ich einen Untermieter suche. Das geht schließlich keinen was an, weißt du?«

Stefans Gesichtszüge entspannen sich wieder. »Da hast du vermutlich recht«, sagt er. »Alles andere wäre ja auch absurd.« Gedankenverloren schüttelt er den Kopf und sieht mit einem Schlag unglaublich traurig aus. »Wird wohl kaum ein Geist in Kikis altem Büro sein Unwesen treiben und Beratungen abhalten.« Wieder ein Kopfschütteln, so als würde er versuchen, damit diese absurde Vorstellung loszuwerden. »Ich geh dann mal unter die Bank.«

»Alles klar«, meine ich, »viel Spaß dabei!«

Sobald Stefan aus meinem Blickfeld verschwunden ist, atme ich einmal tief ein und aus und lasse mich auf meinem Stuhl zurücksinken. Puh, das ist gerade noch mal gutgegangen. Zum Glück ahnt Stefan nicht, dass da tatsächlich ein Geist sein Unwesen treibt. Und dieser Geist bin ich.

»Hallo, Herr Gärtner! Kirsten Schäfer hier.« Fünf Sekunden nachdem Stefan das Studio verlassen hat, habe ich Markus Gärtners Handynummer gewählt, die glücklicherweise auf der Visitenkarte steht, die er mir gegeben hat.

»Hallo, Frau Schäfer«, kommt es erfreut zurück. »Wie kann ich Ihnen helfen?«

»Also, ja, ich, äh …«. Ich bin so angespannt, dass ich mich beinahe verhaspele. »Ich habe ein etwas ungewöhnliches Anliegen.«

»Worum geht es denn?«

»Ich habe gehört«, sage ich, ohne genauer zu erklären, wo und wie ich das gehört habe, »dass Sie morgen früh ein Personal Training bei Stefan Becker haben.«

»Mensch«, Markus Gärtner lacht auf, »in Ihrer Branche scheint man ja gut vernetzt zu sein! Das stimmt, ich habe den Termin gerade erst ausgemacht. Gut, oder? Als Sie mir das mit dem Sport ans Herz legten«, schon wieder so eine altmodische Ausdrucksweise, »habe ich beschlossen, den Stier dann gleich mal bei den Hörnern zu packen. Und Herr Becker scheint ja durchaus empfehlenswert zu sein, Sie haben schließlich seine Prospekte ausgelegt.«

»Herr Becker ist wirklich ein hervorragender Trainer«, bestätige ich. »Es gibt da nur ein, ähm, kleines Problem.«

»Nämlich?«

»Ja, wie soll ich das jetzt sagen?« Ich überlege einen Moment und beschließe dann, es auf die ganz direkte Tour zu sagen. »Ich muss Sie um einen etwas seltsamen Gefallen bitten.«

»Ich bin ganz Ohr.«

»Herr Becker weiß nicht, dass ich momentan praktiziere. Besser gesagt, dass ich überhaupt praktiziere.« Nennt man das beim Coaching überhaupt praktizieren? Egal, um solche Details kann ich mir momentan keine Gedanken machen. »Die genauen Hintergründe sind etwas zu kompliziert, um sie jetzt zu erläutern«, fahre ich fort. »Ich wäre Ihnen daher sehr dankbar, wenn Sie Herrn Becker nicht sagen, dass Sie für ein Coaching bei mir waren.«

»Nicht?« Markus Gärtner klingt verständlicherweise sehr verwundert.

»Ja, ich …«, ich muss nervös auflachen, »ehrlich gesagt komme ich in Teufels Küche, wenn er davon erfährt, und ich möchte Sie wirklich eindringlich bitten, nichts zu erwähnen.«

»Aber er weiß doch schon, dass ich bei Ihnen den Prospekt gefunden habe. Es tut mir leid, ich wusste ja nicht …«

»Das ist schon in Ordnung«, unterbreche ich ihn. »Er denkt, Sie wären nur bei mir gewesen, um sich die Büroräume als Nachmieter anzusehen.«

Er schweigt einen Moment lang. »Das klingt schon alles ein bisschen verwirrend, Frau Schäfer, das muss ich zugeben.«

»Ich weiß«, sage ich. »Daher kann ich Sie nur bitten, die Sache nicht zu hinterfragen, sondern mir einfach den Gefallen zu tun.« Ich versuche, meine Stimme möglichst schmeichelnd klingen zu lassen. »Sie wissen schon, so von ärztlicher Schweigepflicht zu ärztlicher Schweigepflicht.«

In dem Moment, in dem ich das ausgesprochen habe, tut es mir auch schon wieder leid. Hoffentlich denkt er jetzt nicht, ich wolle ihn erpressen.

Das denkt er offenbar nicht, denn er erwidert in konspirativem Tonfall: »Alles klar, Frau Schäfer, Sie können sich auf mich verlassen, ich werde nichts sagen.«

Ich atme erleichtert auf. »Das ist wirklich nett von Ihnen, Herr Gärtner, Sie tun mir damit einen riesigen Gefallen.«

»Ist nicht der Rede wert, Frau Schäfer, ich helfe doch gern, wenn ich kann. Und«, er räuspert sich, »Daniel werde ich auch informieren, damit er sich nicht verplappert.«

»Daniel?«, frage ich entsetzt nach. »Was hat denn Daniel damit zu tun?«

»Der kommt morgen mit«, erläutert Markus Gärtner, und mir wird schon wieder leicht schlecht. »Er war von der Idee mit dem Personal Trainer so angetan, dass er sofort gesagt hat, er sei dabei.« Gärtner lacht süffisant auf. »Schätze, es gibt da eine junge Dame, für die er sich in Form halten will. Höhö.«

»Ja, ach so, verstehe.« Auch ich lache, allerdings nicht süffisant, sondern nervös. »Dann ist ja alles klar, und Sie sagen es Daniel?«

»Worauf Sie sich verlassen können.«

Ich verabschiede mich und lege auf. Dann wollen wir mal schwer hoffen, dass ich mich darauf verlassen kann! Aber weil man ja nie sicher genug gehen kann, schreibe ich auf ein Blatt Papier, das ich dann zusammenfalte und in meine Hosentasche stecke:

Markus Gärtner und Daniel Unverzagt halten wie versprochen dicht.

Offenbar kann ich mich auf Markus Gärtner und Daniel in der Tat verlassen. Denn weder erreicht mich am nächsten Morgen ein erboster Anruf von Stefan, mit dem ich schon halb gerechnet habe, noch klingt Daniel irgendwie seltsam, als er sich am frühen Abend bei mir meldet, um mich zu fragen, ob es bei unserer Verabredung für morgen bleibt.

»Klar bleibt es dabei«, meine ich.

»Dann freue ich mich, Sie zu sehen und Frau Hansmann vorzustellen.«

»Ja, ich freue mich auch«, erwidere ich und ärgere mich gleichzeitig ein bisschen darüber, dass Daniel wohl tatsächlich diese Personaltante mitschleppen will. Aber egal, ich habe momentan wirklich größere Probleme. »Wie ich hörte«, frage ich wie beiläufig nach, »haben Sie sich dem Fitnessprogramm von Herrn Gärtner angeschlossen?«

»Stimmt genau«, antwortet er, und ich versuche, herauszuhorchen, ob Daniel irgendwie komisch klingt. Doch er macht einen ganz normalen Eindruck. »Heute früh sind Markus und ich mit Stefan Becker einmal um die Alster gelaufen. Ich muss schon sagen, tut ziemlich gut, den Tag mit Sport zu beginnen.«

»Hm«, kommentiere ich nur. »Hat Ihnen Herr Gärtner …«

»Ja, hat er. Wir haben beide nichts gesagt, Sie müssen sich also keine Sorgen machen.« Er senkt die Stimme. »Wobei ich natürlich zugeben muss, dass ich etwas neugierig bin, warum Stefan Becker nicht wissen darf, dass wir bei Ihnen ein Coaching absolviert haben.«

»Das ist nicht so einfach zu erklären«, meine ich.

»Na ja«, sagt er. »Geht mich ja auch nichts an.« Mir fällt ein Stein vom Herzen, ich bin nicht aufgeflogen! »Hat die Sache etwas mit dem Schild zu tun, das Sie in Ihr Fenster gehängt haben?«, will Daniel nun wissen.

Ich muss lachen. »Eben haben Sie doch noch gesagt, es ginge Sie nichts an.«

»Tut es eigentlich auch nicht«, erwidert er gespielt maulig, »aber neugierig bin ich eben trotzdem.« Er macht eine Pause. »Bin halt nicht mehr der langweilige Zahlenmensch wie früher.«

»Ah, hervorragend. Eindeutig ein Coaching-Erfolg!« Wir müssen beide lachen.

»Na, dann bis morgen!« Daniel klingt jetzt wieder sehr gut gelaunt.

»Genau.« Wir legen auf – und ich danke im Geheimen dem Herrgott auf Knien, dass das gerade noch einmal gutgegangen ist.

21. Kapitel

Fünf vor acht am Donnerstagabend – ich laufe wie ein aufge-
scheuchtes Huhn durch meine Wohnung, weil ich so aufgeregt bin, dass ich meinen Lippenstift im Gewühl meines Make-
up-Beutels nicht finde, aber das Taxi jeden Moment kommen
muss. Ganze vier Mal habe ich mich in den vergangenen zwei
Stunden umgezogen, ich konnte mich einfach nicht für ein Outfit entscheiden. Schließlich will ich sexy aussehen, aber nicht zu
sexy, denn das würde diese Frau Hansmann bestimmt irritieren.
Ist ja ein Geschäftsessen. Schlussendlich ist es der Klassiker geworden: das kleine Schwarze, das passt immer. Dazu trage ich
elegante schwarze Peep-Toes, die ich mal für schmales Geld bei
eBay ersteigert habe, die Haare habe ich zu einer Banane hoch-
gesteckt, an meinen Ohren glitzern rote Swarowski-Steine,
die exakt zu der Farbe meines Lippenstiftes und meiner roten
Clutch passen – oder vielmehr passen würden, denn den Lippenstift habe ich immer noch nicht gefunden. Als es an der Tür
klingelt, werfe ich einen letzten prüfenden Blick in den Spiegel
im Flur. Dann eben ohne Lippenstift – stattdessen stopfe ich
schnell ein Gloss in meine Tasche. Ist vielleicht sogar besser,
nicht zu aufgedonnert.

Eine Viertelstunde später hält das Taxi vor der Terrasse des
»Gallo Nero«. Die einladende dunkelrote Markise gibt dem Restaurant eine besonders edle Note – ich hoffe sehr, dass ich mit
den zweihundertfünfzig Euro, die ich in bar eingesteckt habe,
hinkomme. Schließlich habe ich noch keine EC-, geschweige
denn eine Kreditkarte, und es wäre mir doch sehr unangenehm,
vom Kellner im Anschluss an das Abendessen zum Tellerspü-
len in die Küche abkommandiert zu werden.

Es ist ein warmer, sonniger Abend, und noch bevor ich durch

den kleinen, efeubewachsenen Torbogen gehe, sehe ich Daniel an einem der Tische auf der Terrasse sitzen. Gut sieht er aus, sehr businesslike im hellbraunen Anzug, aber auch nicht zu förmlich. Er unterhält sich mit einer extrem hübschen brünetten Mitdreißigerin, die wohl Frau Hansmann sein wird. Das Herz schlägt mir bis zum Hals, als ich an den Tisch trete.

»Hallo, Daniel!«, begrüße ich ihn, dann lächele ich seine Begleitung an: »Und Sie müssen Frau Hansmann sein.«

Sofort springt Daniel auf und greift nach meiner Hand. »Kirsten, toll sehen Sie aus! Frau Hansmann, das ist Kirsten Schäfer, Kirsten – das ist unsere Personalleiterin Dorothee Hansmann.«

Frau Hansmann lächelt mich an und reicht mir ebenfalls die Hand. »Freut mich. Ich habe schon viel von Ihnen gehört.« Jetzt lächelt sie noch breiter, allerdings nicht unfreundlich, und ihre tiefbraunen Augen mustern mich interessiert. Wirklich, eine bildschöne Frau, sieht eher wie ein Model als eine Personalberaterin aus. Ganz leise spüre ich einen Anflug von Eifersucht in mir aufsteigen, wirklich eine Frechheit, dass Daniel mit solchen Frauen zusammenarbeitet! »Jedenfalls war ich schon sehr gespannt darauf«, erklärt Frau Hansmann, »Sie heute endlich mal kennenzulernen, Herr Unverzagt ist ja voll des Lobes über Sie!«

Unsicher linse ich zu Daniel. Was in aller Welt hat er ihr bloß erzählt? Er ignoriert meinen Blick, stattdessen rückt er mir meinen Stuhl zurecht.

»Hier, setzen Sie sich doch. Wir haben uns gerade schon durch die Empfehlungen gearbeitet. Loup de mer unter der Salzkruste ist heute Tagesspezialität – man könnte ihn auch für drei Personen bekommen, denn sie haben einen richtig schönen großen dabei.«

Fisch – igitt! Nur über meine Leiche! Ich wäre eher für eine Pizza oder eine ordentliche Portion Spaghetti Bolognese. Aber an den Mienen von Unverzagt und Hansmann kann ich deutlich ablesen, dass die beiden von ihrer Fischidee völlig begeistert sind. Was tut man nicht alles, um einen guten Eindruck zu machen?

»Äh, also, genau. Tolle Idee.« Hoffentlich kann ich mir meine Vorspeise wenigstens selbst aussuchen, schließlich sieht es ganz so aus, als müsste ich davon satt werden.

»Vorweg würde ich für uns gerne dreimal das Rindercarpaccio mit getrüffeltem Olivenöl bestellen«, schlägt Daniel vor. »Das ist einfach ganz hervorragend hier, ihr müsst es unbedingt probieren!« Seine Augen strahlen, als er den Ober heranwinkt.

In meinem Magen breitet sich hingegen Unruhe aus, denn wenn ich vor dem Fisch auch noch rohes Fleisch essen muss, ist der Abend wahrscheinlich schneller für mich gelaufen, als ich mir das erhofft hatte.

»Ich will Sie in Ihrem Enthusiasmus ja nicht bremsen, Herr Unverzagt«, mischt sich nun Frau Hansmann ein, »aber rohes Fleisch ist nun wirklich nicht jedermanns Sache. Meine zum Beispiel überhaupt nicht. Vielleicht lassen Sie die arme Frau Schäfer erst einmal selbst in die Karte schauen?« Sie lächelt mir zu, ich lächele dankbar zurück.

»Äh, natürlich, wie unhöflich von mir!« Täusche ich mich, oder wird Daniel ein bisschen rot? Wie süß! Er will offensichtlich auch unbedingt einen guten Eindruck machen. »Ich habe mich nur so auf den heutigen Abend gefreut, da bin ich wohl ein bisschen übereifrig.«

»Kein Problem!«, werfe ich schnell ein. »Außerdem esse ich sehr gerne Carpaccio.« Bitte? Habe ich das gerade wirklich gesagt? Wie konnte ich nur? Aber meine Zunge ist offensichtlich schneller als mein Verstand und zudem der Meinung, dass ein bisschen Betüdeln Daniels Ego nicht schaden kann. Und sei es um den Preis von rohem Fleisch.

Die Einschätzung ist offensichtlich richtig, denn jetzt strahlt Daniel mich regelrecht an. »Wunderbar, Kirsten. Ich wusste, ich würde Ihren Geschmack treffen!«

Okay – kulinarisch ist der Abend ein Super-GAU, aber ansonsten ist er traumhaft. Und das ist durchaus wörtlich zu nehmen: Ich kann nicht glauben, dass ich es bin, die mit diesem tollen Mann in einem netten Restaurant isst. Gut, im Grunde sitzt hier ja auch nicht Maike Schäfer, sondern Kirsten Schäfer, gespielt von Maike Schäfer. Aber das ist mir momentan völlig schnuppe.

Selbst Frau Hansmann kann mich nicht aus dem Konzept bringen. Am Anfang hat sie mir noch ein paar Fragen zu meinem Coaching-Konzept gestellt, aber während des Essens haben wir dann die fachliche Schiene verlassen und diskutieren über amerikanische Krimiserien. Da ich in meinem Leben schon sehr viel Zeit vor dem Fernseher verbracht habe, kann ich hier mit Expertenwissen punkten. Ich persönlich bin ein großer Fan von *Remington Steele*. Ich war zwar noch ziemlich klein, als die Serie im Fernsehen lief, aber Pierce Brosnan als Remington fand ich schon als Kind umwerfend.

Dorothee Hansmann lacht. »Das ist wirklich lustig, denn ich finde, dass Sie beide hier eine gewisse Ähnlichkeit mit Remington und Laura Holt haben.«

Daniel grinst. »Tja, wenn ich mich recht erinnere, waren die zwei ja nicht nur geschäftlich verbandelt.« Er schaut mir direkt in die Augen, und ich merke, wie mir plötzlich sehr warm wird.

Bevor ich mir noch eine passende Antwort überlegen kann, klingelt das Handy von Dorothee Hansmann. Sie nimmt den Anruf an, murmelt zweimal kurz »Ja, ja« und beendet das Gespräch schließlich mit »Gut, ich komme gleich«.

»Entschuldigen Sie bitte, ich muss leider schon gehen. Das war mein Babysitter – meine Jüngste ist wach geworden und hat sich übergeben. Jetzt ist Mama persönlich gefragt. Chefsache quasi.« Klasse! Mein Herz macht einen kleinen Hüpfer – jetzt verwandelt sich der Abend doch noch in ein richtiges Rendezvous.

»Ach, wie schade!«, sage ich und reiche ihr die Hand.

Auch Daniel schüttelt bedauernd den Kopf. »Die lieben Kleinen – kann man leider nichts machen.«

Kurz darauf ist Dorothee weg, und wir sitzen fast ein bisschen schüchtern zu zweit am Tisch.

Schließlich räuspert sich Daniel. »Noch ein Dessert?«

Ich schüttle den Kopf – auf keinen Fall! Ich habe zwar einen mordsmäßigen Kohldampf, weil ich mein Essen im Grunde genommen nur auf meinem Teller von links nach rechts geschoben habe. Aber wenn ich einigermaßen richtig mitgerechnet habe, sind wir jetzt bei ungefähr zweihundertvierzig Euro angelangt, und die Bude hier sieht mir nicht so aus, als wäre das Tiramisu für fünf Euro zu haben. Einen Moment lang sagt Daniel nichts, sondern schaut mich nur an. Was er wohl überlegt?

»Hm, also kein Dessert. Offen gestanden wäre es aber sehr schade, wenn der nette Abend schon jetzt zu Ende wäre.«

Ich strahle ihn an. »Wirklich? Mir geht es genauso!«

»Dann lassen Sie uns doch noch woanders einen Absacker trinken. Den förmlichen Teil haben wir ja nun hinter uns gebracht.«

»Gerne! Dann bestelle ich mal die Rechnung.«

»Auf keinen Fall, das mache ich!«

»Aber warum denn? Schließlich sind Sie der Kunde, also zahle ich.«

»Unsinn, es war doch eher ein Vorstellungsgespräch bei unserer Personalleiterin. Also zahle ich.«

»Aber …«

»Keine Widerrede – ich kann die Rechnung schließlich bei meiner Firma einreichen.«

Ich seufze und hebe die Hände. »Na gut, ich gebe mich geschlagen. Dafür suche ich die nächste Location aus, und dort zahle ich!«

Daniel lacht. »Wenn Sie darauf bestehen.«

Ich muss schon sagen: Das »Red Dog« ist eine geschickte Wahl von mir. Es liegt in Fußnähe zum »Gallo«, und der Weg dahin lässt sich ganz hervorragend mit einem Spaziergang entlang der Alster verbinden. Jedenfalls, wenn man den kleinen Umweg über die Bellevue wählt, und da Daniel ja nicht weiß, wo ich hinwill, läuft er brav neben mir her. Mittlerweile ist es schon fast dunkel, und der Weg am Ufer entlang ist sehr lauschig. Der Mond spiegelt sich auf der Wasseroberfläche, ein paar Enten scheinen noch nicht schlafen zu wollen und lassen sich friedlich auf dem See treiben. Es ist sehr romantisch, leider auch ein bisschen kalt, und ich fange an zu frösteln. Mist, ich hätte doch einen Blazer mitnehmen sollen.

Entweder kann Daniel Gedanken lesen, oder ich habe schon eine deutlich sichtbare Gänsehaut.

»Frieren Sie?«

»Ach, nur ein bisschen.«

»Hier, nehmen Sie mein Sakko.« Er zieht seine Jacke aus und will sie mir über die Schultern hängen, dabei streifen seine Hände meine Oberarme. Mit einem Schlag bin ich wie elektrisiert, und mein Puls rast geradezu.

»Ist Ihnen nicht gut?«, will Daniel wissen.

Ich nehme meinen ganzen Mut zusammen und schaue ihm direkt in die Augen. »Nein, ganz im Gegenteil.«

Dazu sagt Daniel nichts mehr. Stattdessen legt er seine Hände auf meine Schultern und zieht mich ganz dicht an sich heran. »Das will ich schon den ganzen Abend tun.« Er beugt sich zu mir, und Sekunden später verschmelzen unsere Lippen zu einem vorsichtigen, zärtlichen Kuss. Daniel fühlt sich noch so viel besser an, als ich gedacht habe, seine Haut ist so unglaublich warm und weich, dass mir ein unwillkürliches Seufzen entfährt.

»Kirsten«, flüstert Daniel.

»Nenn mich nicht so«, nuschele ich.

»Wie denn sonst?«, haucht er mir ins Ohr. »Kiki?«

Ich zucke zusammen. »So erst recht nicht.«

»Ist mir egal, wie ich dich nennen soll. Ich finde dich einfach großartig.« Dann zieht er mich wieder fest an sich und küsst mich noch einmal.

Diesmal allerdings nicht so zart und vorsichtig wie beim ersten Mal, sondern mit einer Leidenschaft, die mir den Atem raubt. Seine Berührung geht mir durch und durch, ich habe das Gefühl, den Boden unter den Füßen zu verlieren und jeden Moment ohnmächtig zu werden, so unglaublich schön fühlt sich das an. Selbst die kleine Stimme im Hinterkopf, die sich wieder meldet und mich daran erinnert, dass ich gerade dabei bin, mich tiefer und tiefer in den Schlamassel zu manövrieren, hat keine Chance. Ich achte einfach gar nicht auf sie, von negativen Gedanken lasse ich mir diesen Moment ganz bestimmt nicht vermiesen.

»Wow«, bringt Daniel japsend hervor, als wir uns nach einer kleinen Ewigkeit voneinander lösen. »Das war ja ein sensationeller Kuss.«

»Ja«, stimme ich ihm zu und merke, dass auch ich völlig außer Atem bin.

»Ich könnte jetzt gut einen Drink vertragen«, meint Daniel und grinst mich an.

»Wenn wir uns entschließen könnten, nur fünf Meter weiter zu gehen, wären wir schon da.«

»Aye, aye, Madam.« Daniel legt seinen Arm um mich, und wir schlendern weiter.

Ich genieße seine Wärme und seinen Geruch, ich persönlich

könnte momentan auch gut dreimal mit ihm um die Alster spazieren. Kalt ist mir jedenfalls überhaupt nicht mehr. Aber nach der nächsten Biegung sind schon die Fackeln zu erkennen, die vor dem »Red Dog« im Rasen stecken, und Daniel steuert zielstrebig darauf zu.

»Da sieht man mal, wie blind ich bisher durchs Leben gegangen bin. Ich dachte immer, das hier sei ein Toilettenhäuschen. Dabei ist es anscheinend eine Bar.«

»Na ja, so ganz falsch hast du nicht gelegen. Das ist hier tatsächlich auch ein Toilettenhäuschen. Aber der Mensch, der es von der Stadt gepachtet hat, hat gleichzeitig die Erlaubnis bekommen, im Nebenraum eine Bar einzurichten.«

»Verrückte Idee!« Daniel schüttelt den Kopf. »Aber irgendwie ist es hier sehr charmant! Ich hole uns mal was zu trinken, was darf ich für dich ordern?«

»Nee, mein Lieber. Jetzt bringe ich dir etwas mit. Was möchtest du denn?«

»Mit einem Mojito wäre ich völlig glücklich. Wenn du nur ganz schnell wieder zurückkommst.«

Zwei Cocktails später ist unsere halbwegs gepflegte Konversation einer wilden Knutscherei gewichen. Einerseits genieße ich diesen Moment, andererseits merke ich den Alkohol auf meinen fast leeren Magen schon deutlich. Vielleicht sollte ich es für heute gut sein lassen und mir ein Taxi rufen? Denn wenn das hier so weitergeht, kann ich bald für nichts mehr garantieren.

»Daniel«, sage ich also und schiebe ihn mit sanftem Druck auf seinen Barhocker zurück, »ich habe morgen einen langen Tag vor mir. Ich glaube, ich muss langsam nach Hause.«

»Och bitte, lass uns noch ein bisschen bleiben!«

»Tut mir leid, aber ich bin schon ziemlich müde.«

Daniel nickt. »Natürlich, du hast recht.« Einen kurzen Moment scheint er über etwas nachzudenken, ehe er weiterspricht.

»Eine Sache muss ich dir aber noch sagen. Ich bin nämlich für Ehrlichkeit von Anfang an.«

Ehrlichkeit? Mit einem Schlag fühle ich mich wieder ziemlich nüchtern. Ehrlichkeit ist unter den momentanen Bedingungen ja nicht wirklich mein Lieblingsthema, und Ehrlichkeit »von Anfang an« erst recht nicht. Mist!

»Was meinst du denn?«, traue ich mich trotzdem mutig nachzufragen.

»Es gibt da noch etwas, was ich dir sagen muss.«

Ich bin verdutzt. Was ER MIR sagen muss? Es geht also um ihn? Oh, nein, was kommt denn jetzt? Hat Daniel vielleicht die ganze Zeit über vergessen, dass er eine Freundin hat? Oder merkt er gerade, dass er mich doch nicht ganz so toll findet, wie er dachte. Oder dass er eigentlich keine Beziehung will oder dass er …

»Also, weißt du, es ist nämlich so«, unterbricht Daniel meine düsteren Gedanken und holt tief Luft. Ich wusste es – dieser tolle Mann hat bestimmt einen gewaltigen Haken! Wie könnte es auch anders sein? So einer wie er ist viel zu schön, um wahr zu sein! »Es ist mir total unangenehm, aber die Wahrheit muss raus.« Ich merke, wie mein Hals ganz trocken wird. »Dorothee Hansmann ist gar nicht unsere Personalchefin.«

»Ist sie nicht?«, wundere ich mich.

»Ja, also genau genommen arbeitet sie überhaupt nicht bei uns.«

Hä? Jetzt verstehe ich allerdings nur noch Bahnhof.

»Weißt du, als ich dich gefragt habe, ob wir mal essen gehen, hast du so komisch reagiert, und ich dachte schon, dass du mir gleich garantiert einen Korb gibst. So von wegen Professionalität und so. Aber ich wollte dich unbedingt wiedersehen. Tja, und da habe ich mir einfach ganz schnell die Geschichte mit der neuen Personalchefin ausgedacht.«

Ich muss lachen.

»Das alles hast du dir ausgedacht, um mich noch einmal zu sehen?« Wie niedlich. Er wird ganz rot. Jedenfalls, soweit ich das bei dieser Beleuchtung beurteilen kann.

»Ja, ich weiß. Blöde Idee«, erwidert er zerknirscht.

»Und wer ist dann diese Frau Hansmann in Wirklichkeit?«, will ich wissen.

»Meine Schwester«, erklärt Daniel und blickt verlegen zu Boden.

»Deine Schwester?«, rufe ich überrascht aus. Im selben Moment frage ich mich, ob ich eigentlich blind bin. Die gleichen braunen Augen, dieselben ebenmäßigen Züge, sogar ein Grübchen war bei Dorothee Hansmann zu entdecken, wenn sie lächelte. Wieso ist mir die Ähnlichkeit nicht gleich aufgefallen?

»Ja«, bestätigt Daniel. »Ich hab sie einfach darum gebeten, die Personalchefin für mich zu spielen.« Noch immer dieser zerknirschte Gesichtsausdruck. »Bist du jetzt böse?«, will er dann wissen.

»Überhaupt nicht!«, rufe ich lachend aus und gebe ihm ein Küsschen. »Ich finde das, ehrlich gesagt, absolut niedlich.«

»Puh«, meint Daniel, »da bin ich aber froh. Es ist mir wichtig, dass wir ehrlich miteinander sind, bevor wir … also, bevor wir …«

»Bevor wir was?«

»Bevor wir … weitermachen.«

Ich starre Daniel an. Hat er tatsächlich gerade »weitermachen« gesagt? Mir wird heiß und kalt gleichzeitig. Heiß, weil der Gedanke, mit Daniel zusammen zu sein, so unglaublich schön ist. Und kalt, weil es da tatsächlich etwas gibt, was ich Daniel dringend erzählen müsste.

»Ja, mir ist das auch wichtig«, sage ich. »Deshalb muss ich dir auch noch was sagen. Es ist nämlich so …« Ich unterbreche mich.

»Heraus damit!« Daniel lächelt mich aufmunternd an.

»Hm. Also, es ist so, dass ich ...«

»Ja?«

Ich versuche, mich zu konzentrieren und Daniel die Wahrheit möglichst schnörkellos, aber schonend beizubringen. Los, Maike, du kannst es! Raus mit der Sprache – jetzt oder nie! Ehrlichkeit ist ihm wichtig, das hat er gerade gesagt, und zwar von Anfang an! Dann ist jetzt deine letzte Chance, ihm zu erklären, dass da ein furchtbares Missverständnis vorliegt und du gar nicht Kirsten Schäfer bist. Los, ein besserer Moment dafür kommt nicht mehr!

»Weißt du ... in Wirklichkeit mag ich weder Fisch noch rohes Fleisch. Ich habe immer noch einen Mordshunger, und ich glaube, ich muss ganz dringend zu McDonald's.«

22. Kapitel

McDonald's. McDonald's! Ich kann immer noch nicht glauben, dass ich gestern nicht die große Lebensbeichte abgelegt habe, sondern den armen Daniel noch in eine Fast-Food-Bude geschleppt habe. Energischer als geplant klappe ich den Deckel der nächsten Sonnenbank hoch, die ich reinigen muss. Dabei schlägt er mit einem lauten Scheppern an die Wand, so dass Roger erstaunt den Kopf durch die Kabinentür steckt.

»He, lass meine Bänke heil! Die haben dir schließlich nichts getan.«

»'tschuldigung, Chef. War ganz in Gedanken.« Und in was für welchen – ich könnte mich, platt gesagt, in den Arsch beißen. Denn wenn ich schon die Beichte nicht hingekriegt habe, hätte ich dem Abend durchaus noch ein sehr romantisches Ende verpassen können. Kann ein Abend unromantischer enden als bei einem Big-Mac-Menü mit extra Mayo und Ketchup?

Danach habe ich mich jedenfalls nicht mehr getraut, Daniel zu küssen, weil ich Angst hatte, dass die Zwiebeln in dem Burger bei mir für schlechten Atem gesorgt hatten. Also hat Daniel mich nur mit einem Taxi nach Hause gebracht, und ich bin mehr oder weniger wort- und grußlos aus dem Auto gehüpft. Ich könnte heulen: So ein toller Abend und dann so ein doofes Ende. Wenigstens scheint er nicht sauer auf mich zu sein, denn als ich ihm vorm Schlafengehen noch eine SMS geschickt und mich für den schönen Abend bedankt habe, kam prompt ein »Träum süß, ich freu mich schon auf das nächste Mal mit dir!« zurück. Immerhin. Trotzdem bin ich einfach nur sau-sau-saudämlich! Und feige noch dazu, nicht mal mit Daniels Steilvorlage habe ich es fertiggebracht, ihm endlich mal reinen Wein einzuschenken.

Als ich aus der Kabine komme, wartet Nadine auf mich am Tresen.

»Probleme?«

»Nee, wieso?«

»Weil du schon den ganzen Vormittag mit sooo einem Gesicht durch den Laden läufst.«

»Ach, ich habe immer noch Ärger mit meinem Vermieter«, rede ich mich raus.

»Wie blöd. Hast du denn schon einen Untermieter gefunden?«

»Nein, auch noch nicht. Außerdem habe ich Kopfschmerzen. Irgendwie ist heute nicht mein Tag.«

Nadine guckt mich mitfühlend an. »Was hältst du davon, wenn du einfach wieder nach Hause gehst? Vielleicht hilft es ja, wenn du dich noch mal eine Runde ins Bett legst?«

Nadine hat recht. Immerhin habe ich heute Nacht vor lauter Ärger über mich selbst maximal vier Stunden geschlafen und den Rest der Zeit damit verbracht, mich in meinem Bett von links nach rechts zu rollen und immer wieder auf den Radiowecker zu schielen.

»Weißt du, was? Eigentlich ist das eine gute Idee.« Ich greife nach meiner Handtasche, die ich unter dem Tresen verstaut habe. »Sag Roger schöne Grüße, ich hab's heute nicht so mit Arbeit.«

Jetzt kichern wir beide, und zwei Sekunden später bin ich auch schon draußen.

Zu Hause angekommen, haue ich mich tatsächlich gleich aufs Ohr, und im Gegensatz zu heute Nacht schlafe ich sofort ein.

Ein energisches Klingeln reißt mich aus dem Schlaf. Ich werfe einen kurzen Blick auf meinen Radiowecker: schon sieben Uhr abends! Unglaublich, ich habe den ganzen Tag verpennt und fühle mich immer noch völlig groggy. Ich rapple mich aus dem

Bett hoch und schlüpfe in meine Jeans. Es klingelt munter weiter. Wer kann das sein? Vielleicht Herr Tiedenpuhl? Wobei – eigentlich bin ich mit der Miete ja im Reinen, der dürfte momentan keinen Grund haben, mich zu behelligen. Wieder klingelt es an der Tür, ich stolpere aus meinem Zimmer. Ein kurzer Blick in den Spiegel im Flur: verheerend. Ist eigentlich jemals wissenschaftlich geklärt worden, warum man vom Mittagsschläfchen so leicht Querfalten im Gesicht bekommt?

»Moment, ich bin gleich da!«, rufe ich und binde mir schnell die Haare zu einem Pferdeschwanz zusammen. Das rettet die Gesamterscheinung zwar kaum, aber immerhin kann ich dafür besser sehen, wer hier eigentlich Sturm klingelt. Ich bin schwer genervt. Jedenfalls so lange, bis ich die Tür öffne und Daniel sehe.

»'n Abend, Frau Schäfer.« Er grinst mich fröhlich an. »Sie hatten eine Runde Fast Food bestellt? Ich habe hier mal zwei große Portionen Chicken Wings, dann noch zwei Kartons Käse-Pizza-Brötchen und jede Menge Pommes frites mit Mayo.« Jetzt schwenkt er zwei Plastiktüten auf und ab, aus denen es tatsächlich verführerisch duftet. »Ich störe hoffentlich nicht, oder?«

Ich schüttele den Kopf, obwohl mir mein Aufzug ihm gegenüber schon recht peinlich ist.

»Dann ist ja gut«, stellt er erleichtert fest, »ich wusste ja nicht, ob du auf Spontanbesuche stehst, aber du bist nicht ans Telefon gegangen, und ich hatte doch schon den ganzen Tag lang schreckliche Sehnsucht nach dir.«

»Wirklich?«, frage ich erfreut.

»Hab's kaum ausgehalten und bin nach der Arbeit direkt zu dir gerast, mit einem kleinen Umweg über den Imbiss.« Tatsächlich steckt Daniel noch im Büro-Outfit, er trägt einen dunklen Anzug mit Nadelstreifen, das strahlend weiße Hemd betont seinen dunklen Teint, seine schwarzen Haare schimmern dunkelblau, und eine einzelne Strähne fällt ihm verwegen in die Stirn.

»Du siehst toll aus«, entfährt es mir.

»Und du erst!«, erwidert er und betrachtet mich von oben bis unten.

Ich merke, dass ich im Gesicht puterrot werde, denn neben Daniel sehe ich aus wie die ganz heiße Aspirantin auf den Titel »Miss Flodder Hamburg«. Daniel scheint das aber überhaupt nicht zu stören, denn er lässt die Tüten auf den Boden sinken, nimmt mich in den Arm und legt seine Lippen auf meine. Ich erwidere seinen Kuss und staune darüber, dass es überhaupt möglich ist, dass sein Mund noch weicher und zärtlicher ist, als ich ihn in Erinnerung habe. Und wie Daniel schmeckt, süß und gleichzeitig herb, in Verbindung mit dem Geruch seines Aftershaves eine Kombination, die mir die Sinne raubt. Er streicht mir mit einer Hand übers Gesicht, gleichzeitig spüre ich, wie seine Zungenspitze erst vorsichtig, dann immer fordernder über meine Lippen wandert. Ich öffne leicht den Mund, lasse ihn hineinschlüpfen und genieße die Hitze, die sich sofort in meinem gesamten Körper ausbreitet.

»Kirsten«, flüstert er, zieht mich noch näher an sich heran, schiebt mich zurück in den Flur und wirft die Tür hinter uns ins Schloss.

»Ich fürchte«, murmele ich zwischen seinen Küssen, die mich ganz benebelt machen, »das Essen wird kalt.«

»Essen?« Er sieht mich fragend an und lächelt dann verschmitzt. »Was für ein Essen? Ich kann mich an nichts mehr erinnern.«

Dann hat er mich schon wieder umschlungen und macht mit diesen unglaublichen, mit diesen wahnsinnigen Küssen weiter, löst meine Haare aus dem Zopfgummi und zerwühlt sie mit seinen Händen, lässt seine Lippen an meinem Hals runter- und wieder hochwandern, bis er schließlich mein linkes Ohrläppchen erreicht und genussvoll daran knabbert. »Du hast recht«, hauche ich, wobei meine Stimme eigenartig zittert, »ich kann mich auch an nichts erinnern.« Mit diesen Worten lege ich beide Hände um seine Hüften und ziehe ihn rückwärts hinter mir her in Richtung Schlafzimmer.

Ich wache mitten in der Nacht auf, taste neben mich und berühre Daniels weiche Haut. Tatsächlich, ich habe das alles nicht geträumt! Dieser wunderschöne Mann liegt immer noch neben mir, ich will mich am liebsten kneifen, um auch wirklich sicherzugehen, dass ich mir das nicht einbilde. Von draußen fällt diffuses Licht ins Schlafzimmer und lässt seinen Körper wie eine römische Statue erscheinen. Was hatte er sich gewünscht, ein Sixpack? Soweit ich es beurteilen kann, ist es durchaus schon vorhanden, jeder Zentimeter an Daniel scheint perfekt und durchtrainiert, und ich frage mich, wie es sein kann, dass dieser Mann laut eigener Aussage bisher kein besonders großes Glück mit Frauen hat. Das ist mir unbegreiflich!

Bei jemandem wie Markus Gärtner kann ich ja verstehen, dass er es schwer hat – aber Daniel müssten die Damen der Schöpfung doch die Tür einrennen. Und wenn ich mich an gestern Abend erinnere, wie wir uns stundenlang geliebt haben, mit einer Leidenschaft, von der ich bisher gar nicht wusste, dass ich dazu fähig bin – dann kann ich nur feststellen, dass sie ihm mit Recht die Tür einrennen würden. Ich seufze bei der Erinnerung daran, so etwas habe ich wirklich noch nie erlebt.

»Na?« Daniel schlägt die Augen auf und sieht mich lächelnd an. »Schon wach?«

»Ja«, sage ich und streichle ihm über die Wange mit dem Grübchen. »Ich konnte irgendwie nicht mehr schlafen.«

»Tja, so wie ich dich mittlerweile kenne, hast du wahrscheinlich Hunger. Wenn ich mich recht entsinne, liegt im Flur noch eine Tüte mit dem Besten, was der Imbiss um die Ecke zu bieten hatte. Soll ich dir vielleicht ein paar Chicken Wings im Backofen warm machen? Wobei – die kann man wahrscheinlich auch gut kalt essen, mein kleiner Fast-Food-Hase.« Er grinst und küsst mich dann auf die Nase.

Gespielt empört knuffe ich ihn in die Seite. »Was heißt denn hier Fast-Food-Hase? Eigentlich wollte ich mich gerade aufmachen, eine Kleinigkeit im ›Le Canard‹ zu essen, als mir dein Spontanbesuch dazwischenkam.«

»Stimmt, genau so hast du eigentlich auch ausgesehen.« Frechheit.

»Hör mal, du willst doch wohl nicht dein kuscheliges Plätzchen in meinem Bett gleich wieder loswerden, oder?«

Entsetzt reißt Daniel die Augen auf. »Auf keinen Fall!«

»Na gut. Dann sei brav. Und hol die Chicken Wings. Die kann man tatsächlich gut kalt essen.«

»Guten Morgen!« Als ich das nächste Mal aufwache, scheint bereits die Sonne in mein Zimmer. Daniel sitzt in Boxershorts neben mir auf dem Bett und gibt mir einen Kuss auf die Nasenspitze.

»Oh.« Ich setze mich auf. »Bist du schon lange wach?«

»Lange genug, um uns einen Kaffee zu kochen und im Gefrierschrank ein paar Aufbackbrötchen zu finden.« Mit diesen Worten greift er neben sich auf den Nachttisch und stellt ein Tablett mit Kaffee, Brötchen, zwei Tellern und verschiedenen Marmeladen auf dem Bett ab.

»Das glaub ich jetzt nicht«, entfährt es mir. »Du hast für uns schon Frühstück gemacht?«

Sofort wirkt Daniel wieder verunsichert. »Ich hoffe, du bist nicht böse, dass ich einfach an deine Küchenschränke gegangen bin. Aber du hast so süß geschlafen, und ich wollte mich irgendwie nützlich machen.«

»Natürlich bin ich dir nicht böse. Ich bin nur total fassungslos. Wie kommt es, dass ein Traummann wie du überhaupt noch zu haben ist?«

Daniel lacht. »Warte erst einmal ab, bis ich dir meine finsteren Seiten präsentiere!« Er küsste mich wieder auf die Nasenspitze. »Und überhaupt: Wenn hier jemand traumhaft ist, dann bist du das.«

»Vielen Dank«, erwidere ich kichernd. »Aber ich bin mir sicher, dass ich momentan alles andere als traumhaft aussehe. Wahrscheinlich ist mein Gesicht total zerknautscht und verpennt, und meine Haare sind komplett zerzaust.«

Daniel bedenkt mich mit einem zärtlichen Blick. »Nein«, sagt er dann, »du siehst einfach nur wunderschön aus.«

Hallo? Universum? Könntest du es jetzt mal gut sein lassen und nicht derart übertreiben? Das hier ist bereits mein Traummann, wenn du so weitermachst, glaube ich am Ende noch, dass ich in Wahrheit schon die ganze Zeit in einer Gummizelle sitze, weil ich ganz offensichtlich halluziniere! Na, immerhin ist er bisher nicht vor mir auf die Knie gegangen, wenn das jetzt gleich noch passiert, halte ich mich endgültig für übergeschnappt!

»Hm«, sage ich und schnuppere an den ofenwarmen Brötchen. »Das riecht aber lecker.«

»Dann sollten wir schnell essen, bevor alles kalt wird.«

Das lasse ich mir nicht zweimal sagen, denn nach der durchaus kalorienverbrennenden Nacht habe ich einen Mordshunger. Daran hat auch unser kleines Mitternachtssouper mit Chicken Wings nichts geändert.

So sitzen Daniel und ich nebeneinander im Bett, futtern Brötchen mit Marmelade, geben uns zwischendurch immer mal wieder einen Kuss und genießen ansonsten einen faulen Samstagmorgen.

»Das ist ein sehr hübsches Armband«, sagt Daniel irgendwann und streicht mir über den Arm. »Ist mir an dir gleich aufgefallen, weil es so bunt glitzert.«

260

»Danke«, sage ich, »es hat eine ganz besondere Bedeutung für mich.« Verdammt! Schon wieder ist mir etwas rausgerutscht, was im Zweifel zu Nachfragen führt.

»Hast du es geschenkt bekommen?«, will Daniel prompt wissen. Ich nicke. »Von deinem Ex? Er scheint noch sehr an dir zu hängen.«

»Was?« Abrupt setze ich mich auf, wie kommt Daniel denn jetzt auf Gunnar? Ich habe noch nie ein Sterbenswörtchen über ihn verloren, mittlerweile scheint mir die Beziehung mit ihm auch Lichtjahre entfernt zu sein, so dass ich überhaupt nicht begreife, weshalb Daniel ausgerechnet jetzt das Thema Ex-Freund anspricht. »Wie kommst du darauf, dass mein Ex noch an mir hängt?«, will ich wissen.

Daniel grinst etwas verlegen und zieht mich wieder an sich. »Na ja, gestern hatten wir wieder eine Trainingsstunde mit Stefan Becker. Also, ich habe nichts vom Coaching gesagt, ehrlich, aber ich war neugierig, und na ja, auf meine Frage, wie gut er dich kennt, hat er gesagt, du seist seine Freundin gewesen.« Er sieht mich schuldbewusst an. »Sorry, ich konnte mir das nicht verkneifen.«

»Bitte?« In meinem Kopf geht es schon wieder drunter und drüber, Daniel spricht mit Stefan über mich? Das heißt, wird mir schlagartig bewusst, natürlich spricht er nicht über mich, sondern über Kiki! »Was genau hast du ihn denn gefragt?«, will ich mit klopfendem Herzen wissen.

»Wie ich schon gesagt habe«, erklärt Daniel. »Ich wollte wissen, wie gut er Kirsten Schäfer kennt, und er hat darauf geantwortet: ›Sie war meine Freundin.‹« Tatsächlich, ach, du grüne Neune! Das nächste Kuddelmuddel hält in Rekordgeschwindigkeit auf mich zu. »Jedenfalls war ihm anzumerken, dass er noch sehr an dir hängt, er hat dabei auf einmal einen ganz verschlossenen Gesichtsausdruck bekommen, und da habe ich lieber nicht mehr nachgefragt.«

Besser ist es, denke ich, denn sonst hättest du möglicherweise noch erfahren, wie Stefan dieses »sie war« gemeint hat.

»Äh, ja«, stottere ich. »Wir waren mal zusammen. Ist aber schon ewig her.« Mir bleibt wohl nichts anderes übrig, als Stefans Aussage zu bestätigen, denn am Ende fragt Daniel bei ihm dann noch einmal nach und dann – Karamba-Katastrophenhausen!

»Ich kann jedenfalls verstehen, wenn er dir nachtrauert«, stellt Daniel fest und bekommt schon wieder diesen weichen Gesichtsausdruck. »Eine Frau wie dich würde ich auch nicht so schnell vergessen.« Er legt beide Arme um mich. »Es ist so schön, dass du jetzt da bist und ich nicht mehr allein bin. Das habe ich mir schon lange gewünscht, die richtige Frau zu treffen. Und nun bist du da.«

Ich muss lächeln, dieser Kerl ist einfach zu süß. Eine Weile liegen wir schweigend nebeneinander und genießen einfach nur, dass wir zusammen sind. Ich kann Daniels Herz hören, das langsam und regelmäßig in seiner Brust pocht. So könnte ich ewig verharren.

Nach unserem Frühstück, das sich bis in den frühen Nachmittag zieht – okay, wir haben außer Essen zwischendurch auch noch etwas anderes gemacht –, beschließen Daniel und ich, das heute tatsächlich mal gute Wetter für einen kleinen Spaziergang zu nutzen. Nachdem er sich frisch gemacht hat, springe ich ebenfalls kurz unter die Dusche und absolviere mein Pflegeprogramm in Rekordgeschwindigkeit. Ich möchte keine Sekunde länger als nötig von diesem wunderbaren Mann getrennt sein, weil ich irgendwie immer noch die Sorge habe, er könnte sich als Fata Morgana herausstellen und sich einfach in Luft auflösen.

Als ich in einem leichten Sommerkleid die Küche betrete, in der Daniel noch saß, als ich ins Bad verschwunden bin, ist er wirklich verschwunden.

»Daniel?«, rufe ich und gehe rüber in mein Zimmer. Aber auch dort ist er nicht.

»Ich bin hier«, ruft er.

Ich gehe raus in den Flur – und sehe, dass die Tür zu Kikis Zimmer halb offen steht. Ich stoße sie ganz auf, Daniel steht unschlüssig mitten in dem Raum, der zwar noch möbliert ist, ansonsten aber nichts Privates mehr enthält.

»Was suchst du hier?«, will ich wissen und merke, dass meine Stimme ziemlich verärgert klingt.

»Du wohnst nicht allein?«, fragt Daniel zurück, ohne meine Frage zu beantworten, und schaut mich groß an.

»Wie sieht es denn für dich aus?«

»Nach einem möblierten Zimmer.«

»Und? Macht es den Eindruck, als würde hier jemand wohnen?«

»Nein«, gibt Daniel zu. »Aber ich … ich …«

»Warum schnüffelst du hier rum?« Noch immer klinge ich aufgebracht. Dabei hat es gar nicht so viel mit Daniel zu tun, ich bin in erster Linie sauer auf mich selbst, dass ich vergessen habe, Kikis Zimmer abzuschließen. Gut, ich konnte ja nicht ahnen, dass der gestrige Abend so verlaufen würde, wie er verlaufen ist, ebenso wenig, wie Daniel wissen kann, was es mit diesem Zimmer auf sich hat – aber mehr und mehr habe ich das Gefühl, auf einem Pulverfass zu sitzen, das mir jeden Moment um die Ohren fliegen kann.

»Kirsten, du musst mich wirklich für einen grässlichen Typen halten«, bringt Daniel stotternd hervor. »Es tut mir leid, aber als du unter der Dusche warst, da konnte ich nicht widerstehen und … Weißt du, ich habe dir doch schon einmal gesagt, dass es mir nicht leichtfällt, zu vertrauen und …«

Mit wenigen Schritten bin ich bei ihm und nehme ihn in den Arm. »Nein, mir tut es leid, dass ich dich so angeschnauzt habe, das wollte ich nicht.«

»Du hast aber recht, dass ich nicht einfach in deiner Wohnung rumschnüffeln darf, das ist schließlich deine Privatsphäre.«

Ich nehme ihn an der Hand, führe ihn zu Kikis Bett und lasse mich mit ihm zusammen darauf nieder. Vielleicht ist jetzt doch der richtige Zeitpunkt gekommen, ihm die Wahrheit zu sagen. Viel länger kann ich mein Lügenkonstrukt sowieso nicht aufrechterhalten, und nach der vergangenen Nacht schreit alles in mir danach, Daniel reinen Wein einzuschenken. Ich kann nur hoffen, dass er mich daraufhin nicht sofort verlässt. Aber selbst wenn, so wie jetzt kann es unmöglich weitergehen.

»Du hast mich vorhin nach meinem Armband gefragt«, fange ich an und streiche Daniel dabei durch seine vollen Haare.

»Ja?«, antwortet er abwartend.

»Ich habe es nicht von Stefan bekommen, sondern von meiner Cousine.«

»Von deiner Cousine?« Ich nicke.

»Ja. Sie hat es mir geschenkt, damit es mir Glück bringt.«

»Und, hat es dir Glück gebracht?« Ich stocke.

»Mir schon«, sage ich schließlich langsam und bedächtig. »Aber ihr nicht.«

»Weshalb?«

»Sie ist tot.«

Ich merke, wie Daniel sich für einen kurzen Moment verkrampft, dann legt er einen Arm um mich und zieht mich ganz fest an sich. »Das tut mir leid«, flüstert er.

»Ja, mir auch.«

»Dann war das hier ihr Zimmer?« Wieder nicke ich. »O mein Gott«, ruft Daniel aus und schlägt mit seiner freien Hand auf die Matratze. »Ich bin ja so ein riesiger Idiot!« Dann beugt er sich zu mir, nimmt mein Gesicht in beide Hände und bedeckt es über und über mit Küssen. »Bitte verzeih«, bringt er zwischendurch hervor, »mein Misstrauen ist einfach widerlich! Ich

264

habe doch wirklich gedacht, dass du vielleicht mit einem Kerl zusammenlebst. Kirsten, ich kann dir gar nicht sagen, wie sehr ich mich dafür schäme!«

»Daniel«, setze ich an, bevor mich der Mut verlässt, ihm zu sagen, dass ich überhaupt nicht Kirsten heiße und auch kein Coach bin, aber er küsst mich wieder und wieder, so dass ich gar nicht zu Wort komme.

»Ich hab so was schon mal erlebt, weißt du?«, redet er schließlich wie ein Wasserfall weiter. »Das war mit meiner letzten Freundin.« Wieder küsst er mich. »Ein Jahr lang hat sie mich an der Nase herumgeführt, und ich habe es nicht gemerkt. Irgendwann habe ich dann herausgefunden, dass alles, was sie mir erzählt hat, gelogen war, da ist für mich eine Welt zusammengebrochen, weil ich sie sehr geliebt habe. Ich konnte nicht verstehen, wie ein Mensch so etwas tun kann.«

»Was genau hat sie denn gemacht?«, frage ich vorsichtig nach.

»Das spielt jetzt keine Rolle mehr«, meint Daniel, blickt mir tief in die Augen und streichelt zärtlich meine Wange. »Ich kann nur sagen, dass ich damals dachte, ich könnte nie wieder jemandem vertrauen. Also verzeih mir, was ich da eben getan habe, ich schätze, ich habe von der Geschichte einen kleinen Knacks davongetragen.«

»Weißt du«, setze ich wieder an, wobei meine Stimme ziemlich kraftlos klingt.

»Alles«, unterbricht er mich, »was ich weiß, ist, dass du eine wunderbare Frau bist. Und dass ich in Zukunft alles tun werde, um mein Misstrauen in den Griff zu bekommen.«

Na gut. Verschiebe ich die große Beichte lieber auf ein anderes Mal. Irgendetwas sagt mir, dass jetzt keinesfalls der richtige Moment dafür ist.

23. Kapitel

Die nächsten Wochen vergehen wie im Flug, und ich frage mich, wo die Zeit eigentlich bleibt. Jede freie Minute, die ich nicht coache oder im Solarium arbeite, verbringe ich mit Daniel, und seit unserer ersten gemeinsamen Nacht waren wir keine einzige mehr getrennt. Ich warte immer noch darauf, dass mich jemand aufweckt und sich alles nur als Traum herausstellt, aber das will einfach nicht passieren, im Gegenteil, es wird mit jedem Tag nur noch schöner und schöner. Nur eines ist ein bisschen anstrengend: Ich muss ständig höllisch aufpassen, dass Daniel nicht jemandem aus meinem Freundeskreis oder meiner Familie begegnet.

Deshalb verbringen wir auch die meiste gemeinsame Zeit bei ihm, in meiner Wohnung ist mir das Risiko einfach zu groß, dass da mal spontan Stefan, Nadine oder sonst wer vorbeikommt und alles auffliegen lässt. Wenn ich vorn im Büro meine Klienten versorge, ist es kein Problem, die Scheiben habe ich mittlerweile mit einer Folie überklebt, durch die man zwar von drinnen nach draußen, aber nicht von draußen nach drinnen gucken kann. Und wenn es während einer Sitzung an einer der Türen klingelt, mache ich einfach nicht auf, alles andere wäre unhöflich, finde ich.

Trotzdem sind Nadine und Stefan ein kleines Problem, ich habe mich von ihnen ziemlich zurückgezogen, weil ich zwischen Coaching, Sonnenstudio – okay, da bekomme ich Nadine natürlich noch zu Gesicht, nur privat eben nicht mehr – und Daniel kaum Zeit für etwas anderes habe. Genau das ist der Punkt, den Nadine an einem Freitagvormittag, an dem wir im Studio wieder zusammen Dienst schieben, anspricht.

»Sag mal«, beginnt sie das Gespräch, »hab ich dir eigentlich irgendetwas getan?«

Ich sehe sie groß an. »Was solltest du mir denn getan haben?«

»Ich mein ja nur«, erklärt sie. »Du wirkst in den letzten Wochen so abwesend. Wir waren schon ewig nicht mehr was miteinander trinken, wenn ich dich zu Hause anrufe, gehst du nicht ans Telefon, und Ralf und mich besuchst du überhaupt nicht mehr.«

»Tut mir leid«, erwidere ich ausweichend. »Ich bin wohl gerade in meiner Einsiedlerphase.«

»Genau darüber mache ich mir ja Gedanken«, sagt Nadine. »Du kapselst dich total ab, selbst wenn du hier bist, habe ich den Eindruck, dass du gar nicht richtig anwesend bist. Du erzählst kaum etwas, und wenn ich dich frage, wie es dir geht, bekomme ich immer nur ein ›Alles bestens‹ als Antwort.«

»Hm«, meine ich. »Mir geht's wirklich gut, da musst du dir keine Sorgen machen.«

»Irgendwie glaube ich dir das nicht so recht«, stellt sie dann fest. »Seit Kikis Tod ziehst du dich mehr und mehr zurück, das ist meiner Meinung nach nicht die beste Methode, um damit umzugehen. Stefan findet das auch.«

»Stefan?«

»Ja, als er gestern hier war, haben wir kurz über dich gesprochen. Ihm ist auch schon aufgefallen, dass du dich total zurückgezogen hast. Deshalb haben wir beschlossen, dass ich mal mit dir rede, du musst langsam einen Weg finden, über Kikis Tod hinwegzukommen, selbst wenn es dir noch so schwierig erscheint, das Leben geht schließlich weiter.«

Ich seufze. Wie gern würde ich ihr erzählen, dass mein Rückzug in Wahrheit nicht sonderlich viel mit Kiki zu tun hat. Aber ich kann einfach nicht, obwohl sich alles in mir danach sehnt, eine Freundin ins Vertrauen zu ziehen. »Glaub mir«, sage ich stattdessen nur, »es geht mir gut, und ihr müsst euch keine Sorgen machen. Wenn ich ein wenig abwesend wirke, hat das nichts mit euch oder Kiki zu tun.«

»Okay«, sagt Nadine. »Aber wenn es irgendwann doch etwas gibt, über das du reden willst, dann sag es mir bitte.«

»Das mache ich«, verspreche ich.

»Und dann«, fährt sie fort, »gibt es noch etwas, was *ich* dir sagen muss.«

»Nämlich?«

»Na ja, eigentlich wollte ich es dir schon früher erzählen, aber du hattest ja nie Zeit für ein Treffen außerhalb der Arbeit. Dann erfährst du es eben in dieser wenig feierlichen Atmosphäre.«

»Was denn nun? Spann mich doch nicht so auf die Folter«, maule ich.

»Es hat geklappt«, eröffnet sie mir und strahlt mit einem Mal übers ganze Gesicht, »ich bin endlich schwanger!«

»Was?«, rufe ich aus. »Aber das ist ja eine Sensation! Ist das wirklich sicher?« Wir fallen uns in die Arme.

»Ja«, jubelt Nadine, »vor zwei Wochen habe ich den Test gemacht, vorgestern habe ich das erste Ultraschallbild bekommen.«

»Süße, das ist ja großartig! Zeig mal her!«

Nadine kramt in ihrer Tasche und holt ein kleines Schwarzweißbild hervor, auf dem ein winziger Punkt in einem grauen Schleier zu erkennen ist. »Da«, sie deutet auf das Pünktchen, »da kann man es schon sehen, rechnerisch bin ich fast in der neunten Woche.«

»Und was sagt Ralf dazu?«

»Der freut sich natürlich riesig und ist schon dabei, unsere Wohnung kindgerecht umzuräumen.« Sie schmunzelt. »Ein bisschen früh, wie ich finde, aber ich will ihn da in seiner Begeisterung nicht bremsen.«

»Echt klasse«, stelle ich wieder fest. »Und wann wird es kommen?«

»Nächstes Jahr im Frühling.«

»Wird es ein Junge oder ein Mädchen?«

Nadine betrachtet das Ultraschallbild. »Also, das kann man nun beim besten Willen noch nicht erkennen.«

»Ach so, ich kenne mich mit dem Thema nicht so aus«, gebe ich zu. Versonnen lasse ich meinen Blick über das Pünktchen wandern. Dabei driften meine Gedanken wieder zu Daniel ab. Ob er und ich vielleicht auch irgendwann …? Ich muss seufzen, die Vorstellung wäre einfach zu schön. Aber bis dahin ist es wohl noch ein längerer Weg, denn ich habe da ja noch das kleine Problem, dass ich ihm vorher erklären müsste, weshalb auf der möglichen Geburtsurkunde eines möglichen gemeinsamen Kindes möglicherweise ein anderer Name der möglichen Mutter stehen würde, als er möglicherweise momentan noch denkt.

»In genau diesem Moment wirkst du wieder total weggetreten«, unterbricht Nadine meine Gedanken.

»Nein, nein«, versichere ich schnell, »ich stelle mir gerade nur vor, wie du wohl als Mutter bist.«

Nadine mustert mich intensiv. »Ich kann mich bloß wiederholen, Maike. Wenn du mit mir über irgendetwas reden willst, kannst du es jederzeit tun.«

»Was hat das denn jetzt mit dir als Mutter zu tun?«

»Eben nicht das Geringste«, stellt Nadine fest. »Deswegen glaube ich dir auch nicht, dass es das ist, woran du gerade denkst.«

»Mach ich wohl«, erwidere ich und stehe auf.

»Aha. Und wohin willst du dich jetzt so schnell davonmachen?«

»Nirgendwohin«, erkläre ich, »ich will nur mal Stefan anrufen, weil ich finde, dass du recht hast: Ich habe mich von euch allen viel zu sehr zurückgezogen.« Mit diesen Worten schnappe ich mir mein Telefon, das neben der Computertastatur liegt, und mache mich auf den Weg nach draußen. Einigermaßen froh, diesem unangenehmen Thema elegant entkommen zu sein.

Zwei Minuten später habe ich Stefan an der Strippe.

»Hurra!«, ruft er aus, sobald ich mich gemeldet habe. »Ein Wunder ist geschehen, Maike ruft an! Von sich aus!«

»Haha!«, gebe ich zurück. »Sehr witzig!«

»Nein, im Ernst«, kommt es vom anderen Ende der Leitung, »ich freue mich echt, mal wieder was von dir zu hören. Dachte schon, du hättest etwas gegen mich.«

»Quatsch, was sollte ich gegen dich haben?«

»Genau das habe ich mich auch gefragt.«

»Ich war nur ziemlich beschäftigt, das ist alles«, erkläre ich. »Gar nicht so einfach, die Sache mit dem Untermieter für Kikis Büro, ich flitze nur noch zwischen Solarium und Besichtigungsterminen hin und her«, fahre ich dann fort.

»Soso«, sagt Stefan, und ich kann ihm anhören, dass er mir kein einziges Wort glaubt. Aber er geht nicht weiter darauf ein. »Wann hast du denn mal wieder Zeit und Lust, dass wir uns treffen?«, fragt er stattdessen. »Ich weiß ja schon fast nicht mehr, wie du aussiehst.«

»Lass mal überlegen«, meine ich. Bis zwei Uhr muss ich im Studio arbeiten und danach zu Hause dringend ein bisschen aufräumen und putzen, seit ich meistens bei Daniel bin, sieht es bei mir etwas … vernachlässigt aus. Stichwort Daniel: Mit dem bin ich um acht im »Gallo Nero« verabredet. »Wie wäre es mit fünf? Da hätte ich noch einen Time-Slot von gut zwei Stunden«, scherze ich.

»Oh, wie überaus edel«, geht Stefan auf meinen Tonfall ein. »Ich komme am besten bei dir vorbei, okay?«

»Prima«, meine ich, »dann können wir endlich mal wieder ein bisschen reden.«

»Ich freu mich!«, sagt Stefan, danach legen wir auf.

Als ich wieder ins Studio komme, ist Nadine gerade dabei, ihre Sachen zusammenzupacken.

»Du gehst?«, will ich wissen.

»Ja«, antwortet sie, »ich hab gleich einen Termin beim Frauenarzt.«

»Schon wieder?«, wundere ich mich. »Du warst doch erst vorgestern da, muss man denn da so oft hin?«

Nadine verdreht die Augen. »Natürlich nicht«, erklärt sie mir, »aber Ralf will sich mit mir zusammen ein paar Ärzte ansehen, um sicherzugehen, dass ich in den Händen des besten Gynäkologen der Stadt bin. Dabei war ich mit meinem bisher sehr zufrieden.« Sie seufzt.

»Ach, ist doch süß, wenn Ralf sich solche Gedanken macht.« Wieder taucht das Bild in meinem Kopf auf, wie Daniel und ich zusammen in einem Wartezimmer sitzen, er ganz der aufgeregte Papa, während ich … Ich verscheuche die Vorstellung, nicht dass ich mir selbst da noch einen Floh ins Ohr setze, für den es wahrlich zu früh ist.

»Na ja«, meint Nadine, »Hauptsache, er übertreibt es nicht. Ich bin dann mal weg, Roger wollte in zehn Minuten hier sein. Wir zwei sehen uns ja am Montag.«

»Genau«, antworte ich, wir verabschieden uns mit Küsschen.

»Und denk dran«, wiederholt Nadine, als hätte ich Alzheimer, »wenn es was gibt: Ich bin jederzeit für dich da. Und Stefan auch.«

»Mit Stefan«, entgegne ich lächelnd, »habe ich mich gerade verabredet. Er kommt um fünf bei mir vorbei.«

»Brav«, lobt mich Nadine. »Demnächst machen wir dann mal wieder einen Mädelsabend.« Kurz verfinstert sich ihr Gesicht, und sie fügt hinzu: »Mit Apfelsaftschorle.«

Ich muss lachen. »Na, das geht ja auch irgendwann vorbei.«

Um zwanzig nach zwei komme ich bei meiner Wohnung an, nachdem ich noch schnell Lebensmittel und ein paar Putzutensilien besorgt habe. Vorne in den Büroräumen sieht es ganz gut aus, da halte ich auch immer einen Vorrat an Kaffee, Tee, Wasser und Gebäck für meine Klienten bereit, aber im Wohnbereich könnte es etwas, na ja, wohnlicher aussehen.

Als ich gerade die Haustür aufschließen will, erklingt eine weibliche Stimme.

»Frau Schäfer?«

»Ja?« Ich drehe mich um. Vor mir steht Dorothee Hansmann, Daniels Schwester. »Frau Hansmann!«, rufe ich überrascht aus. »Was machen Sie denn hier?«

»Unverzagt«, sagt sie. »Ich heiße in Wahrheit Unverzagt.«

»Ach, richtig.« Ich grinse sie an. »Die Sache mit der Personalchefin war ja nur erfunden, hab ich glatt vergessen.«

Sie lächelt zaghaft zurück. »Genau«, bestätigt sie, »wir mussten mir natürlich einen anderen Nachnamen geben, sonst hätten Sie es gleich gemerkt.«

»Stimmt«, stelle ich fest, »so blöd wäre selbst ich nicht gewesen, dass ich Ihnen geglaubt hätte, dass Sie beide den gleichen Nachnamen haben, noch dazu einen so ungewöhnlichen!«

»Dorothee«, erklärt sie unvermittelt. »Sag doch bitte Dorothee zu mir, du bist immerhin die Freundin meines Bruders.«

»Gut«, willige ich ein, »Dorothee.« Und nach einem kleinen Zögern füge ich hinzu: »Kirsten.« Das fällt mir zwar immer noch schwer, aber anders geht es bei Daniels Schwester natürlich nicht, ich kann sie schlecht darum bitten, dass sie mich bitte schön weiterhin siezt. »Also, was führt dich her?«, will ich dann wissen.

»Ich, äh.« Dorothee tritt von einem Fuß auf den anderen und blickt etwas betreten zu Boden. »Tut mir leid, dass ich dich hier so überfalle, ohne zu wissen, ob ich dich gerade irgendwie störe.«

»Kein Problem«, versichere ich schnell. Dorothee sieht nahezu elend aus im Vergleich zu dem Abend, an dem ich sie kennengelernt habe. Unter ihren hübschen Augen zeichnen sich dunkle Ringe ab, und ich frage mich, was sie wohl hat. Und vor allem: was sie zu mir führt. »Du störst mich nicht«, füge ich hinzu, weil ich den Eindruck habe, dass sie gerade etwas Zuspruch braucht.

»Nein?«, will sie trotzdem noch einmal wissen.

»Nein, wirklich nicht. Aber lass uns doch erst einmal hineingehen, hier stehen wir so blöd auf der Straße rum«, fordere ich sie auf. Schon will ich die Haustür aufschließen, da fällt mir im letzten Moment der desaströse Zustand meiner Wohnung ein. »Ach, gehen wir einfach vorn in mein Büro«, meine ich und mache kehrt in Richtung Ladeneingang.

»Gut.« Dorothee folgt mir.

»Nimm Platz.« Als wir im Besprechungszimmer stehen, deute ich auf einen der zwei Sessel und setze mich selbst in den anderen. Mit einem unmerklichen Seufzer lässt Dorothee sich nieder. »Möchtest du etwas trinken?«, frage ich, immer noch unsicher, was ich mit diesem Überraschungsbesuch anfangen soll.

Dorothee schüttelt den Kopf. Dann beginnt sie wieder zu sprechen. »Ich wollte dich schon ganz oft anrufen.«

»Mich?«, frage ich irritiert nach.

»Ja.« Sie nickt. »Aber irgendwie habe ich mich nicht getraut, weil … ich kam mir dann immer so albern vor und …« Sie unterbricht sich. »Jedenfalls hatte ich gerade hier in der Gegend zu tun, und da habe ich das Schild ›Lutterothstraße‹ gesehen und mich daran erinnert, dass hier dein Büro ist. Das habe ich dann irgendwie als Zeichen gewertet, bin die Straße entlangspaziert und hab dabei tatsächlich dein Büro gefunden.« Sie räuspert sich. »Eben ein Zeichen, dachte ich. Du glaubst doch an Zeichen, oder?« Sie guckt mich aus ihren großen braunen Augen an, fast flehentlich, als würde sie mich stumm darum bitten, jetzt »Ja« zu sagen.

»Sicher«, antworte ich und verstehe immer noch nicht so

ganz, worum es hier geht. Zeichen? Nicht getraut? Was wird das hier? Mit einem Mal fängt mein Herz wieder an zu rasen. Oh, nein! Ich bin so eine Idiotin! Vor mir sitzt Daniels Schwester, sieht unübersehbar mitgenommen aus und sucht nach den richtigen Worten – sie hat es herausgefunden, das ist doch klar! Jetzt ist sie gekommen, um mich zur Rede zu stellen, wie ich es wagen kann, ihrem Bruder so übel mitzuspielen und ihn anzulügen! Schon will ich von mir aus dazu ansetzen, ihr alles zu erklären, da fällt sie mir ins Wort.

»Daniel hat immer so von dir geschwärmt, weißt du?«

»Das, äh, ja, das kam so«, starte ich einen erneuten Versuch, Dorothee begreiflich zu machen, warum das alles so gekommen ist und dass ich es bestimmt nicht wollte und überhaupt. Aber sie lässt mich nicht zu Wort kommen.

»Also, nicht nur als Frau, meine ich«, fährt sie fort, »sondern auch als Coach. In den höchsten Tönen hat er immer von dir gesprochen und mir erklärt, wie sehr du ihm geholfen hättest.«

»Ja?«, frage ich zögerlich nach. Und kann im selben Moment mein Glück kaum fassen, dass es Dorothee offenbar gerade um etwas anderes geht als um die Entlarvung der bösen Lügnerin, der ihr Bruder auf den Leim gegangen ist.

»Ja, er meinte, du hättest ihm wirklich weitergeholfen. Tja, und da dachte ich …«

»Ich könnte dir auch helfen?«, beende ich ihren Satz.

»Genau.« Ihre Stimme ist fast nur noch ein Flüstern.

»Aber das ist doch gar kein Problem«, rufe ich erleichtert und hoffe, mir ist nicht anzumerken, dass mir gerade eine Tonne Steine von der Seele fallen. »Dafür bin ich schließlich da, du hättest mich jederzeit anrufen können!« Dorothee blickt auf, ich nicke ihr aufmunternd zu. »Wo drückt denn der Schuh? Bei welchen Jobproblemen kann ich dir helfen?«

»Es ist«, setzt sie stockend an, unterbricht sich, räuspert sich und versucht es noch einmal: »Es geht nicht um meinen Job.«

»Sondern?«

»Ich … ich …«, sie gibt ein lautes Schluchzen von sich, »ich wünsche mir so sehr Kinder!« Dann bricht Dorothee unvermittelt in Tränen aus.

24. Kapitel

Äh, Kinder?«, wiederhole ich, nachdem ich Dorothee eine Packung Taschentücher gereicht habe und sie sich wieder einigermaßen beruhigt hat.

»Ja«, bringt sie – immer noch schluchzend – hervor. »So sehr wünsche ich mir das!«

»Aber, aber …«, suche ich nach den passenden Worten, »also, da weiß ich jetzt auch nicht so genau, wie ich dir helfen …« Plötzlich fällt mir der Abend im »Gallo Nero« ein, als Dorothee uns überraschend verließ, weil der Babysitter anrief. »Ich denke, du *hast* Kinder! Als wir beim Italiener waren, musstest du doch nach Hause zu deiner Jüngsten, hast du gesagt.«

»Ach«, schnaubt Daniels Schwester, »das war alles bloß geschwindelt, weil wir der Meinung waren, das wäre die beste Ausrede, um mich unauffällig davonzustehlen und euch allein zu lassen. In Wahrheit hat Daniel unterm Tisch heimlich mein Handy angerufen, damit ich so tun konnte, als müsse ich nach Hause.«

»Verstehe. Dann hast du also keine Kinder?«

»Nein.« Sie schüttelt den Kopf. »Und ich bin auch meilenweit davon entfernt, welche zu bekommen.«

»Warum?«, frage ich, weil ich gerade nicht so wirklich weiß, wie ich mit dieser Situation umgehen soll. Das hier ist etwas anderes als Probleme im Beruf oder der Wunsch, den Partner fürs Leben zu finden. Auf so etwas bin ich, gelinde gesagt, komplett unvorbereitet.

»Das möchte ich auch mal wissen!« Wieder klingt Dorothee eher wütend als verzweifelt. »Immerhin bin ich schon siebenunddreißig, andere Frauen in meinem Alter haben die Familienplanung längst abgeschlossen.«

»Bei weitem nicht alle«, wende ich ein und denke dabei mal wieder an mich selbst. Von siebenunddreißig bin ich zwar noch ein paar Jahre entfernt, aber das kann schneller gehen, als man denkt. Im selben Moment wundere ich mich ein wenig darüber, dass heute offenbar das Thema »Baby« dran ist. Erst Nadine, nun Dorothee – schon komisch, als hätte das Universum beschlossen, dass ich mich unbedingt mit dieser Sache auseinandersetzen soll. Aber jetzt ist erst einmal Dorothee dran. »Vielleicht erzählst du mal genauer, was das Problem ist.«

»Sebastian«, teilt sie mir mit. »Sebastian ist das Problem.«

»Dein Freund?«, will ich wissen. Sie nickt. »Er kann also nicht?«

Diesmal schüttelt sie den Kopf. »Nein. Das heißt, ich weiß es nicht, denn wir haben es noch nie versucht. Er will einfach nicht.«

»Will er insgesamt nicht oder nur jetzt nicht?«, hake ich nach.

»*Jetzt* will er nicht«, erklärt Dorothee. Bevor ich etwas dazu sagen kann, fügt sie noch hinzu: »Wobei ›jetzt‹ immerhin schon sechs Jahre dauert!«

»Sechs Jahre?« Oha, das ist lange. Also, wenn man nicht gerade Anfang zwanzig ist, jedenfalls.

»Ja«, erklärt Dorothee. »Seit acht Jahren sind wir zusammen, nach zwei Jahren Beziehung habe ich angefangen, übers Heiraten und über Kinder zu reden. Die Antwort seitdem ist immer die gleiche: Ich will noch nicht, ich fühle mich noch nicht bereit dazu, lass uns noch ein bisschen warten. Tja«, sie seufzt, »und über diese verdammte Warterei bin ich eben mittlerweile siebenunddreißig Jahre alt geworden und frage mich, wie lange es meine Eierstöcke eigentlich noch machen werden und wann Sebastian endlich dazu bereit sein wird, mit mir eine Familie zu gründen.«

»Hm«, meine ich und denke nach. Eine vertrackte Situation,

das muss ich schon zugeben. Allerdings auch zu vertrackt und zu wichtig, als dass ich den Mut hätte, da jetzt wirklich fundierte – oder eher unfundierte – Ratschläge zu erteilen. Jemandem ein paar ungefährliche Tipps in Sachen Job oder Partnersuche zu geben ist das eine – diese Sache hier erscheint mir dagegen eindeutig zu heiß. »Wie alt ist Sebastian denn?«, frage ich trotzdem nach, weil ich schließlich irgendetwas sagen muss. Möglicherweise hat Dorothee sich ja einen feschen, zehn Jahre jüngeren Mann genommen, der wirklich noch zwei, drei Jährchen Zeit braucht – das gibt's heutzutage immer öfter. Dann wäre für Dorothees Kinderwunsch immer noch genug Zeit, vierzig ist ja heute kein Alter mehr, Hollywood macht's vor!

»Zweiundfünfzig«, lautet ihre Antwort. Okay, nicht fesch und jung. Sondern offenbar angegraut und bindungsunwillig, kombiniert mit einem gewissen Talent, eine Frau ewig hinzuhalten.

»Hör zu«, sage ich und merke, wie ich vom Coaching- in den Freundinnen-Modus schalte. Ich weiß zwar, dass das vermutlich ein Fehler ist und ich am besten daran täte, die Klappe zu halten und Dorothee den Tipp zu geben, mit ihrem Sebastian einen Paartherapeuten aufzusuchen, der das Problem für die beiden in die eine oder andere Richtung löst – wobei ich für meinen Teil ziemlich sicher bin, in welche Richtung es zumindest für Sebastian gehen dürfte –, doch wie sie da so vor mir sitzt, ganz klein und elend und verzweifelt, kann ich einfach nicht anders. »Ich kenne deinen Sebastian nicht und will dir auch nichts Verkehrtes raten – aber wenn du mal ganz ehrlich zu dir selbst bist: Glaubst du, dass er nur jetzt noch keine Kinder will oder in Wirklichkeit nie?«

Dorothee zuckt mit den Schultern. »Ich weiß es nicht.«

»Was glaubst du denn, was sagt dir dein Bauch?«

Sie zögert einen Moment. »Nie«, bringt sie dann leise hervor.

»Okay«, fahre ich fort, »und wenn du noch einmal ganz genau in dich hineinhorchst: Wie geht es dir mit dem Gedanken, dass aus deinem Kinderwunsch vielleicht nie etwas werden wird?«

Sie guckt mich wieder aus diesen wahnsinnig großen braunen Augen an. »Schrecklich«, gibt sie zu, »ganz, ganz schrecklich. Kinder sind für mich immer schon der Sinn des Lebens gewesen, bei der Vorstellung, dass ich nie ein Baby im Arm halten werde, könnte ich sofort losheulen.« So wie sie aussieht, wird sie das auch jeden Moment tun.

»Dann bleibt dir nur eines«, spreche ich schnell weiter, bevor Dorothee eine weitere große Packung Taschentücher braucht, »du musst für dich genau abwägen, was dir im Leben am wichtigsten ist.«

»Heißt das, ich soll mich von Sebastian trennen?«, will sie wissen.

Ich hebe abwehrend die Hände. »Nein, natürlich nicht!« Obwohl ich am liebsten sagen würde: Das liegt doch wohl klar auf der Hand, der Kerl hält dich nur hin, bis du zu alt fürs Kinderkriegen bist! Und wer weiß, irgendwann lässt er dich dann sitzen, haut mit einer Fünfundzwanzigjährigen ab und zeugt mit ihr vier Kinder. Soll es alles schon gegeben haben.

Schon erstaunlich, wie klar man die Dinge sieht, wenn es nicht um einen selbst, sondern um andere geht. Als Außenstehende ist es so viel leichter, eine Situation zu beurteilen, wenn man emotional nicht involviert ist. Trotzdem hüte ich mich davor, Dorothee zu sagen, dass sie ihren Sebastian in den Wind schießen soll. Wenn, dann muss sie von alleine darauf kommen. Ich versuche, mich daran zu erinnern, was ich in den vergangenen Wochen alles gelesen habe, und durchforste mein Gehirn nach einem Tipp, der für Daniels Schwester vielleicht hilfreich sein könnte.

»Letztlich geht es nur darum«, fahre ich dann fort, »dass du herausfindest, was deine wahren Wünsche sind. Und zwar unabhängig von dem, was Sebastian will, zunächst jedenfalls einmal. Du kannst nur über dein eigenes Leben bestimmen, einen anderen Menschen kannst du gegen seinen Willen nicht verändern. Aber wenn du dich veränderst, tun andere es vielleicht auch, darum geht es.«

»Was meinst du damit, mich verändern?«

»Nun«, ich überlege, wie ich ihr das am besten erklären soll. »Bisher hast du immer darauf gewartet, dass Sebastian sich deinem Kinderwunsch anschließt. Aber er tut es anscheinend nicht, jedenfalls noch nicht. Jetzt kannst du entweder noch weiter warten – oder eben etwas verändern. Indem du dir deine eigenen Wünsche und Bedürfnisse klarmachst und anfängst, danach zu leben.«

»Das würde ich ja gern«, seufzt Dorothee. »Nur mittlerweile weiß ich manchmal selbst nicht mehr, was ich will. Ich bin so durcheinander, mal denke ich, ohne ein Kind werde ich niemals glücklich werden. Dann wieder denke ich an Sebastian und unsere gemeinsamen Jahre und finde, dass ich damit doch sehr zufrieden sein kann.«

»Aber ist zufrieden genug?«, stelle ich eine ketzerische Frage.

Wieder ein Seufzen. »Ich weiß es nicht.« Auf einmal sieht sie wieder sehr unglücklich aus. »Aber noch viel weniger weiß ich, wie ich herausfinden soll, was für mich das Richtige ist, oft kann ich kaum noch einen klaren Gedanken fassen.«

»Das ist ganz leicht«, behaupte ich und freue mich, dass mir just in diesem Moment eine von Kikis DVDs zu dem Thema einfällt, die ich mir vor nicht allzu langer Zeit angesehen habe. »Der Indikator für das, was du wirklich willst, sind deine Gefühle.«

»Meine Gefühle?«

Ich nicke. »Deine Gefühle sagen dir ziemlich deutlich, was

das Richtige für dich ist«, erkläre ich weiter. »Sie sind wie ein emotionales Feedback-System«, zitiere ich den Coach, den ich in dem Film gesehen habe. »Immer, wenn du dich bei einem Gedanken oder bei einer Vorstellung schlecht fühlst, ist das wie ein Navigationsgerät, das dir sagen will: Bitte wenden!«

»Bitte wenden?«

Ich nicke. »Ja, bitte wenden. Dann heißt das, dass du in der falschen Richtung unterwegs bist. Bei den Gedanken und Zukunftsvorstellungen dagegen, die in dir Zufriedenheit und Glück auslösen, bist du auf dem richtigen Weg, den du weiterverfolgen solltest.«

»Klingt gar nicht so schwierig«, stellt Dorothee fest, und ich höre die Hoffnung, die in ihrer Stimme mitschwingt.

»Ist es auch nicht«, bestätige ich. Und fühle mich in diesem Moment, als wäre ich Kiki, die ihrer kleinen, unzufriedenen Cousine Maike erklärt, dass das Leben eigentlich ganz einfach ist. Wie die Dinge sich in so kurzer Zeit verändert haben, nicht zu fassen!

»Dann muss ich also einfach nur«, meint Dorothee, »darauf achten, was mich traurig und was mich glücklich macht?«

»Im Prinzip schon. Und du musst natürlich auch danach handeln.«

Sie denkt einen Moment lang nach. Dann tritt wieder ein verzweifelter Ausdruck auf ihr Gesicht. »Wenn das so einfach wäre! Wir sind doch schon so lange zusammen. Außerdem: Wenn ich mich jetzt von ihm trenne, bleibe ich am Ende allein, und es wird gar nichts mehr mit meinem Kinderwunsch!«

Wie bitte? Ich glaube, ich höre nicht richtig! Da sitzt diese bildhübsche Frau vor mir, nach der sich vermutlich jeder Kerl, der noch seine Sinne beisammenhat, den Hals verrenken würde – und sie macht sich allen Ernstes Sorgen darüber, dass sie keiner mehr nehmen wird? Maike, erklingt eine kleine, leise Stimme in mir, denk mal daran, wie oft du so etwas schon gedacht hast? Und einen Buckel hast du nun auch nicht gerade, und du ziehst auch kein Bein nach.

»Quatsch!«, stelle ich energisch fest, womit ich zum einen Dorothee meine, zum anderen diese blöde innere Stimme zum Schweigen bringen will.

»Wie, Quatsch?«, fragt Dorothee.

»Na, sieh dich doch mal an! Du könntest ein Model sein oder Schauspielerin!« Jetzt kichert sie verlegen. »Nein, wirklich, das meine ich ernst!«

»Aber siebenunddreißig«, will sie verschämt widersprechen.

»Ach, Unsinn!«, rufe ich aus und merke, wie ich richtig in Rage gerate. »Siebenunddreißig ist schließlich nicht siebenundneunzig, da stehen dir noch alle Möglichkeiten offen, dein Leben hat doch gerade erst angefangen! Auf keinen Fall ist es ein Grund, bei einem Mann zu bleiben, mit dem man nicht mehr glücklich ist und mit dem man nicht die gleichen Vorstellungen von der Zukunft teilt!« Herrje, ich spüre regelrecht, wie mir die Halsader schwillt.

Dorothee schweigt einen Moment. Dann, mit unsicherer Stimme, die nicht recht zu ihr passen will, fragt sie: »Meinst du wirklich?«

»Ja«, erwidere ich energisch. »Das meine ich wirklich.«

»Hm.«

»Was sagt denn«, will ich nun wissen, »Daniel zu der ganzen Sache?«

»Na ja, er will sich da natürlich nicht so richtig einmischen. Nur einmal, als er schon einen kleinen Schwips hatte, da hat er mich gefragt, warum ich nicht endlich diesen Idioten in den Wind schieße. Als ich ihm erklärt habe, dass ich Angst habe, irgendwann gar keinen mehr zu haben, mit dem ich Kinder bekommen kann, da hat er gesagt: ›Schwesterlein, ich verspreche dir was: Wenn du mit vierzig allein bist und noch immer kein Kind hast – dann fahre ich dich höchstpersönlich zu einer Kinderwunschklinik ins Ausland. Da findet sich bestimmt ein passender Samenspender, und die Behandlungskosten gehen dann komplett auf meine Kappe!‹ Aber da war er, wie gesagt, schon nicht mehr ganz nüchtern.«

»Und was sagen kleine Kinder und Betrunkene?«, will ich wissen.

»Die Wahrheit?«

»Exakt.« Im selben Moment habe ich wieder ein total warmes und schönes Gefühl für Daniel, weil er so etwas Süßes zu seiner Schwester gesagt hat. Bitte, liebes Universum, schicke ich ein sekundenschnelles Stoßgebet gen Himmel, bitte mach, dass ich diesen wundervollen Mann nie verlieren werde!

»Ich kann nur sagen: Danke, du hast mir sehr geholfen!«, stellt Dorothee fest, als ich sie zehn Minuten später zur Tür bringe.

Ganz wohl ist mir allerdings nicht in meiner Haut, und ich frage mich, ob ich jetzt die Verantwortung dafür trage, wenn sie ihren Herrn Sebastian in den Wind schießt. Andererseits bin ich mir fast sicher, dass es das Richtige wäre, und kann mir kaum vorstellen, dass der Kerl über Nacht seine Meinung ändern wird. Mach dich nicht verrückt, Maike, versuche ich, mich selbst zu beruhigen. Vielleicht hat dieses Gespräch auch nur zur Folge, dass Dorothee sich über ihre größten Wünsche endlich absolute Klarheit verschafft – und wer weiß, vielleicht ändert ihr Freund ja auch seine Meinung, wenn er merkt, dass es ihr ernst damit ist?

»Na ja«, stelle ich fest, »ich bin natürlich auch nicht allwissend. Aber ich denke, es kann nicht schaden, wann man sich hin und wieder mit seinen eigenen Wünschen und Bedürfnissen beschäftigt.«

»Das werde ich künftig auch tun«, bekräftigt Dorothee. »Sobald ich zu Hause bin, werde ich mit Sebastian reden und ihm sagen, dass ich mit der momentanen Situation mehr als unglücklich bin und endlich wissen will, woran ich bin.«

»Vielleicht, äh«, wende ich ein, »wartest du damit noch ein paar Tage und lässt das Ganze erst einmal sacken, bevor du ihm die Pistole auf die Brust setzt. Männer reagieren auf so etwas mitunter empfindlich.«

»Ach was!«, wehrt Dorothee ab und hat plötzlich so gar nichts mehr von dem kleinen Häufchen Elend, das vor gut einer halben Stunde noch vor meiner Wohnungstür stand. »Ich habe lange genug gewartet, eine Frau wie ich hat es nicht nötig, dass man sie hinhält.«

»Äh, ja«, bestätige ich ihr, »that's the spirit!«

Wir grinsen uns an, ich allerdings ein wenig zerknirscht, weil ich mich des Gefühls nicht erwehren kann, unter Umständen gerade einen Menschen in sein Unglück geritten zu haben.

»Ich kann nur sagen«, meint Dorothee, »ich freue mich wirklich, dass Daniel so eine tolle Frau gefunden hat.«

»Ähm«, erwidere ich etwas verschämt.

»Doch, doch!«, unterbricht mich Dorothee. »Nimm das bitte ruhig als Kompliment. Ich fand dich ja schon im ›Gallo Nero‹ super, aber jetzt muss ich sagen: Mein Bruder ist ein Glückspilz!«

»Äh.« Auweia, ist mir ja richtig unangenehm, wie sie mich hier über den grünen Klee lobt. Aber trotzdem freue ich mich natürlich auch tierisch darüber, dass Daniels Schwester mich offensichtlich mag.

»Weißt du«, sie senkt die Stimme, »er hat es wirklich mehr als verdient, endlich mal glücklich zu sein. Seit …«

»Seit was?«, frage ich nach, als sie nicht weiterspricht.

Dorothee schüttelt den Kopf. »Ach, das ist eigentlich unwichtig, und ich will auch nicht tratschen.« Das finde ich wiederum sehr schade, widerstehe aber der Versuchung, nachzufragen. »Alles, was zählt, ist doch, dass ihr glücklich miteinander seid.«

Ich nicke. »Ja, das sehe ich auch so.«

»Dann will ich mal zusehen, dass ich mein eigenes Glück ab sofort auch in die Hand nehme.«

»Ich wünsche dir viel Erfolg dabei!«

Wir verabschieden uns, und mit beschwingten Schritten entschwindet Dorothee aus meinem Büro. Mein Blick fällt auf die große Wanduhr über dem Eingang. Drei Uhr, dann habe ich jetzt noch zwei Stunden Zeit, in der Wohnung Klarschiff zu machen, bevor Stefan hier auftaucht.

Auf halbem Weg zwischen Büro und Wohnung lässt mich ein lautes Geräusch zusammenzucken. Draußen auf der Straße kracht und scheppert es, dicht gefolgt von einem gellenden Schmerzensschrei. Mit einem Satz bin ich wieder am vorderen Eingang, reiße die Tür auf – und spüre, wie mir bei dem Anblick, der sich mir bietet, sämtliches Blut aus den Gliedern sackt. Nur wenige Meter entfernt liegt Stefan mitsamt seinem Fahrrad in einem Blumenkübel, Dorothee Unverzagt sitzt auf ihren vier Buchstaben direkt daneben und hält sich das linke Knie. Ach, du Scheiße, was ist denn da passiert? Stefan beantwortet meine Frage, ohne dass ich sie ausgesprochen habe.

»Was, verdammt noch mal«, brüllt er Dorothee an, »haben Sie mitten auf dem Radweg verloren?«

25. Kapitel

Es tut mir leid, es tut mir so schrecklich leid!« Wieder und wieder stammelt Dorothee Entschuldigungen in Richtung Stefan, während sie, von mir gestützt, zurück zum Büro humpelt. »Ich verstehe das nicht, ich hab Sie einfach überhaupt nicht gesehen!«

»Das habe ich gemerkt«, zischt Stefan, der uns hinkend folgt. »Sie sind ja buchstäblich in mich hineingelaufen!«

»Es tut mir so leid«, wiederholt Dorothee nun noch einmal.

»Davon habe ich jetzt auch nichts«, blökt Stefan, »ich habe mir mit Sicherheit den Knöchel verstaucht!«

»Stefan!«, weise ich ihn energisch zurecht. »Jetzt hör aber mal auf, sie hat sich doch schon entschuldigt!«

Tatsächlich hört er mit seiner Schimpferei auf, hilft mir sogar, Dorothee abzustützen, während ich die Tür aufschließe, und bugsiert sie dann gemeinsam mit mir in einen der Sessel. Das alles läuft bei mir wie automatisch ab, ohne dass ich groß darüber nachdenke. Denn momentan sind meine grauen Zellen mit etwas völlig anderem beschäftigt: Was will Stefan denn schon hier? Und wie kann ich verhindern, dass er und Dorothee sich jetzt gleich miteinander unterhalten?

»Tut mir wirklich ganz schrecklich leid«, sagt Dorothee noch einmal, als würde sie gerade ein Mantra beten, und bedenkt Stefan mit einem zerknirschten Blick.

Schlagartig werden seine Gesichtszüge weicher, sogar so etwas wie ein Lächeln zeigt sich. »Ach, na ja«, erwidert er, »ist nicht so schlimm, ich hätte natürlich auch besser aufpassen müssen.«

»Nein, das stimmt nicht«, widerspricht Daniels Schwester, »Sie haben schon vollkommen recht, ein Fußgänger hat auf dem Radweg nichts zu suchen.«

»Ist ja kein Drama«, ist es nun wieder an Stefan, alles herunterzuspielen. »Fühlt sich auch gar nicht mehr so schlimm an, war wohl nur der erste Schreck.« Er deutet auf seinen Knöchel.

»Trotzdem! Ich bin an der ganzen Sache schuld, und ich werde natürlich …«

»So«, unterbreche ich die beiden, bevor sie sich gegenseitig in ihren Schuldanerkenntnissen übertreffen, »ich glaube, die Hose ist hin.«

Dorothee wirft einen Blick auf ihr linkes Knie. Tatsächlich hat ihre Jeans an dieser Stelle ein Loch, und ein bisschen Blut sickert durch den Stoff.

»Sie bluten ja!«, ruft Stefan erschrocken aus.

»Ist nicht so schlimm«, meint Dorothee, »nur eine kleine Schürfwunde.«

»Aber …«, setzt Stefan wieder an.

»Stefan«, gehe ich dazwischen, »bist du so lieb und holst aus dem Bad in der Wohnung ein großes Pflaster? Im Alibert müsste eine Packung stehen.«

»Ja, natürlich«, versichert er und flitzt pflichtschuldigst davon.

»Hör zu«, wende ich mich sofort flüsternd an Dorothee und merke, wie ich mal wieder – wie schon so oft in letzter Zeit – Blut und Wasser schwitze. »Ich habe jetzt leider keine Zeit, dir das lange zu erklären. Aber es ist wichtig, dass Stefan nichts von unserer kleinen Sitzung hier weiß und davon, dass ich mit deinem Bruder zusammen bin.« Dorothee mustert mich verständnislos. »Ist es okay, wenn wir ihm sagen, dass du nur hier warst, um dir mein Büro als eventuelle Nachmieterin anzusehen?«

Sie nickt langsam. »Ist das dein Ex-Freund?«, will sie wissen. Ich bejahe ergeben. »Verstehe«, gibt sie dann flüsternd zurück. »Daniel hat mal erwähnt, dass dein vorheriger Freund nicht so gut mit der Trennung zurechtkommt.« Dann verfinstert sich ihre Miene. »Aber zwischen dir und ihm … das ist doch …«

»Nein«, beruhige ich sie, »da ist nichts mehr, er kommt nur hin und wieder vorbei, wir verstehen uns einfach noch gut. Allerdings«, füge ich noch hinzu, »wäre es besser, wenn du Daniel auch nicht erzählst, dass du Stefan hier getroffen hast.«

Noch immer sieht sie skeptisch aus. »Klingt für mich alles etwas komisch.«

Ich seufze. »Das glaube ich«, gebe ich zu. »Und ich kann dich nur bitten, mir zu vertrauen. Ich liebe deinen Bruder, wirklich! Es gibt auch keinen anderen, zwischen Stefan und mir ist nichts weiter als Freundschaft, das schwöre ich.«

»Aber dann …«, setzt sie wieder an.

»Ich muss es dir irgendwann einmal in Ruhe erklären. Und auch mit Daniel werde ich reden, versprochen, aber im Moment geht es einfach nicht.« Ich werfe ihr einen bittenden Blick zu. Dann höre ich Stefan in der Wohnung klappern, eine Tür geht, er wird also jede Sekunde zurück sein. »Wie gesagt«, fahre ich schnell fort, »ich erkläre es dir ein anderes Mal. Tust du mir jetzt erst einmal diesen Gefallen?«

»Sicher, klar.« Dorothee zwinkert mir zu und lächelt wieder freundlich und offen. »Du wirst deine Gründe haben, und immerhin bin ich dir was schuldig.«

»Danke!«, seufze ich erleichtert.

»So, da bin ich wieder!« Stefan kommt mit der Pflasterpackung in der Hand ins Büro, marschiert direkt auf Dorothee zu und kniet sich vor ihr hin.

»Gib mal her«, fordere ich ihn auf und will ihm die Pflaster aus der Hand nehmen, aber er weist mich mit seiner freien Hand zurück.

»Lass mich nur machen, ich kenne mich mit Verletzungen aus.«

»Sind Sie Arzt?«, will Dorothee wissen.

Stefan lacht. »Das nicht gerade«, erklärt er. »Ich bin Personal Trainer, aber natürlich gehört eine gewisse Kenntnis der Anatomie mit zum Beruf.« Kenntnisse der Anatomie, Donnerwetter! So geschwollen habe ich Stefan noch nie daherreden hören.

»Aha«, meint Dorothee.

»Also, wollen wir mal sehen.« Vorsichtig zieht Stefan den Stoff der Jeans etwas beiseite und mustert die Wunde eingehend. »Sieht wirklich nicht so schlimm aus«, stellt er dann fachmännisch fest, »immerhin ist kein Schmutz in der Wunde, ein Pflaster dürfte fürs Erste reichen.« Er nimmt einen Streifen aus der Verpackung, zieht den Plastikschutz ab und legt das Pflaster dann vorsichtig auf Dorothees Knie. Sie zuckt kurz zusammen. »Tut's weh?«, fragt Stefan besorgt nach.

»Nein, nein, ist schon gut.«

»Prima!« Er steht auf und betrachtet zufrieden sein Werk, als hätte er soeben einen komplizierten Splitterbruch operiert. »Müsste in ein paar Tagen schon wieder verheilt sein.«

»Na, dann.« Dorothee macht Anstalten, ebenfalls aufzustehen, doch Stefan hält sie sofort zurück.

»Was machen Sie denn da?«

»Ich will nach Hause gehen«, erklärt sie verwundert.

»Aber doch nicht in Ihrem Zustand!«

Jetzt lacht Daniels Schwester. »Was heißt denn, in meinem Zustand? Es ist doch nur ein aufgeschürftes Knie.« Wie zum Beweis stellt sie sich hin und wackelt dabei kein bisschen.

»Soll ich Ihnen nicht lieber ein Taxi rufen?«, schalte ich mich nun ein, damit ich hier nicht wie ein gedankenloser Depp danebenstehe.

»Das ist wirklich nicht nötig, Frau Schäfer«, antwortet Dorothee und zwinkert mir nahezu unmerklich zu. »Mein Auto steht ganz in der Nähe, die paar Meter schaffe ich schon.«

»Sind Sie sicher?«, hakt Stefan noch einmal nach.

»Absolut, machen Sie sich keine Sorgen. Allerdings: Ist mit Ihrem Knöchel wirklich auch alles in Ordnung? Und was ist mit Ihrem Fahrrad?«

Stefan macht eine wegwerfende Handbewegung. »Meinem Knöchel geht's prima, und mein Mountainbike ist auch robust, da müssen Sie sich wirklich keine Sorgen machen.«

»Puh!« Dorothee lächelt. »Dann ist ja noch einmal alles gutgegangen.«

»Ja, bis auf den Schrecken ist nichts passiert.«

»Dann werde ich mich mal auf den Heimweg machen«, stellt Daniels Schwester fest.

Zum zweiten Mal innerhalb von fünfzehn Minuten bringe ich sie zur Tür. »Passen Sie schön auf, dass Sie nicht wieder auf den Radweg geraten«, gebe ich ihr scherzhaft als Rat mit auf den Weg.

»Nein«, versichert sie, »ab sofort bin ich vorsichtiger.« Sie wendet sich noch einmal an Stefan, der hinter mir steht. »Auf Wiedersehen! Ich hoffe wirklich, dass mit Ihrem Knöchel alles in Ordnung ist.«

»Alles bestens«, bestätigt er.

»Und was das Büro betrifft«, sagt Dorothee noch schnell zu mir, »werde ich mich in den nächsten Tagen bei Ihnen melden. Ich finde die Räumlichkeiten jedenfalls sehr interessant.«

»Rufen Sie einfach an!«, erwidere ich. Als ich die Tür hinter ihr schließe, zittern mir vor lauter Anspannung die Knie. Das ist ja gerade noch mal gutgegangen, um ein Haar hätte es eine Katastrophe gegeben.

»Sie hat sich also das Büro angesehen?«, will Stefan wissen, als ich mich wieder zu ihm umdrehe. Ich nicke. »Scheint nicht so leicht zu sein, einen Untermieter zu finden«, stellt er dann fest.

»Nein«, schwindele ich, »leider nicht.«

Stefan lässt seinen Blick durch den Raum wandern. »Schon komisch«, meint er. »Nachdem du wieder ein paar Sachen eingeräumt hast, sieht's hier fast aus wie früher. Als wäre Kiki noch da.«

»Hm, ja«, gebe ich ihm recht. Mehr sage ich nicht, denn ich wüsste nicht, was. Wir schweigen einen Moment lang, dann will ich wissen: »Was machst du eigentlich schon hier, wir waren doch für fünf Uhr verabredet?«

»Fünf Uhr?«, gibt Stefan zurück. »Ich dachte, fünfzehn Uhr. Da hab ich mich wohl vertan.«

»Ist auch egal«, erkläre ich. »Muss ich meine Putz-und-Aufräum-Aktion eben verschieben, das wollte ich nämlich eigentlich noch bis fünf erledigen, in der Wohnung sieht's mal wieder schlimm aus.«

Stefan grinst mich an. »Das stimmt«, sagt er, »ist mir auch aufgefallen, als ich nach dem Pflaster gesucht habe. Den Titel ›Housekeeper of the Year‹ wirst du wahrscheinlich nie gewinnen.«

»Was soll das denn heißen?«, erwidere ich gespielt empört.

»Das weißt du selbst ganz genau«, triezt er mich zurück, und wir müssen beide lachen. »Komm«, meint er schließlich und deutet mit einem Nicken rüber zum Wohnungsteil.

»Was, komm?«

»Ich helf dir eben, darin habe ich schließlich schon Übung.«

»Du musst doch nicht ständig mit mir die Wohnung aufräumen.«

»Müssen nicht. Aber ich mach's gern. Dann sind wir umso schneller fertig und können noch irgendwo einen Kaffee trinken gehen.«

»In Ordnung. Wenn du dich so aufdrängst …«

»Dann lass uns anfangen, bevor ich es mir anders überlege!«

»Wenn du wüsstest, wie sehr ich mich auf heute Abend gefreut habe!« Daniel begrüßt mich mit einem zärtlichen Kuss, als wir uns um kurz nach acht zum Abendessen im »Gallo Nero« treffen.

»Hallo, Schatz.«

»Wie war dein Tag?« Ich überlege kurz, ob ich ihm von Dorothee erzählen soll, lasse es dann aber.

»Anstrengend. Und deiner?«

»So weit ganz okay«, meint er, »keine besonderen Vorkommnisse.«

»Prima.« Ich schnappe mir die Speisekarte und studiere sie. Diesmal bin ich fest entschlossen, selbst für mich zu bestellen. Zum Beispiel eine ehrliche Pizza.

»Das heißt – doch! Eine Sache ist tatsächlich passiert.« Ich blicke interessiert auf. »Ach, nein«, korrigiert er sich dann, »das soll er dir lieber selbst erzählen.«

»Wer soll mir was lieber selbst erzählen?«, hake ich nach.

»Markus«, erklärt Daniel. »Soweit ich weiß, hat er am Montag wieder einen Termin bei dir.«

»Ja, das stimmt«, erwidere ich. »Aber ich wüsste trotzdem gern schon jetzt, was es da zu erzählen gibt.«

»Hm, ich weiß nicht …« Daniel zwinkert mich fröhlich an, es macht ihm sichtlich Spaß, mich auf die Folter zu spannen.

»Wenn du mir nicht sofort sagst, um was es geht«, drohe ich ihm spaßhaft, »lasse ich dich auf der Stelle im Restaurant sitzen.«

»Okay, okay!« Daniel hebt abwehrend die Hände. »Ich sag's dir ja schon! Also.« Er macht eine Pause, vermutlich, um es noch ein kleines bisschen spannender zu machen.

»Ja, was denn nun?«

»Markus hat mir heute erzählt, dass er eine nette Frau kennengelernt hat.«

»Wo das?«, will ich wissen.

»Beim Zahnarzt«, berichtet Daniel und schmunzelt. »Sie saßen zusammen im Wartezimmer und haben sich über ihre bevorstehenden Wurzelbehandlungen unterhalten.«

»Das nenne ich mal eine ausgefallene Flirt-Location«, stelle ich fest. »Noch dazu bei einem so romantischen Thema!«

»Finde ich auch.« Er greift über den Tisch nach meiner Hand und drückt sie. »Aber das Glück schlägt eben an den unerwartetsten Orten zu.«

Wir lächeln uns an, dann widmet sich jeder von uns wieder der Speisekarte. Als der Ober kommt, bestelle ich eine Pizza prosciutto, Daniel entscheidet sich für Saltimbocca alla romana.

»Markus hat mich gefragt, ob wir nächste Woche mal zu viert ausgehen wollen, dann können wir sie kennenlernen.«

»Klar, warum nicht? Ich bin schon ganz gespannt.«

»Ich auch«, meint Daniel. »Was er so erzählt hat, muss sie eine Kombination aus Claudia Schiffer und Albert Einstein sein.«

»Hoffentlich in der Reihenfolge ›So schön und so klug‹ und nicht umgekehrt«, stelle ich prustend fest.

»Das hoffe ich allerdings auch.« Wir lachen beide.

»Dann bin ich neugierig, was er mir am Montag erzählt. Und danach«, ich werfe Daniel einen koketten Blick zu, »werde ich dir kein Sterbenswörtchen verraten. Ich muss als Coach immerhin verschwiegen sein.«

»Das ist gemein«, erwidert Daniel und zieht einen Schmollmund.

»Tja«, stelle ich fest, »so bin ich.«

»Stichwort Kennenlernen«, wird Daniel auf einmal ernst. »Ich habe mich gefragt, ob es nicht langsam an der Zeit ist, dass du neben meiner Schwester auch mal meinen Bruder und meine Eltern kennenlernst.«

»Deine Eltern?«

Daniel nickt. »Wir sind immerhin schon fast drei Monate zusammen, und ich würde ihnen gern meine neue Freundin vorstellen.«

Ich zögere einen Moment, dann lächele ich ihn an. »Sicher, warum nicht?«

»Und dann«, spricht er weiter, »würde ich mich freuen, wenn du mich deinen Eltern vorstellst.«

Ich erstarre, obwohl ich irgendwie geahnt hatte, dass so etwas in der Art kommt. »Weißt du«, setze ich an, »meine Eltern sind ein wenig speziell.«

»Das glaube ich dir gern, immerhin haben sie auch eine spezielle Tochter.«

»Nein, so meine ich das nicht. Sie sind etwas … schwierig.«

»Glaubst du nicht, dass ich damit umgehen kann?«

»Doch, sicher, es ist nur …«

»Kirsten.« Wieder greift er nach meiner Hand. »Ich bin wirklich sehr glücklich mit dir. Nur manchmal frage ich mich, warum du mich versteckst.«

»Dich verstecken?«

»Ja, so fühlt es sich irgendwie an. Ich kenne keinen deiner Freunde, wenn wir uns sehen, machen wir entweder etwas alleine oder mit meinen Kollegen. Manchmal glaube ich fast, du schämst dich für mich.«

»Ich schäme mich doch nicht für dich!«

»Aber nicht mal dein Ex-Freund darf wissen, dass wir zusammen sind! Zweimal die Woche laufe ich mit Stefan Becker um die Alster und muss immer noch so tun, als würde ich dich nicht kennen und hätte dich nur einmal flüchtig bei einer Bürobesichtigung gesehen. Nicht einmal deinen Namen darf ich erwähnen. Da frage ich mich schon manchmal, warum das so ist.«

»Die Sache ist kompliziert.«

»Kirsten.« Jetzt klingt er bittend. »Du weißt, dass ich dir vertraue. Aber manche Dinge kommen mir eben komisch vor. Du gehst nicht an dein Handy, wenn es in meiner Gegenwart klingelt, oder verlässt zum Telefonieren den Raum. Und wenn du glaubst, mir wäre noch nicht aufgefallen, dass wir eigentlich nur noch bei mir sind und gar nicht mehr bei dir, dann irrst du.

All das bemerke ich durchaus und warte die ganze Zeit darauf, dass du dich mir gegenüber endlich völlig öffnest.«

»Bitte, Daniel, ich …«

»Ach, sieh mal einer an!« Eine Stimme lässt uns beide herumfahren.

Direkt neben uns am Tisch steht eine hochgewachsene, schlanke Frau und mustert uns amüsiert. Ihre lange, dunkle Mähne fällt wallend über ihre Schultern, sie hat genauso riesige, dunkle Augen wie Daniel und trägt einen eleganten Hosenanzug. Noch eine Schwester?, schießt es mir durch den Kopf, aber ich verwerfe den Gedanken sofort. Zum einen hätte Daniel mir wohl mittlerweile von ihr erzählt, so erpicht, wie er auf eine Familienzusammenführung ist, zum anderen strahlt diese Frau nichts von der Wärme aus, die bei Daniel oder Dorothee zu spüren ist.

Mein Liebster erstarrt bei ihrem Anblick von jetzt auf gleich, und ihm weicht alle Farbe aus dem Gesicht. Er räuspert sich. »Sarah.« Seine Stimme klingt angespannt.

»Hallo, Daniel.« Sie lächelt. »Was für ein Zufall, dich hier zu treffen!«

»Kein sonderlich großer Zufall, wenn man bedenkt, dass das hier mein Lieblingsrestaurant ist«, gibt er böse zurück. Mir ist, als wäre die Zimmertemperatur plötzlich um mindestens zehn Grad Celsius gesunken. Wer ist diese Frau? Und weshalb starrt Daniel sie so feindselig an? »Ich wusste gar nicht, dass du in der Stadt bist«, presst mein Freund jetzt hervor.

»Doch, das bin ich«, erwidert sie gelassen. »Seit letzter Woche. Ich wollte dich auch schon anrufen, aber dann dachte ich mir, dass wir uns am Montag ja sowieso in der Firma sehen.«

»Du fängst wieder bei uns an?« Daniel klingt regelrecht entgeistert.

»Ja«, bestätigt Sarah, »es war eine kurzfristige Entscheidung des Vorstandes, mich aus London zurückzuholen.«

»Ach?« Daniel klingt ironisch. »Und es macht dir gar nichts aus, England einfach so zu verlassen?«

»Im Gegenteil«, erwidert sie, »ich bin sehr glücklich, wieder in Hamburg zu sein.«

Die beiden starren sich an, und ich habe den Eindruck, dass da irgendwas zwischen den Zeilen mitschwingt, das ich nicht ganz verstehe.

»Dann sind deine Londoner Projekte wohl abgeschlossen?«, hakt Daniel nach.

In der Tat, hier schwingt so einiges zwischen den Zeilen mit.

»Vollkommen, ich bin ganz und gar frei für neue Aufgaben.«

»Aber«, bellt Daniel sie nahezu an, »bilde dir bloß nicht ein, dass hier alles wieder so läuft wie früher.«

Sarah lacht auf. »Aber, aber – natürlich tue ich das nicht. Es wird selbstverständlich noch viel besser laufen als früher.«

»Da wäre ich mir an deiner Stelle nicht so sicher.«

»Ich denke, wir werden es sehen.« Jetzt wendet Sarah sich mir zu und betrachtet mich interessiert. »Willst du mir deine Begleitung nicht vorstellen?«, fragt sie.

»Natürlich.« Dieses »natürlich« klingt allerdings nach dem genauen Gegenteil. »Kirsten, das ist Sarah, Sarah, das ist Kirsten.«

Sie streckt mir ihre grazile Hand entgegen, ich schüttele sie und habe sofort das Gefühl, dass ich dagegen eine riesige Pranke habe.

»Meine Freundin«, schiebt Daniel noch hinterher, und ich meine, ein kurzes Flackern in Sarahs Augen wahrzunehmen.

»Angenehm. Sarah Beckstein«, sagt sie dann und fügt hinzu: »In meinen Kreisen ist es üblich, sich mit vollem Namen bekannt zu machen.« Allein die Art und Weise, wie sie spricht, lässt mir das Blut in den Adern gefrieren.

»Kirsten Schäfer«, gebe ich unsicher zurück.

296

»Kirsten Schäfer also«, wiederholt sie meinen Namen, dabei verengen sich ihre Augen zu zwei Schlitzen, und ich muss mich beherrschen, um nicht nervös auf meinem Stuhl hin und her zu rutschen. »Und?«, will Sarah an Daniel gewandt wissen. »Wo habt ihr zwei Hübschen euch kennengelernt? Etwa auch bei einer internen Fortbildung?« Sie lässt ein perlendes Lachen erklingen.

»Nein«, sagt Daniel. »Kirsten ist selbständiger Coach, sie hat mit der Firma nichts zu tun. Ich hatte ein Seminar bei ihr gebucht.«

»Coach also?« Noch so ein Blick, und ich falle tot um, sie scheint mich mit ihren Augen zu durchbohren. »Sehr gut«, stellt sie dann fest. »Bürolieben sind sowieso immer so kompliziert und enden selten gut, nicht wahr?« Jetzt richtet sie ihren Blick wieder direkt auf Daniel, der allerdings eisern schweigt. »Tja, dann wünsche ich euch zwei Turteltauben noch einen schönen Abend«, flötet Sarah, bevor sie an unserem Tisch vorbeischwebt und im hinteren Teil des Restaurants verschwindet.

Daniel und ich bleiben schweigend zurück, und in meinem Kopf geht es drunter und drüber.

»Wer war das?«, traue ich mich schließlich zu fragen.

»Komm«, gibt Daniel anstelle einer Antwort zurück. »Lass uns gehen, mir ist der Appetit vergangen.«

Er winkt den Ober heran, bestellt unser Essen ab und zahlt die Flasche Wasser, die wir nicht mal ausgetrunken haben. Dann schleift er mich an der Hand hinter sich her aus dem Lokal. Ich bin zu perplex, um irgendetwas zu sagen, noch immer habe ich Sarahs Blick im Kopf. Und der war im Gegensatz zu Daniels schokobraunen Augen kein bisschen warm, sondern eiskalt.

Während wir nebeneinander im Auto sitzen und Daniel mich nach Hause fährt, reden wir kein Wort miteinander. Ich würde gern, aber Daniel starrt so grimmig vor sich hin, dass ich mich nicht einmal traue, pieps zu machen.

Erst als er den Wagen vor meiner Wohnung parkt, scheint die Anspannung ein wenig von ihm abzufallen, und er wendet sich mir zu.

»Es tut mir leid«, sagt er. »Aber ich habe nicht damit gerechnet, ihr noch einmal zu begegnen, die Situation hat mich gerade einfach aus dem Konzept gebracht.«

»War das eine Ex-Freundin?«, spreche ich aus, was ich schon die ganze Zeit vermute.

»Ja«, bestätigt er, »das war sie.«

»Scheint dich ja noch immer sehr mitzunehmen«, meine ich und spüre ein bisschen Angst in mir aufsteigen. So wie Daniel auf sie reagiert hat, ist er mit der Sache alles andere als durch. Und ich muss zugeben, dass Sarah eine echte Erscheinung ist, neben der man sich wie ein hässliches Entlein fühlt. Rein äußerlich würden sie und Daniel perfekt zusammenpassen.

»Das ist es nicht«, erklärt Daniel. »Sie ist vor gut einem Jahr nach London gegangen, und ich habe gedacht, dass ich sie nie wiedersehe. Das heißt, ich habe es gehofft.«

»Ihr habt in derselben Firma gearbeitet?«

»Ja, das haben wir. Und offenbar ist sie jetzt zurück.« Er schlägt mit einer Hand aufs Lenkrad. »Weiß der Geier, was sie in Hamburg will!«

»Wahrscheinlich hat man ihr einfach nur ein gutes Angebot gemacht«, mutmaße ich.

»Glaub mir«, erwidert er wütend, »es gibt einen Grund, dass sie wieder hier ist. Sarah hat immer ihre Gründe, sie ist eine berechnende Lügnerin.«

»Willst du mir nicht erzählen, was damals passiert ist?«

Daniel seufzt. »Wir waren ein Jahr lang zusammen«, erzählt er stockend, »und ich dachte, es sei alles bestens. Sicher wusste ich, dass Sarah keine einfache Frau ist, aber ich war halt ein verliebter Trottel. Markus hat von Anfang an gesagt, dass er bei ihr ein komisches Gefühl hat, aber ich wollte nicht auf ihn hören. Sogar an Heirat habe ich bei ihr gedacht, weil ich fand, dass wir so perfekt zusammenpassen. Jedenfalls bis zu dem Moment, in dem ich feststellen musste, dass Sarah eine Art Doppelleben führte.«

»Ein Doppelleben?«

»Ja, sie war geschäftlich oft in Großbritannien. Jedenfalls dachte ich, dass es rein geschäftlich sei. Aber irgendwann verkündete sie mir, dass sie schon länger einen anderen in London hätte. Einen, der wichtiger war als ich. Schwupps, war sie weg und ließ mich von heute auf morgen zurück.«

»Oh«, bringe ich erstaunt hervor, »das ist hart.«

»Ja, das ist hart. Festzustellen, dass die Frau, die man zu lieben glaubt, überhaupt nicht diejenige ist, für die man sie hält. Ihr ging es nur ums Geld, und kaum war ein anderer da, der ihr mehr bieten konnte als ich, war sie weg.« Er nimmt meine Hand und drückt sie so fest, dass es beinahe schmerzt. »Verstehst du jetzt, weshalb ich manchmal so misstrauisch bin? Wenn man so etwas mal erlebt hat, hinterlässt das eben Spuren.«

»Ja, das verstehe ich.« Und noch etwas verstehe ich: Es ist kurz vor zwölf. Wenn ich Daniel nicht verlieren will, ist es an der Zeit, dass ich mir etwas einfallen lasse. Nur was, ist die Frage.

»Kann ich«, will Daniel wissen, »heute Nacht bei dir bleiben? Ich möchte mein Mädchen gern im Arm halten.«

»Natürlich«, antworte ich, wie könnte ich da »Nein« sagen? Vor allem, weil in mir mit einem Mal wieder diese panische Angst ausbricht, dass es eine meiner letzten Nächte mit Daniel sein könnte. Wenn er erst einmal weiß, was ich getan habe, werde ich nicht mehr »sein Mädchen« sein.

26. Kapitel

Ich verbringe das gesamte Wochenende mit Daniel bei mir zu Hause, wir gehen kaum vor die Tür. Wie gut, dass ich vorher mit Stefan noch aufgeräumt und geputzt habe, sonst wäre mir der Zustand meiner Wohnung vor Daniel mit Sicherheit peinlich gewesen, vor allem, weil bei ihm zu Hause immer alles picobello ist. Andererseits scheint Daniel ohnehin keine Augen für etwas anderes als mich zu haben, ständig nimmt er mich in den Arm, küsst mich und sagt mir, wie sehr er mich liebt – es ist absolut traumhaft.

Das heißt, es wäre noch viel traumhafter, wenn nicht diese eine Sache wie ein Damoklesschwert ständig über mir schweben würde: die Frage, wie und wann ich ihm schonend alles sagen kann, ohne dass er komplett ausrastet. Vor allem, nachdem jetzt schon seine Schwester misstrauisch ist. Auch wenn sie gesagt hat, dass sie mir vertraut – ich erkenne eine skeptische große Schwester, wenn ich eine vor mir habe, und ganz sicher würde Dorothee alles tun, um ihren Bruder zu beschützen. Nach der kleinen Begegnung mit Sarah kann ich das auch durchaus verstehen, denn jetzt ist mir klar, was Daniels Schwester mit ihrer Andeutung gemeint hat, dass er es verdient hat, glücklich zu sein. Argh! Was für eine ausweglose Situation, mir muss einfach endlich was einfallen! Aber egal, wie ich es drehe und wende, mir will einfach keine gescheite Lösung in den Sinn kommen. Mein Wunschzettel, der noch immer in Kikis Schreibtisch liegt, scheint seinen Job auch nicht richtig ernst zu nehmen, denn das Wunder, auf das ich warte, bleibt schlicht und ergreifend aus.

Am Samstagnachmittag, während Daniel im Wohnzimmer HSV gegen Werder Bremen guckt – zwischendurch höre ich ihn immer mal wieder laut aufschreien und fluchen –, hole ich den Zettel noch einmal heimlich hervor, um sicherzugehen, dass ich beim Aufschreiben nicht schon wieder einen dämlichen Fehler gemacht habe und deshalb vergebens auf die Hilfe der Anziehungsgesetze warte.

Ich bin mit Daniel Unverzagt zusammen. Mittlerweile weiß er, dass ich Maike Schäfer heiße, und findet das völlig okay.

Ich lese den Satz wieder und wieder, vermag aber nichts zu finden, was ich falsch formuliert haben könnte. Keine negative Aussage, kein gar nichts – was also bitte treibt das Universum da draußen? Ist es etwa mit wichtigeren Fällen beschäftigt? »Hallo, Universum«, blöke ich es an, »ich kann mir nicht vorstellen, dass es etwas Wichtigeres gibt, als dafür zu sorgen, dass der Mann, den ich liebe, mich nicht wieder verlässt!« Ich zögere einen kurzen Moment, dann gehe ich im wahrsten Sinn des Wortes auf die Knie. Ich knie auf dem Boden in Kikis Büro, habe die Hände wie zum Gebet gefaltet und flüstere vor mich hin: »Bitte, bitte! Erfüll mir diesen einen Wunsch! Ich wünsche es mir so sehr!« Einen Augenblick lang verharre ich in dieser Position, dann stehe ich wieder auf.

So, jetzt habe ich dem Universum aber wirklich gezeigt, wie verzweifelt ich bin und wie dringend ich seine Hilfe brauche, finde ich. Wenn es nun nicht in die Hufe kommt, dann … ja, dann weiß ich auch nicht. Ich setze mich an Kikis Schreibtisch und betrachte seufzend meinen Wunsch.

»Kiki, wo bist du denn?«, höre ich Daniel quer durch die Wohnung brüllen.

»Im Büro«, rufe ich und verstaue meinen Wunschzettel eilig in der Schublade.

»Was machst du denn da?«

»Räume hier vorn nur ein bisschen für nächste Woche auf, ich komme gleich!«

301

»Beeil dich«, tönt es zurück, »hier gibt's gleich ein Elfmeterschießen, das ist spannend!«

Ich schließe die Augen und lehne mich auf Kikis Bürostuhl zurück. Kann es nicht einfach so bleiben? So ein ganz normales Wochenende bei einem ganz normalen Pärchen, der Kerl guckt Fußball, sie räumt ein bisschen auf (okay, das ist jetzt ein heftiges Klischee – aber in meiner momentanen Lage kommt es mir vor wie der Himmel auf Erden), und beide genießen einfach die Zweisamkeit? Mehr will ich doch gar nicht, das ist alles, was ich mir wünsche!

Ich höre die Türklingel vorn in der Wohnung und fahre zusammen. Hektisch springe ich auf, jetzt bloß kein Spontanbesuch von irgendwelchen Leuten, die mich kennen!

»Ist für mich«, ruft Daniel mir zu, »ich hab mir 'ne Pizza bestellt, du wolltest ja nichts.«

Ich halte in meinem Sprint inne, was für ein Glück, nur das Pizzataxi.

»Nee, doch nicht«, erklingt Daniels Stimme eine Minute später, »hier will jemand zu 'ner Maike.«

Maike?! Ich haste wieder los und stürze in den Flur. Kaum bin ich angekommen, bleibe ich wie angewurzelt stehen. Gunnar! Gunnar? Was zum Teufel will Gunnar hier? Ehe ich etwas sagen kann, kommt Gunnar auf mich zugestürzt und rennt dabei fast den verdatterten Daniel um, der sich mit einem schnellen Sprung zur Seite rettet.

»Maike!«, ruft Gunnar aus und hat mich im selben Moment schon in seine Arme gerissen.

Er vergräbt seinen Kopf an meiner Schulter, und an ihm vorbei registriere ich das sehr, sehr verwunderte Gesicht meines Freundes. Ein Fragezeichen ist nichts dagegen, an seinem Blick kann ich komplette Ratlosigkeit ablesen. Ich dagegen bin wie zur Salzsäule erstarrt, eine Art Schreckstarre hat von mir Besitz ergriffen. Noch dazu hält Gunnar mich dermaßen fest umklammert, dass ich mich ohnehin nicht rühren könnte. Also, selbst wenn ich es könnte.

»Maike«, schluchzt er jetzt, und ich wünschte, er würde diesen vermaledeiten Namen nicht noch einmal aussprechen. »Ich hab's eben gerade erst erfahren, das ist ja schrecklich!«

In diesem Moment ist mir klar, was los ist – irgendjemand muss Gunnar von Kikis Tod erzählt haben. Ich räuspere mich.

»Ja, es ist furchtbar, aber leider wahr«, bringe ich hervor.

Gunnar schiebt mich ein Stück von sich weg und mustert mich eindringlich. Im Hintergrund sehe ich immer noch Daniel, dessen Mund mittlerweile offen steht.

»Ich hab zufällig Nadine getroffen, die hat es mir erzählt. Warum hast du dich denn nicht bei mir gemeldet?« Ein leichter Vorwurf schwingt in seiner Stimme mit.

»Du hast mir untersagt, das zu tun«, erinnere ich ihn.

»Aber doch nicht, wenn so etwas passiert!«, regt Gunnar sich auf. »Herrje, Maike«, schon wieder dieser Name! »Hältst du mich denn für einen Unmenschen? Ist doch wohl klar, dass ich in dieser Situation sofort für dich da gewesen wäre! Ich meine, ich weiß doch, wie sehr du Ki…«

»Lass uns nach nebenan gehen«, unterbreche ich Gunnar und schiebe ihn Richtung Büro, ehe er noch mehr Unheil anrichten kann. Zu Daniel rufe ich: »Bin gleich wieder da.«

Der steht immer noch völlig verdattert im Flur und weiß offenbar nicht, was er von der ganzen Sache halten soll. Das weiß ich zwar gerade auch nicht, aber mir ist klar, dass ich mal wieder knapp an einer Katastrophe entlangschramme.

»Lieb, dass du vorbeischaust«, meine ich, als Gunnar und ich allein in Kikis Büro sind. »Aber es wäre wirklich nicht nötig gewesen, mir geht es mittlerweile wieder ganz gut.«

»Das sehe ich«, erklärt Gunnar und klingt dabei irgendwie … ungehalten. »Wer ist denn der Kerl, der mir geöffnet hat?«

»Ich dachte, du seist gekommen, um mir dein Mitgefühl auszudrücken?«

»Bin ich auch«, erwidert er maulig. »Aber ich habe nun wirklich nicht damit gerechnet, dass mir irgendein Typ aufmacht.«

»Tja«, antworte ich lapidar, »ich habe damals auch nicht damit gerechnet, dass du mit irgendeiner anderen Tussi nach Venedig fliegst.«

»Wer sagt denn, dass ich da mit einer anderen Tussi war?«

Ich werfe ihm einen skeptischen Blick zu. »Etwa nicht? Du bist also ganz allein durch die Straßen Venedigs gewandert?«

»Nein«, gibt er schließlich zu. »Aber das hat sich längst erledigt«, erklärt er dann. »Trotzdem frage ich mich, weshalb du mich nicht angerufen und mir erzählt hast, was mit Kiki passiert ist. Ich kannte sie immerhin auch recht gut.«

»Gunnar«, meine ich, »du kanntest sie über mich. Aber sie war keine enge Freundin von dir.«

»Das nicht«, gibt Gunnar mir recht, »aber ich hätte wenigstens für dich da sein können.« Ich seufze.

»Das ist echt lieb von dir. Glaub mir, ich hab's auch so ganz gut geschafft.«

»Echt?«, stellt Gunnar verwundert fest. »Das wäre, ehrlich gesagt, das erste Mal, dass du etwas schaffst, ohne Gott und die Welt zu bemühen.«

Ich stutze. »So siehst du mich?«, frage ich nach.

Er zuckt mit den Schultern. »Das weißt du doch selbst, oder?«

»Was weiß ich selbst?«

»Während wir zusammen waren, hast du immer alles auf mir abgeladen«, erklärt er. »Egal ob du schlechte Laune hattest, dein Studium mal wieder scheiße lief oder dein Job dich angenervt hat – immer ist alles bei mir gelandet.«

»War das so?«, frage ich nach.

»Schon irgendwie. Deshalb war auch irgendwann der Punkt erreicht, an dem ich nicht mehr konnte.«

Ich muss fast ein bisschen schmunzeln. »Weißt du«, meine ich dann, »seitdem ist ganz schön viel passiert, ich habe das Gefühl, eine andere zu sein.«

Er betrachtet mich nachdenklich. »Hm«, sagt er dann. »Du scheinst dich tatsächlich sehr verändert zu haben, siehst sogar irgendwie anders aus.«

»Hab ich gar nicht so sehr«, meine ich. »Aber um mich herum hat sich ziemlich viel verändert.«

»Das kann ich mir vorstellen«, antwortet Gunnar. »Und es geht dir wirklich gut?«

Ich nicke. »Ja. Ich bin beinahe … glücklich.«

»Was heißt beinahe? Bist du mit dem da draußen …«

»Ja«, unterbreche ich ihn. »Der da draußen heißt Daniel, und ich bin sehr verliebt in ihn.«

Gunnar scheint einen Moment zu überlegen. »Warum bist du dann nur beinahe glücklich?«

Ich seufze. »Na, zum einen habe ich natürlich noch daran zu knabbern, was mit Kiki passiert ist, ist ja klar.«

»Und zum anderen?«

Täusche ich mich, oder klingt da so etwas wie Hoffnung in Gunnars Stimme mit? Ist er am Ende vielleicht doch nicht nur gekommen, um mir zu kondolieren, sondern hat darauf spekuliert, dass ich ihm sofort wieder ergriffen in die Arme sinke? Sorry, Gunnar, denke ich, dafür bist du ein kleines bisschen zu spät. Denn seit ich Daniel kenne, weiß ich, dass du mit deiner Einschätzung damals gar nicht so falschlagst: Wir passen einfach nicht zueinander.

»Was das andere betrifft, ist es keine einfache Geschichte«, erkläre ich dann. »Und die Tatsache, dass du gerade hier aufgetaucht bist, macht sie vermutlich nicht einfacher.«

»Wieso?« Immer noch dieser hoffnungsvolle Ton.

»Nein, es hat nichts damit zu tun, dass Daniel jetzt eifersüchtig sein müsste oder so.«

»Verstehe.« Auf einmal klingt er nicht mehr hoffnungsvoll. »Ich wollte halt nur … ich wollte dir bloß sagen, dass ich auch noch für dich da bin, selbst wenn wir nicht mehr zusammen sind.«

»Das ist lieb von dir«, sage ich ein weiteres Mal, gehe auf Gunnar zu und nehme ihn in den Arm. »Ich weiß das wirklich zu schätzen.« Einen Moment lang stehen wir einfach nur so da.

»Vielleicht sollte ich jetzt besser gehen?« Er formuliert es als Frage, aber es klingt wie eine Feststellung.

»Ja, das solltest du wohl. Ich rufe dich die Tage mal an.«

»Mach das, gern und jederzeit«, erwidert er. Dann fügt er hinzu: »Du bist nämlich jemand, der mir wichtig ist und am Herzen liegt. Auch wenn es mit uns als Paar nicht funktioniert hat.«

»Es ist schön, das zu hören.« Das ist tatsächlich wahr. Habe ich ihm vor wenigen Monaten noch gewünscht, dass ihm die Sackhaare einzeln ausfallen, haben sich die Dinge mittlerweile extrem relativiert. Mit Gunnar und mir hat es nicht geklappt, so what? Es gibt so viel wichtigere Dinge im Leben, wie ich heute weiß.

»Also, ich geh dann jetzt mal«, sagt Gunnar. »Nehme wohl am besten den Büroausgang, oder?«

»Ja. Das ist besser.« Ich bringe ihn zur Tür.

Kurz davor bleibt er noch einmal stehen und dreht sich zu mir um. »Weißt du«, sagt er, »ich meine das ganz ehrlich: Wenn du mich brauchst oder ich etwas für dich tun kann, melde dich.«

»Ich komme darauf zurück.«

Dann geht er, und ich schließe hinter ihm die Bürotür ab.

Daniel sitzt wieder vorm Fernseher, als ich zu ihm ins Wohnzimmer komme. Der HSV hat das Elfmeterschießen offenkun-

306

dig verloren, jedenfalls weist der enttäuschte Tonfall des TV-Reporters darauf hin. Ich lasse mich neben Daniel plumpsen, kuschele mich an ihn und registriere erfreut, dass er einen Arm um mich legt.

»Lass mich raten«, sagt er, »das war wieder ein Freund mit Problemen?«

»Nicht ganz«, sage ich. »Das war einfach nur ein Freund.«

Daniel gibt einen unverständlichen Brummlaut von sich. »Dann erklär mir nur eines«, kommt es schließlich. »Weshalb nennt er dich Maike?«

»Weil das mein Name ist«, erwidere ich resigniert. Ich kann einfach nicht mehr, bald ist sowieso alles vorbei.

»Dein Name?«, kommt es prompt.

»Mein erster Vorname«, höre ich mich selbst sagen, ohne dass ich weiß, warum ich das tue. Ich könnte ihm doch jetzt alles erklären, warum mache ich es nicht? Die Angst, flüstert mir die mittlerweile schon wohlbekannte Stimme aus meinem Innern zu. Es ist die Angst, dass du ihn verlieren könntest. »Den habe ich noch nie gemocht, deshalb benutze ich seit Jahren meinen zweiten Vornamen. Nur ganz alte Freunde nennen mich noch Maike.«

»Ich finde Maike eigentlich auch völlig okay«, stellt Daniel fest. »Aber wenn du den Namen nicht magst, nenne ich dich natürlich weiterhin Kirsten.« Er gibt mir einen Kuss auf die Stirn – und in meinem Herzen geht es wieder drunter und drüber.

Warum bin ich eigentlich so ein feiges Weichei?

Ich bin mit Daniel Unverzagt zusammen. Mittlerweile weiß er, dass ich Maike Schäfer heiße, und findet das völlig okay.

Oh, nein! Als ich diesen Wunsch aufgeschrieben habe, habe ich es doch vollkommen anders gemeint!

27. Kapitel

Markus Gärtner strahlt über das ganze Gesicht, als er am Montagabend um sechs zu seiner Coaching-Sitzung kommt und sich schwungvoll im Besprechungsraum niederlässt.

»Weißt du«, mittlerweile sind wir beim Du, er hat es mir an einem Abend, an dem wir mit Daniel unterwegs waren, angeboten, »nachdem ich das erste Mal bei dir gewesen bin, war ich ja etwas skeptisch, das muss ich schon zugeben.«

»Das geht den meisten so, Daniel hatte sogar überlegt, das Coaching abzubrechen.«

Markus nickt. »Ja, hat er mir damals erzählt. Er rief mich abends an und meinte, er wäre sich nicht sicher, ob du wirklich was kannst oder ob er da an eine Hardcore-Esoterikerin geraten ist.« Ich zucke zusammen, Markus lacht. »Was für ein Glück für ihn, dass er trotzdem wieder gekommen ist, oder?«

»Ja«, erwidere ich.

»Und was für ein Glück für mich, dass ich mich an deine Ratschläge gehalten habe!« Jetzt strahlt er wie eine Tausend-Watt-Birne. »Die Sache ist nämlich die …«

»Du hast jemanden kennengelernt.«

»Daniel hat's dir schon erzählt?«

»Ja, als wir neulich essen waren, hat er es erwähnt.« Vielmehr, als wir nicht essen waren, erinnere ich mich an unseren abrupten Aufbruch aus dem Restaurant. Nur zu gern würde ich Markus jetzt über diese Sarah Beckstein aushorchen und erfahren, ob er mehr über sie weiß und ob sie heute tatsächlich wieder in ihrer Firma angefangen hat. Aber jetzt geht es erst einmal um ihn. »Erzähl doch mal genauer«, fordere ich ihn auf.

Das lässt er sich nicht zweimal sagen. »Also, als Erstes habe ich mich sofort nach unserem Gespräch um einen Fitnesstrainer bemüht, aber das weißt du ja.« Ich nicke. »Seitdem laufe ich zweimal pro Woche mit Daniel und Stefan Becker um die Alster.« Er kichert. »Das heißt, ich momentan nur zur Hälfte, mehr schaffe ich bislang nicht, ohne dass ich unters Sauerstoffzelt muss.«

»Das kommt schon noch«, beruhige ich ihn. »Alles eine Frage der Kondition.«

»Ich merke jedenfalls schon, dass es was bringt.« Er steht auf und präsentiert mir stolz seine Silhouette. Tatsächlich ist eine Verbesserung erkennbar, das Bäuchlein ist deutlich kleiner geworden. »Übrigens ein echt netter Typ, dieser Stefan. Daniel erwähnte, du warst mal mit ihm zusammen …?«

Aha, jetzt will Markus mich also über Stefan aushorchen. Ob es seine eigene Neugierde ist? Oder hat Daniel ihn damit beauftragt?

»Ist schon ewig her«, spiele ich meine angebliche Beziehung mit Stefan herunter.

»Ich dachte nur, weil du nicht wolltest, dass wir ihm von unserem Coaching bei dir erzählen.« Er zwinkert mir verschwörerisch zu und setzt sich wieder hin. »Wir haben natürlich dichtgehalten, ist schließlich Ehrensache.«

»Das ist nett von euch. Aber jetzt erzähl weiter, interessiert mich brennend, was noch alles passiert ist.«

»Also«, fährt Markus fort. »Ich habe meine jüngere Schwester gebeten, ob sie mit mir einkaufen geht, damit ich auch mal was Flotteres habe.«

Flotteres, na ja, denke ich, die Sache mit der Ausdrucksweise sollte ich irgendwann auch noch mal mit ihm in Angriff nehmen.

»Danach habe ich stundenlang meine Wohnung aufgeräumt. Habe in meinem Schrank Platz geschaffen, habe Kerzen, Blumen und noch ein paar Dekoartikel aufgestellt. Halt so Sachen, von denen ich dachte, dass sie einer Frau gefallen könnten. Ich habe eine zweite Zahnbürste gekauft und griffbereit in einen Becher gestellt, habe Damenhygiene-Artikel im Badezimmerschrank deponiert, und zum Schluss ist mein Junggesellenbett aus der Wohnung geflogen und wurde durch bequeme eins achtzig mal zwei Meter ersetzt.«

»Sehr gut. Du hast ja alles so gemacht, wie ich es dir gesagt habe«, lobe ich ihn.

»Dann«, spricht er weiter, »habe ich mir ein kleines Büchlein zugelegt, in dem ich jeden Abend aufgeschrieben habe, für was ich heute dankbar bin. Unter dieser Liste habe ich auch täglich meinen Wunsch nach der Frau fürs Leben festgehalten. Tja, und vor drei Wochen ist die mir begegnet.«

»Beim Zahnarzt«, stelle ich fest.

»Richtig.« Er lacht. »Ist das zu glauben? Ausgerechnet vor einer schmerzhaften Wurzelbehandlung, vor der ich echt Bammel hatte, läuft sie mir über die Füße! Vor meinem Termin bei dir hätte ich dafür gar keine Augen gehabt, aber nachdem du mir erklärt hast, ich solle immer und überall aufmerksam sein, weil man schließlich nie wissen kann, wo man den Traumpartner trifft, ist sie mir gleich ins Auge gestochen.« Er gibt einen seligen Seufzer von sich. »Ich habe sie gesehen und wusste sofort: Die finde ich toll! Barbara, so heißt sie, ist eine hübsche, kleine Frau mit roten Haaren und lustigen Sommersprossen. Sie arbeitet als Krankenschwester und hatte trotzdem auch riesige Angst vor ihrem Termin, weil ihr jedes Mal schlecht wird, wenn sie eine Spritze bekommt. Aber bei einer Wurzelbehandlung geht es ja nicht ohne Betäubung.«

»Es sei denn, man ist besonders hart im Nehmen«, werfe ich ein.

»Richtig. Jedenfalls kamen wir ins Plaudern darüber, dass wir beide am liebsten abhauen würden. Als ich aufgerufen wurde und schon Panik bekam, dass ich sie nicht mehr wiedersehen würde, habe ich mir einfach ein Herz genommen. Dachte mir, ich habe ja eh nichts zu verlieren. Ich hab ihr angeboten, auf sie zu warten, weil sie nach mir dran war, und sie nach überstandener Behandlung zur Belohnung auf ein Eis einzuladen. Dachte mir, Kühlung wäre bestimmt keine schlechte Sache.«

»Super Idee!«, stelle ich anerkennend fest.

»Barbara hat sofort ja gesagt, also sind wir nach dem Arzttermin ins Café und haben mit unseren lädierten und betäubten Mündern Eis gelutscht.« Bei der Vorstellung muss ich lachen. »Ja, das sah wahrscheinlich komisch aus! Wir konnten kaum reden und haben beide rumgenuschelt. Aber immerhin haben wir uns zum Abschied für den übernächsten Abend zum Kino verabredet. Und seitdem ... Na, ich würde sagen, wir sind ein Paar.«

»Das ist ja echt toll«, freue ich mich. »Ich hätte nicht gedacht, dass es so schnell klappt!«

»Wieso nicht?«, will Markus prompt wissen.

Ups! Ich kann ihm wohl schlecht sagen, dass ich ihn rein optisch mehr in die Kategorie »schwer vermittelbar« einsortiert hätte.

»Ich meine«, erwidere ich schnell, »dass ich selbst immer wieder überrascht bin, wie gut das Gesetz der Anziehung funktioniert.«

»Frag mich mal!«, ruft er aus. »Ich bin nach wie vor total fassungslos.« Dann kichert er. »Als Barbara das erste Mal bei mir zu Hause war, hätte es aber beinahe Krach gegeben.«

»Warum das?«

»Ich hatte es in meinem Eifer wohl etwas übertrieben«, erklärt er. »Die Damenbinden und die zweite Zahnbürste im Badezimmer kamen nicht so gut an, Barbara dachte nämlich, ich hätte eine Freundin und ihr das verschwiegen.« Jetzt kichert er noch lauter. »Stell dir vor, sie hat mich für einen Womanizer gehalten!«

»Och«, meine ich, »das kann nie schaden. Konkurrenz belebt das Geschäft.«

»Ich habe sie natürlich sofort aufgeklärt und ihr von dir erzählt.« Oh, oh! Ob es so schlau ist, seiner neuen Flamme gleich zu beichten, dass man extrem auf der Suche war? »Fand sie total spannend«, zerschlägt Markus meine Bedenken, »sie will dich unbedingt kennenlernen und auch mal einen Termin bei dir machen.«

»Immer gern«, sage ich. »Neue Klienten sind hier herzlich willkommen.«

»So«, meint Markus. »Das war also die Geschichte, ein hundertprozentiger Erfolg. Mehr geht nicht.«

»Dann brauchst du mich jetzt eigentlich nicht mehr«, stelle ich fest. »Du hast dein Ziel ja bereits erreicht.«

»Na, ich will lieber vorsichtig sein«, erklärt Markus. »Sicher ist sicher, sooo lange kennen Barbara und ich uns noch nicht. Da können ein paar Visualisierungsübungen zur Festigung der ganzen Sache sicher nicht schaden.«

»Dann lass uns damit anfangen!«

Eine Stunde später verabschiedet Markus sich, und wir machen aus, dass wir uns die Tage mal zu einem Pärchenabend treffen. Markus, Barbara, Daniel und ich, zusammen kochen und dann was spielen, so richtig schön spießig und langweilig. Ich freu mich schon drauf.

Über Sarah Beckstein habe ich Markus dann doch nicht mehr ausgefragt. Zum einen ergab sich keine passende Gelegenheit, zum anderen möchte ich über Daniel nicht hinter seinem Rücken reden. Er wird mir schon sagen, wenn es da irgendetwas Wichtiges zu wissen gibt, zum Beispiel, wie er damit klarkommt, dass sie jetzt wieder in seiner Firma arbeitet.

Müde vom heutigen Tag, schleppe ich mich aufs Sofa, schnappe mir das Telefon und rufe Nadine an.

»Hallo?«, meldet sie sich nach dem dritten Klingeln.

»Na?«, will ich wissen. »Wie geht es der werdenden Mutter?«

»Hör bloß auf!«, stöhnt sie.

»So schlecht?«

»Im Gegenteil«, erklärt sie mir. »Mir geht es super – nur mein bezaubernder Gatte hält mich offensichtlich für eine Vollinvalidin.«

»Wieso das?«

»Zuerst einmal«, erzählt sie, »hat er Roger heute Morgen, als er mich zur Arbeit gebracht hat – ich darf ja ›in meinem Zustand‹, wie er es nennt, nicht mal mehr allein zum Briefkasten an der Ecke gehen –, im Detail auseinandergesetzt, dass ich in Zukunft keine Bänke mehr reinigen darf, weil das Desinfektionsmittel für mich und das Kind schädlich sei.«

»Was hat Roger dazu gesagt?«

»Nix«, erwidert Nadine, »ich habe ihm hinter Ralfs Rücken Zeichen gemacht, dass er auf das verwirrte Gefasel des werdenden Vaters nichts geben darf.«

»Auch nicht gerade nett von dir.«

»Ach, was! Ich lasse mich von Ralf doch nicht entmündigen!«

»Was noch?«, frage ich.

»Dann hat er mir eben eine Riesenstandpauke gehalten, weil ich es gewagt habe, einen Korb mit Dreckwäsche eigenhändig in den Hauswirtschaftsraum zu tragen. Hat mir den Korb in Panik entrissen und gebrüllt, dass ich nicht mehr so schwer tragen darf. Dabei wiegt das Ding gar nichts!«

»Ist doch süß, wie er sich sorgt«, meine ich.

»Süß!«, schnauft Nadine. »Wenn das jetzt die nächsten Monate so weitergeht, drehe ich durch. Oder besser noch: Ich drehe Ralf den Hals um.«

Ich muss lachen. »Das legt sich bestimmt, wenn er erst einmal sieht, dass es dir gutgeht.«

»Ich hoffe es«, stellt Nadine fest. »Momentan ist er wirklich nicht zu ertragen. Allerdings«, fügt sie dann hinzu, »will er mir jetzt auch jeden Abend die Füße massieren. Das ist schon ganz angenehm.«

»Na, siehste«, meine ich, »alles hat seine positiven Seiten.«

Nadine seufzt. »Hast ja recht, ich will nicht meckern. Insgesamt bin ich natürlich sauglücklich.«

»Dann beschwer dich doch auch nicht.«

»He, was soll das heißen? Ich beschwere mich nicht, sondern führe ein ganz normales Lästergespräch mit meiner Freundin, die ich außerhalb der Arbeit kaum noch an die Strippe, geschweige denn zu Gesicht bekomme.«

»Ich gelobe Besserung«, erkläre ich ihr.

»Da bin ich ja mal gespannt. Kommst du eigentlich morgen früh wie ausgemacht?«

»Ja, morgen Vormittag bin ich bei der Arbeit.«

»Prima«, freut Nadine sich. »Ich komme etwa eine halbe Stunde später, habe noch einen Termin beim Frauenarzt.«

Es klingelt an der Tür.

»Nadine, es hat geklingelt. Aber war so weit auch alles gesagt, oder?«

»Ja«, stimmt sie mir zu. »Wir sehen uns dann morgen. Ich werde meinen Göttergatten jetzt mal fragen, ob er mir erlaubt, selbständig auf die Toilette zu gehen.«

Kichernd verabschiede ich mich und lege auf. Dann laufe ich in den Flur und öffne die Tür.

»Guten Abend, Frau Schäfer.«

Das'n Ding. Vor mir steht Sarah Beckstein, die Überraschungsbesuche in diesem Haus werden immer interessanter!

28. Kapitel

Darf ich hereinkommen?«, will Sarah Beckstein wissen, nachdem ich sie etwa dreißig Sekunden lang nur sprachlos angestarrt habe. »Oder sollen wir uns im Treppenhaus unterhalten?«

Ich löse mich aus meiner Bewegungslosigkeit und lasse die Tür nach innen aufschwingen.

»Nein, kein Problem, kommen Sie rein.« Ich führe den Überraschungsbesuch ins Wohnzimmer und biete Sarah Beckstein einen Platz auf dem Sofa an. Sie lässt sich nieder und schlägt elegant ihre langen Beine übereinander, die unter einem schmalen Bleistiftrock hervorgucken. »Möchten Sie etwas trinken?«

Sie schüttelt den Kopf, ihre lange dunkle Seidenmähne schwingt sanft über ihre Schultern. »Nein, danke. Ich werde nicht lange bleiben.«

»Äh.« Perplex setze ich mich auf meinen Sessel.

»Folgendes, Frau Schäfer«, spricht sie weiter, wobei sie meinen Nachnamen irgendwie seltsam betont. »Ich möchte mich gern mit Ihnen unterhalten. Über Daniel.«

»Über Daniel? Ich denke nicht, dass ich mit Ihnen über …«

»Oh, das denke ich aber doch«, unterbricht sie mich klar und energisch. Dann lehnt sie sich in einer aggressiven Pose ein Stück weit zu mir vor. »Frau Schäfer«, sie macht eine Pause, »haben Sie eigentlich schon einmal darüber nachgedacht, wie Daniel auf Sie als Coach gekommen ist?«

»Ja«, antworte ich, wundere mich jedoch gleichzeitig über die Frage. »Die Personalabteilung hat mich ihm empfohlen, wieso?« Ich merke, wie meine Hände zu zittern beginnen, und falte sie auf meinem Schoß zusammen, damit Sarah Beckstein es nicht bemerkt. Keine Ahnung, was das hier werden soll. Aber ich habe den starken Verdacht, es wird nichts Gutes.

»Und haben Sie sich schon einmal gefragt, woher die Personalabteilung von Ihnen weiß?« Sarah Beckstein lehnt sich auf dem Sofa zurück und lächelt süffisant.

»Äh, nein«, erwidere ich wahrheitsgemäß. Worauf will sie nur hinaus? Ich verstehe kein Wort.

»Nun, Frau Schäfer.« Wieder macht sie eine Pause und sieht mich selbstgefällig an. »Die Personalabteilung«, sie betrachtet ihre perfekt manikürten Nägel, »hat die Empfehlung von mir erhalten.«

»Von Ihnen?« Im ersten Schock begreife ich nicht, was Sarah Beckstein meint. Im zweiten auch noch nicht. Aber im dritten fängt der Groschen langsam, aber sicher an, bei mir zu fallen.

»Ich habe auch einmal ein Coaching bei Kirsten Schäfer gemacht«, bestätigt Sarah Beckstein nun meine schlimmsten Befürchtungen. »Und ich muss sagen, ich war davon so beeindruckt, dass ich Frau Schäfer weiterempfohlen habe.«

»Dann weiß Daniel …«

»Nein«, unterbricht sie mich. »Nichts weiß er. Weder dass ich ein Coaching gemacht habe, denn in meiner Position erzählt man so etwas nicht.« Sie hört auf zu sprechen.

»Aber dann weiß er …«, setze ich an.

»Nein«, fällt sie mir wieder ins Wort. »Er weiß auch nicht, dass Sie überhaupt nicht Kirsten Schäfer sind. Ganz im Gegensatz zu mir.«

Wüsste ich es nicht besser, würde ich ihr Lächeln jetzt fast als freundlich deuten.

»Frau Beckstein«, fange ich hektisch an zu erklären. »Die ganze Sache ist durch ein riesiges Missverständnis entstanden, das ich schon die ganze Zeit aufklären wollte, ich …«

»Ich bin an Ihren Erklärungen nicht interessiert.«

»Nein?«

»Nein«, stellt sie fest. »Es gibt nur eine Sache, an der ich interessiert bin: Daniel Unverzagt. Deshalb möchte ich Sie höflich bitten, in Zukunft die Finger von ihm zu lassen.«

Sache? Daniel ist für sie eine Sache? Hat die 'nen Knall? Finger von ihm lassen? Doppelknall?

»Ich glaube, ich verstehe nicht ganz, was Sie meinen.«

»Doch. Das verstehen Sie schon. Sie verschwinden aus Daniels Leben, und zwar sofort.«

»Aber, aber … Sie haben ihn doch verlassen!«

»Menschen ändern ihre Meinung.«

»Ja, das tun sie«, gebe ich mich mit einem Mal kämpferisch, wobei mir schleierhaft ist, wo dieser Mut so plötzlich herkommt. Muss ein Adrenalinstoß sein. »Und Daniel liebt jetzt eben mich.«

Sarah Beckstein lässt ihr perlendes Lachen erklingen. »So? Er liebt Sie?«

»Ja.« Ich bin kurz davor, mit einem Fuß auf den Boden zu stampfen. »Er will mit mir zusammen sein und nicht mit Ihnen!«

»Ich glaube, da irren Sie sich. Daniel will mit Kirsten Schäfer zusammen sein. Nicht mit Ihnen.« Jetzt verschlägt es mir die Sprache. »Er hat sich in eine Frau verliebt, die erfolgreich als Coach arbeitet und ihren Mann steht. Genau solche Frauen hat Daniel schon immer bevorzugt – ich glaube kaum, dass er sich für eine gescheiterte Jura-Studentin erwärmen könnte, die ihn noch dazu nach Strich und Faden belogen hat. Sie wissen genau, dass das Daniels Achillesferse ist, bei Lügen ist er extrem empfindlich.«

»Woher wissen Sie, dass ich Jura …«

»Ich habe ein wenig mit Ihrem Nachbarn und Vermieter geplaudert. Herrn … Herrn …«

»Tiedenpuhl«, sage ich tonlos.

»Richtig, Herrn Tiedenpuhl. Ein netter Mensch! Noch dazu

so gesprächig, wirklich, ganz zauberhaft.« In meinem Kopf beginnt sich alles zu drehen, im sekündlichen Wechsel wird mir heiß und kalt. Sarah Beckstein seufzt bedauernd. »Was für eine tragische Geschichte, die Sache mit Ihrer Cousine! So jung und dann das, wirklich ein Jammer.« Noch ein Seufzer. »Herr Tiedenpuhl macht sich natürlich auch so seine Gedanken, wissen Sie? Er kennt ja Ihre Situation, nicht wahr? Also die wirkliche Situation, davon, dass Sie Leute bei angeblichen Coachings abzocken, hat auch er nicht die geringste Ahnung.«

»Das ist keine Abzocke«, verteidige ich mich. »Bisher waren alle Klienten mit mir sehr zufrieden!«

»Ob sie das auch noch sind, wenn sie erfahren, dass sie von einer Ex-Studentin ohne jede Ausbildung beraten wurden, die ansonsten in einem Sonnenstudio jobbt?«

»Warum nicht?« Ha! Da ist er wieder, mein Kampfgeist. »Und Daniel werde ich es auch erklären«, füge ich dann hinzu. »Wenn er mich wirklich liebt, wird er es verstehen und mir verzeihen, das werden Sie dann schon sehen.«

»Hm«, erwidert Sarah, »schon möglich, wer weiß. Was ich heute in der Firma so gehört habe, scheint er tatsächlich recht begeistert von Ihnen zu sein und ständig über Sie zu reden.« Mein Herz macht einen Hüpfer, vielleicht ist es doch noch nicht zu spät, und alles wird wieder gut! Sarah blickt wieder versonnen auf ihre Fingernägel. »Allerdings gibt es da noch das Finanzamt, und das ist von Steuerhinterziehung leider nicht so begeistert. Ich habe mir die Mühe gemacht, alte und neue Rechnungen zu vergleichen. Die Kontonummer hat sich geändert, die Steuernummer ist seltsamerweise geblieben. Oder haben Sie die etwa von Ihrer Cousine geerbt?«

»Nein«, sage ich reflexartig und korrigiere mich sofort, »also, ja, meine ich.«

»Ja?« Ein langer, fragender Blick.

»Ich wollte mich demnächst um eine eigene Steuernummer

kümmern«, bringe ich haspelnd hervor, »in den Wochen nach Kikis Tod ist alles so schnell gegangen, und ich wusste ja zuerst auch gar nicht und da ...« Meine Stimme erstirbt. Gib auf, Maike, es ist zwecklos. Sarah Beckstein hat dich in der Hand.

»Hach, wie schade! Ich mache mich wirklich nur ungern zum Handlanger der Steuerfahndung. Wobei es in diesem Fall vielleicht sogar die Staatsanwaltschaft wäre, immerhin haben wir es mit einem handfesten Betrug zu tun. Aber wenn Sie mir keine andere Wahl lassen ...«

»Also, was wollen Sie?«

»Das habe ich Ihnen bereits gesagt: Ich will, dass Sie sich von Daniel trennen und den Kontakt zu ihm abbrechen.«

»Was haben Sie davon?«, hake ich nach. »Sie glauben doch wohl nicht im Ernst, dass er sich noch einmal auf Sie einlässt!«

»Das lassen Sie mal meine Sorge sein«, erklärt sie selbstsicher. »Wenn Sie erst einmal aus seinem Leben sind, wird er für eine Schulter zum Anlehnen und jemanden, der ihm zuhört, mit Sicherheit sehr dankbar sein.«

»Aber ich kann doch nicht ...«

»Doch, Sie können.« Ihr Blick ist eisig. »Und ich kann Ihnen nur raten, überzeugend zu sein. Mindestens so überzeugend, wie Sie es als Kirsten Schäfer offenbar waren. Apropos *Kirsten Schäfer*: Sie werden natürlich auch sofort aufhören, hier weiter den Coach zu mimen. Kein Kontakt mehr zu Daniel, kein Kontakt mehr zu Freunden oder Kollegen von ihm. Alles klar so weit?«

Es fühlt sich an, als würde alles in mir zerbrechen. Mir schießen die Tränen in die Augen, und ich muss mich extrem zusammenreißen. Vor dieser Frau werde ich nicht weinen, auf gar keinen Fall.

»Weshalb tun Sie das?«, bringe ich verzweifelt hervor. »Sie lieben ihn doch gar nicht, oder?«

»Liebe, Frau Schäfer, wird deutlich überschätzt.« Sie steht

auf. »Und jetzt entschuldigen Sie mich bitte, ich habe noch eine Verabredung.«

Ich stehe nicht auf, um sie zur Tür zu bringen. Alles in mir ist wie gelähmt, ich habe das Gefühl, in einem nicht enden wollenden Alptraum zu stecken.

»Ach, und, Frau Schäfer?« Sarah dreht sich in der Wohnzimmertür noch einmal zu mir um. »Sollte ich erfahren, dass Sie Daniel auch nur ein Sterbenswort über unsere Unterredung gesagt haben, wird das für Sie unschöne Konsequenzen haben.« Ich nicke matt, und Sarah Beckstein setzt ein triumphierendes Grinsen auf. »Sehr einsichtig von Ihnen«, erklärt sie dann. »Im Gegenzug für Ihre Diskretion werde ich Ihr kleines finanzielles Problem lösen, das Sie haben werden, sobald Sie keine falschen Rechnungen mehr schreiben. Wenn Sie erlauben, werde ich Herrn Tiedenpuhl die Miete für die nächsten sechs Monate geben.«

Ich starre sie böse an. »Von Ihnen«, sage ich dann sehr langsam und sehr bestimmt, »würde ich nicht mal Geld nehmen, wenn ich kurz vorm Verrecken wäre. Und jetzt verschwinden Sie schon aus meiner Wohnung!«

Sarah Beckstein zuckt nur mit den Schultern. Zwei Sekunden später ist sie fort.

Es dauert keine fünf Minuten, bis ich Nadines und Ralfs Wohnung erreicht habe. Für die Strecke brauche ich zu Fuß normalerweise eine Viertelstunde, aber ich renne, bis meine Lunge schmerzhaft brennt und ich kaum noch Luft bekomme.

Nachdem ich geklingelt habe, stürze ich in riesigen Sätzen hoch in den dritten Stock und komme schwer atmend vor der Wohnungstür zum Stehen.

»Maike!«, ruft Nadine überrascht aus. Dann tritt sofort ein sorgenvoller Ausdruck auf ihr Gesicht. »Um Himmels willen, was ist denn los?«

»Weißt du noch, wie du mal zu mir gesagt hast, ich könnte immer mit dir reden, ganz egal, was ist?«

Sie nickt. »Ja, sicher weiß ich das, die Schwangerschaftsdemenz hat noch nicht eingesetzt.«

»Dann ist es jetzt so weit: Ich muss mit dir reden!«

»Auweia.« Das ist alles, was Nadine sagt, nachdem ich ihr die ganze unschöne Geschichte gebeichtet habe: auweia.

»Ja«, stimme ich ihr zu. »Auweia. Anders gesagt: Ich sitze ziemlich tief in der Scheiße.«

»Tut mir leid, dir da recht geben zu müssen: Aber das tust du in der Tat.«

Ich beginne zu schluchzen, hier bei Nadine bahnen sich die Tränen nun ihren Weg. »Was soll ich denn jetzt bloß machen?«, will ich verzweifelt wissen. »Ich kann Daniel doch nicht einfach so sausenlassen!«

»Hm.« Nadine überlegt einen Moment. »Eine andere Möglichkeit sehe ich leider auch nicht. Diese Sarah oder wie sie heißt scheint mit allen Wassern gewaschen zu sein.«

»Genau das macht es noch schlimmer«, rufe ich heftig aus. »Daniel zu verlieren ist schon eine Katastrophe! Aber die Vorstellung, dass er wieder in die Fänge von diesem eiskalten Weibsstück gerät, ist unerträglich.«

»Also, was Daniel betrifft«, versucht Nadine, mich zu trösten, »ist er immerhin erwachsen und muss wissen, was er tut.«

»Die manipuliert ihn doch so, dass er gar nicht mehr weiß, wo unten und wo oben ist!«

»Ich weiß, wie schrecklich das alles gerade ist. Aber was hast du denn sonst für eine Wahl? Ich glaube, diese Beckstein kann dir richtig Ärger machen. Davon mal abgesehen«, fährt sie fort, »weißt du auch gar nicht, wie Daniel reagieren wird, wenn du ihm die Wahrheit sagst. Vielleicht will er dann eh nichts mehr von dir wissen, und du machst dir völlig umsonst Gedanken.«

»Stimmt natürlich«, meine ich, »das weiß ich nicht. Er hat immer wieder betont, wie schwer es ihm fällt, jemandem zu vertrauen, und wie sehr er Lügen hasst. Vermutlich jagt er mich eh vom Hof, wenn ich ihm alles beichte.«

»Warum hast du bloß mit diesem Irrsinn angefangen?«, will Nadine wissen. »Das war von Anfang an eine schwachsinnige Idee!«

»Na, wegen dieser Wunschliste«, verteidige ich mich. »Du weißt doch: Kiki wollte, dass ich meine Wünsche aufschreibe, das habe ich eben gemacht und mir gewünscht, dass ich irgendwie kurzfristig sechshundert Euro für Tiedenpuhl auftreibe. Als Daniel dann mit genau dieser Summe vor mir stand, dachte ich, die Gesetze der Anziehung hätten ihn geschickt.«

»Oh, dabei fällt mir was ein«, wechselt Nadine unvermittelt das Thema.

»Was denn?«

»Hab ich am Wochenende gefunden, als Ralf und ich schon mal angefangen haben, das Gästezimmer auszuräumen, damit wir es kindgerecht tapezieren können. Moment.« Sie springt auf, läuft hinaus und kommt wenige Minuten später wieder.

»Hier. Das ist doch deins, oder?« In der Hand hält Nadine die bunte Kladde, die Kiki mir geschenkt hatte. Mein Wunschbuch, das ich zu Hause überall gesucht habe. Jetzt erinnere ich mich: Am Abend meines Geburtstages, als ich bei Ralf und Nadine übernachtet habe, muss ich es hier liegen gelassen haben.

»Danke«, sage ich, und Nadine setzt sich wieder neben mich. Ich schlage das Buch auf und lese, was ich voller Wut in das Buch geschrieben habe, als ich hier auf dem Gästebett lag:

Ich führe Kikis Leben, bin erfolgreich, glücklich, zufrieden, und alle lieben mich!

Einige Momente lang betrachten Nadine und ich schweigend

meinen Eintrag. Dann sagt Nadine: »Weißt du, Süße, vielleicht war genau das der Fehler?«

»Was denn?«

»Dass du dir Kikis Leben gewünscht hast.«

»Glaubst du«, will ich wissen und spüre, wie ein dicker Kloß in meinem Hals entsteht, »dass ich damit alles heraufbeschworen habe? Dass ich überhaupt erst schuld daran bin, dass sie gestorben ist?«

Nadine lächelt. »Nein, das glaube ich ganz sicher nicht. Du hast dir ja nicht gewünscht, dass sie stirbt, sondern wolltest nur so sein wie sie.«

»Warum ist das ein Fehler?«

»Weil du nicht Kiki bist, du bist Maike. Als du selbst musst du glücklich werden, als du selbst bist du ein liebenswerter Mensch.«

Ich seufze. »Das Dumme ist nur«, erkläre ich dann, »dass mir das bisher nie klar war. Gerade jetzt würde ich alles dafür geben, wenn ich von Anfang an ich selbst geblieben wäre. Vielleicht hätte Daniel sich trotzdem in mich verliebt.«

»Vielleicht«, erwidert Nadine.

»Egal. Nun bleibt mir wohl nichts anderes übrig, als das zu tun, was Sarah Beckstein von mir verlangt.« Ich sehe Nadine unglücklich an.

Sie streicht mir über die Wange. »Ich wünschte, ich könnte dir widersprechen. Aber ich sehe gerade keinen anderen Weg.«

Wieder muss ich schluchzen. »Das tut so weh!«

»Ich weiß.« Sie versucht sich an einem Lächeln. »Vielleicht bringt das Schicksal euch irgendwann wieder zusammen.«

»Ach, dieses blöde Schicksal!«, schimpfe ich wütend. »Damit hat alles überhaupt erst angefangen.«

»Warte es ab.« Nadine verleiht ihrer Stimme einen geheimnisvollen Klang. »Vielleicht hört es ja auch damit auf.«

»Momentan hört hier nur eines auf«, gebe ich düster zurück, »Daniels und meine Beziehung.«

»Wie willst du es machen?«, fragt Nadine. »Soll Ralf dich zu ihm fahren?«

Ich schüttele den Kopf. »Nein. Ich schreibe ihm eine Mail.«

»Findest du das nicht ein bisschen feige?«

»Ja. Aber ich werde das nicht schaffen, wenn er vor mir steht. Wenn ich ihn dabei ansehen muss, kriege ich das nicht hin.«

»Das verstehe ich. Willst du Ralfs Computer benutzen?«

»Ja, das wäre nett.«

Nachdem Ralf mir seinen PC hochgefahren hat, starte ich das E-Mail-Programm. Und dann schreibe ich die schwierigsten Zeilen meines Lebens.

Lieber Daniel,
ich weiß, dass diese Mail für Dich sehr überraschend kommt und dass Du sie wahrscheinlich nicht verstehen wirst. Es tut mir unglaublich leid, Dir das hier jetzt schreiben zu müssen.
Ich kann nicht mehr mit Dir zusammen sein, es geht einfach nicht. Die Gründe dafür kann ich Dir nicht sagen, nur dass ich darüber wirklich traurig bin und hoffe, dass Du mich jetzt nicht bis in alle Ewigkeit hasst.
Du bist ein toller Mann, und ich war sehr glücklich mit Dir. Pass auf Dich auf!
Kirsten

Während ich noch auf den »Senden«-Button klicke, merke ich bereits, wie mir die Tränen in Sturzbächen über die Wangen rinnen. Ich habe es also wirklich getan, habe den wundervollsten Menschen, den es gibt, aus meinem Leben geworfen.

»Komm«, sagt Nadine, die die ganze Zeit hinter mir gestanden hat und mir jetzt die Hände auf die Schultern legt. »Lass uns ein gutes Glas Wein trinken.«

»Aber du bist doch schwanger!«

»Für mich hat Ralf alkoholfreien Sekt besorgt. Schmeckt absolut widerlich und zum Abgewöhnen – aber da haben wir ja gerade ganz andere Sorgen.«

Den restlichen Abend über sitzen Nadine, Ralf und ich in der Küche, trinken und reden darüber, wie es nun weitergehen soll. Ich habe beschlossen, die Wohnung zu kündigen, und für die Übergangszeit kann ich erst einmal bei den beiden ins Gästezimmer ziehen. Jedenfalls so lange, bis das Kind kommt, danach muss ich mir etwas anderes überlegen. Gleich morgen früh werde ich die Frau anrufen, die sich mal für das Büro zusammen mit der Wohnung interessiert hat, vielleicht habe ich Glück und sie hat noch nichts anderes gefunden.

Zwischendurch höre ich immer mal wieder mein Handy im Gästezimmer klingeln. Ich ignoriere es, weil ich sowieso weiß, wer es ist. Daniel. Hätte mir denken können, dass er meine Mail nicht einfach so hinnimmt.

»Du solltest rangehen und mit ihm reden«, findet Ralf, als es zum fünfzehnten Mal klingelt. »Alles andere ist grausam.«

»Ich weiß nicht, was ich ihm sagen soll. Ich schaffe das nicht.«

»Doch«, meint Nadine. »Du schaffst das. Du musst Daniel helfen, damit klarzukommen.«

»Wie denn?« Ich blicke in zwei ratlose Gesichter. Dann klingelt es wieder, und ich stehe auf. »Schäfer?«, melde ich mich, als ich den Anruf beantworte.

»Kirsten«, höre ich Daniel. »Was ist denn los? Deine Mail, ich ... ich verstehe die Welt nicht mehr! Ist das ein schlechter Witz?«

»Nein, ich meine es ernst.«

»Aber wieso denn? Was ist denn passiert? Habe ich was falsch gemacht, kann ich irgendwas ... Schatz, lass uns darüber reden, das kann doch gar nicht wahr sein.«

Er klingt so verzweifelt, dass ich kurz davor bin, die Fassung zu verlieren und ihm alles zu sagen. »*Ich kann Ihnen nur raten, überzeugend zu sein*«, hallen Sarah Becksteins Worte in meinem Kopf wider. Dann hole ich tief Luft.

»Daniel«, sage ich, »erinnerst du dich an den Mann, der am Samstag bei mir zu Hause aufgetaucht ist?«

Ein irritiertes Ja ist die Antwort.

»Das war Gunnar, mein Ex-Freund. Ich bin jetzt wieder mit ihm zusammen, es tut mir leid.«

Einen Moment lang höre ich nichts außer Rauschen in der Leitung. Dann erklingt Daniels Stimme. Klar und deutlich. »Verstehe. So ist das. Dann gibt es zwischen uns nichts mehr zu reden. Danke für die Information.« Klick. Er hat aufgelegt.

Haltlos weinend laufe ich zurück in die Küche, wo Ralf und Nadine mich gemeinsam erst in den Arm nehmen und mir anschließend auf den Schrecken das nächste Glas Wein servieren. Ich will zwar nicht in alte Muster zurückfallen und auf Probleme ordentlich was draufkippen – aber heute wird es wohl ausnahmsweise mal erlaubt sein.

Während ich noch mit Nadine in der Küche sitze – Ralf hat sich diskret verzogen – und darüber lamentiere, ob es auch wirklich richtig ist, piept mein Handy.

»Daniel?«, frage ich und springe hektisch auf, um zu meiner Handtasche zu hechten.

»Warum sollte er dir eine SMS schreiben?«, will Nadine wissen.

»Weiß ich auch nicht. Aber trotzdem hoffe ich es, auch wenn es irrational ist.« Kaum habe ich das Handy am Wickel, drücke ich hektisch auf die Taste, um die Nachricht anzeigen zu lassen. Ich lese sie – und halte Nadine mein Glas hin, damit sie mir noch einmal nachschenkt.

»Nicht von Daniel«, mutmaßt sie.

»Nein«, erkläre ich. »Aber so ähnlich. Eine Nachricht von seiner Schwester.«

»Oh. Was schreibt sie?«

»Ich bin«, lese ich vor, »sehr, sehr enttäuscht von Dir! Lass meinen Bruder bloß in Ruhe und melde Dich nie wieder bei ihm. Er hat Dir vertraut. Ich hab Dir vertraut! D.«

»Ähm, ja«, meint Nadine. Dann gießt sie mir noch ein Glas Wein ein.

29. Kapitel

Die nächsten Wochen verlaufen besser als gedacht. Mal davon abgesehen, dass ich fast jede Nacht durchheule und auch tagsüber immer mal wieder in Tränen ausbreche, geht zumindest mein Wohnungsplan reibungslos auf: Tatsächlich hat die Frau, die die gesamte Wohnung mieten wollte, noch nichts anderes gefunden und will meine Räume sofort übernehmen. Tiedenpuhl willigt ebenfalls ein – als hätte er geahnt, dass ich mir die Miete bald sowieso nicht mehr leisten kann. Ohne die Coachings herrscht bei mir wieder totale Ebbe in der Kasse, aber ich war trotzdem irgendwie erleichtert, nachdem ich allen Klienten mitgeteilt hatte, dass ich wegen einer beruflichen Veränderung erst einmal keine Termine mehr wahrnehmen kann. Das Kapitel ist also definitiv abgeschlossen.

So hause ich im Gästezimmer bei Ralf und Nadine, gehe brav bei Roger arbeiten und hadere ansonsten mit meinem Schicksal. Von Daniel habe ich nichts mehr gehört, aber das war ja irgendwie klar. In dem Moment, als ich das mit Gunnar erfunden hatte, wusste ich, dass ich ihn damit für alle Zeiten los bin. Was er jetzt wohl macht? Ob er wieder mit dieser grässlichen Sarah zusammen ist? Ich versuche, mir einzureden, dass mir das egal sein kann und dass er in der Tat ein erwachsener Mann ist. Nur gelingt mir das meistens nicht so gut, allein die Erinnerung an Sarahs eiskalte Augen lässt mir das Blut in den Adern gefrieren. Mein süßer, toller Daniel – es darf einfach nicht sein, dass diese Frau ihn jetzt in ihren Krallen hat!

Manchmal werde ich morgens von meinem eigenen Schluchzen wach, weil ich nachts so intensiv von ihm geträumt habe und ihn so sehr vermisse, dass ich es kaum aushalten kann. Da sind so viele Erinnerungen an ihn: wie er das erste Mal vor mir stand und mir bei seinem Anblick fast die Luft wegblieb, unser Tag im Heide-Park, als er wieder und wieder total begeistert in die Achterbahn gesprungen ist, der erste Kuss von ihm, unsere gemeinsamen Nächte, das Gefühl seiner warmen Haut auf meiner und wie er morgens immer ausgesehen hat, mit verpennten Augen und verstrubbelten Haaren … ach, ich glaube kaum, dass ich ihn jemals vergessen kann.

Bei dem Gedanken an Daniel zieht sich mein Herz in einem schmerzhaften Krampf zusammen, und wenn ich mir vorstelle, dass ich ihn vielleicht nie wiedersehe, muss ich gleich wieder losheulen. Warum habe ich damals nicht sofort die Wahrheit gesagt, als er vor mir stand? Diese Frage geht mir wieder und wieder durch den Kopf. Wäre dann alles anders gelaufen? Oder wäre er einfach gegangen, und die Geschichte mit uns hätte nie angefangen? Ich weiß, dass das am wahrscheinlichsten ist, trotzdem besteht natürlich eine klitzekleine Chance, dass sich etwas zwischen ihm und mir entwickelt hätte. Hätte ich diese Chance nur genutzt, hätte ich bloß auf die sechshundert Euro gepfiffen!

Ein paarmal stand ich schon kurz davor, Dorothee oder Markus anzurufen, die sich natürlich – von Dorothees SMS mal abgesehen – auch nicht mehr bei mir gemeldet haben, weil sie ihm gegenüber absolut loyal sind. Was würde es auch bringen, mit einem von ihnen zu sprechen? Es gibt nichts mehr, was ich tun kann. Das habe ich mir alles schön und ganz alleine eingebrockt – jetzt muss ich die Suppe eben auch alleine auslöffeln.

Thema Suppe auslöffeln: Nachdem eh schon alles im Dutt ist, beschließe ich an einem Donnerstagabend, meinen Eltern endlich auch mal die Wahrheit zu sagen. Wir sitzen in Mamas und Papas Lieblingsrestaurant – einem schicken Franzosen in Harvestehude –, ich stochere etwas lustlos in meinem Coq au Vin herum, als meine Mutter mich darauf anspricht.

»Was ist denn los, Schatz?«, will sie wissen. »Du isst ja kaum was, geht's dir nicht gut?«

Ich zucke mit den Schultern. »Geht so«, erwidere ich und lege mein Besteck zur Seite.

»Kind«, fährt meine Mutter fort, »wir wissen, wie sehr dich Kikis Tod immer noch bedrückt. Nur langsam mache ich mir Sorgen, wenn du noch dünner wirst.«

»Es ist gar nicht wegen Kiki«, antworte ich, verbessere mich dann jedoch: »Das heißt, es ist nicht nur wegen Kiki. Klar bin ich oft noch sehr traurig, aber in letzter Zeit sind noch andere Dinge los gewesen.«

»Hat es was mit den Prüfungen zu tun?«, liefert mein Vater prompt die Steilvorlage für mein kleines Geständnis. »Läuft es nicht so gut, oder was?« Eine steile Falte bildet sich auf seiner Stirn.

Jetzt ist es Mama, die dazwischenfährt. »Martin, bitte! Du siehst doch, wie schlecht sich Maike fühlt, und ich kann durchaus verstehen, wenn sie momentan etwas anderes im Kopf hat als das Studium. Schließlich war Kiki …«

»Schon gut«, unterbreche ich sie und nehme all meinen Mut zusammen, um endlich mal reinen Tisch zu machen. »Tatsächlich ist es so«, erkläre ich, »dass es mit dem Studium nicht so gut läuft. Genau genommen läuft es eigentlich überhaupt nicht.«

»Wie, überhaupt nicht?«, will Papa wissen. »Was soll das denn heißen?«

»Es heißt, was es heißt.« Jetzt gucken mich meine Eltern verständnislos an. »Ich studiere nicht mehr«, füge ich der Deutlichkeit halber hinzu. »Und zwar schon länger nicht.«

Mit einem Schlag weicht das Unverständnis blankem Entsetzen. »Bitte, was?«, braust mein Vater auf, und auch das erneut von meiner Mutter eingeworfene »Martin« kann ihn nicht bremsen. »Ich höre wohl nicht richtig!«

»Doch, Papa«, erwidere ich und merke, wie ich mich innerlich straffe. »Du hörst ganz richtig. Deine Tochter geht schon seit Monaten nicht mehr zur Uni, weil sie mal wieder durchs Examen gefallen ist. Noch dazu hat ihr das Jura-Studium noch nie sonderlich viel Spaß gemacht.« So, jetzt ist es raus.

»Keinen Spaß gemacht also?«, poltert mein Vater weiter. »Ich sag dir mal was, mein Fräulein: Wenn ich mein Leben immer nur danach ausgerichtet hätte, was mir Spaß macht …«

»Martin, bitte«, zischt meine Mutter, »die Leute drehen sich schon nach uns um.«

»Sylvia, das ist mir vollkommen gleichgültig, ich …«

»Vollkommen gleichgültig, genau!«, fahre ich ihn jetzt auch etwas lauter an. »So wie es dir auch gleichgültig ist, was ICH eigentlich will.«

»Maike!«, kommt es von Mama.

»Nichts Maike!« Mittlerweile scheint das gesamte Restaurant an unserem Streit teilzuhaben, aber das ist mir gerade total wurscht. Ich spüre eine riesige Wut in mir, die muss einfach raus. »Mein Leben lang habt ihr mir das Gefühl gegeben, für euch eine Enttäuschung zu sein und nichts richtig machen zu können. Und ich Idiotin hab sogar mit diesem blöden Studium angefangen, obwohl ich das nie wollte.«

»Immerhin haben wir dir dieses blöde Studium ein paar Jahre lang finanziert, falls du das vergessen hast!« Mittlerweile brüllt mein Vater regelrecht, Mama zuckt zusammen.

»Wie hätte ich das vergessen können? Gerade du hast ja jede Gelegenheit genutzt, um mich daran zu erinnern und mir Vorträge darüber zu halten, was ihr von mir erwartet.« Ich springe von meinem Stuhl auf und hätte dabei fast mein Glas vom Tisch gefegt.

»Setz dich wieder hin!«, befiehlt Papa.

»Nein«, sage ich. »Ich gehe. Und falls es euch beruhigt: Ich werde euch jeden einzelnen Cent, den ihr in eure missratene

Tochter investiert habt, zurückzahlen. Wenn ich mich damit von eurer Erwartungshaltung freikaufen und endlich mein eigenes Leben führen kann, ist es mir das wert.«

Meine Mutter schnappt nach Luft, mein Vater setzt zu einem weiteren Wutausbruch an – aber ich drehe mich einfach um und stürme aus dem Laden.

Draußen auf der Straße bemerke ich, dass ich am ganzen Körper zittere. Noch nie habe ich so einen Streit mit meinen Eltern gehabt. Aber erstaunlicherweise fühle ich mich gerade regelrecht befreit. Befreit und erwachsen.

So stehe ich am nächsten Nachmittag vollkommen befreit und erwachsen auf dem Ohlsdorfer Friedhof und halte Zwiesprache mit Kiki. Alles erzähle ich ihr, wirklich alles, die unmögliche Situation, in die ich mich gebracht habe, und dass ich dadurch Daniel wohl für immer verloren habe, dass ich es aber immerhin auch geschafft habe, mit meinen Eltern mal Tacheles zu reden, und wie gut sich das anfühlt.

»Es ist schon verrückt«, sage ich zu ihr, »wie lange ich gebraucht habe, um zu begreifen, dass ich mein eigenes Leben führen muss.« Ich lache kurz auf. »Wie auch immer das aussehen wird, da bin ich mir noch nicht so sicher, aber irgendwas werde ich mir eben einfallen lassen müssen.« Einen Moment bleibe ich noch schweigend vorm Grab meiner Cousine stehen, dann lege ich den Strauß mit Teerosen, den ich mitgebracht habe, vor ihren Stein. »Du fehlst mir«, flüstere ich. »Immer und jeden Tag, ich vermisse dich ganz schrecklich.«

»Ich vermisse sie auch.« Eine Hand legt sich auf meine rechte Schulter, ich drehe mich um und blicke direkt in Stefans blaue Augen.

»Na?«, will ich wissen und begrüße ihn mit zwei Küsschen auf die Wangen. »Auch mal wieder hier?«

»Ja«, antwortet er, »ich bin schon eine ganze Weile da und

hab dich von weitem gesehen. Wollte dich aber nicht stören, du hast dich so angeregt unterhalten.« Er lächelt.

»Hm, ja, war ja auch eine Menge zu erzählen, dass ich jetzt bei Nadine und Ralf wohne und so.«

»Und so?«

»Ich hab meinen Eltern endlich gesagt, dass ich das Studium nicht geschafft habe und in Wirklichkeit noch nie Lust auf Jura hatte.«

»Das wurde ja ohnehin mal Zeit«, findet Stefan. »Ich habe sowieso nie begriffen, warum du dich von deinen Alten Herrschaften immer so unter Druck setzen lässt. Kiki war das auch ein Rätsel.«

»Na ja, Kikis Eltern sind nun mal ganz anders als meine. Irgendwie ... verständnisvoll.«

Stefan grinst. »Das kann man wohl sagen! Ich hab deine ja nicht so oft erlebt, aber wenn, dann fand ich das schon ganz schön gruselig. Auf so einen Druck hätte ich auch keine Lust.« Er schüttelt sich.

»Unterm Strich weiß ich ja, dass sie es nur gut mit mir meinen«, gebe ich mich versöhnlich. »Aber mir ist in den letzten Wochen klargeworden, dass man nur selbst entscheiden kann, was das Richtige für einen ist. Schließlich muss niemand außer man selbst mit den Konsequenzen leben.«

Stefan guckt mich aus großen Augen an. »Mensch, Maike, das klingt ja richtig weise! Was ist in letzter Zeit nur mit dir passiert, so kenn ich dich ja gar nicht?«

»Tja«, seufze ich, »ist eben eine ganze Menge passiert.«

»Das ist wahr.« Eine Zeitlang sagt keiner von uns beiden etwas, wir stehen einfach nur vor Kikis Grab und schweigen. Schließlich legt Stefan den Strauß roter Rosen, den er mitgebracht hat, neben meine Blumen.

»Ich geh dann mal«, meine ich, »und lass dich noch einen Moment mit Kiki allein.«

»Warte doch zehn Minuten«, schlägt Stefan vor. »Dann kann ich dich mit zurück in die Stadt nehmen.«

»Das wär natürlich nett, ohne Auto ist es hierher immer eine kleine Weltreise.«

»Gut, dann fahren wir gleich zusammen.«

Während ich einen kleinen Friedhofsweg entlangspaziere, beschließe ich, meinen Eltern später einen versöhnlichen Brief zu schreiben. Vielleicht haben sie sich nach unserem Streit ja auch ein wenig abgeregt, und wir können noch einmal in Ruhe reden. Denn gerade hier, an diesem Ort, wird mir klar, dass man eigentlich nie im Streit auseinandergehen sollte. Ja, nehme ich mir vor, das mache ich. Denn selbst wenn meine Eltern schon immer etwas schwierig waren – ich hab sie natürlich trotzdem lieb und weiß, dass sie tatsächlich immer nur das Beste für mich wollten. Auch wenn sie eine etwas seltsame Art haben, das zum Ausdruck zu bringen, vor allem, wenn ich an meinen Vater denke.

Gut zehn Minuten später kommt Stefan zu der Bank, auf der ich mittlerweile Platz genommen habe.

»So«, meint er, »alles geklärt, wir können los.«

»Alles geklärt?«, frage ich, stehe auf und gehe neben Stefan her Richtung Ausgang.

»Sicher«, erwidert er, »ich hatte mit Kiki auch so einiges zu besprechen.« Wir müssen beide lachen. »Wo soll ich dich denn hinfahren? Ins Studio oder zu Ralf und Nadine?«

»In die Wohnung, heute arbeite ich nicht.«

»Wie geht's dir denn da so? Ist ein komisches Gefühl, oder?«

»Schon«, gebe ich zu. »Ein bisschen heimatlos.« Stefan geht noch immer davon aus, dass ich Kikis und meine Wohnung aufgegeben habe, weil ich sie mir allein nicht mehr leisten kann. Was ja, seit ich keine Coachings mehr gebe, sogar stimmt. Nur die genauen Umstände, die kennt Stefan natürlich nicht – und ich werde den Teufel tun, ihm davon zu erzählen. »Jedenfalls bin ich froh, wenn ich irgendwas Kleines finde, wo ich einziehen kann. Ich meine, ist schon wahnsinnig nett von Nadine und Ralf, dass sie mich bei sich wohnen lassen. Aber irgendwann kommt das Baby, und vorher möchte ich lieber meine eigenen vier Wände beziehen.«

»Das verstehe ich«, sagt Stefan. Wir gehen schweigend weiter, bis er irgendwann ein lautes Seufzen von sich gibt.

»Was ist denn?«, will ich wissen.

»Ach, nichts.« Er kickt einen Stein fort, der zu seinen Füßen liegt. »Das heißt, nein, eigentlich ist doch was.« Er bleibt stehen und wirft mir einen Blick zu, den ich nicht deuten kann. Eine Mischung aus Nervosität und ... Angst?

»Willst du es mir erzählen?«

»Ja«, antwortet er und überlegt dann einen Moment, als müsste er noch nach den richtigen Worten suchen. »Weißt du, was ich eben mit Kiki besprochen habe ...« Er unterbricht sich.

»Ja?«, will ich ihn ermuntern, weiterzureden.

»Also, die Sache ist die ... Irgendwie habe ich vorhin gedacht, es ist kein Zufall, dass ich dich hier auf dem Friedhof treffe, und dass es vielleicht ein guter Zeitpunkt ist, mit dir zu reden.« Jetzt starrt er angestrengt auf seine Schuhe, einer seiner Schnürsenkel ist offen. »Wie ein ... wie ein Zeichen, verstehst du?« Ich nicke – und verstehe rein gar nichts. Was will mir Stefan jetzt bloß sagen, dass er sich so schwer damit tut? »Ich hoffe«, fährt er fort, geht in die Hocke und beginnt, seinen Schnürsenkel auf recht komplizierte Art und Weise wieder zuzubinden, »du findest das nicht pietätlos oder so ...«

»Was soll ich pietätlos finden?«, will ich wissen.

Er blickt zu mir auf – und hat nun einen nahezu bittenden Gesichtsausdruck. »Maike, ich weiß nicht, ob du es verstehen wirst. Ich meine, Kiki ist noch nicht so lange tot, und ich habe deine Cousine wirklich geliebt, weißt du?«

»Natürlich weiß ich das.«

»Ja, und ... ich ... also, ich kann mir vorstellen, dass du schockiert bist, wenn ich dir sage, dass ich mich verliebt habe.«

»Verliebt?«, entfährt es mir.

»Ja, es ist einfach so passiert, ich konnte gar nichts dagegen tun«, haspelt er, und seine Stimme überschlägt sich fast. »Sicher findest du das unpassend, schließlich bist du Kikis Cousine, und wenn ich dich jetzt ...«

»Wie bitte?« Für den Bruchteil einer Sekunde bin ich fassungslos und kann kaum glauben, was Stefan mir hier gerade erzählen will. Das kann doch wohl nicht wahr sein! Stefan kniet vor mir, mitten auf diesem Friedhof und will mir sagen ... Will er mir etwa sagen, dass er sich in mich verliebt hat? Oh, nein, das kann doch wohl nicht wahr sein! So verrückt kann das Universum oder das Anziehungsgesetz oder wer auch immer gerade verantwortlich ist unmöglich sein! Mit allem hätte ich gerechnet, wirklich mit allem – aber auf gar keinen Fall damit, dass sich der Freund meiner Cousine in mich verliebt!

»Stefan«, unterbreche ich ihn, »ich weiß nicht, ob ...«

»Nein, bitte, Maike, ich muss dich das jetzt fragen, es geht mir einfach nicht mehr aus dem Kopf.«

»Ja, ähm, weißt du ...«

»Kannst du mir nicht die Telefonnummer von dieser Frau geben?«

Hä? »Was für eine Frau?«

»Na.« Stefan steht wieder auf und klopft sich den Staub von seiner Hose ab. »Diese Frau, die ich vor einigen Wochen bei dir vor der Tür über den Haufen gefahren habe.«

Einen Moment bin ich vollkommen perplex – dann breche ich in hysterisches Gelächter aus. »Ach, du meinst Dorothee!«

»Heißt sie so? Du hast uns ja nicht vorgestellt.«

Ich nicke. »Ja, das war Dorothee, die Schw...«, ups, jetzt bloß nichts Falsches sagen, »die Freundin einer Bekannten, die sich für das Büro interessiert. In die hast du dich also verliebt?«

»Ja«, gibt Stefan zu. »Ich kann auch nichts dafür, ich hab sie gesehen, und es hat plötzlich ›bumm‹ gemacht. So was hab ich wirklich noch nie erlebt«, fügt er dann verlegen hinzu. Ich schon, denke ich und sehe Daniel vor meinem geistigen Auge. Offensichtlich ist diese unglaubliche Anziehungskraft familiär bedingt, mich hat es damals ja auch sofort umgehauen. »Und?«, unterbricht Stefan meinen Gedanken. »Gibst du mir die Nummer? Ich kann sie einfach nicht vergessen und würde sie so gern noch einmal wiedersehen.«

Hektisch schüttele ich den Kopf. »Nein«, erkläre ich, »ich kann dir die Nummer nicht geben.«

Stefan guckt enttäuscht. »Warum denn nicht?«

»Weil ich … äh, die Nummer gar nicht habe.«

»Hast du nicht?«

»Nein«, antworte ich, »tut mir wirklich leid.«

»Ach so«, er zuckt mit den Schultern. »Weißt du denn auch nicht, wie sie heißt?«

»Doch, sicher«, schwindele ich, »Dorothee Müller.«

»Hm. Davon dürfte es in einer Stadt wie Hamburg ein paar mehr geben.«

»Ja, das denke ich auch. Außerdem hat Dorothee einen Freund – hat sie mir jedenfalls damals erzählt.«

»Na ja, das würde mich nicht davon abhalten, sie anzurufen. Mehr als eine Abfuhr kann mir ja nicht passieren. Schade, ich hätte sie sehr gerne noch einmal gesehen.«

Wir spazieren weiter Richtung Ausgang, Stefan mit hängenden Schultern und sichtlich betrübt. Währenddessen jagen mir hunderttausend Gedanken durch den Kopf. Wie gern würde ich Stefan die Telefonnummer von Dorothee geben! Es scheint ihn wirklich ziemlich erwischt zu haben, und auch wenn Kiki noch nicht so lange tot ist – heißt das, dass Stefan jetzt für den Rest seines Lebens allein bleiben muss? Sicher nicht! Aber was kann ich tun, was kann ich nur tun?

Wenn Stefan Dorothee kennenlernt, wird er erfahren, dass sie Daniels Schwester ist. Außerdem sind die beiden gerade nicht so gut auf mich zu sprechen, ich kann von Glück reden, dass Daniel sich offenbar trotz allem immer noch daran hält, Stefan nicht von unseren Coachings zu erzählen. Jedenfalls, wenn er und Markus noch bei Stefan trainieren, das weiß ich natürlich nicht und mag Stefan auch nicht danach fragen. Aber wie dem auch sei: Es ist schlicht und ergreifend unmöglich, Stefan mit Dorothee zu verkuppeln, es geht einfach nicht. Mist, Mist, Mist!

»Na ja«, meint Stefan, als wir kurz vorm Ausgang sind. »Hat wohl nicht sein sollen. Oder, falls es doch noch sein soll, begegnet sie mir ja vielleicht noch einmal. Ach, na, wer weiß, vielleicht habe ich mich da auch einfach nur in etwas hineingesteigert, und sie wäre gar nichts für mich? Erst recht, wenn sie sowieso in festen Händen ist. Es war halt nur so ein komisches Gefühl, als ich sie gesehen habe, so als wäre da eine unglaubliche Chemie zwischen uns, wie Magie hat sich das fast angefühlt.« Er lacht. »Ich klinge schon wie eine richtige Kitschtante, oder?« Er wirft mir einen Blick zu, und es zerreißt mir fast das Herz, in seine lieben, freundlichen Augen zu schauen.

Ich ringe mit mir. Mehr, als ich jemals in meinem Leben mit mir gerungen habe. Was soll ich tun, was soll ich nur tun? Plötzlich ist da dieser Gedanke: Ach, Maike, scheiß doch drauf! Hier geht es immerhin nicht nur um dich, sondern auch noch um zwei andere Menschen. Okay, du hast Mist gebaut, und zwar so richtig. Aber das ist kein Grund dafür, dass du Stefan, der nun wirklich gar nichts dafür kann, eine Chance verbaust.

»Stefan«, meine ich und merke, wie meine Stimme zittert. »Pass auf, ich geb dir ihre Nummer.«

»Hm?«

»Ja, ich hab ihre Telefonnummer. Aber dafür muss ich dir erst einmal etwas erzählen. Diesmal bin ich diejenige, die hofft, dass du das nicht ganz grässlich und pietätlos findest.«

Eine halbe Stunde später habe ich Stefan alles gebeichtet. Wir sitzen auf einer Bank neben dem Friedhofseingang, Stefan hat mich kein einziges Mal unterbrochen, während ich die Ereignisse der vergangenen Wochen heruntergerattert habe. Wie ich durch ein Missverständnis Kikis Job übernommen und mich in Daniel verliebt habe, wie dann durch Sarah Beckstein alles aufgeflogen ist und ich Daniel gegenüber behauptet habe, wieder mit Gunnar zusammen zu sein.

»Uff«, kommentiert Stefan, als ich mit meinem Bericht ans Ende gelangt bin. »Das ist echt eine wilde Geschichte.«

»Hm«, meine ich und werfe ihm einen zerknirschten Blick zu. »Und?«, will ich dann wissen. »Bist du böse?«

Stefan sieht mich entgeistert an. »Warum sollte ich dir denn böse sein?«

»Tja, weil es tatsächlich etwas pietätlos ist, was ich da gemacht habe.«

»Unsinn!« Er lacht auf. »Falls Kiki das von da oben«, er deutet Richtung Himmel, »mitbekommen hat, hat sie sich mit Sicherheit amüsiert wie Bolle! Ich meine, das ist doch eigentlich unglaublich lustig!«

»Geht so«, gebe ich düster von mir, »hab schon mal mehr gelacht.«

»Ach, Maike.« Stefan legt mir einen Arm um die Schulter. »Glaubst du denn nicht, dass du einfach mal mit deinem Daniel reden solltest? So schlimm ist das doch alles nicht!«

»Auf gar keinen Fall!«, entfährt es mir. »Selbst wenn er mir das verzeihen sollte, was ich allerdings bezweifle, nachdem ihm Ehrlichkeit so ziemlich das Wichtigste ist – dann gibt es immer noch Sarah Beckstein, die mich ans Messer liefern wird.«

»Hm«, überlegt Stefan. »Aber das Steuerjahr ist doch noch gar nicht rum. Ruf beim Finanzamt an, lass dir eine Steuernummer geben und schicke deinen Kunden korrigierte Rechnungen. Dann gibst du nächstes Jahr eine korrekte Steuererklärung ab. Falls die jemals nachfragen, weil diese Sarah Wind um die Sache macht, dann sag, es war ein Versehen.«

Ich schaue ihn zweifelnd an. »Du meinst, das geht? Und die sind dann nicht erst recht hinter mir her?«

»Also, soweit ich weiß, kann man sich bei der Steuer sogar selbst anzeigen und wird dann nicht bestraft. Das müsstest du als Fastjuristin eigentlich besser wissen als ich.«

Ich zucke mit den Schultern. »Wenn ich Ahnung hätte, hätte ich mein Examen bestanden. Du sprichst hier mit einer Rechtsunkundigen.«

»Also, folgendes Angebot: Ich frage mal meinen Steuerberater, wie du aus der Nummer wieder rauskommst. Okay?« Stefan ist echt zu süß – ich gestehe ihm, wie viel Mist ich gebaut habe, und er will mir sogar noch helfen!

»Okay, das wäre natürlich super!«

»Aber eine Bedingung habe ich!«

»Nämlich?«

»Die Telefonnummer! Und zwar sofort!«

30. Kapitel

Zwei Wochen später hat sich meine Lage nicht wirklich verändert. Noch immer wohne ich bei Nadine und Ralf, langsam werde ich schon ein bisschen panisch, dass ich mir demnächst mit einem Säugling das Zimmer teilen muss. Auch beruflich ist alles wie immer: Ich stehe im Summer Island und tue das, was ich die vergangenen Jahre über – von einer kurzen Stippvisite ins Coaching-Leben mal abgesehen – tagtäglich getan habe: Geld kassieren, Handtücher verteilen und Bänke reinigen. Doch, ich habe es weit gebracht. Wenn ich meinen Eltern wirklich ihre Kohle zurückzahlen will, muss ich dafür schätzungsweise bis zu meinem siebenundneunzigsten Lebensjahr im Sonnenstudio Doppelschichten schieben, aber darüber denke ich nur in meinen zynischen Momenten nach.

Draußen setzt langsam der Herbst ein, was täglich neue Kundschaft in den Laden treibt, obwohl Roger mit dem verregneten Sommer, der hinter uns liegt, wirklich mehr als zufrieden sein kann. Über eine Umsatzbeteiligung hat er natürlich nie wieder gesprochen, aber ich kann nicht behaupten, dass mich das sonderlich wundert.

Kikis Glücksarmband trage ich trotz allem immer noch. Ich werde gern an sie erinnert, und manchmal muss ich fast lachen, wenn ich mir vorstelle, dass sie von ihrer Wolke aus Zeugin des ganzen Kuddelmuddels war, das ich hier unten auf der Erde angerichtet habe. Wie hieß noch eines der Bücher in ihrem Regal? *Wünsch es dir einfach!*, erinnere ich mich an den Titel. Vielleicht schreibe ich ja irgendwann mal aus Jux und Dollerei das Gegenbuch dazu. *Wünsch es dir und greif dabei so richtig ins Klo*, oder so, würde bestimmt ein Megaseller werden!

»Ich muss los«, reißt Nadine mich aus meinen Gedanken.

341

»Ralf und ich wollen mal wieder zu einem Info-Abend im Krankenhaus.«

»Wart ihr nicht schon überall, wo man in Hamburg ein Kind entbinden kann?«, wundere ich mich.

»Ja«, antwortet Nadine, »aber Ralf will sich auf alle Fälle auch die Kliniken im Umland ansehen, um sicherzugehen, dass wir wirklich die beste Entscheidung getroffen haben, wo das Baby geboren wird.« Nadine verdreht gespielt genervt die Augen. »Als hätten die Menschen nicht schon vor Jahrtausenden Kinder ohne dieses ganze Tamtam zur Welt gebracht! Aber gut, gurken wir halt noch mal raus nach Pinneberg, von mir aus erblickt Kirsten halt da das Licht der Welt.«

Kirsten. Ich war mehr als gerührt, als Nadine und Ralf mir sagten, dass sie sich für Kirsten entschieden haben, nachdem der Frauenarzt ihnen mitgeteilt hatte, dass es ein Mädchen wird.

»Ihr müsst das wirklich nicht tun«, hatte ich gesagt. »Ist zwar lieb von euch, aber vielleicht findet ihr den Namen Kirsten ja auch ganz schrecklich.«

»Nein«, hatten beide mir widersprochen. »Zum einen finden wir den Namen nicht schrecklich, zum anderen wird sie sowieso immer nur Kiki genannt werden.«

Solche Freunde – was will man mehr?

»Okay«, sage ich, »dann mach's gut und bis morgen. Und viel Spaß bei der Kreißsaalbeschau.«

»Tschühüüs!«, ruft Nadine.

»Ich muss auch los«, verabschiedet sich nun auch Roger. »Schließt du nachher hier ab?«

»Klar, mach ich.«

Dann ist auch er verschwunden, und ich kann mich in Ruhe dem Lebens- und Liebesleid der Promis widmen, das wie jede Woche in *Bunte* und *Gala* ausgebreitet wird. Wenn ich mir diese Geschichten so durchlese – dagegen kommt mir mein eigenes Schicksal längst nicht mehr so dramatisch vor, obwohl es für mich persönlich natürlich immer noch ein Drama ist, dass ich die Sache mit Daniel verbockt habe. Ich seufze und schnappe mir eines der Hefte, dann tauche ich ein in die bunte Welt der Stars und Sternchen.

»Hallo. Ich würde gern zehn Minuten auf die sechs.«

Als ich gerade sehr vertieft in einen Artikel bin, der sich in Spekulationen darüber ergeht, ob Boris Becker wieder etwas mit Sandy Meyer-Wölden hat und seine Ehe mit Lilly kurz vor dem Aus steht, lässt mich eine Stimme hochschrecken. Ich blicke auf – und entdecke ein mir sehr vertrautes Gesicht.

»Daniel!«, rufe ich entsetzt aus.

»Maike!«, ruft er zurück, während er sich lässig gegen den Tresen lehnt. Dann grinst er mich an.

Ich bin völlig schockiert; was macht denn Daniel hier? Sofort geht mein Herzschlag in zweieinhalb Sekunden auf hundert, er hat immer noch dieselbe unglaubliche Wirkung auf mich wie früher.

»Ich …« In meinem Kopf geht alles drunter und drüber, und es fällt mir schwer, einen klaren Gedanken zu fassen. »Wie kommst du hierher, warum bist du … woher weißt du …?« Aber ich komme nicht weiter.

»Nein, jetzt rede ich«, sagt Daniel in sehr bestimmtem Tonfall und wirft mir einen strengen Blick zu. Vor Schreck halte ich tatsächlich den Mund und schaffe es nicht einmal, von meinem Stuhl aufzustehen, so sehr zittern mir die Knie. Daniel beugt sich über den Tresen hinüber zu mir herunter und sagt: »Ich habe ein Versprechen gebrochen.«

»Ein Versprechen gebrochen?« Gleich verstehe ich überhaupt nichts mehr.

Daniel nickt. »Das heißt«, korrigiert er sich, »Markus hat es gebrochen.«

»Markus? Wovon redest du da? Was für ein Versprechen?«

»Erinnerst du dich, um was du uns mal gebeten hast?«

»Öh.« Ich krame in meinem immer noch paralysierten Hirn nach einer Erinnerung. »Nein«, muss ich schließlich zugeben, »ich weiß beim besten Willen nicht, was du meinst.«

»Du hast uns mal darum gebeten«, erklärt Daniel, »Stefan Becker gegenüber nicht zu erwähnen, dass wir bei dir zu einem Coaching waren.«

Langsam rotieren die kleinen Rädchen in meinem Kopf wieder, und ich beginne zu verstehen, was Daniel meint. »Jetzt habt ihr es ihm erzählt?«, spreche ich meine Vermutung laut aus.

Daniel nickt ein weiteres Mal. »Ja, Markus hat es nicht glauben können, als ich ihm gesagt habe, dass du von jetzt auf gleich mit mir Schluss gemacht hast. Er war der festen Überzeugung, dass da ein Missverständnis vorliegen müsse, und wollte dich sogar anrufen, was ich ihm aber verboten habe. Tja, und dann hat er sich nach einer Weile eben mit Stefan unterhalten, das hatte ich ihm schließlich nicht verboten, und er wollte mir einfach helfen.«

»Was ist denn bei der Unterhaltung mit Stefan rausgekommen?«, frage ich leise. Plötzlich habe ich ein ganz flaues Gefühl im Magen, denn mir ist klar, dass nun offenbar der große Moment der Wahrheit gekommen ist. Mein wochenlanges Versteckspiel, alles völlig umsonst, Daniel hat alles herausgefunden und ist wahrscheinlich vorbeigekommen, um mir noch einmal richtig die Hölle heißzumachen.

»Alles«, teilt er mir dann auch prompt mit und richtet sich wieder auf.

Wie er da so steht und auf mich herabblickt, fühle ich mich erst recht klein, mickrig und hilflos. »Daniel, ich …«, setze ich an, aber er unterbricht mich.

»Stefan Becker war erstaunlicherweise ganz erfreut, dass Markus ihn darauf angesprochen hat. Denn offensichtlich wusste er schon eine ganze Weile, was los ist, hat aber von dir ebenfalls einen Maulkorb verpasst bekommen.«

»Äh …«

»Jedenfalls hat er Markus dann die ganze Sache erzählt. Davon, dass du Kikis Cousine bist und ihren Job übernommen hast, tatsächlich aber vorher noch nie als Coach gearbeitet hast.«

Betreten blicke ich auf die Tischplatte vor mir, ich kann Daniel nicht mehr ansehen, meine Wangen sind so heiß, dass sie vermutlich schon feuerrot angelaufen sind. »Es tut mir leid«, murmele ich. »Ich wollte das alles nicht, die Sache ist irgendwie aus dem Ruder gelaufen.«

»Ja, das kann man so sagen.«

Mit äußerster Kraftanstrengung schaffe ich es, wieder aufzublicken. Daniel steht immer noch kerzengerade vorm Tresen, mittlerweile hat er die Arme vor der Brust verschränkt.

»Und«, setze ich an. Meine Stimme krächzt, ich räuspere mich und beginne von neuem. »Und jetzt willst du natürlich dein Geld zurück und Markus und die anderen wahrscheinlich auch.« Noch immer ein unbewegter Blick. »Ich mach das«, versichere ich ihm eilig, »sobald ich kann, vielleicht bekomme ich ja einen Kredit und ...«

»Nein«, sagt Daniel.

»Nein?«

»Nein«, wiederholt er. »Ich will nicht mein Geld zurückhaben. Du bist es, die ich zurückhaben möchte.«

Eins, zwei, drei, vier, fünf – so viele Sekunden dauert es, bis ich die Bedeutung seiner Worte verstehe.

»Du willst mich zurückhaben?«

»Ja«, erklärt er, kommt um den Tresen herum, setzt sich auf den freien Stuhl neben mir und greift nach meinen Händen. »Das ist alles, was ich will.«

»Aber, aber ... ich hab dich doch angelogen.«

»Ich weiß«, sagt er, beugt sich vor und gibt mir einen sanften Kuss.

Augenblicklich weicht das flaue Gefühl im Magen einem Kribbeln. »Und du bist nicht böse auf mich?«, will ich wissen.

»Doch«, erklärt er. »Sogar sehr.«

»Oh.«

»Aber ich denke, ich werde darüber hinwegkommen.« Er streicht mir zärtlich mit einer Hand über die Wange. »Nur über dich«, sagt er dann, »über dich wäre ich nicht hinweggekommen.«

Ich beuge mich zu ihm vor, unsere Lippen berühren sich, und Sekunden später halten wir uns ganz fest in den Armen, so als wollten wir uns nie wieder loslassen. Nach einer gefühlten Ewigkeit hören wir mit dem Küssen auf und lächeln uns gegenseitig an. In diesem Moment könnte für mich die Welt stehenbleiben, noch nie in meinem Leben bin ich so glücklich gewesen! Doch dann fällt mir mit Schrecken etwas ein:

»Sarah!«, rufe ich erschrocken aus und schlage mir mit einer Hand vor den Mund.

»Sarah?«, fragt Daniel nach.

»Ja, Sarah Beckstein, deine Ex … Sie ist doch noch deine Ex, oder?«, frage ich dann beinahe ängstlich nach.

»Die Frage verstehe ich nicht«, erwidert Daniel irritiert, »natürlich ist sie das, warum willst du das wissen?«

Ich erzähle ihm von dem kleinen Besuch, den sie mir abgestattet hat, und was dabei passiert ist. Und dass ich nur aus diesem Grund mit ihm Schluss gemacht und mir die Sache mit Gunnar ausgedacht habe, damit er nicht weiter nachfragt.

»So ein Miststück!«, knurrt Daniel, nachdem ich mit meinem Bericht fertig bin. »Jetzt wird mir so einiges klar!«

»Was wird dir klar?«

»Na, warum Sarah in den letzten Wochen so unglaublich reizend und charmant zu mir war, ständig hat sie mir angeboten, dass sie für mich da sei, wenn ich sie brauche. Am Ende hab ich tatsächlich schon geglaubt, sie hätte sich geändert. Aber das hier ist ja wohl an Hinterhältigkeit nicht mehr zu toppen!«

»Hast du …«, frage ich zaghaft nach.

»Was?«, will er wissen, aber dann versteht er. »Ob ich wieder etwas mit Sarah angefangen habe? Nein, ganz sicher nicht! Ich habe mich gefreut, dass sie so nett zu mir ist – aber ich konnte doch die ganze Zeit an keine andere denken als an dich!«

Ich könnte laut jubeln, so sehr freut es mich, das zu hören. »Aber trotzdem gibt es da noch ein Problem«, meine ich dann. »In Sachen Finanzamt habe ich einfach ziemlichen Mist gebaut, das muss ich erst mal geregelt kriegen. Und selbst wenn ich das irgendwie schaffe, glaube ich, dass Sarah versuchen wird, mich fertigzumachen.« Wieder erinnere ich mich an ihre eiskalten Augen. »Sie hat mir doch ziemlich große Angst eingejagt, so eine wie Sarah will ich wirklich nicht zur Feindin haben.«

»Das soll die sich mal wagen, auch nur noch einen Pieps von sich zu geben«, braust Daniel auf, »dann wird sie mich erst richtig kennenlernen! Ein Hühnchen werde ich auf alle Fälle noch mal mit ihr rupfen, schließlich hätte sie es fast geschafft«, sein Gesichtsausdruck wird wieder weicher, »dass ich die Frau verliere, die ich liebe.«

»Liebst du mich denn?«

Er nickt. »Sicher tue ich das. Vom allerersten Moment an. Es führt sowieso kein Weg daran vorbei, weißt du?« Er grinst mich fröhlich an.

»Kein Weg daran vorbei?«

»Ja.« Daniel steht auf, geht vor den Tresen, hebt etwas vom Boden auf und kommt zu mir zurück. Neugierig betrachte ich die große Papierrolle, die er in der Hand hält. Noch bevor ich fragen kann, was das ist, rollt er sie aus. »Es steht so auf meiner Wunsch-Wand, also ist es unser Schicksal.«

Glücklich betrachte ich das Poster, das Daniel und ich bei meinem Coaching zusammen gebastelt haben. Seine Wunsch-Wand ist noch genau so, wie ich sie in Erinnerung habe – mit einem Unterschied: Genau in der Mitte, zwischen all den Bildern, die Daniels Wünsche symbolisieren, klebt ein Foto von ihm und mir. Aufgenommen mit einer Handykamera in der Achterbahn im Heide-Park Soltau.

»Ich habe mich damals gewundert, warum du mich nicht nach dem Loch in der Mitte des Posters gefragt hast. Immerhin klebt daneben ja auch ein Baby.«

»Du hast recht: Gewundert hat es mich schon, aber ich wollte nicht indiskret sein.«

»Genau genommen war mir damals schon klar, dass ich unser Foto dort hineinkleben würde. Ich habe mich nämlich schon während unseres Seminars total in dich verknallt. Schicksal eben. Eigentlich bereits, als du mir das erste Mal die Tür geöffnet hast.«

»Wenn das so ist«, stelle ich lachend fest, stehe auf, nehme Daniel das Poster ab und lege es auf den Tresen, »können wir wohl nichts dagegen tun.«

»Nein, das können wir wohl nicht«, stimmt er lächelnd zu und will mich wieder küssen, aber ich halte ihn noch kurz davon ab.

»Du willst also wirklich mit mir zusammen sein?«, frage ich vorsichtshalber noch einmal nach. »Mit mir, der Studienversagerin, die einen lausigen Job in einem lausigen Sonnenstudio hat?«

»Ja, das will ich«, bestätigt er. »Genau das und nichts anderes. Außerdem«, fügt er hinzu, »kannst du immer noch etwas anderes machen.«

»Tja, was denn?«

»Keine Ahnung.« Er zuckt mit den Schultern, doch dann scheint er eine Idee zu haben. »Warum versuchst du es nicht tatsächlich als Coach? Ist ja kein geschützter Beruf, und ich finde, du warst wirklich gut darin.«

»Nein«, meine ich. »Das war Kikis Leben. Ich brauche mein eigenes, ich muss das tun, was Maike Schäfer will.«

»Aber irgendetwas wird es doch geben, für das Maike Schäfer sich interessiert!«

348

»Wenn ich ehrlich bin …«, sage ich zögerlich.

»Ja?«

»Also, ich habe mich schon immer sehr für Mode und Styling interessiert. Früher wollte ich mal eine Friseurlehre anfangen, weißt du? Aber meine Eltern fanden das doof.«

»Na«, stellt Daniel lachend fest, »mittlerweile bist du ja glücklicherweise erwachsen. Dann werd doch einfach Friseurin! Wo kann man Leuten seine Lebensweisheiten besser unterjubeln, als wenn sie einem hilflos unter der Schere ausgeliefert sind!«

»Aber dann gibt's da trotzdem noch ein Problem«, merke ich an.

»Nämlich?«

»Na, wer nimmt bitte schön einen dreißigjährigen Friseurlehring? Ich bin doch viel zu alt, bei ein paar Salons hab ich sogar gefragt, und die haben alle sofort abgewinkt.«

Daniel fängt an zu kichern.

»Was gibt's denn da zu kichern?«

»Och, eigentlich gar nichts.«

»Daniel! Was ist denn so lustig daran?«

»Tja, ich hab dir ja mal meine Schwester als Personalchefin verkauft«, erinnert er mich.

»Richtig. Aber was hat das mit Dorothee zu tun?«

»Du hast mich nie gefragt, was sie in Wahrheit macht.«

»Und, was macht sie?«

»Sie hat zusammen mit ihrer Freundin Katja einen eigenen Laden. Einen Friseursalon.«

»Ist nicht wahr!«

Daniel nickt. »Doch, das ist wahr. Ich könnte mir gut vorstellen, dass da was geht.« Jetzt grinst er breit. »Zumal du dafür gesorgt hast, dass ihr Privatleben gerade eine ziemlich glückliche Wendung nimmt. Das mit Stefan lässt sich ganz gut an.«

»Echt?«, freue ich mich. »Mir hat Stefan noch gar nichts erzählt.«

»Dann will ich dich mal auf den neuesten Stand bringen. Nach eurem kleinen Coaching – von dem du übrigens mir wiederum nichts erzählt hast – hatte Dorothee endlich den Mut, Sebastian die entscheidende Frage zu stellen.«

»Ob er überhaupt jemals Kinder will?«

»Richtig. Er hat ihr dann erklärt, dass er sich ein Leben mit Kindern überhaupt nicht vorstellen kann.«

»Wie furchtbar, arme Dorothee!«

Daniel schüttelt den Kopf. »Nein, ich finde, sie hat lange genug auf diese Antwort gewartet, es war gut, dass sie endlich weiß, woran sie ist.«

Ich nicke. »Wahrscheinlich hast du recht.«

»Na, jedenfalls haben die beiden sich noch am selben Tag getrennt, und Sebastian ist ausgezogen. Das Erstaunliche ist: Dorothee wirkte auf mich wie befreit – gar nicht niedergeschlagen, sondern vielmehr erleichtert.«

»Gott sei Dank!«

»Tja, und seit Stefan dann anrief, ist sie sowieso wie ausgewechselt. Ich glaube, da hat es richtig gefunkt.«

»Das freut mich.«

»Ja, mich auch. Auf jeden Fall kannst du sicher gern mit ihr reden, was eine Lehrstelle betrifft. Selbst wenn es bei ihr nicht geht, weiß sie sicher jemanden, der eine so bezaubernde Auszubildende wie dich sucht.«

Ich denke einen Moment nach. Dann schenke ich ihm mein schönstes Lächeln. »Du hast recht«, sage ich dann, »das ist eine wirklich gute Idee, ich sollte Friseurin werden!«

Mit diesen Worten schlinge ich meine Arme um Daniel, ziehe ihn ganz fest an mich heran und küsse ihn. Ich kann immer noch nicht glauben, dass plötzlich doch alle meine Wünsche in Erfüllung gehen. Aber egal, was die Zukunft noch für mich bereithält – ich weiß, dass ich alles dafür tun werde, um mein Glück nicht wieder aufs Spiel zu setzen. »Danke, Kiki«, schicke ich in Gedanken an meine Cousine, »ich weiß genau, dass du gerade auf einer dicken Wolke sitzt, auf mich hinunterschaust und dich für mich freust.« Mein Blick fällt auf das Bettelarmband an meinem rechten Handgelenk, und urplötzlich treten mir die Tränen in die Augen.

»Was hast du denn?«, fragt Daniel verwundert, als er es bemerkt.

»Ach, gar nichts.« Ich gebe ihm noch einen Kuss. »Ich bin einfach nur wahnsinnig glücklich.«

»Ich auch«, erwidert er. Und dann, ich traue meinen Augen kaum, geht Daniel, ganz, ganz langsam, wie in Zeitlupe – vor mir auf die Knie.

Vor Schreck bleibt mir beinahe das Herz stehen. »Daniel!«, rufe ich irritiert aus.

»Sssscht«, sagt er und nestelt aus seiner Hosentasche tatsächlich ein kleines Schmuckkästchen aus Samt hervor, das er mir entgegenhält. »Ich würde mich freuen, wenn du das hier trägst.«

Ich nehme das Kästchen und halte den Atem an, als ich es öffne. Darin ist – kein Ring. Es ist ein kleiner, herzförmiger Goldanhänger.

Daniel grinst. »Du hast wohl gedacht, dass es etwas anderes ist, oder?« Ich nicke. »Na ja«, meint er schmunzelnd, steht wieder auf und gibt mir einen weiteren Kuss. »Ich wollt's nicht gleich übertreiben und dir einen Antrag machen. Damit warte ich lieber noch so zwei, drei Wochen.«

Jetzt muss ich auch lachen. »Wofür ist dann das hier?«

»Das«, erklärt er, öffnet mein Armband, nimmt das Schmuckstück, hängt es daran und legt mir das Kettchen dann wieder um, »ist mein Herz. Damit du weißt, dass ich dich liebe und immer zu dir halten werde, egal, was ist. Damit du weißt, dass du mir vertrauen und mir alles sagen kannst, dafür ist es.«

Ich starre ihn fassungslos an. Noch nie im Leben habe ich

so etwas Schönes geschenkt bekommen! Das heißt, nein, korrigiere ich mich in Gedanken und lasse meine Finger erst über das Goldstück und dann über das Herz gleiten. Es ist das zweitschönste Geschenk meines Lebens. Das schönste hat mir Kiki gemacht. Das Leben selbst.

»Und?«, will Daniel wissen und sieht mich etwas unsicher an. »Wirst du es tragen?«

»Das fragst du noch?«, erwidere ich, schlinge meine Arme um ihn und ziehe ihn so fest an mich, als würde ich ihn nie wieder loslassen wollen. »Natürlich will ich das«, flüstere ich ihm ins Ohr. »Genau so, wie ich dir mein Herz schenke und hoffe, dass du es mir nie zurückgeben wirst.«

»Nein, das werde ich ganz bestimmt nicht tun«, antwortet Daniel. Und dann, bevor er mich ein weiteres Mal sehr lange und zärtlich küsst, sagt er: »Ich liebe dich.«

Nachwort

Natürlich ist dieses Buch ein Roman, in dem sämtliche Ereignisse fiktional sind. Alles, was Maike erlebt, entspringt zu hundert Prozent unserer Phantasie, nichts davon ist uns selbst oder jemandem in unserem Umfeld je passiert. Jedenfalls nicht GENAU so.

»Was ist denn nun mit dem ›Gesetz der Anziehung‹?«, werden sich manche von Ihnen jetzt vielleicht fragen. »Funktioniert es, oder funktioniert es nicht?«

Das, liebe Leser, muss wohl jeder für sich selbst herausfinden und entscheiden. Aber wer sich für das Thema interessiert und sich ausführlicher informieren möchte, für den haben wir hier eine Liste der Bücher, Filme, CDs, DVDs und Internetseiten zusammengestellt, die wir bei der Recherche für unseren Roman herangezogen haben. Nein, wir wollen hier keine Werbung betreiben oder Sie dazu bringen, irgendwelche Bücher zu kaufen (außer unsere natürlich …). Aber wie wir beide es brav im Studium gelernt haben: immer schön die Quellen nennen!

Viel Spaß dabei – und achten Sie auf Ihre Gedanken ☺

Byrne, Rhonda: »The Secret. Das Geheimnis.« TS Production LLC, DVD, ca. 91 Minuten, ca. 24,95 Euro.

Byrne, Rhonda: »The Secret. Das Geheimnis.« Arkana bei Goldmann, ca. 240 Seiten, 16,95 Euro.

Dooley, Mike: »Grüße vom Universum. Wie Wünsche Wirklichkeit werden.« MensSana bei Knaur, ca. 240 Seiten, 16,95 Euro.

Franckh, Pierre, & Merten, Michaela: »Wünsch es dir einfach, aber richtig.« KOHA, Hörbuch, ca. 60 Minuten, ca. 12,95 Euro.

Franckh, Pierre, & Merten, Michaela: »Wünsch es dir einfach. Affirmationen für Erfolg, Partnerschaft und Vertrauen.« KOHA, Hörbuch, ca. 60 Minuten, ca. 12,95 Euro.

Hicks, Esther & Jeffrey: »The Law of Attraction. Das kosmische Gesetz hinter ›The Secret‹.« Allegria, ca. 270 Seiten, 16,90 Euro.

Hicks, Esther & Jeffrey: »The Law of Attraction. Das Orakel.« Allegria, 60 Karten mit Anleitung, 19,95 Euro.

Mohr, Bärbel: »Cosmic Ordering. Warum das Universum immer für Dich da ist.« Ullstein, DVD, ca. 86 Minuten, ca. 24,99 Euro.

Pausch, Randy (mit Jeffrey Zaslow): »Last Lecture. Die Lehren meines Lebens.« C. Bertelsmann, 240 Seiten, 16,95 Euro.

Pausch, Randy: »Last Lecture. Achieving Your Childhood Dreams.« Pauschs letzte Vorlesung als Film bei YouTube: http://www.youtube.com/watch?v=ji5_MqicxSo&feature=related

Dank an

… die großen und kleinen Krisen des Lebens, die jeder von uns durchleben muss und aus denen wir alle hoffentlich gestärkt hervorgehen.

… unseren Lektor Timothy Sonderhüsken – unser Goldstück ☺.

… unsere Agentinnen Bettina und Anja Keil, die uns immer mit Rat und Tat zur Seite stehen.

… das Iberotel Boltenhagen für die nette Unterkunft während unserer jährlichen Schreibklausur.

… Alex Heneka für die wie immer exzellente dramaturgische Beratung!

… last, but not least unsere Eltern, die uns als Schwestern auf die Welt geschickt haben, damit wir zusammen durch dick und dünn gehen können!

Leseprobe

aus

Anne Hertz

Wunderkerzen

Roman

Es wird höchste Zeit, dass ich mein Leben wieder in geregelte Bahnen lenke. Na gut, streichen wir ehrlicherweise das »wieder«.

Tessa, die chaotische Idealistin, und Philip, der smarte Karrieretyp, haben nichts gemeinsam – außer ihrer Vergangenheit: Die beiden waren mal ein Paar. Doch das ist lange her. Und wenn es nach Tessa ginge, würde es auch dabei bleiben. Bis zu dem Tag, an dem sie versehentlich ihr Wohnhaus sprengt …

»*Wunderkerzen* ist wunderbar!
Eine deutsche Liebeskomödie mit Stil,
Charme und vielen Lachern.«
Alex Dengler, BILD AM SONNTAG

Knaur Taschenbuch Verlag

Leseprobe

12. Juli 1996

Mein süßer kleiner Kanarienvogel!

Ich möchte Dir an dieser Stelle ganz herzlich gratulieren: Auf den Tag genau hast Du es heute schon einen Monat mit mir ausgehalten!
Was kann ich nach diesen ersten vier Wochen sagen? Dass ich total verknallt in Dich bin? Ja. Dass ich mich jeden Tag darauf freue, Dich zu sehen? Definitiv. Dass Du die eigenartigste, aber auch wunderbarste Frau bist, die mir je begegnet ist? Ja, ja, ja!
Mir liegen solche Briefe nicht sonderlich, aber trotzdem will ich Dir schreiben, dass ich Dich gerade deshalb so sehr mag, weil Du ganz anders bist als ich (und auch so ziemlich jeder andere Mensch, den ich kenne). Und dass ich mich wie ein kleiner Junge auf die nächsten Wochen und Monate (und vielleicht Jahre?) mit Dir freue!

Einen dicken Kuss vom
rosaroten Panther

PS: Dieser Brief zerstört sich sofort nach der Lektüre selbst, denn schließlich wissen wir beide, dass man niemals schriftliches Beweismaterial hinterlassen soll! ☺

Hamburger Kurier vom 18. Februar 2006

Schöne Chantal (27) weint bittere Tränen

NUR DIE MUSIK MACHT SIE NOCH GLÜCKLICH!

Hamburg – Arme Chantal: Nach der Trennung von Ehemann und Produzent Tim Hüsken (35) scheint sie einfach kein Glück mehr in der Liebe zu haben.

Erst vor wenigen Monaten fand sie in den Armen ihres Managers Sergio Althoff (39) Trost, doch jetzt plötzlich die bitteren Vorwürfe: Althoff soll sich am Privatvermögen des Schlagerstars bereichert haben. Insider berichten von Unterschlagung in Höhe von 500 000 Euro!
Chantal: »Ja, es ist wahr. Zwischen mir und Sergio ist es aus. Er hat mich nur benutzt und sehr verletzt. Ab sofort werden wir auch beruflich getrennte Wege gehen. Es ist besser so.«

Wie erträgt die beliebte Sängerin diesen Schmerz?
Chantal, ganz tapfer: »Die Musik ist mein einziger Halt, nur sie kann mich jetzt noch glücklich machen.«
Im Sommer erscheint ihr neues Album. Trotz aller Sorgen hat die hübsche Lady hart dafür gearbeitet.

Sie sagt: »Geld ist überhaupt nicht wichtig. Musik ist für mich das Wichtigste auf der Welt.«

1. Kapitel

Es gibt Situationen im Leben, in denen man sich auf einmal seltsame Fragen stellt. Zum Beispiel: Habe ich immer alles richtig gemacht? Oder: Was ist der Sinn von allem? Wieso bin ich ich – und nicht jemand anderes? Oder ganz banal: Wie soll das nur alles weitergehen?

Gerade in diesem Augenblick befinde ich mich in so einer Situation. Ich liege unter einem Haufen aus Schutt und Asche, gefühltes Gewicht zirka eine Tonne. Die Luft ist erfüllt von feinen Staubpartikeln. Ein lautes Stöhnen zu meiner Linken sagt mir, dass sich dort auch jemand anderes diese Gedanken macht.

Vor zwei Sekunden war noch alles – oder jedenfalls fast alles – in bester Ordnung, aber jetzt zieht mein gesamtes Leben an meinem inneren Auge vorüber: Die erste Demo mit meinen Eltern, ich als Fünfjährige stolz wie Oskar auf Papas Schultern. Worum es ging, habe ich vergessen, aber ich kann mich noch gut an dieses euphorische Wir-Gefühl erinnern. Mein erster Kuss mit neun Jahren bei einem Campingurlaub in Spanien: Der Junge hieß Tobias. Wir sind früher im Sommer eigentlich immer mit unserem umgebauten Bulli nach Spanien gefahren. Tobias habe ich trotzdem nie wiedergesehen.

Dann, 1998, mein erstes juristisches Staatsexamen, schweißnasse Hände in der Strafrechtsklausur. Meine erste gemeinsame Wohnung mit Philip. Ich sehe noch, wie wir uns über den überquellenden Altpapiereimer streiten.

Irgendwie beruhigen mich meine Erinnerungen. Wahrscheinlich ist das ganz gut so. Ich habe mal gelesen, dass es nicht von Vorteil ist, in einer Krisensituation in Panik zu geraten. Und für hysterisches Um-mich-Schlagen hätte ich im Moment ja auch gar keinen Platz.

Die nächste Erinnerung ist eher unschön: Die Trennung von Philip vor vier Jahren. Mein Umzug ins linksalternative Schanzenviertel zu Sabine, die damals eine Studienfreundin war und heute meine Kollegin ist. Jeden Abend Frauenrunde in der Wohnküche – nieder mit den Männern und hoch mit den Tassen! Bis Sabine Arne kennenlernte, bei mir aus- und bei ihm einzog. Von wegen Frauensolidarität. Dafür zog in die Wohnung nebenan bald ein neuer Nachbar ein – Johannes. Stand gleich am ersten Tag bei mir vor der Tür und überreichte mir eine Dose mit selbstgebackenen Haschplätzchen: »Auf entspannte Nachbarschaft!«

Bei diesem Bild bleibe ich hängen. Tja, die entspannte Nachbarschaft ist genau der Grund dafür, warum ich jetzt hier liege. Im Treppenhaus des alten Jugendstilgebäudes, in dem ich wohne und arbeite. Es ist ein schönes Haus. Besser gesagt: Es war, denn momentan habe ich den starken Verdacht, dass nicht einmal mehr die Grundmauern stehen. Wieder ein Stöhnen von Johannes, der irgendwo ganz in der Nähe liegen muss. Immerhin, er lebt! Was für ein Glück. »Jo?«, rufe ich zaghaft. »Geht's dir gut?«

»Ja«, kommt es ächzend zurück. Dicht gefolgt von einem »Alles bestens, du blöde Kuh!«. Johannes ist über seinen Zustand offensichtlich nicht so glücklich. Da habe ich ihm wohl ziemlich die Tour vermasselt.

»Keine Sorge«, versuche ich, ihn zu beschwichtigen, »die werden uns hier bestimmt gleich rausholen!«

»Wieso musst du immer zur falschen Zeit am falschen Ort aufkreuzen?« Wieder ein röchelndes Husten. Ich will etwas erwidern, halte aber lieber die Klappe. Es gibt bessere Momente, um sich zu streiten. Außerdem bin ich ein kleines bisschen beleidigt, weil Jo das mit der falschen Zeit und dem falschen Ort gesagt hat. Ganz so ist es nun auch wieder nicht, auch wenn ich manchmal etwas zur Schusseligkeit neige. Aber immerhin habe ich Jo das Leben gerettet – Undank ist der Welt Lohn!

Vor etwa drei Minuten sah es nämlich noch so aus, als würde Jo sich bald nicht mehr über mein Talent für unpassende Momente ärgern können. Das hätte ich doch nicht zulassen dürfen, oder?

Nachdem Jo wochenlang all meinen traurigen Neusingle-Geschichten gelauscht hatte, schlitterte er auf einmal selbst von einem amourösen Bankrott in den nächsten. Und da er hauptberuflich Lebenskünstler ist, hat er zwischen verschiedenen Hilfsjobs immer ausreichend Zeit und Gelegenheit, sich mit voller Hingabe in aussichtslose Beziehungen zu stürzen. Dabei wechseln die Namen der Damen recht häufig: Johannes hat nämlich die Begabung, sich von jetzt auf gleich verlieben zu können – im Grunde genommen reicht es schon, wenn eine Frau neben ihm an der Bar steht. Ein echter Träumer eben, der bei jeder neuen Romanze gleich mit Herz und Seele dabei ist. Aber leider, leider: So schnell die Liebe kommt, so schnell geht sie auch wieder. Seit drei Jahren darf ich mir daher schreckliche Geschichten über diverse Claudias, Ninas, Patricias, Katjas, Heikes, Hannis und Nannis anhören – bis es schließlich vor sechs Wochen zum absoluten Finale kam: Mit Mareike, besser bekannt als »Mareiheiheike«, verabschiedete sich nicht nur die »große, unsterbliche Liebe« nach zweimonatigem Techtelmechtel aus Johannes' Leben – offensichtlich nahm sie auch gleich seinen gesamten Lebenswillen mit, als sie sich für einen solventen Unternehmensberater von ihm trennte. Nicht schön, das gebe ich zu. Aber ist das ein Grund, sechs Wochen lang nicht vor die Tür zu gehen und stattdessen Tag und Nacht in ohrenbetäubender Lautstärke *Regen und Meer* von Juli zu hören? So viele Haschplätzchen kann man gar nicht essen, dass einem das nicht irgendwann doch auf den Keks geht.

Heute Nachmittag war es dann so weit: Ich unternahm den Versuch, mich auf einen relativ komplizierten Fall zu konzentrieren – mit Streitverkündung, Widerklage und allem, was die Väter der Zivilprozessordnung sonst noch erfunden haben. An einem heißen Junitag wie heute ohnehin kein Vergnügen – aber mit penetranter Dauerbeschallung völlig aussichtslos: *Ich hab nichts unversucht gelassen, dich zu hassen, doch es geht nicht.* Genau. Es geht nicht. *So* geht's nicht! Und das wollte ich Johannes klarmachen. Aber auf meine typisch freundliche Tessa-Art eben. Ich bin rüber zum Schanzenbäcker, habe einen Kuchen gekauft und ihn mit ein paar Wunderkerzen aus dem Drogeriemarkt nebenan verziert. Die extragroßen, die so schön lange sprühen, laut Packungsbeschreibung mindestens vier Minuten. Dazu schrieb ich noch ein kleines Kärtchen: *Wenn du glaubst, es geht nicht mehr, kommt von irgendwo ein Lichtlein her.* Fand ich nett von mir. Und konnte ja nicht ahnen, was ich damit auslösen würde.

Mit dem Kuchen baute ich mich vor Johannes' Tür auf, zündete die Kerzen an und klingelte. Natürlich keine Reaktion, also wummerte ich gegen die Tür, was das Zeug hielt. Immer noch keine Reaktion. Also bin ich wieder rein in meine Wohnung, raus auf den Balkon, um durch sein Küchenfenster zu gucken. Und da sah ich ihn. Besser gesagt: Ich sah seine Füße, die Richtung Balkon zeigten. Messerscharf schloss ich, dass sein Kopf dann Richtung Ofen liegen müsste. Oder etwa im Ofen? O mein Gott! Wegen »Mareiheiheike«? Wie kann man nur auf so eine bescheuerte Idee kommen? Johannes, das Seelchen! Den kann man echt keine fünf Minuten allein lassen.

Ich also wieder raus in den Flur, Sturm geklingelt, noch mal gegen die Tür gebollert, gebrüllt, dass ich die Bullen rufe – und in diesem Moment machte er tatsächlich auf. Drei Nanosekunden lang sah ich noch seinen irritierten Blick, der auf den Kuchen und die Kerzen zu meinen Füßen fiel, die unglücklicherweise gerade die letzten Funken ausspuckten. Tja, vier Minuten. Da sage noch einer, auf Packungsbeschreibungen würde nur gelogen.

Und dann: *Kawumm!*

Habe ich immer alles richtig gemacht? Ich bin wieder bei meiner Ausgangsfrage angelangt und komme zu dem Schluss, dass ich zumindest diesmal alles richtig gemacht habe. Auch wenn ich mich momentan nicht bewegen kann und den schweren Verdacht hege, dass mein linker Arm abgestorben ist, war es richtig, Jo davon abzuhalten, sich aus dem Staub zu machen.

Und sonst? Habe ich sonst immer alles richtig gemacht?

»Hallo, können Sie mich hören?« Eine unbekannte Männerstimme rettet mich vor meinem inneren Scherbengericht. »Sind Sie verletzt? Können Sie sich bemerkbar machen?«

»Ja, ja, ja!«, brülle ich, um alle drei Fragen korrekt zu beantworten. Schließlich bin ich Juristin und beantworte immer alle Fragen korrekt. Jedenfalls solange es meinen Mandanten nicht belastet und wir uns nicht auf das Zeugnisverweigerungsrecht berufen können.

Johannes sagt im Gegensatz zu mir gar nichts. Das kenne ich schon von ihm, er gehört nämlich zu den Kandidaten, denen ich vor Gericht immer raten muss, lieber ihre Klappe zu halten. Wie oft habe ich ihn schon aus unschönen Kollisionen mit Recht und Ordnung rausgehauen? Ob er sich gerade ähnlich schlecht fühlt wie ich? Oder womöglich noch schlechter? Ich liege hier zwar ziemlich eingequetscht, aber doch immerhin in einer Nische unter dem Treppenabsatz nach oben. Luft bekomme ich ganz gut, und ich habe auch nicht das Gefühl, dass ich ernsthaft verletzt bin. Aber Johannes? Mir wird ganz flau. Hoffentlich ist ihm nichts Schlimmeres passiert! Immerhin stand er ja noch in seiner Wohnung, als uns selbige um die Ohren flog – und wer weiß, wohin ihn die Wucht der Explosion geschleudert hat. Ich versuche noch einmal, mich aus meiner Nische herauszuwinden, aber es ist zwecklos: Ich stecke fest. Jetzt rieselt auch noch mehr Schutt auf mich herunter, und ich muss husten. Könnte sich mein unbekannter Retter vielleicht mal etwas beeilen?

Offensichtlich gibt es tatsächlich so etwas wie Gedankenübertragung: »Wir sind gleich bei Ihnen!«, ruft die Männerstimme. Ein lautes Rumpeln erklingt; offensichtlich versucht jemand, sich durch die Schuttberge zu uns durchzuarbeiten.

Während ich darauf warte, dass dieser Jemand bis zu mir vordringt, überlege ich schon krampfhaft, wie ich meine und Johannes' desaströse Lage am besten erklären kann. Die Juristin in mir ahnt nämlich, dass es schon bald eine Menge Ärger geben wird. Die Leute sehen es ja nicht so gern, wenn jemand versucht, aus Liebeskummer sich selbst und ein Haus in die Luft zu sprengen. Denn genau genommen hat Jo unseren kleinen Unfall damit ja erst verschuldet. Gut – hätte ich nicht die Wunderkerzen angezündet, oder zumindest nicht die in XXL …

In diesem Moment erscheint ein freundliches, wenn auch etwas dreckiges Gesicht direkt über mir. »Können Sie sich bewegen?« Ein junger Mann in Jeans und Lederjacke schiebt eine zersplitterte Holzlatte beiseite, um mich zu befreien.

»Ich weiß nicht«, antworte ich. »Könnten Sie mal gucken, ob mein linker Arm noch dran ist? Den spüre ich nämlich nicht mehr.« Immer noch keine Panik. Richtig so.

Kurzes Grinsen, dann ein Nicken. »Soweit ich das beurteilen kann, ist alles da, wo es hingehört.«

»Gut«, stöhne ich erleichtert. »Ich hatte schon den Verdacht, dass wir hier einige meiner Teile einsammeln und wieder zusammenbasteln müssen.« Ich mache Anstalten, mich aufzusetzen.

»Nicht!«, ruft der Mann erschrocken und bittet mich, liegen zu bleiben. »Wir wissen nicht, ob Sie sich vielleicht die Wirbelsäule verletzt haben!«

Oh. Das wäre natürlich nicht so schön. »Sind Sie zufälligerweise Arzt?«

»Nein, ich bin von der Kripo Hamburg, Dienststelle Brandermittlung. Aber das mit der Wirbelsäule weiß ich noch aus dem Erste-Hilfe-Kurs. Können Sie Arme und Beine bewegen? Spüren Sie alles?«

Gute Frage. Spüre ich etwas? Ich horche kurz in mich hinein – und bekomme ein Echo, auf das ich ausgesprochen gerne verzichtet hätte. Selbst der linke Arm gibt wieder jaulende Lebenszeichen von sich. Offensichtlich lässt die Wirkung meiner erinnerungsbedingten Betäubung gerade nach. Und das fühlt sich verdammt unbequem an.

»Ja, ich glaube, ich kann vom kleinen Zeh bis zum großen Daumen alles spüren. Ich habe Schmerzen!«

»Sehr stark?« Er sieht mich besorgt an.

Noch so eine gute Frage. Hmmm … »Nein, eher … wie ein fetter Muskelkater«, muss ich dann einschränken.

»Fein, dann scheint ja alles in Ordnung zu sein. Aber Sie sollten sich trotzdem nicht zu schnell bewegen.« Bei dieser Aussage muss ich fast lachen: Von »schnell bewegen« kann angesichts meiner Lage nun wirklich keine Rede sein.

»Haben Sie Johannes schon gefunden?«

Der Beamte nickt. »Die Kollegen von der Feuerwehr buddeln ihn gerade aus.«

Nachdem er den letzten Schutt, der auf mir lastet, beiseitegeräumt hat, greift er mir vorsichtig unter die Arme und zieht mich hoch. Ein Hauch Antaeus von Chanel steigt mir in die Nase, und ich wundere mich einen kurzen Moment darüber, dass ein Polizist sich vor Dienstantritt offensichtlich noch einnebelt – aber im nächsten Moment denke ich schon gar nichts mehr: Kaum bin ich in der Senkrechten, knicken mir die Knie ein. Mir wird schwarz vor Augen, der junge Mann fängt mich auf, und ich höre noch ein verwundertes »Hoppla!«.

Dann wird es mit einem Schlag still um mich.

Bin ich jetzt tot?

Welche erstaunlichen Ereignisse warten noch auf Tessa?
Wer sind der Kanarienvogel und der rosarote Panther –
und was hat das schöne Schlagersternchen Chantal mit all
dem zu tun?
Lesen Sie es selbst in:

Anne Hertz

Wunderkerzen

Roman

Knaur Taschenbuch Verlag